在希望的田野上

滕豫 主编

新疆生产建设兵团出版社

图书在版编目(CIP)数据

在希望的田野上 / 滕豫主编. -- 五家渠：新疆生产建设兵团出版社, 2022.10（2024.4重印）
ISBN 978-7-5574-1999-8

Ⅰ. ①在… Ⅱ. ①滕… Ⅲ. ①散文集—中国—当代
Ⅳ. ①I267

中国版本图书馆CIP数据核字(2022)第221835号

责任编辑：王学得　　责任校对：孙　倩　　装帧设计：王　洋

在希望的田野上
ZAI XIWANG DE TIANYE SHANG

出版/新疆生产建设兵团出版社
印刷/永清县晔盛亚胶印有限公司
版次：2022年10月第1版　　印次：2024年4月第2次印刷
开本：787毫米×1092毫米 1/16　　印张：26.75　字数：390千字

新疆生产建设兵团出版社
ISBN 978-7-5574-1999-8　定价：98.00元
邮购地址 831300　新疆五家渠市迎宾路619号
电话：0994-5677116　0994-5677185
传真：0994-5677519

序

习近平总书记强调指出:文艺是时代前进的号角,最能代表一个时代的风貌,最能引领一个时代的风气。能不能搞出优秀作品,最根本的决定于是否能为人民抒写、为人民抒情、为人民抒怀。文艺工作者要想有成就,就必须自觉与人民同呼吸、共命运、心连心……对人民,要爱得真挚、爱得彻底、爱得持久。用文艺作品唱响时代发展主旋律,这既是各级党委政府中心工作的一个重要组成部分,也是广大文艺工作者肩负的使命和责任。近年来,米东区委为深入推进“文化润疆”工程,认真学习领会习近平总书记关于文艺工作的重要论述,学思践悟,指导工作,以新视野、新理念、新要求,奋力开拓米东文艺事业发展新境界。米东区各族文艺工作者积极响应号召,深入基层、扎根人民,努力创作,紧跟时代步伐,从时代脉搏中感悟艺术脉动,弘扬主旋律,传播正能量,创作出了许多脍炙人口的文艺作品。在不断推出讴歌党、讴歌祖国、讴歌人民的精品力作中发出米东文艺的最强音。

为书写美丽米东故事,以实际行动迎接党的二十大胜利召开,米东区宣传部编辑整理的“文化润疆·米东丛书”之一的作品集《在希望的田野上》应运而生,本书分为“田野放歌”“山水吟唱”“时光映像”“人物观澜”四个专辑。收入本书的五十八篇作品，着力展示了米东近年来的发展变化和米东人热爱美、追求美、发现美的高尚精神世界。通过这些作品，展示米东精神、米东之美，也使我们深刻体会到文艺创作必须坚持以人民为中心的创作导向，以大视野、大胸怀拥抱时代，拥抱我们美好幸福的生活，这是时代赋予我们文艺工作者的责任。

《在希望的田野上》一书作为米东区建设发展图景的真实呈现，也是米东区作家队伍实力的展现，我们坚信，米东的发展将会越来越好，米东内外的作家也必将以饱满的热情与激情，不忘初心、牢记使命，拿起手中的笔，讲好米东故事，凝聚米东力量，鼓舞全区各族人民朝气蓬勃的迈向新未来。

目 录

田野放歌

山水吟唱

时光映像

人物观澜

田野放歌

在西庄子的田野上

董彦芝

每年的七八月,这个时节的风和阳光,天空和河流,总觉得它们是属于乡村的,是属于田野的。而我记忆中的那一片田野,绵延在西庄子。

作为米东区羊毛工镇的一个乡村,西庄子自然有着与米东的名字相配的品质和属性。那片土地,有良田万顷。夏天的麦田,秋天的稻米,让这里的人们有劳作而不空虚,有盼望而不沉沦,有收成而不虚弱。

良田是美好的。相对这片大人们劳作的园地,我和弟弟的园子,西庄子那些奔腾不息的孩子们的园子,则是那片无垠的旷野和戈壁。

经过大雪覆盖的冬天,在西庄子,最先醒过来的,不是村庄里的人们,而是西庄子的大地。

积雪融化,蛰伏了一冬的土地,渐渐酥润起来,透着湿漉漉刚睡醒的朦胧和温柔。那里土地碱性大,斑驳间可见白色的印记,像画笔描绘过一般。但西庄子的土地,从未因为那一缕白碱,减少一点点葳蕤茂盛。

一抹新绿从蓬松的盐碱地里钻出来——此后开始半年多里,西庄子的戈壁原野,便成为一片丰饶神奇的乐园。

苦豆子、芨芨草、蒿子、刺球、苦苦菜、蒲公英、野西瓜、扯扯秧,还有不知名的杂树繁花，高低交错，叶片层叠，除了人们踩出的一条小路，整个原野被一种浓郁和神秘覆盖。草丛深处，灌木缝隙，仿佛隐藏着无数的秘密，整个夏天，再到秋天，这些秘密，我们都探索不完。花的颜色、叶片的颜色、果实的颜色，紫色、黄色、红色、白色、粉色、黑色、深绿、淡绿，人间所有的色彩，在旷野上铺陈，相互交杂，彼此辉映，像是神笔的涂抹。各色植物灌木，叶片的形状亦是造化的神奇，而我们最感兴趣的，是味道。果实的味道，草茎的味道，花朵的味道。

其他的果实还没有长成的时候，芨芨草却正值旺盛。草茎翠绿，一阵风吹过，就往上蹿腾出一截子。草茎最上面的部分，像韭苔一样，可以抽下来。抽草苔不仅是一种乐趣，让我们乐此不疲，而且草苔的底端，约有三四拃的长度，是嫩生生的美味。微微青色的白，闪着柔润的光泽，味道清甜而脆爽，一口咬下去，满口汁液的清香。少时贫乏的物质生活里，每个孩子都有一个张着口子的胃，似乎永远也填不饱。芨芨草的汁液，不仅是粗陋饭食之外的一种享受，更是一种奇妙的乐趣。

西庄子的大地上，每年最欢腾的场景之一，便是六七月份锁阳露出红头的时节。那一片土地，不知是怎样的水土秘密，锁阳每年在土地深处生长。那时，戈壁田野辽阔，坦荡地铺展在天空下，与人之间没有任何禁忌，当时亦没有禁止采挖锁阳的说法——那是大地给得多，人取得少的年代。不知道是哪家的孩子，最先发现了锁阳露出红头的讯息，这种讯息，很快就会传遍整个村庄。孩子们之间所有讯息的传递，是靠着风。一个孩子在那条土路上奔跑，扬起纷纷的尘土，带着一阵风，从村东一路呼啸到村西，什么也不用喊，不用说，那条讯息便迅速传播开了。

在风的召唤中，西庄子的孩子们，迅速向着村后的那片旷野奔跑。很快，便在那旷野上三三两两地散落开来。小鹿一样瘦小又灵活的身躯，如同专注的猎人一般，在田野上躬身寻找。不知谁先发现了一个红头，一声惊呼，四散的小鹿们一下子全奔腾过去——那个露出地面的红头，像旷野上的一面小旗帜，在那个瞬间，让我们对它肃然起敬。在那一排羡慕的眼光里，最先发现它的人，轻轻扒开周围的土，然后继续往下挖，一根一尺多长的锁阳就出土了。如果运气好的话，一簇红头下，会藏着好几根，那种惊喜，瞬间点燃一片欢腾。

那个年代，没有谁知道锁阳的滋补作用，更没有谁关心这些。大地给予的，便毫无禁忌地食用。吃，是一件天然的事，更是一件其乐无穷的事，仿佛还是一种探索。锁阳可食用的部分，是根茎。事实上，它的味道，涩多过了甜。挖锁阳的高潮盛况，是每个人都挖到了，而每个人的嘴里都含着锁阳，白色的汁液挂在嘴角。一种凝涩的口感，但每个人都吃得欢畅——它不甜美，但它来自土地，来自旷野，它是一种神秘，让人想要探索和尝试。

吃锁阳时，每个人的嘴角都是白色的。而还有很多的时候，嘴角嘴唇，是紫色的、黑色的、深红色的。

有一种带刺的植物，上面会结出黑紫的果实，桑葚般大小，果实中还有细碎的籽。没有植物知识的年代，我们认得每一种植物，准确知道它们开花结果的时节，却不知道它们的名字。但依然对它们充满信赖和亲近。不管什么样颜色的果实，都要尝一尝。

后来的很多年，我总是想起在西庄子的田野上吃到过的那些野果。我和弟弟，还有一群一群西庄子的孩子们，从整个夏天到秋天，仿佛都不需要家里的饭食，每日在田野上游荡，从朝日初生，到正午时分，再到夕阳落下，不觉有时光移动，只有无穷的乐趣和探索不完的秘密。各种野果，一一吃遍。田野里还时不时横出一条小水渠，想要喝水，想要洗脸，蹲下身来便是。日光晒着，田野上的风吹过，野果溪流的喂养，每个西庄子的孩子，都是这样长大的。生命中的恩情，有一种，是来自那片田野的养育与赐予。

那时的西庄子，田野仿佛大到没有边际。每家的房前屋后，都有一个园子，盐碱地，有耕耘，一样是一片丰饶灿烂。

清贫的年代，低矮简陋的房屋，唯有那园子，一片锦绣繁华，把家家户户的日子，都照亮。

院子中，杂花相接，高低相连。最常见的是蜀葵、芍药、牵牛花，还有太阳花。从村东到村西，无论多贫寒的人家，在繁花热烈的描绘中，都有了光亮和喜悦。而有女儿的人家，小小姑娘，最初的美好心事，都生长在这土墙残缺的园子里。

每年，稻田生长的季节，村口西边的小河流水潺潺。

对于西庄子的孩子们来说，那不是潺潺的抒情，而是哗啦哗啦热情的召唤，是一场浩荡欢腾的奔流。

脱掉鞋子，卷起裤腿，顶着盆子，提着水桶，从村东到村西的孩子们，汇成比河水更加奔腾的一股，奔向小河。我和弟弟，也在这奔腾之中。

为了灌溉稻田，村里的水库会定期放水。那是纯粹的年代，泥土，流水，天生的一切。水库里，就天然生长着各种鱼。随着开闸的水流，这些小鱼，一路游弋到村口的小河。

徒手捉鱼，西庄子的孩子们个个都是能手。

沿着河边，双手轻轻探到河底，然后两只手从左右两边迅速合围——幸运的话，一条小鱼就在合拢的双手中了。

小河奔流着，载动夏日的阳光，一河的碎金里，是一河的嬉戏与欢腾。

小河里的鱼，鲫鱼最多。另外还有狗鱼、五道黑。有一种银色的鱼，鱼身修长，我们都叫它面鱼。

带着一身闪闪发光的水珠，从河里出来时，每家的盆子里，水桶里，都扑棱着面鱼、狗鱼、五道黑。

下河捉鱼的快乐，是一顿香喷喷的美味，更是一场哗啦啦的欢腾。

西庄子的大地，赐予的人间美味，最浓郁香甜的，是稻米。该如何描述形容西庄子稻米的味道？多年后，在舒国治《门外汉的京都》中，读到了这句话：一筷子舀起，便已知大地的恩赐。犹如一团柔软的香甜芬芳翻滚在舌尖，瞬间想起西庄子的大米。

中午蒸大米饭，在每一家，都是隆重的事。虽然那片土地盛产稻米，但清贫年代的生活，人们会用大米到团场换成玉米面。一公斤大米，大约可以换两到三公斤的玉米面。而自家只会留少量的大米,偶然食用。但秋天打下来的新米,每家都要蒸一锅大米饭。掀开锅,孩子的碗伸过来,芳香在腾腾热气中弥散开来,不用任何下饭菜,单是那白米饭——便知是大地的恩赐。秋天的盛景之一,便是午饭时分,在一处房屋背后的阴凉下,聚集着各家的孩子,人人端着刚蒸好的米饭——那种享受,是要聚在一起才更酣畅。

当年聚在一起吃米饭的孩子们,都渐渐老了。但西庄子的田野却依然年轻而茂盛,时常在我们的梦里绵延。西庄子,并非我的出生地,也不是我后来成家育子的地方。但我的少年时光,却在它的漫山遍野之中。

洞天里的春天

任茂谷

从乌鲁木齐市区沿京新高速向北走三十公里，出高速转向米东工业园区，十几公里的路，因为大货车多，加之正在施工，坑洼颠簸，尘土飞扬，小车夹在大车中间，颇有陷于风暴之感。到柏杨河路口右拐三公里，经过一片盐碱很重的滩地，远远看见一座朦胧起伏的山。走近了，右手边突然出现整齐干净的平台，上面矗立着古朴的青砖汉瓦大门，红布连着硕大的红绣球围于脊沿，门柱两边各蹲一只口含红绣球的石狮和一口贴有红纸“丰”字的棕黄色圆肚大缸。

走进大门，顿感空气湿润，萦萦花香充盈天地。院子里花树成林，杏花、桃花、梨花，各种观赏类果木，花开正浓。正面一排窑洞，东侧一排窑洞，呈丁字格局。正面窑洞中的第三眼，里面一个长长的洞直入山腹，洞内又是两排对开窑洞。正面继续往里，还是一个三十米的深洞，藏有陈年老酒。窖洞里陈酿发酵的氤氲气息，混入鲜嫩娇艳的植物花香，便有了飘飘若仙意境。在这个别有洞天的院子徜徉之后，到院外一座鲜花烂漫的小山，脚踏木梯栈道拾级而上，只见花树丛中，金色的野郁金香妖宠绽放，给粉红淡紫的小山，增添了无尽的幽雅灵气。没有错，这就是穿越尘雾，突如仙境的“别有洞天生态旅游山庄”，里面的景色与周围的环境形成强烈反差。

洞天里的春天，能出现在这样的地方，显然不是天然生成。

如此美景谁人造？山庄里忙碌的人中间，有一对母子，孙晓燕和金伟。我在花树间找一个石墩坐下，听他们细说其中的故事，几十年的乡村演变，似一条漫漫长路，逶迤而来，引人入胜，曲折动听。

十几年间，一座荒山，经过三代人的心血付出，犹如修炼多年的老树，一朝花开，变成了现在称心如意的样子。

哈熊沟里的林敬山庄

此地属于乌鲁木齐市米东区柏杨河哈萨克族乡，孙晓燕在这里土生土长。这个乡农牧结合，牧民多居山里，农家耕种山外。这里地处准噶尔盆地的边缘，不远处就是古尔班通古特沙漠，除了靠天吃饭的山地，山下的土地接近于荒漠戈壁的特性，盐碱含量高，适于耕种的土地少。生活在这样的环境，很难过上富裕的日子。男儿长大后，外出打工挣钱，女儿则守在家里，吃苦耐劳，精于家务，擅长灶台烹饪。孙晓燕是家里的长女，父亲在乡里上班，农活与家务主要由母亲操劳，她就成了不可或缺的帮手。帮妈妈耕田收获，帮妈妈料理家务，照顾弟弟妹妹，种地做饭，样样都好。她从小就在辛苦中生活，不甘平庸，不甘贫穷，总有一个心愿，一定要做出一番属于自己的事业。

长大后，孙晓燕嫁到城市近郊的古牧地镇菜园子村，土地少，主要收入靠种小麦与蔬菜；离城近，最大好处是便与外界接触。孙晓燕不断开拓眼界，她不甘于过耕田种菜的生活，先是找了一个单位当合同工，做了两年，感觉不是自己想要的。辞去工作，开了一家理发店，干得不错，积累了不少人脉，后来发展成美容店。省吃俭用，攒下几万元的积蓄。

新千年到来时，孙晓燕看到了一个新机会。政府提倡搞乡村旅游，鼓励青年创业，解决农村剩余劳动力就业问题。说到旅游，有一个地方她最熟悉，就是柏杨河乡所属的“哈熊沟”。哈熊沟是天山北坡的一条大沟，距离乌鲁木齐市区七十公里，是自治区级森林公园，天山国家森林公园的组成部分。过去有棕熊出没，当地人把棕熊叫“哈熊”，久而久之，就叫成了“哈熊沟”。

哈熊沟主沟长二十多公里，主沟两边，分布着很多侧沟，每条沟里都有各自的特色，沟与沟相通，成为徒步爱好者非常喜欢的穿越线路。通过这些沟，可以分别穿越到柏杨河、天池、甘沟、货郎沟、石人沟等地。据相关考证，这条沟曾经是丝绸古道，印证了新疆的人文历史足迹。

哈熊沟山体厚大，沟壑纵横，山景、水景、雪景、树景都十分迷人。山岭长满云杉，随山势的起伏层层叠叠，夏季里犹如排空的翠浪，山风吹来，绿涛滚滚，满山遍野仿佛都在涌动，一派瑰丽雄奇的景色。沟里有成片的古榆树和白桦树，每到秋季，白桦树叶变黄，各种灌木乔木的叶子也在变色，蓝蓝的天空下，红黄蓝绿各种颜色交织，哈熊沟成了色彩的海洋。山涧谷底，春天芳草萋萋，夏天各种野花纷呈，秋季天高气爽，冬季白雪覆盖，野果红叶，呈现出一幅水墨画卷。

沟里气候凉爽湿润，水质极好，游人到此感到心情舒畅，精神愉悦，加上这个有些狂野的名字，显出几分神秘，到了20世纪90年代，逐渐成了一个远近闻名的旅游胜地。

孙晓燕的家离哈熊沟只有十来公里，她从小常去沟里采药材、挖野菜，和山里的哈萨克族牧民非常熟悉。听说政府鼓励到哈熊沟搞旅游，她第一个进去考察，经过反复思考，大着胆子包下距离沟口八公里，位于大东沟与天篷沟交叉处的一片空地，占地约六十亩。她拿出自己的全部存款，加上家里的资助，凑了十万元。自己修了路，建起围栏，在里面建了十座毡房，一个半敞式彩钢棚，开挖水渠，建起连桥，能骑马，可划船，山庄成了哈熊沟别样的景致。

2000年4月，孙晓燕的“林敬山庄”正式开张。十万元投资，现在看起来不算多，但对于刚刚创业的孙晓燕，可是一笔巨款，既然投进去，就得做出个样子来。山庄接收了二十多名下岗职工，开业之际，孙晓燕和大家掏心窝子说，山庄就是大伙的家，我把大家当家人。什么是家人，就是以心换心，拿出真诚，尽心尽力，把山庄当作共同的事业，把每一位顾客当作亲人。真心、真诚，做出特色。具体讲:吃,饭菜要真材实料,做到最好;住,要干净卫生,让客人安全放心。

阳春四月,树木吐绿,草地返青,哈熊沟迎来了很多开着私家车的城里人,踏青赏景,呼吸山里的新鲜空气。有些游客到林敬山庄吃午餐。不吃饭的人也进山庄来照相,转一转,休息一下,山庄免费提供场地和茶水。

孙晓燕有一手好厨艺,在城里闯荡多年,知道外面来的人想吃什么。山里的纯天然羊肉,纯放养土鸡,就是最好的食材。清炖羊肉、羊肉抓饭、辣子炒土鸡、农家小炒、各种山野菜,品种不是很多,但原料好,山里的水好,加上手艺好,游客只要吃一次就不会忘记。特别是她家的羊肉抓饭,成为哈熊沟里的第一品牌。天气转热,游客渐多,林敬山庄的生意也随之火爆起来。散客之外,还有了连续接待的团队。有旅行社预定的,也有自发组团的,有本市的,还有很多外地的,偶尔还有美国和日本的旅游团来哈熊沟旅游。很多当地的团队,周五下午到,周日下午走,在山庄吃住两天。

生意好了,孙晓燕告诫工作人员不忘初心,服务必须始终如一,饭菜必须越做越好,不能有任何的偷工减料,以次充好,绝不能用市场上买来的羊和鸡,代替山里的绿色食品。山里的天,孩子的脸,变幻莫测,夏天经常下雨,不时有山洪暴发,孙晓燕尤为关心客人的安全,经常向大家提醒注意事项。山庄准备了很多雨具,供客人免费使用。

2005年7月中旬,有一个一百五十人的团队入住山庄,十座毡房住得满满的。因为人数多,孙晓燕和山庄的员工们对这次接待格外重视,提前做了充分准备,除了住宿条件,特意多采购了一天的食材。没想到老天爷真的来了一次前所未有的考验。这一天晚上,突然下起暴雨,先是毡房漏雨,孙晓燕和员工们拿出提前准备的加厚雨布,遮严了毡房的天窗和缝隙。没想到暴雨下了一整夜,第二天时缓时骤,依然没有停止的迹象。暴雨引发山洪,震耳欲聋,洪水从每一条侧沟冲出,汇聚到主沟,折树滚石,形成汹涌澎湃之势。幸好山庄地势较高,但看着山洪的巨浪,像饥饿的“哈熊”,一次次向上扑来,还是引起大家的惊慌。

孙晓燕心里也很害怕，但她保持镇定，尽量用平淡的语气对大家说，自己在山里多年见过最大的洪水不过如此，再不可能往上涨，雨也会很快停下来。说完了，看客人们着急的情绪变得稳定了一些，她暗暗祈祷，雨快快停下吧，洪水千万不要再涨。也许是她的诚心感动天地，到了下午，雨真的停了，洪水也略有下降，但是，要想出山，万万不可能。

游客中的领队看到一时难以脱身，开始关心食物是否充足。等看了后厨和仓库，基本上放心下来。为了防止万一，还是动员大家节约用餐，一天的饭由三顿改为两顿。到了第三天，洪水退去，道路恢复，客人们要走了。这一次有惊无险的经历，让双方结下了深厚的友谊。客人们感谢孙晓燕，孙晓燕也深深感谢客人的配合和理解，对领队作出的临时决策，更是由衷的敬佩和感谢。

开得一方店，迎来八方客。孙晓燕的林敬山庄在“哈熊沟”转眼开了八年。她说，这八年，学了很多很多，更多的是从与客人的接触中，开了眼界，能够更多地从他们的角度思考问题。

她是老板，更像是一位家长，时刻关心员工的生活，二十多名员工，收入稳定，团结相处的像一个大家庭。

山庄的生意红火，带动山里的牧民增加收入。客人来了，牧民们到山庄为客人提供骑马服务，也有一些人在山庄周围卖烤肉，做小生意，孙晓燕从不反对，有钱大家赚，好日子一起过，这就是她朴素的人生理念。

戈壁荒山造洞天

林敬山庄的生意一年里只开半年。每年四月，冰雪消融，开张迎客。到了九月底，大雪封山，人员全部撤出，整个冬天，休息整理。刚开始几年，孙晓燕全身心投入山庄的经营，不敢有一丝一毫的大意。慢慢做熟了，心情轻松下来，手头的资金也宽松了，她也张罗着家里人出去旅游。南方的风景看过了，有一年冬天，到了革命圣地——延安。杨家岭的窑洞，山丹丹开花红艳艳的歌声，给她留下难忘的记忆。

有人错误地认为住窑洞是因为贫穷落后，这一次延安之行，孙晓燕才真正明白，窑洞是中国北方黄土高原上居民的古老居住形式，被誉为人与自然和谐相处的典范。在陕甘宁地区，黄土层非常厚，有的厚达几十米，人们创造性利用高原有利的地形，凿洞而居，创造了绿色天然的窑洞建筑，沉积了古老的黄土地深层文化。

她从心底爱上了陕北的窑洞，回到新疆，经常和母亲赵玉霞提起，心心念念想找地方建窑洞。正应了那个给长期光脚的人卖鞋子的营销故事，她就想在没有窑洞的新疆，建一个别有洞天的乡村特色旅游场所。

2008年，国家对森林公园有了新的规定，为保护环境，要求在保护区内从事餐饮住宿的服务点退出。孙晓燕对国家的规定坚决拥护，没有提任何补偿要求，转而寻找新的地方，准备实施她的窑洞建设计划。听说米东区有人已经建起窑洞，她跑去参观，学习取经。对方说，新疆的土质，也可以建窑洞，但要分立板土和横板土，如果是立竖板土质，就可以挖窑洞，具体情况要经过实地测量才能决定。

这一次参观给了孙晓燕建窑洞的信心。哈熊沟风景优美，但每年只有半年的经营期，如果在山外建成一个别具特色的地方，一年四季不受气候的影响，既有利于持续经营，也有利于员工的稳定就业。

距离柏杨河乡政府十多公里有一座荒山，相对高度有一百多米，虽说是草场，但事实上土质盐碱含量大，不长几根草。几百米的高空有高压电线通过，下面不能搞建筑开发。这座山的基本特性，与那家建起窑洞的山相比，有一定相似之处，孙晓燕决定承包这座山，从零做起，建一个新型的特色旅游点。

这样的荒山有人愿意承包开发，柏杨河乡政府自然乐得支持。孙晓燕的母亲赵玉霞虽然已近六十岁的年纪，依然保持着年轻时的开拓精神，她支持女儿承包下这座占地五百亩的荒山。

可是，一座荒山，前不着村，后不着店。没有路，没有水，没有电，什么都要自己想办法。母女俩一起努力，接上电线，修了简易石子路，一时通不了自来水，她们自己打了一口水井。看她们干得火热，亲戚朋友却投以关切的目光，纷纷提出疑问：戈壁滩上搞旅游，要投入多少资金才能建成个像样的地方，即便建起来，仅凭吃饭住宿，没有好风景，如何吸引稳定的顾客呢？

孙晓燕说，乡土特色餐饮，本身就对城里具有吸引力，只要真心付出，一定错不了。

然而，哈熊沟的生意停了，巨大的资金需求一时跟不上，孙晓燕按照技术人员的指导，自己带家人动手挖土。古有愚公移山，今有晓燕挖山，一座土山，几眼窑洞，她就不信挖不出来。

开始时，荒山植被本来就差，工程开挖后，风沙特别大，搭起的临时帐篷要用大石头压上，才不会被大风刮走，干一天下来，全身上下，灰头土脸，哪里还有个老板的样子。

看她信心十足不回头的样子，亲戚们转而出手帮助。雇来机械挖出地基，刮出崖面子，清理出宽阔的场地，做好建窑洞的准备。有信心不等于成功，孙晓燕毕竟多年不干体力活了，重新拿起铁锨镐头这样的劳动工具，着实有些吃不消。可是，对于一个信念坚定的人而言，目标既然确定，就不会轻易回头。孙晓燕领着一家人，一挖就是三年。地基挖成，崖面子刮好后，开始打窑。打窑就是把窑洞的形状挖出，把土运走。打窑洞不能操之过急，急了土中水分大，容易坍塌。窑洞打好后，接着就是镟窑，从窑顶开始剔出拱形，把窑帮刮光，刮平整。等窑洞晾干之后，孙晓燕没有简单地用传统的黄土麦草泥窑，而是用钢筋水泥从里圈加固，腻子刮平，刷了上好的涂料。

三年间，边挖窑洞，边栽树，孙晓燕一家人，硬是把荒山造出一方洞天。其间流了多少汗，受过多少伤，都是沉甸甸的人生回忆。

戈壁荒山上，一座崖庄窑院神奇地建成了。土窑洞垒接了石头墙面，钢錾子凿出细细的水纹。正面五孔，右侧四孔，呈丁字结构。每孔窑洞深七米九，高三米，宽三米。红辣椒，黄玉米，挂出窑洞的农家味，宽宽的窑洞亮亮的窗，豪华桌椅摆中间，冬暖夏凉随人意。

经过三年的苦拼，一个特色旅游在戈壁荒山全新呈现。孙晓燕保持了纯绿色食材的餐饮特色，增加了更多清淡的绿色蔬菜，更符合现在城市人科学饮食的要求。林敬山庄时的老顾客纷纷光顾，还不断带来新的顾客。客人们吃的舒心，再在院子里休养游玩，来一次还想来第二次。“别有洞天生态旅游山庄”真正成了米东区乃至中心市区人们周末郊游的一个好地方。

造一个冰雪童话

别有洞天的树一年比一年高，环境一年比一年好，生意稳定，老顾客越来越多，按说，孙晓燕的母亲赵玉霞感觉满足了，可她自己隐隐还觉得缺点什么。

2013年，在外闯荡多年的儿子金伟回来了，一回来就提出了新的设想，似乎在满足孙晓燕心里的企盼，又让她这个做母亲的不是太放心。

1989年出生的金伟，从小看着妈妈自强不息的奋斗生活，就有了与同龄孩子不同的想法。他是个特别勤劳肯干的孩子，一到暑假就到哈熊沟帮着干活，招揽顾客，学会了以诚待人。中学毕业后，他没有像一般的孩子，非要考个财会、工商、人事管理之类的专业，将来谋一份坐办公室的工作，而是选择到新疆职业大学学了厨师专业。理论加实践，按时拿到了三级厨师证书。大专毕业后，他没有回到妈妈的身边，当个现成的“小老板”，却选择到乌鲁木齐市的知名饭店实践磨炼。说起来算一份工作，实际只是别人的学徒工。为什么舍近求远，甘为人下？他不图赚钱多少，图的是继续学习，在大地方得到更多的锻炼。金伟先到著名的绿植园林式饭店阳光绿岛做后厨，干了一段时间，熟悉了那里的具体情况，又到另一家知名饭店——乌鲁木齐市人民广场的碧海云天，而后转到小西门的美丽华大酒店做后厨。三家大饭店，给了他学校无法学到的东西，学技术，更多的注意力放在学习师傅们的经营管理能力。通过几家大酒店，也看到了外界不为所知的行业规矩，结交了一批同道朋友。他在大酒店磨炼了五年，之后小试身手，先开了一家手抓饼店，而后改开西餐店，既当厨师又经营，逐步走向成熟。几年的独立打拼，他觉得自己长大了，该经历也都经历了，于是回到了别有洞天。

孙晓燕看儿子回来了，既高兴，也不完全满足。心里想，儿子如果只是跟着自己打下手，就算能独当一面，也不算真正的有出息。只有自己闯出一番事业，才当得起男子汉的称号。当然，不管怎么说，儿子愿意回来一起干，总归也是正途。

没想到金伟并没有满足于继续母亲的产业。等他全部掌握了山庄的运转流程，自己的思路日渐成熟。到了2020年，正式提出了自己的想法。他说要在别有洞天，造出一个童话世界。具体讲，就是要建一座滑雪场，把冬季运动带到柏杨河——这个姥姥一生守候，妈妈出生长大的地方。

新疆冬季寒冷这不假，但地处戈壁的地方，冬天并没有多少雪，积雪厚度远不能满足滑雪的需要。

然而，见过世面的年轻人，想问题不会囿于当下的条件。他说，北京即将举办冬季奥运会，比赛场上的积雪并不比乌鲁木齐多，现代冰雪运动，冰雪不完全依靠自然，大量的是人工造雪。科技发展到现在，南方人都在搞冰雪运动，何况我们这里，只要投资到位，管理得当，完全没有问题。

建滑雪场，场地是足够的，五百亩的荒山，现在占用将近三分之一，其余三分之二，建一个中型滑雪场完全可以。可是，人工造雪需要购买造雪机、压雪机、输送滑雪的人上山的代步机械，还要有大量的雪具，没有几百副滑雪板、几百个雪圈，无法开张。这些东西加在一起，需要大量的投资，靠山庄现在的收入根本无法支撑。

要不说，年轻人需要走出去闯荡，实践磨炼能让他加速成长。金伟面对这一大堆的问题，一点儿都没有慌张，他镇定自若地说，资金不足可以合资，设备可以引进，只要方案可行，定一个合理的分配机制，我们有场地优势，不愁引不来投资合作者。

孙晓燕听了金伟的一番讲述，心里大为吃惊。真是没有想到，儿子突然长大了，三十而立，有了一套属于自己的发展理念。金伟继续说，建滑雪场，不仅是个生意，往大说是个人事业，再往大说，是对家乡面貌的改变。他要用这样的方式，改变环境，改变一方土地上人们的生活方式。乡村旅游，文旅结合，农民创业，劳动力转移，方式多种多样，冰雪运动是未来的朝阳产业。

儿子有如此超前的理念，做母亲的怎么可以不支持呢？

孙晓燕看儿子胸有成竹，当然要给予全力支持。荒山靠南边尚未开发的山坡，按照规划，建两条滑雪道。一条宽五十米，长三百多米的初级滑雪道；一条宽五十米，长五百多米的中级滑雪道。

2020年4月，又一个春天来临，滑雪场施工正式开始。大型机械开进来，施工有序，进度飞速。几个月时间，一座自然荒山，被改造成规规矩矩的两条坡道。

经过一年多时间的规划与建设，到2021年初冬雪花飞舞的时候，别有洞天山庄滑雪场的各项准备全部就绪。雪道建设堪称完美，引进了两台造雪机，一台压雪车，三台长达五百米的雪地代步机。第一批购进雪圈四百五十个，滑雪板四百副，建成了宽大整洁的接待大厅。设备调试安装到位，万事俱备，就等一个隆重的开业仪式。

随着北京冬奥会的脚步越来越近，中国人参与冰雪运动的激情日益高涨，身处北方塞外，拥有漫长冬季的新疆人，对冰雪更加情有独钟的情怀。得知别有洞天山庄建起了滑雪场，附近的居民、中小学生，早就急不可耐，想来看个究竟，一试身手。

2021年12月19日，乌鲁木齐市米东区“激情冰雪，为冬奥助力加油”冰雪风情节，在别有洞天滑雪场正式启动，新疆电视台做了现场报道。各族群众闻讯赶来，人数足有几百人，远远超出金伟的预想。启动仪式上，在自己营造的冰雪童话世界里，先是一场点燃天地的红绸舞，红与白，舞出了冬天的火热与陶醉。而后是雪上拔河比赛，一群壮汉，在雪地上角力，不在于输赢，而是倒下与站起，在纯洁世界里的一场恣意释放。原野里洁白与色彩的神奇映衬，宁静与运动的强烈反差，激发了人们全新的感观享受。

启动仪式结束后，大人孩子纷纷拥入接待大厅。全新的雪具和护具，眨眼间被抢租一空。男孩子钟爱雪车和雪上摩托，单板和双板考验人们的滑雪技巧，几个连成一串的大雪圈，在两条雪道上肆意撒欢，让家长和孩子共同享受童年的快乐。整个滑雪场一派欢腾，雪地代步机的输送带上站满了滑到山下，再上到山上出发的人。经过一天的活动，参加体验的大人孩子过足了瘾，各种机械设备经受住了大流量人群的考验，运转正常，金伟的童话梦想实现了，同时也实现了姥姥与妈妈的创业梦想。

这个冬天，过去相对静寂的山庄，天天都是运动的喧闹。

对于生活在米东区的人，相比乌鲁木齐南山的大型滑雪场，这里近并且价格低廉；相比阿勒泰等地的高山滑雪场，这里安全放心。别有洞天滑雪场规模不大，但它就是米东人的家门口，有着自家场地的亲切感。坡度较缓，难度不大，特别适合家长、孩子及初学者休闲娱乐。温暖明亮的窑洞餐厅，价格实惠，纯绿色特色餐饮，既吸引向往郊外休闲的城里人，也给乡村的人们一个新鲜的生活享受。

戈壁荒山变金山银山，冰雪世界造金山银山。

2008年北京举办夏季奥运会，别有洞天山庄项目启动，2022年北京举办冬季奥运会，别有洞天山庄滑雪场顺利开业，这不是天意的巧合，而是几代人向往美好生活的梦想，经过不懈的努力，一步一步成为现实。美丽乡村，朴实出、升华出童话般的意境，此一处并非独一处，这只是乡村振兴的其中一例。个人理想的实现非此一例，而是满天繁星中的其中一颗。

牛市记

方惠民

应该是有五年了。那年初夏，一次路过吴金付家，几个人“漫花儿”累了，饮着黑茶，品着干果，听旁边的钢结构圈棚里牛们吃草嚼料的窸窣声，闲谈中，吴金付说起了他家的生意经，说牛市已经放心地交给儿子打理了，做得好着呢！中间人当得比我还好，让买方、卖方、大家都能挣上钱……

我认识老吴哥是因为他花儿漫的好，远近闻名，尤其擅长“新疆花儿”、本地小调，村里的南通支边青年还教会他唱江苏民歌，大概20世纪60年代末，给这个维吾尔族青年农民起了个汉语名字吴金付，后来我知道他本名阿布都热合曼·吾守尔。这几年，他的生产生活从养牛贩牛转到了非遗文化传承，乐此不疲。

话题又回到音乐上去了，我却暗暗地记下了老吴哥的话，他们父子干活畜交易经纪人的营生，对我是新鲜的。虽然自己也是社员的后代，小时候在农村放过羊，喂过驴马，挤过牛奶，可几十年的城市生活，早已让我陌生了养殖、贩运的行当。未知或所知甚少的世事，总要找个时间去探究一番！几年了，这股神秘的力量始终让我放不下。昨夜终于得空，在老吴哥家住下，说好第二天跟其子萨塔尔跑一趟牛马市场，亲眼见识下经纪人交易的场面。

鸡叫二遍的时辰，他们已经往车上装了两头牛了。六点整，闹铃响了，我起床一看，天才有点麻亮，萨塔尔·阿布都热合曼和老吴哥、帮工、司机几个人在赶最后一头牛。这牛又高又壮，褐白相间花色，大嘴大鼻孔，粗腿，臀部宽平的可以躺个人，一双大眼带着凶神，头高昂着，似乎不愿意搭理我们这群人，更不要说乖乖地上车了。我猜这应该是西门塔尔牛，问他们，有人回答说对的，是西门塔尔种公牛，体重超过一吨。怪不得这么威风。几个人前拉后拽的，就是不走。萨塔尔朝牛棚前面的院子走了几步，喊了两嗓子，过了好一会儿，他媳妇吐尔逊娜依从厨房里出来了，一句话也没说，缓缓地走到公牛跟前，伸手抚摸着牛鼻子，又摸了摸牛耳，手抓住笼头轻轻一牵，牛移动步子，不太情愿地踩上踏板，进到车里，其他的牛急忙避让，都挤到车头那边去了。大家都松了一口气。唯独吐尔逊娜依神情落寞，低头不语，努力不往牛身上看。关车门栏的时候，八平柴大车司机笑着说，他老婆把这大牛喂了三年了，牛就听她的，今儿要卖了，舍不得啊！萨塔尔只管倒(贩)牛，喂牛时间少，牛要卖了好像也没有啥反应。

收拾停当，八平柴拉着十几头牛先出发了，这车牛要送到宁夏一个客户的牛场，是萨塔尔和合作社的几个社员一起拼的订单牛。天亮了，我坐上萨塔尔的哈佛四驱车，顺着乡道东行，目标是大草滩活畜交易市场。

第一缕阳光刚刚平射到路边的育秧棚上，油润润的稻苗瞬间黄亮了，苗尖噙着露水，晶莹地折射出五彩斑斓。骑三轮车的村民往地头赶，旋耕机已到位，插秧前的旋地准备就要开始了。

今天周日，是最大的一个交易日，周二、周四交易日的人流量、进场牲畜量相对少一些。萨塔尔说，其实他也舍不得那头公牛，这几年出大力了，它繁育的是奶牛兼肉牛品种，母牛更受欢迎，子孙后代分布在周边县市好多个合作社、场圈，改良了这儿牛的品种，也给我家带来了不少收入，要不是宁夏的朋友一再相求，价格公道，我们才不卖呢。

晨雾缭绕中，老龙河曲曲弯弯的河水被混凝土坝堤紧紧匣裹在中间，沉稳地流过。举目四顾，万木初绿，田畴纵横，新房齐整，河边的铁艺护栏，沿河两岸的铺装路面，远近一派寂静中孕育着将要来临的喧闹。这里四季分明，泉眼溢出，河流密布，七沟八横，自古就是屯田、人居的绝佳之处！

乌鲁木齐北郊四月的乡村，日出之美，春天之美，不是美到了世界的尽头吗？

乌鲁木齐河故道里的水流到中游卡子湾、东戈壁一带就漫滩了，形成布满石子的上、下沙河，往下在碱梁附近与水磨河汇流，称老龙河，是乌鲁木齐河的下游。萨塔尔从小在老龙河边长大。他家土梁村地处老龙河西侧冲积平原，是长山子镇仅剩的几个水稻种植村落之一，维持着千亩水稻种植，与青格达湖乡、六十户乡的几片稻地隔林带和路网相望，可以称得上稻作农业文化遗产了。

不知何时，乌鲁木齐河的这些冲积平原上，人烟就稠密了。包产到户以后，土梁村的人均耕地减少，种植业发展空间受限，20世纪80年代初就有人带头搞养殖，脑子灵光的买车贩运牛羊，育肥上市，率先富起来了。吴金付本钱少，跟一位回族老把式贩羊贩牛，学着给牲口看牙口、估体重、量体格，拿自家养的几只羊练倒手买卖，吆着驴车到处赶集，渐渐的羊开始多了，牛有了、马有了，拖拉机买了，家业旺了，儿女也养大了。

新疆通汇活畜交易市场是新疆活畜、皮张的最大集散地，位于乌鲁木齐市米东区柏杨河哈萨克民族乡的大草滩上。这里自古就是一片平坦的草原，又名大草滩牛马市场，从米东城区迁来已经十年了。这里紧邻乌鲁木齐东绕城高速，G7高速、国道216线、省道111线在附近交汇，背靠乌昌石城市群，物流条件优越，来自天山南北乃至西北、中原地区的客商在这里交易，集日的活畜进场上市量高峰期在两万头(只)左右。

晨光泼洒在博格达峰西北面这片山前冲积平原上，在早春的寒气催动下，一车车、一群群的进场牛羊马驼缓慢蠕动，释放出缕缕烟气，发出各种声响。牧民、养殖户、客商、牛羊经纪人鱼贯而入大畜交易区、小畜交易区、整车交易区，叫卖声、汽车声此伏彼起。有商贩在往货车上驱赶刚刚购买的牲畜，一旁的卖主高兴地点着钞票。一大早，活畜市场就已经热闹起来，这繁忙的阵仗不由得使人兴奋，我四处张望，感觉到眼睛太不够用了。

走在市场里，牛群、马群、羊群，各个角落都有人向萨塔尔打着招呼。一上午，他几乎迈不动步，一进市场就被客户围上了，等着让他抬价打价的人站了一大圈。这个市场的牲畜经纪人不少于三百，有的闲逛，有的忙碌，有的活儿多，有的跟着固定客户。萨塔尔今天没有被预订，散户都想让他做中间人。我想，这种礼遇不是天上掉下来的。

买卖牲畜是古老的特殊行业，掌握这个行业的交易人就是“牛羊经纪人”，有一套自古以来形成的独特交易方式和行话，还有看牲畜年龄、体型体重、前景好赖的专业知识，得讲公道，有诚信，会搞价钱，不向着客户，不向着卖家，又思虑和照顾两方的利益。

萨塔尔挑选好牲畜，让买家看了满意，抓住买家的手说好愿意出多少钱来买，这才去和卖家搞价钱，二人把右手藏在左手袖子底下相互捏住，伸指头比划价钱。早都听说这种笼袖手谈的古老手艺，一般不让外人看懂的。今天亲眼见了，还是有些糊涂。大多数时候是悄悄谈成的，也有捏了指头对方还不清不楚的，就得张口了。只听得萨塔尔在说：这个数行不行？对方说：不行，差的码子有些大。这边说：再添这个数？那边还是不松口。萨塔尔又说：这几天行情跌了，兄弟你肚子甭胀。直到双方都有意时，就点头，定啦。确定了价钱，萨塔尔把钱来回传递，数出自己的中介费，生意就算成交。这几年一多半的交易都用手机微信或支付宝了，两方转完了账又分别给萨塔尔发红包。观察良久，我晓得了，这种无声的交易既是守密，也是保护，行情大家都心知肚明，但不能当面说出来，避免泄了天机，让别人的买卖难做。

萨塔尔是活畜市场上的常客，也是长山子镇的贩牛养牛大户，每逢集日，都要在市场上选购一批牛，装车运出。他的客户除了周边市县，甘肃、陕西、宁夏、青海、河南也不少。明天装五十头牛，十八头公牛，剩余的装母牛，对吧？

萨塔尔每天都会接到疆内外客户的电话，他把客户的需求一一记下来，做好检疫申报，组织物流，安全地将牛送达。每个集日购进的牛，都被暂时“安置”在他领衔兴办的牛兴养殖业合作社的养殖场里，分批出售，最多的时候有三百多头，目前牛存栏一百余头。

哎阿达西（朋友），这个买卖你高兴不高兴？心里舒坦了没有？听到这句话，我知道他的一笔买卖又完成了，这话是他的口头禅，他说每次交易都要问一下双方。问完赶紧走向下一家客户。

笑容写在萨塔尔脸上，不急不躁，不吵不闹，稳稳地成交一笔笔生意，看不到急吼吼地准备挣钱的躁狂，看不到那种近乎凶狠的眼神，一种沉静的雍容气度罩着他的周身，这种气质在他的父亲吴金付身上也散发着，朴素而含着几丝威严，我想这就是黄金一样的品格了。走在他的旁边，我努力地观察，仔细地揣摩，是的，这是一个古老的职业，是人人皆有饭吃的行当，看似平淡，实则贵重，在两手相握，袖筒扳指的间隙，尊严产生了。

一个拥有灵活的舌头、掌握多种语言的人，在贸易行当是多么重要。自古以来，丝绸之路就不缺语言与交际。萨塔尔从小上汉语学校，母语是维吾尔语+汉语，长大了又学会哈萨克语、柯尔克孜语，听得懂蒙古语，辨得清陕甘宁、中原、晋蒙乃至江浙、川黔的汉语方言。他的舌头在多种语境间切换，有时候一句话里夹杂着几种语言，各方面的人都能听懂，各方面的交易都沟通畅了。

中午有一单客户是塔城的，买卖没有成功，萨塔尔并不在意，平静的脸上透着自信，乘着交易间隙继续给我介绍行业门道，说他家的生意主要靠薄利多销。一头牛的买卖，至少三家子人要养活呢！卖家、买家、中间人都让吃上些，都有个排档子（赚头），才是长久的买卖。一般一笔交易的中介费我只拿五成，最多七成，其余的给买家退一点，给卖家加一点，钱不多，但是成交量上去了，我当这个中间人就得让两边都满意，大家都得利，背后都有一大家子人呢！我买牛羊的时候，卖自家育肥牛羊的时候，也是让人在前，把客户都当朋友看。我大大（父亲）传给我的，就是这样的生意经，我们也是这样做人的。大大（父亲)经常给我说,大家都是跟在牛屁股后头,靠牛吃饭的人,亏人的买卖不能做。牛羊把我们养活着呢!我们的地不够养活人,可是其他地方的地加上家乡的地把牛羊养活了,牛羊又给了我们饭吃。

下午了,大宗交易已毕,零星的散户也不多了。我举目四顾,这里的人们大多有多重“身份”,或是餐馆老板,或是贩牛养牛大户,或是经纪人,还有衍生出来的拉牛人、装车工……每一个人都在忙碌,他们的故事让人心潮澎湃。场地也多次升级了,建的大畜小畜棚圈一眼望不到头,电子监控全覆盖,电子信息大屏、银行自助POS机都使了好几年了,大数据让交易户能及时掌握市场行情,交易效率迅速提升。硬件上去了,市场变得文明起来了。听市场管理负责人说,今天进场交易的车有三百多辆,牛三千多头,羊一万多只,交易率在90%以上,算是个大市、利市。

萨塔尔说,市场养活了不少人,进场交易的经纪人平均一个交易日能挣一千元左右,好的经纪人年收入可达三十多万元,在市场给客户拉一头牛能挣一百元,装一车牛能挣四百元。不管男女老少,只要勤快,不怕挣不到钱。没有这个市场,就没有我今天的发展规模,现在一个月十几个交易日,我大概能出售短期育肥牛一百二十多头。从父亲身上学习贩运养殖有二十年了,天生地对职业的敏感,使他拥有了比父辈更多的技能,并成为众多经纪人中最平易近人的一个。

萨塔尔从一个牧民手里买了一只七十公斤的六齿子(六颗牙,四岁)大羯羊,正当年,不算老口,两千八百元不算低了,准备过肉孜节时宰杀待客。装车工将萨塔尔购买的肉牛装车,送往合作社养殖场。

返回的路上,萨塔尔握了一下我的手,笑着说,这一天下来,不知捏过多少人的手了,你是不是最后一位?我回答,家里不是还有你漂亮的老婆吗?

河，以及时光

段蓉萍

河，是一方土地的血脉。

一

人有重名，河何尝不是呢？我不晓得天下有多少条河流的名字叫水磨河，眼前这条两个区域的界河我是熟悉的，河的东侧是阜康，西侧则是米东。我深信这条河上不止一处水磨，只是年代更迭中，水磨退出了历史舞台，成为河岸边人们记忆的一部分，被永久收藏起来。

七月，站在高高的山脊上，不知是谁踢翻了天上的金盆，满山鎏金，满身鎏金，河面也铺了一层金色，满眼是闪烁着吸睛的光芒。

一切充满梦幻，恍惚中，我听到一个声音被风送到我的耳朵里，到河里去，到河的更深处去。

风是灵性之物。看不见它的模样，却能体察到它的冷暖。从山脊向下，我是被风牵着走的。风似乎急着让我去见它的闺蜜，那条名为水磨河的模样。虽然我之前就目睹过它的芳容，可它是多变的。而今，又会是什么样子呢？

绿裙红衫，一个头上搭着蓝色头巾的女人从山坡的毡房里出来，手里拎着一个泛着银光的水桶，人向河岸缓步走去。

我熟悉这身影，我曾在她的毡房喝过奶茶，吃过包尔萨克，品尝过刚出锅的羊肉。她有个比金子还璀璨的名字：钻石汗。

她并不急着打水，将水桶放在河岸边，蹚进河水走近十几米远，俯下身子，将缠绕在河中朽木上的塑料袋扯下来，捏在手里。又继续蹚河前行，将困在几块石头中间的易拉罐拣出来。转身蹚河回到岸边。此时，她打好水，向自家毡房走去。

我好几次看到她捡垃圾的身影。我痴痴地望着这个背影，说不出一句赞美的话来。

后来，我从另一个入口靠近河边。河岸边古榆蓬勃，我对它有种天然的亲近感，源于我自小生活的那个村子周边，这样的古榆一个挨着一个。我不是在水磨河旁，是回到生我养我的村庄。

我不急着去河里，面朝河水靠着一棵古榆，坐在露出地面的树根上。静默地看着近处的河，远处的博格达峰。

突然，几个少女从我身边飞跑过去，直冲向河边。眨眼间已蹚入河中，你追我赶，打起水仗来。进攻、防守，轮番在几个少女中转换角色。她们脸上的笑容，一样闪着银波，她们的笑容令我有一种羡慕，一种追忆，一种温情。试想，我与她们相仿的年纪时，躺在河水中，与玩伴们嬉戏。没有哪个在乎衣服湿了，裤子湿了，更别说鞋子。整个人都湿漉漉的，却没有一个人愿意离开。

时间到底带走了什么？我不禁问自己。是童真，还是自由，抑或是无知无畏。这一瞬间，我怀念跟她们一样年岁里蹚水嬉戏的经历。

少女们脸上有水一样的笑容，清澈明亮，这是多时不曾见到的笑容。这笑容与城里少女的笑容不同，有一种辽阔，亦有一种明净。山里的少女们，身上有一种属于山属于河的特质，一眼便能认出她们。

几个人怕是玩累了，散坐在河中的石头上。光反射在她们的脸上，满脸都闪烁着钻石般的光芒。笑容依然荡漾在脸上，其中一个少女哼唱的旋律是那首哈萨克族民歌《燕子》。接着几个人都跟着唱起来，歌声在河面飞翔。浸在河里的脚，不时拍打着水面，成为天然的伴奏。这场没有彩排的小合唱，听众是脚下清凉的河，不远处的古榆，和更远处的雪山，还有我。

此时，七月，进入伏天。体内的汗珠迫不及待想出来透气，不管动与不动，它们争着抢着从皮肤细小的毛孔中钻出来，汇集成一条水线，一路向下，再向下。如果你不干预，中途制止，它们的目的地就是泥土和河流。

少女们如燕子般飞走。河谷回荡着她们的笑声、歌声、低语声。

许多时候，不喜欢矜持这个词，尤其作为女人，似乎不矜持就不女人了，就不庄重，就不端正了。回归自然的时候，就该把矜持这个笼子丢得远远的。把本真自然的你呈现给大自然，因为你就是自然的一分子。

独我。此时，河水依旧按照自己的节奏和频率向下奔腾。它在去找水磨，它要闻一闻久违的麦香，闻一闻久违的豆香，闻一闻久违的玉米香。

二

玉西布早河从哈熊沟到黑沟，全长七十多公里。我眼里他是个调皮的少年。充满无尽的活力。一年四季不知疲倦。

站在山顶俯视，阿尔那西家门有两条绸带，一条是发白的玉西布早河，一直通往山里；一条是修整一新的公路。没有路的地方是羊肠小道，指向博格达峰。

很早以前，有人通过这条路到博格达峰。听山里的老人们讲，大诗人李白和元代的丘处机道人都走过这条路，去拜谒天山博格达峰。博格达峰是一座神山，历代为人所膜拜。

玉西布早河与公路并肩相伴同行。每天清晨，阿尔那西·托热汗提着水桶去河里打水，这是她每天要干的一件事。我在阿尔那西家住的日子，这事我抢着干。早先我在农村，这活就是我的。我家离河有五百多米，通常是用扁担挑水。我羡慕阿尔那西，天天喝着天山流淌下来的泉水。阿尔那西边擦桌子边说，就图出门吃水方便，没有搬家。之前家里人讨论，要不要搬到院子更大的地方去。这个院子不过五六百平方米，对牧区来讲，有点拥挤。可讨论几次，都觉得这里交通便利、饮水便捷，搬家的念头打消了。

有河的地方，自然灵动。

阿尔那西家的牛产下小牛后，拴在屋后的树干上。这不是普通的树干，而是一株两个人都环抱不住的榆树。树旁一只大铁盆，专供小牛饮水。我从河里提来水倒在盆里。小牛侧着脸盯着我看。又将头扭过去，看着阿尔那西，脑袋晃动几下，它低头开始饮水。我看着小牛把头伸进盆里，不觉笑了。阿尔那西疑惑，小牛饮水，我笑什么。我猜出她一脸的疑问。解释说，小时候，我常坐在这样的铁盆里洗澡。

你现在两三岁的话，放在盆里，牛娃子给你洗一下澡。阿尔那西没说完就笑了。

我拎着水桶去河边，缓步沿着坡下去，河边有大小不一的石头，有腐朽倒下的树干，一切保持自然状态，没有人擅自改变它们的位置。

坐在巨石上，伸展双腿，双手支撑在身后。阳光晒得皮肤和石头温热。索性舒展身子，仰面朝天，躺在石头上。往常最怕暴露在阳光下。此刻，勇气与阳光一起包裹着我，闭目静享山谷里的阳光和空气。

玉西布早的河水蜿蜒而走，流水声不绝于耳。恍惚间，我在聆听一场盛大的音乐会，偌大的演艺厅，只有我一个人，演奏者是涓涓流水。乐曲不同寻常，一天到晚，一年四季，都不会停止。河水演奏的曲子明快清亮。呼吸着清凉的空气，我想一直这么躺着，听河水的演奏，听河流的前世今生。一条河，远胜于一个讲故事的人，它经历的，远比我们想象得更浩瀚。

演奏者除了河水，还有鸟鸣。身旁另一块石头上，跳跃着跟麻雀差不多大小的河乌，黑褐色的羽毛，嘴巴与头差不多长，昂着白色的胸脯看我。从它的神态来看，似乎并不惧怕我的存在。

我坐起来，滑下石头，想看清河乌如何觅食。它见我离开了石头，迅疾沿着河面飞去。我不死心，躲在河边一棵榆树旁窥视河乌。它没有飞远，一头扎进水里去捕食。动作轻快潇洒，令我暗自赞叹。它跃出水面时，嘴里衔着东西，看来捕食成功。它在水面浮游一会儿，又飞到一块露出河水的石头上，左右顾盼，机敏可爱。

我不清楚河乌的视力能看多远，担心贸然出现会惊吓到它。再看，它又跳入河水中。看来，它还没有吃饱，继续觅食。

决定不再打扰它，我转身上岸。

阿尔那西问我，一桶水怎么提了这么久。我说看到河乌了。她告诉我，河乌通常都在水里行走，冬天也不会离开。

水倒进缸里，阿尔那西递给我一个盆子，里面装了昨天她采来的羊肚菌。鼻腔里瞬间都是羊肚菌的味道。我是一个贪吃的家伙，无力抵挡野味的诱惑。

野葱、羊肚菌与新鲜羊肉搭配做出的饺子，估计许多人都没吃过。我不能用准确恰当的词语来描述，只有亲口品尝才知道。

整个夏天，我都痴迷在玉西布早河相伴的时光。每月一次，雷打不动的，我来看阿尔那西妹妹。阿尔那西靠在我的身旁说，你就像山里出生的女人一样。人都往山外跑，你是有空就往山里跑。不过，我喜欢你的样子。

我转身对阿尔那西，好几个画家说这里的风景一点不逊色瑞士风光，我没去过瑞士，不能错过这里，更不能错过你。她笑起来，面容如刚烤熟的热馕。我跑过去，抱住她说，我也喜欢你的样子。

三

柏杨河的源头是南沟北沟的泉水。

泉，这个词我从小喜欢。细数家族人以此为名的人不下五六个人。表弟宅泉从小在柏杨河南沟边长大。他是我小姨的次子，小我两岁。小时候调皮，穿鞋下河捉狗鱼，这样的事，自然少不了我。河水没过脚踝，清凉透心。狗鱼装进桶子里，拿回家洗净，熬制鱼汤，每人一大碗。碗是蓝边碗。喝下鱼汤，还要吃一个碗口大的馒头。人多吃饭香。我们七八个孩子，捉鱼时暗中较劲，吃饭时，你也不让我，我不让你。小姨说："慢慢吃，小心噎着。"

泉水流经涝坝，形成一摊平静开阔的水面。这南沟北沟的人，仰仗坝里的水浇灌河两岸的庄稼地。各家不过两三亩水地，都用来种麦子、油葵或者玉米。当然最多的是麦子。吃，从来都是头等大事。对酷爱面食的人来说，麦子稳坐第一把交椅。

五月麦子绿了。一场雨后，站在山坡上，麦地与山峦上的青草连成一片，悠悠荡荡的绿，撩拨心尖。我遐想是风，亲吻每一株麦子，每一颗青草。我甚至认为它们跟我一样，喜欢在河里捡拾光滑的石子，喜欢在泉眼处掬一捧泉水吃下，再掬一捧泉水，冲洗布满灰尘的脸颊。

我从南沟小姨家去舅舅家必须过河。一夜间，原本清浅的河水不知从哪里搬来救兵，横亘在眼前的是一条威风凛凛的黄河。我吓得不敢过，呆愣愣立在河边，一筹莫展。

一位高大的牧人骑着枣红色的马从对岸而来。我壮着胆子说，叔叔，我要过河。牧人骑马过河，下马，抱起我，放在马背上，他脚踩马镫跃上马背。他胸膛温热，如结实的墙，挡住从身后袭来的风。响亮的马蹄声踢碎了河的声响，凯旋过河的我，第一次有了胜利的喜悦。

舅舅见我进了院子，惊诧地问我，咋过的河？我才想起，驮我过河的牧人背着一个草绿的邮包。我见过邮包，父亲一位战友曾背着这样的邮包到家里来，跟父亲坐在葡萄架下喝茶聊天。我好奇的目光打量那包时，父亲的战友说，里面是书信和电报。我晓得那邮包连着许多人家。哦，那是赛力克哈孜·热合曼！乡里的邮递员。这名字我只听了一次便记在心里。

多年以后，我参加工作，从区级道德模范名单里看到这个名字时，自告奋勇去采写他的事迹。他家就在柏杨河边住，一棵枝繁叶茂的百年古榆将院子揽入怀中，土灶上的奶茶飘荡在院子，我跟每一片树叶都沉醉在醇香的奶茶中。

三十三年，一个人，一匹马，一个邮包，穿行在崎岖的山路。一封封家书，一张张录取通知书，一份份电报，经这个面庞黑红的牧人的手送到一家一户。我提及多年前他驮我过河的经历时，他笑呵呵地说，一点没印象。但说起他送过的信、电报和通知书时，却像是熟悉自家羊群里的羊一样。

也是这柏杨河，一年深冬，赛力克哈孜·热合曼过河不慎绊倒，跌入河里，扭伤踝骨。一瘸一拐回到家时，妻子一句话没说出口，泪花滚出眼眶。次日，他没有休息，坚持去送信。

为体验他送信的过程，他骑马带我走了一趟送信路。山路弯弯，尘土飞扬，狠毒的太阳，似乎没有同情我们的意思。汗珠汇成小溪，从额头、脸颊、颈部潇潇洒洒地流入前胸后背。每一粒汗珠如小手般抓挠你，我只能忍着。途中，有人跟他打招呼，请他歇息一会喝口茶。他说，改天。

这一路下来，我腰酸头晕，茶饭无味。几天后便是古尔邦节，我再次来到他家时，好不热闹，炕上坐着六个人。细听才知，赛力克哈孜·热合曼的异姓兄弟，分别是老大王雄（71岁）、老二巴德马拉（63岁）、老三金学辉（63岁）、老四赛力克哈孜·热合曼（61岁）、老五阿合买提·玉山（61岁）、老六刘英（53岁）。逢年过节，婚丧嫁娶都会走动帮忙，今天刚好到他家里。我坐在炕沿听他们聊天，欢喜地说，春耕时，都来帮刘英种地。刘英是兄弟中最小的一个。

门敞开着，柏杨河迈着脚步穿过赛力克哈孜·热合曼家门前口，它似乎听到了屋里的话，步子从容轻快。再往下几公里就是开阔的河谷地，不久，那里将会种上麦子、玉米或油葵。

下沉的几个月，我跑遍了六兄弟家，到了百姓家，不吃饭就显得生分，进门拉家常的时间，人家就忙活着做饭。一再说，有啥吃啥。每次都不同，吃了阿合买提·玉山家的抓饭，喝了巴德马拉家的奶茶，品尝了金学辉家的粉汤，吃了王雄家的大盘鸡，自然不能少刘英家的拉条子。

我与队员从每家人的脸上，桌子上热腾腾的饭菜，握住我们手的那一瞬间，能感受到他们的质朴真诚。

这样的故事不仅在六兄弟中，走访中，诸如国成、刘玉红、张运华等人都有令人感动说不完的故事。

柏杨河会说话，这里的牲畜会说话，这里的庄稼也会说话，这里的飞鸟一样会说话。

六兄弟的故事飞到首都北京。水库里歇脚的鸥鸟在深秋会飞到更远的南方。牲畜们在悠哉在河岸两遍草木茂盛的林地山坡觅食。

不管是南沟还是北沟，柏杨河的水极少出现断流，老人们说是山神护佑这里百姓，有水就有希望。别说，晨霭中，瞭望远山，真如一位睡熟的人。

有山有水的地方就是好地方，柏杨河自然是好地方。

四

万物皆是陪伴，更何况是朝夕相伴的古牧地河。

古牧地河，离我家老屋不过二三百米。虽不比其他大江大海那么有名，我眼里的她却四季各有风情。初春河边柳树枝杈吐绿时，河水缓缓流淌，远远听去如妙龄少女低吟诗句般浪漫怡人；入夏河水一路欢唱滚滚而来，如充满活力的青年正奔跑在田野上一般，浪花翻涌，激情四射；秋日褪去锋芒的河水，减慢流速，如一位稳健持重的中年人；进入三九天的古牧地河，在冰雪中如同一位安详的老人，让古牧地河多了几分肃穆庄重。我常在河边发呆冥想，她伴随了我许多美好的记忆。

如今与古牧地河相伴的日子已步入不惑之年。要知道这河水在20世纪70年代末到80年代初河水清澈见底。

自我有记忆起，村里人就是从河里挑水吃。我十一二岁能撑起扁担的时候，也加入挑水行列。起初，我总是踉踉跄跄地挑着水桶前行。每天清晨或傍晚在通往河边的小路上、河岸边、来往穿梭的人流中，有与我年龄相仿的少年，有比我大一些的青年人，有身强力壮的中年汉子，还有精神矍铄的老人。有两个人来抬水的，有赶着驴车拉水的，更多的则是担着扁担来挑水的。形成一幅别样的风景。

早年,古牧地河的两岸是麦地。春天播种后,到麦子发芽,长出十几厘米时,绿油油的一片,远远望去如绿色海子。天晴时,太阳赤裸裸地直射在大地上,在一片绿浪中的河,被阳光照射得泛起白色的银光,远远望去像是一条银色的绸带镶嵌在绿海之中。

河岸边,人们都喜欢捧上一口清凉甘甜的河水解解渴,那发源于天山东麓的圣洁之水,远比今天的纯净水、矿泉水更有滋有味。嬉戏的孩子们,喜欢捡起几枚石子,扔向河中心或不远处其他的同伴,溅起的水花起落一瞬间,看伙伴们来不及躲闪而被水花四溅的各种模样。孩童们追逐着、嬉笑着,在劳动、自然、天真、纯朴中享受无与伦比的快乐。

有趣的是,河里有泥鳅、狗鱼,它们成群结队地在河底的石头缝隙中穿梭游动。你要想捕捉它们真是简单不过,用手在河中任意一处挖一个深一点的坑,过一会,便有许多泥鳅、狗鱼聚集在水坑里,用竹篮或桶子,一下就捞上来许多,拣一些小个的放回河里,大个的便带回家,母亲便会给我们做一道美味的鱼肴。这是真正的纯天然,绿色食品。如今要想吃到这样的美味,怕是可望不可即了。

那时,孩子们会与鱼儿们嬉戏,围捕鱼儿,十有八九是鱼儿们身形敏捷东躲西藏地逃脱孩子的围捕,藏匿于大大小小各色鹅卵石下、萋萋绵密的水草之中,虽然多半都是以失败告终。与鱼儿嬉闹的过程,成为童年最为美好的一段记忆。如今想起来,让人快乐而难忘的滋味,不是一个完美的结果,而是身心无束享受这个过程,至于结果似乎并不是那么重要。

古牧地河形成于什么时候,没人能说清楚。

爷爷说,新疆和平解放时,这古牧地河上只有一座简易的木桥,也就几米宽,遇到发洪水的年份,木桥就会被冲垮,影响南来北往的行人通行。如今这河面上已经架起了好几座桥。有河有桥的地方有灵秀气。尤其河边栽种垂柳后,岸边柳枝轻拂,河中波光粼粼,颇具江南水乡的韵味。饭后我总喜欢沿着河岸走上几圈，一天的疲惫不知不觉就消除了，整个人感觉神清气爽。用百姓的一句话来说，那真叫个美当。

清澈的古牧地河，随着社会快速发展，工业化进程的加快，农业的快速扩张，河水变得污浊不堪，河床也萎缩一半，看了让人心疼。

人吃饱肚子，讲究一下穿衣戴帽。古牧地河也是一样，吃饭不再是伤脑筋的事情后，关注环保的呼声越来越高。

关停并转一批污染企业，还古牧地河的本来面目。河水一天比一天清澈，那种难闻的气味也不见了。

有一阵子，精明的开发商瞄准古牧地河，蓬河修街，诞生了一条长五百米的苏州街。青石板路面，两侧密密匝匝挤着照相馆、理发馆、美容馆、茶馆、饭馆、旅馆、足疗馆、玉石馆、麻将馆、渔具馆、中医馆等。休息日，许多从乡下进城的人，加入到人流中，各种气味混杂，让久居深宅的人，真实体会市井况味。

我自然是街上的常客，不是去逛街，是图方便。前街是母亲家，后街是婆婆家。一天至少四趟。一年四季，接送孩子。等孩子不需要我接送时，这条街完成了它的历史使命被拆除了。

进入21世纪，在古牧地河上架起新桥，河边修建了古香古色的贡米巷，汇聚本土金派利尔、玛森烧烤、羊毛工凉皮等多家特色美食，一时成为网红打卡地，游人络绎不绝。时常我约家人朋友等在巷子里走一圈，选家喜爱的老字号，坐下来慢慢享受美食，待华灯迷眼时，赏完夜景，才想起回家。

古牧地河流水潺潺，过去的那个少年已是知天命的年纪，那个怀里抱着、手里牵着的男孩，已是高过墙头的青年。不远的时日里，青年的怀里会抱着自己的孩子，徜徉在热闹的街巷，一直陪伴他们的自然有古牧地河。

五

黑沟是一条有意思的河。

早春，我驱车从古牧地镇团结村启程，开始午后伴河之行。同行的有孙姐、马哥夫妇。

名字都有来头，这黑沟源自黑沟驿站，用现在的话说，这是清代通往其他省市高速公路的一个休息区。当初，驿站规模不大，一盏油灯、三五人、几匹马、土坯房房舍，栅栏马厩。如今黑沟驿站旁的高速公路去北京只需一天时间，当年没有两三个月想都不敢想。

黑沟河的上游是柏杨河。没修柏杨河水库那些年，夏秋季节，上游来水是黑沟河补给水源之一。

站在团结闸口向东望去，柏杨河河道依稀可见，荒草蛮横地疯长，一只老鼠被我们的话语惊得仓皇逃窜。从事多年水务工作的马哥说，20世纪80年代，一次柏杨河发水，到黑沟河时，水跑进许多农户家院子，又跑进人家地里，吓得鸡鸭乱飞不说，牛羊和狗都找不到回家的路。

人靠衣装马靠鞍。这句老话对黑沟河而言也管用。过去黑沟河没有治理时，就是一条不起眼的沟，2018年政府觉得给黑沟河换件新衣裳，甭说黑沟河高兴不高兴，两岸的百姓开心得奔走相告。

这是项惠民的大工程，马哥全程参与。工期忙的时候，孙姐几天都见不到人。知道他是个忙起工作不顾家的人，也不再较真，若真较真日子就没法过了。

U型河道全部硬化，伴河路全线修通，河岸护栏安装完毕，这好比给黑沟河穿了新衣服，但最关键的是扣子要订好。黑沟河穿行头道坝至河南村时有座桥，这是黑沟河上重要的链接工程，好比衣服上的扣子，万万不能少。黑沟桥两边是石刻护栏。当匠人们将最后一根石柱安装完毕后，马哥高兴地拨通孙姐的电话说："黑沟桥修好了。"孙姐在那头说："回家吃饭吗？"马哥说："做顿酸揪片子，十来天没吃了。"

后来，马哥开车拉着孙姐走了趟黑沟河伴河路，孙姐说，骑行这条路线的人可多了。何止是骑行的人，还有跑步的人，散步的人，以及那些谈对象的年轻人都踏上了这条不曾为人所知的路。路是配角，主角是黑沟河。

有水，自然有活物。

早春，黑沟河水量不大，车子行驶到分水闸处，河面渐为开阔，黑压压的河鸥赶集似的汇集在河面，岸边的芦苇荡里，队伍更为庞大的一群麻雀飞起来，有点与河鸥试比高的意味。河鸥在麻雀面前是当仁不让的大哥。但麻雀丝毫没有退下的意思，集体飞绕黑沟河面一圈后，又回到芦苇荡，之前叽叽喳喳的声音，落在芦苇荡里。

黑沟河面有野鸭子，十几只，不慌不慌地游着。霸主自然是河鸥。我们抵近时，河鸥集体起飞，观察我们的动意。止步立岸边，马哥给我介绍河对岸的轧花厂。高高耸立的避雷针吸引我的目光。夏季倒是会有几次雷电天气，打雷时，这些河鸥会不会有危险。马哥呵呵地笑着说，你真是心软的人，从没听说闪电击中河鸥的事发生。听他这么一说，我高悬的心落下来。

黑沟河两岸是三道坝的地界，我是熟悉的。早先爷爷奶奶住在西阴沟村，伯父和父亲也出生在这里，奶奶的母亲，我不曾谋面的太奶也长眠于此。

黑沟河的治理不是今天才有的事。当年部分湘军留守此地开垦种植稻米时，就开沟修渠。为扩大耕种面积，防止洪水泛滥，三道坝的男女老少依次在黑沟河上先后修建了四道水坝，黑沟河岸生出几个新地名，它们是头道坝、二道坝、三到坝、四道坝。

没有黑沟河就没有三道坝，这话一点也不过分。

到黑沟不能不想起社火。2022年春节前夕，乌鲁木齐市电视台要来三道坝镇录制社火展演画面，为春晚播出做准备。我作为活动参与者几次下来看进展情况。

三道坝的男女老少喜欢社火的热情用一句老百姓的话说，就是宁可少吃一顿饭，要社火不能耽误。那是最冷的时候，二百多人的社火队伍，在广场排练，鼓乐齐鸣，龙腾狮跃，高跷旱船，丑婆靓女，悉数登场。

锣鼓欢天，社火队伍依次上场，我意外发现雅涵在高跷队伍里，身着红色戏服，稳稳当当地走过来。我惊叫一声，嘿，小心点！她冲我笑着说，姐，我练习了两个多月,放心吧,没问题。说着她跟着队伍走过我身边,我像个小矮人似的站在人群里。

上镜效果好,就不能穿鼓鼓囊囊的棉衣。三九酷冷,我穿着羽绒服,站在外面冻得瑟瑟发抖,社火展演的现场热气腾腾。难怪这里连续两次获得文化旅游部颁发的“中国传统文化之乡”称号。

返回路过黑沟河,我扶着栏杆在黑沟桥上静默了一会,流量不大,水花细碎。此时我想起几个人,那个刚直不阿的成树兴,一辈子热衷社火的杨树林,耕耘乡村文化创作丰硕的王树强,古稀之年依然坚持写作的钟长根,醉心酿酒的王明山,痴迷骑行的赵洪恩,返乡创业的周运盛、徐雅各,继续接续下去,这支队伍很长。

他们中有的人走了,有的人则从外地回到故乡,有的人一直生活在这里,有的人去世后安葬在了这里。细数起来,他们都是黑沟河养育过的人。

当然我不能忘记铁厂沟河,不仅仅是那里有赫赫有名的清代铁厂遗址,还有我表哥王振国的行医足迹遍及河的两岸,以及更远的村庄。当然那条略显陌生的芦草沟河,我也在一个又一个春天抑或秋天来临时,进入山谷,寻着河的气息,重温知名作家艾贝保·热合曼笔下的人和事,他是芦草沟河忠实的记录者。

还有那条消失在人们视野里的沙河,不管当下的人们是否愿意倾听她过往的旧事,比如下沙河旁的千年故城,焦灼的城墙诉说着当年的金戈铁马血雨腥风。我记忆中的沙河往事注定要进入我的文字世界,我不能忘记十三四岁扛着筛子、拎着十字镐和铁锨在沙河筛沙子的情景,如果我真忘记了,那意味着背叛自己。那段时光,我学会了坚韧与忍耐,学会了忍受孤独与自己较量。

掩藏在山岭中的红沟河,不被人注意的碱沟河、八道湾河和二道沟。还有一些名字里不带河字,却跟河一样重要的黄渠、小水渠、八一干渠。它们无一例外与屯垦有关,与耕地有关,与丰收有关,与温暖有关。

我一一寻访了它们的足迹。它们都是我的亲戚,我的亲人,我每走近它们一次,这种感觉越发强烈。与沿河百姓拉家常,聊过往的小事时,我常常会热泪盈眶,聊天的人有点不知所措,我忙解释,沙眼,见风流泪。堂而皇之的理由却无法掩饰内心的波澜。

坐在电脑前,整理寻访时拍摄的照片或者视频时,视线一次次模糊,看不清那些丰盈抑或干涸的河流,是不是我走过的地方,不安和怀疑敲击我的心房。

躺下,平复心绪。天花板上出现了一张完整的水系图。它们越来越清晰,我听到流水声,看到河边芦苇野草,闻到鸭子水鸟的气味。身子被水浪推动前行,漂浮在河中央。我不再是一具肉身,是一滴水,一朵浪花,欢快轻盈。

我兴奋地跳下床,周身沸腾,这些与我相遇相知的河流是我身体里的血管,无论它们是什么样子,都是我在这个世界并不孤独的证明。

家乡稻米香

吴永煌

没去湖南去上大学前，家乡米泉一到水稻黄熟的季节，总会想起宋代辛弃疾“稻花香里说丰年，听取蛙声一片”的诗句，总会去父亲耕种的稻田看看那片金黄，闻闻那股稻香。

尽管这里是塞外的大西北，也没有江南水乡那样的蛙声，但家乡的水稻优质高产，不需要像江南那样雨水充沛，也不需要夏日月夜那样蛙声鼓噪。因为，望文就会生义。一听到“米泉”的名字，就马上能会意：产米，有泉。泉，乃水之源。水稻水稻，无水难种稻。别看家乡地处干旱缺水的大西北，却是一个风水宝地，有条经年不息的白杨河。还有，古牧地，是蒙古族语，意为“沟溪交错”；三道坝，民国初年沿黑沟筑坝引水种地；羊毛工，有条老龙河；铁厂沟，山泉潺潺，草木葱茏。还有，这里先期的蒙古族游牧民族就留下一个习惯，逐水而居，这里，水草丰美，益于放牧。盛唐时期，这里是举世闻名的丝绸之路的重要驿站，唐代著名诗人岑参曾来到这里并作诗：“胡地苜蓿美，轮台耕马肥”。清朝更是给这里留下厚重的历史，清朝名将林则徐在被流放伊犁之时，曾经来到过这里；大学士纪昀被遣戍新疆时，对米泉稻米称赞有加，曾写下“十里春畴雪作泥，不须分垄不须畦。珠玑信手纷纷落，一样新秧出水齐”的诗句；湘军屯垦戍边，开荒造田，引植水稻，在米泉的历史史册里写下了光彩照人的篇章。

从那以后，家乡就是一个宜种宜牧的好地方。水稻能活人，更能养人。即使我考学去了鱼米之乡的湖南，在饮食生活上没有一点不适。家乡的稻米，已经养成了适应去南方的胃口；稻米，走到哪都是我的最爱！

前年夏天我满龄退休，带着老伴、孙子和孙女回到家乡，趁着晴好天气，一起到自家的稻田看看。稻谷已经泛出金黄，觉得稻谷比年少时穗大沉甸。一阵微风吹来，唤醒了心中的那份记忆。

记忆中，我去上大学的那个时候，队上联产承包责任制已经全面开放，家家户户或多或少都有一二十亩田地用于耕种。小时候，我家人口多，父亲要耕种二三十亩的水田。在父亲的眼里，这地就像是自己的孩子，每天都要认真打理得干干净净，防止杂草生长。

有了自家的责任田，壮年的父亲干劲很足，日子也一天比一天好。等我大学毕业那年，父亲在镇上开办了一家粮油销售公司，把家乡的稻米卖到了石河子、奎屯、克拉玛依、吐鲁番、哈密、阿尔泰、塔城等地，并在那些设立了代销点。他不往博乐、伊犁和南疆卖，察布查尔县、伊犁河谷和阿克苏也是盛产水稻的地方。父亲说："已经很不错了，钱挣不完，不要到处抢饭吃。"就这些设立代销点的地方，就是一个了不起的市场，带动了队里好几家叔叔伯伯卖米挣钱养家。

当然，在那时还是水稻生产家乡的主业，父亲粮油销售公司只是农闲季节的一道风景罢了，也只有在稻花香满谷物归仓后的情况下才有可能完成，父亲的主要精力还是种田。

父亲的那套四季不断轮换的农具就见证了种稻岁月。

人勤春来早。清明前，冰雪融化，万物复苏，枝头上刚展开花朵，父亲总是队上第一个下田耕种，他首先到灌渠进水口，打开小闸门，使河水能更多地流入水利沟渠，灌溉农田。有了水，冻土复苏，父亲又开着手扶拖拉机，突突突地耕耘在春天的田野里。凭着自律和勤劳，父亲开始了一年之计在于春的劳作，年复一年,父亲的勤劳成了村民争相学习的榜样,树起了威信,难怪他的粮油销售公司能带动那些叔叔伯伯一起干。

夏天,烈日炎炎,草长莺飞,是防治病虫害保证农作物丰产的关键时刻。父亲背着喷雾器,按照农药配方和使用方法,在稻田里施药。据父亲说,中午温度高,农药药效最强,防治病虫害最有效果。每次看到他戴着草帽,晒得黝黑的臂膀,总有些隐隐作痛,那香喷喷的米饭是他汗水的结晶。

到了秋天,层层稻浪吹来,是开田排水的时候了。这个时候,父亲不用再带上繁琐的农具,只需在腰间插把镰刀,割去田埂路边的杂草,这是父亲一年四季下田的标配。

一次,我从湖南回来探亲,说南方都在稻田里养鱼养蟹,立体发展,多种经营。于是,父亲跑到五家渠买来鱼苗蟹苗。等我再次回来探亲,父亲二话没说,提着一只塑料桶,跑到家里的稻田抓鱼捉蟹。稻田里的鱼窝处,鱼儿却怎么也不肯离开它们生活了一个夏天的家,这倒方便了父亲,不用那么费劲地去满稻田里寻找。晚上,父亲在院子里架起了烤箱,一会儿,一股鲤鱼香味弥散开来。他举着一只烤鱼,递给我:“尝尝,老子这稻田里的鱼有没有南方稻田里的鱼香。”我接过吹了两口,歪嘴咬下一块烤鱼,嚼了嚼,说:“香! 比南方香!”父亲很得意:“肯定了。咱新疆光照好,温差大,稻养鱼,鱼养稻。好就多吃点。”

收获的季节总是那么快乐,那么短暂,转眼就进入了初冬。这个时候,粮食已经归仓,所有的农业工具都已“刀枪入库”,静待来年了。这时候,闲下来的父亲又开始在那些代销点奔走。父亲说,他要准备买套新楼房。

父亲已是第三次买楼房了,楼是一套比一套大,父亲却老了。但是,每年的春天、夏天、秋天,父亲都会雷打不动的把家里那二十亩田地侍弄好。

后来,我们兄妹长大后相继结婚生子,人口更多,家庭更加繁荣,经过各自努力打拼,我们都有了属于各自家庭的生活方式,并不再需要面朝黄土背朝天的在地里去耕耘未来,但是,父亲留给我们的勤劳肯干的品格和对土地的眷念却没有丢弃。

转眼间，父亲已是八十高龄的人了。做大寿那天，石河子的张叔叔也来贺寿。张叔叔和父亲一起从老家来到新疆，落脚米泉，后来上了工农兵大学，留在了石河子农学院。在新疆，老家来的人基本没有亲戚，老乡就是最亲近的人。这次第一回听到张叔叔和父亲讲一袋米的故事。1977年，张叔叔的儿子考上了大学，我父亲接到喜讯后，非要去石河子祝贺，比我考上大学还激动。我父亲思来想去，最后只带了一袋米泉大米去了。一袋米也就十几公斤，张叔叔家竟吃了一年。不是张叔叔一家人不爱吃大米，而是舍不得。四川人有句话：一天不吃大米腰杆子直不起来。张叔叔爱人就是四川人，他要细水长流，把我父亲送去的大米留给爱人吃，还得过节时才做。一提起这事，父亲也很感慨，新疆那时大米很难买到，米泉的大米更是很金贵，得找队长批条子，不然，还真找不到合适的东西去张叔叔家。父亲还补充说，当时要送大米给张叔叔，我母亲还絮叨，说送礼哪有送大米的，让人笑话。父亲又转而一笑："我是一举两得，即恭喜了，还落了弟妹个人情。"张叔叔连连点头，也情有独钟地对我说："现在什么都可以买到，但买大米，我还就去买你父亲原来在石河子开的代销店，就买米泉的大米。"

一方水土也养一方物产啊！我是吃米泉大米长的，深知米泉的大米有着得天独厚的水源、水质和自然生态环境，外观晶莹剔透，米粒整齐饱满，色泽洁白鲜亮，胶质含量较高。煮出来的米饭雪亮松散，香味浓郁，口感极佳，唇齿留香。去年，我在网上还看到这样一条消息：中国最好吃的十种大米，米泉大米就名列其中。家乡的稻米，是一张喷了香水的名片！

父亲做人做事方式一直影响着我们。前年，我们兄妹商量把父亲接过去养老，老人家说什么也不愿意，说是人生地不熟，米也没有家乡的好吃。湖南的米确实没有家乡的好吃，这话不假，南方温差小、雨水多，没有家乡的米香，还劲道。我有儿子那年，父亲为了急着看见他的孙子，跑到湖南，还背了一袋家乡新出的米。开始，我们觉得好笑，湖南是鱼米之乡！可父亲吃了第一顿米饭,就说:“这里米不好吃,不香,没嚼劲,下顿吃我带来的。”

几次动员,父亲毫不动摇。出于恻隐之心,我决定,在乌鲁木齐买套楼房,以便隔三岔五可以去看望父亲。再说,家乡的米就是好吃!

那天傍晚,我带着孙子孙女,漫步在乡间小道上,阵阵稻谷香气袭来,驱散了白日的棘热。走过这个三伏天,还有不到一个月就是开田捉鱼抓蟹的时候。到那时候,稻田又是一片金黄,鱼肥蟹胖。遗憾的是,只能看看水田里的这些美景,而物产完全不属于我家的了。父亲年岁高了、做不动了、跑不远了。他已经将田地流转出去了,那些代销点也转给别人了,听说还是经销米东稻米,也一直做得不错。风吹稻浪,我仿佛闻到了儿时熟悉的稻香,听到了童年的呢喃,便俯下身来问孙子和孙女:“闻到稻谷香了吗?”

“闻到了。”

“爷爷家乡的稻子香吗?”

“香!”他们异口同声地说。

米东是家乡,家乡有好米啊!家乡稻米香啊!

奋军的脚印

陈秀屏

去养殖场的路上，我对即将看到的牛舍、羊舍充满好奇，对马奋军也充满好奇。他的年龄不大，也就五十二岁，却是个有故事的人。在米东，养牛养羊的人很多，一抓一把，为什么他会发展得这么好，可以用一路高歌来形容，几乎是业界的传奇。

虽然有思想准备，脑海中也勾勒过养殖场的一幅幅画面，真正到了现场，我还是惊呆了。从小在农村长大的我对牛羊和棚圈并不陌生，大学毕业后还曾在乡镇工作过几年，也算是有这方面的见识，但马奋军的养殖场还是刷新了我的认知，一眼望不到头的圈舍规模、露天室内相结合的设计建造以及对牛喝水、羊拉粪等细节的科学处理，真是令我惊讶和赞叹。

我在参观完养殖场的第二天，见到了马奋军，他皮肤白净，长相敦厚，看向人的眼光平静柔和，和我想象中的霸总人设相去甚远，说是一名科研工作者或者老师好像更贴切。看着他温文尔雅地向我走来，握手问好，表达来晚的歉意，怎么看都和养殖屠宰联系不到一起，而他却是米东区乃至乌鲁木齐市养殖屠宰业界真正的领军人，声名远播。

创业

“我从小就喜欢牛羊，看见它们既熟悉又亲切，就想一辈子干与牛羊有关的行当。”他的话让我想起了理想这个词语。

马奋军是原米泉县米泉镇人，家里有五个孩子。父亲在县基建社工作。1982年，父亲开始从事牛羊屠宰销售业。虽然辛苦，相比较种地收入要好一些。作为长子，马奋军十岁就开始给父亲帮忙，十二岁就像个小大人般样样干得拿手，深得父亲的喜欢和信赖，他自己也爱上了这一行。

1986年，马奋军初中毕业后，毅然决定子承父业。和父亲一起绑牛、屠宰、剥皮、装车、运送、销售。在日复一日的辛苦操作中，练眼力——目测一头牛或一只羊的“出肉率”；练刀工——一刀下去斤数八九不离十；练脑子——了解、判断、把握市场的能力，一干就是四年，成了市场卖肉摊位上的销售明星。父亲为了奖励他，给他买了一辆当年的新款摩托车，可把马奋军高兴坏了。

“我骑上摩托车在街上转圈圈，炫耀够了才开回家，兴奋地一晚上都没睡着。现在我开着高档轿车也没有当年那么开心的感觉了。”马奋军感慨地说。

那时，养殖业萧条，秋天肉多，到了春天就青黄不接，市场上就没有肉可卖，生意就断档，这引起他的思考。1990年秋天，马奋军决定试一试他的计划。他一口气买入三十头牛，经过冬天的育肥，来年春天全部屠宰销售，每头牛净赚一百元，一下子就挣了三千元，这在当时可不是个小数目，要知道当时一名公职人员一个月工资也就一百二十多元。马奋军首战告捷，信心大增，带着三个弟弟正式迈入牛羊肉销售的行当。

马奋军的人生转折发生在成家后。1993年，马奋军结婚了。岳父家房子后面有一片空地，马奋军想贷款买下这块地建圈舍养牛。而父亲的经营理念是做生意要自己干，规模贪小不贪大。马奋军不甘心，去找岳父商量，岳父见马奋军决心很大，想让他试一试。岳父给他引荐了农村信用联社营业部主任摆宏云，摆主任了解到马奋军的性格沉稳，做事踏实，又有几年的养殖屠宰销售基础，就答应给马奋军贷款。马奋军把这个好消息告诉父亲，父亲认为马奋军胆子太大会栽跟头，怎么商量都不同意。劝说无效，马奋军只好提出分家单过，责任自负，父亲无奈接受。

1994年，马奋军拿回来十万元贷款。“手捧十万元现金，我又激动又振奋又担心，好像还有郑重、责任和勇气，就是一种混合着多种情愫的感觉，说不清但记忆深刻。”直到现在，马奋军都记得当年拿回十万元贷款时的心情。

牛圈建好后，马奋军买回三百头牛赶进新建的牛圈，开始了他的养牛业。十万元贷款在当时要是败了可不得了，包括父亲在内的很多亲朋好友和园艺村村民都替马奋军捏了一把汗。不管父亲怎么担心、别人怎么议论，马奋军认定了目标，只顾埋头苦干。

马奋军从早上眼睛睁开就开始忙碌，铡草投喂、添加饲料、提水饮牛、起粪运粪，忙得脚不沾地。不管多苦多累，晚上睡觉前他都要去牛圈里巡视一圈，好像是看自己的孩子，看牛的肚子吃饱没有，水饮够了没有，有没有得病……看到每头牛安然无恙他才能安心睡觉，这个习惯他一直保持到今天。

“我通过看牛的眼睛就能知道牛是不是得病了，以前没有防疫人员，牛的小毛病都是我自己给治好的。”辛勤的付出终于换来丰厚的回报，马奋军一举取得成功。他用事实向父亲证明了自己有判断市场的眼光，也有把握商机的能力。

发展

“打铁还要自身硬，我的眼力很精准，就是你们说的基本功非常扎实，这也是我取得成功的一个法宝。”马奋军总结了自己在这一行的优势。

从事养殖屠宰业的人都知道，对牛羊“出肉率”的准确判断，是做好这一行生意的关键。马奋军悟性特别好，遇事爱琢磨，传统判断牛羊“出肉率”的眼看、手摸、抱举“三部曲”被马奋军琢磨出了门道，他细心揣摩、反复训练、日积月累，终于练就一双“火眼金睛”，只用眼看就能精准判断出一头牛或一只羊被屠宰后，能出多少公斤肉；一群牛或者一群羊从马奋军面前走过去，马奋军仅凭目测就能准确报出这群牛或者这群羊的“出肉率”，差错率千分之一二，成为米东区养殖屠宰业眼力最精准的“牛人”，稳坐第一把交椅，至今没有人能够超越。这也是他从事养殖屠宰业很少赔本并且能够做大做强的一个制胜法宝。

“山外有山，人外有人，我就不信马奋军能这么神？”一些同行找马奋军比试眼力，总是乘兴而来败兴而归。有的不服气，赶着牛羊和马奋军打赌比输赢，结果让马奋军赢了牛也赢了羊。最多的一次马奋军赢了一车羊，还有一次是赢了两头牛，马奋军因此名震“江湖”，市场上再也没有人敢找他比试眼力了。

眼力是一头头牛、一只只羊练出来的，胆量也是一次次实践、一次次成功练出来的，马奋军的首战告捷让他信心大增，他乘胜追击，大刀阔斧地发展起他的牛羊育肥屠宰业。随着投入的增加，他的养殖规模也逐步扩大，先后收购五家小规模牛羊育肥养殖场，成立了养殖经济合作社。

“我有最强的专业防疫队伍。干养殖，防疫是基础，防疫做不好，一切都白搭。”谈到动物防疫，马奋军最引以为豪的是花重金聘请市动物园首席退休专家指导组建自己的防疫团队，让他省心省力，多年来没有发生过牛羊疫情，死亡率是千分之一二，这个数据让很多同行佩服和羡慕。卫生安全有保障，养殖场发展自然顺风顺水。

实行规模化养殖后，马奋军把目光盯向科学饲养，他投入大笔资金在古牧地镇下沙河村建饲草料加工厂，引进管理人员和技术人员进行配方饲料加工，年产饲料完全满足养殖场需求，实现了从粗放式饲养向科学化、精准化饲养的转变。

“配方饲料是精饲料，相当于肉，青储相当于米和面，草料相当于菜。”马奋军运用一个恰当又通俗易懂的比喻，给我讲清楚了配方饲料的重要性。传统方法养殖的牛长得慢、肉质柴、颜色深、卖相不好。配方饲料能改变肉质、颜色和口感，加速牛的生长速度。配方饲料是玉米、棉粕、豆粕、微量元素等加工而成，成本较高，一般养殖户不愿意多投入。

“有些养殖户在饲料中添加违禁品，增肉快，利润大，这种黑心钱我不挣，我的饲料加工都是严格把关的。”马奋军的介绍让我明白了产品质量是他始终能占领市场的关键。

经过十几年规模化、科学化养殖，2009年，马奋军在长山子镇碱梁村东梁建成占地面积二百多亩的米东区大田黄牛养殖经济合作社；2014年成立新疆塞外银羚种羊场，成为米东区乃至乌鲁木齐市规模最大的牛羊育肥基地。2015年，马奋军顺应市场发展需求，在吐鲁番市高昌区红柳河园艺场一碗泉建成占地面积二百多亩的牛羊养殖基地，实现了牛羊养殖长、短期储备保障。

养殖业的蓬勃发展促进了屠宰业的兴旺，原来的小型屠宰场已经不能满足市场需求，从业多年，马奋军很清楚私屠滥宰的路边肉店肉的来源不明，品质没有保障；没有检疫，卫生安全没保障，价格也不稳定。他的养殖场防疫工作到位，肉的品质有保障，货源足，肉价走亲民路线定得比较低，这些优势让马奋军对占领市场充满信心。

马奋军审时度势，以发展的眼光确定了建大型屠宰场的目标。2007年8月，马奋军采取合资方式在古牧地镇太平渠村建成占地面积七十多亩的大型现代化屠宰场，可实现年屠宰牛十万头、羊三十万只。2008年5月，马奋军成立新疆皇牛畜产品发展有限公司，先进的屠宰车间和屠宰设备，实现了牛羊屠宰流水线作业，日屠宰数量直线上升。

“马奋军是老米泉人，卖肉几十年了，知根知底，放心。”“在这儿买牛肉好多年了，肉好，价钱也公道，别处的牛肉没有买过。”在华隆美特商业街中心市场购买牛肉的顾客这样评价马奋军养殖屠宰的牛肉。

在销售方面，马奋军效仿天康饲料公司的营销策略，先以批发价在全市十七家直销店销售，让利给老百姓，让老百姓买到最放心最便宜的牛羊肉，用三年时间逐步得到老百姓的认可，在赢得口碑的同时赢得了市场。

马奋军说：“酒店、火锅店供应都有一些个性化需求，有了机器切割和分类包装，就满足了不同顾客群的需求，也扩大了销售渠道。”同时，机器切割和分类包装提升了牛羊肉附加值，大大提高了屠宰场销售额，也提高了销售业绩。目前，他的公司在米东区牛羊肉市场供应中占比百分之七十，在全市牛羊肉市场供应中稳占百分之四十的份额，成为米东区继华凌畜牧之后第二大牛羊肉供应基地，最重要的是货源来自马奋军自己的养殖场，安全、放心、可靠、稳定。

考虑到全市十七家直销店都是彩钢板房，马奋军计划逐步提档升级，全部改用透明大玻璃橱窗，内部增设保鲜库，让老百姓一目了然，随时放心购买新鲜牛羊肉。目前，改造工作正逐步推进。

从养殖场到饲草料加工厂，再到屠宰加工场、畜产品销售中心，一条完整产业链诞生的同时，不仅促进了米东区畜牧业健康发展，保障和繁荣了市场，满足了老百姓的肉案子，也带动了饲草（青贮玉米、豆粕、棉粕）种植、牛羊贩运、交通运输、活畜交易、食品餐饮等行业，一批畜牧业经纪人应运而生，活跃在全市各大农贸市场。

回馈

“养殖散户市场竞争力弱，找我帮忙的我都尽力去帮，人心换人心，很多人在我生病时来家看望，心里很温暖。”谈到帮扶的事，马奋军没有讲自己多年来帮助别人的事，而是说了两件别人温暖到他的事。

常年奔波劳累，积劳成疾，马奋军的健康状况出现了严重问题，他不得不住院、手术，再住院、再手术，公司事情太多，有时躺在病床上还在遥控指挥……一些他帮助过的人知道后赶去家里看望他。有一个马奋军帮忙担保贷款的养殖散户，困难时期马奋军给借过钱，拿着五千元要送给马奋军作为感谢，马奋军说：“我是不会收的，钱你拿回去做资本，明年继续好好干。记住，下次再这样，不要进我的家门。”这位养殖散户深受感动，第二天带着自家养的两只鸡和媳妇再次来到马奋军家，马奋军高兴地收下了两口子的心意。还有一个养殖散户拿来一只收拾得干干净净的鸭子，对马奋军说：“听说老鸭子汤对做手术的人身体恢复特别好，这只鸭子我养了八年，给你拿来炖汤喝，你好好补一补。”马奋军听了很感动。

马奋军是从基层起步，一步一个脚印成长起来的民营企业家，他对底层百姓有着天然的亲切感与悲悯情怀，在多年从事养殖屠宰的过程中，经常有一些养殖散户遇到养殖、防疫等方面的问题，需要技术咨询与防疫服务，马奋军都是热情接待，安排技术人员耐心讲解、精心指导，无偿提供帮助。很多想从事小型养殖的农户没有资金，贷款需要担保，马奋军总是毫不犹豫给他们提供担保，连续十年帮助小型养殖户、散户、贫困户担保贷款，圆了这些人的养殖梦，让他们实现增收脱贫、增收致富。小型养殖户、散户、贫困户销售出现问题，马奋军安排公司进行兜底销售，解决他们的燃眉之急。有些贫困户养殖出现问题，赔了钱无力偿还贷款，马奋军就替这些贫困户还了贷款，累计三百多万，这些贫困户对马奋军充满感激。

自治区打赢脱贫攻坚战和开展区内协作扶贫工作展开后，马奋军也主动参与其中。他一方面安排养殖技术人员和管理人员远赴南疆四地州，开展每月办班讲课，进行养殖业务培训；另一方面安排养殖场接待来自南疆四地州组织的养殖户参观团观摩学习。

2018年，米东区与和田市签订对口帮扶脱贫攻坚工作协议后，马奋军积极参与到对口帮扶工作中，通过畜牧“代购托养”方式，帮助和田市伊里其乡、肖尔巴格乡、古江巴格乡、拉斯奎镇的建档立卡贫困户“托养”牛羊，每年按照协议给贫困户返还分红，年分红达到五百多万元，增加了贫困户收入。“代购托养”施行了三批次，使和田市四个乡镇的建档立卡贫困户全部无风险受益，为帮扶和田市开展脱贫攻坚工作作出了米东区民营企业家的贡献。马奋军应邀前往和田市参加“和田市建档立卡贫困户米东区畜牧托养分红发放仪式”，见证了光荣而有意义的历史时刻。

授人以鱼不如授人以渔，马奋军安排养殖场接收和田市建档立卡贫困户到养殖场打工，以干代培，积累养殖经验和技术，帮助他们提高自我发展能力。

经过打工培训，有的在养殖场学到技术返回家乡从事了养殖业，实现了增收脱贫；有的留在养殖场成了员工；有的把家属接过来定居。来自和田市伊里其乡阿克铁热克村的麦提托合提·阿西木和玉龙喀什镇永巴扎村的玉山·艾山，在养殖场干了几年，不但把家属接了过来，还买了车，成为他们村很多人羡慕的对象。有几个打工人员在养殖场越干越好，涨了工资，就返回家乡把孩子接过来在这里上学，一家人生活得很好。还有来自和田市玉龙喀什镇永巴扎村的乃比江·麦麦提敏，因为学会了养殖场管理，被家乡返聘回去在当地养殖场担任了场长，家人为此特别高兴。

2020年下半年，马奋军安排人员与和田市对口扶贫的乡镇对接，商议到场帮扶相关事宜，他的计划是在和田市对口帮扶的乡镇、村租赁当地养殖场，从米东区代购扶贫牛羊运往当地养殖，安排技术人员、管理人员、防疫人员和饲草料同期前往，在当地养殖场驻地一个月，进行现场帮带养殖，并负担所有费用，包括死亡牲畜。一方面让牛羊在异地安全度过适应期，降低死亡率；另一方面对当地养殖户进行现场授课培训、现场指导实践，让他们亲眼所见、亲身实践先进的牛羊养殖技术、管理与防疫技术，真正学到并掌握科学实用的养殖技术、科学管理和防疫知识。

经过帮扶团队的辛苦努力，第一批驻地“帮带养殖”喜获成功，牛羊被分送到当地养殖场和建档立卡贫困户家中，进行分散养殖。消息传来，马奋军一直悬着的心终于放了下来。他乘胜追击，又实施了第二批、第三批，圆满完成预期目标。“帮带养殖”给对口帮扶地区的养殖业提供了看得见摸得着的技术服务与帮助，实实在在为当地培训了技术人员和管理人才，帮助对口帮扶地区提高了养殖水平，扩大了养殖规模，带动了养殖合作社的完善发展，实现了经济效益，为和田市完成脱贫攻坚任务作出了积极贡献。

担当

“做人要知道知恩图报，我一路走来得到很多人的关心、支持和帮助，有公家、有个人，我都在心里记着呢。”特殊关头，马奋军表现出一个民营企业家的胸怀与担当。

2021年7月中旬，新型冠状病毒肺炎疫情出现反复，一时间市场保供成了市政府急待解决的头等大事和难事。

接到封城的消息时，马奋军正在吐鲁番做埋沙理疗，意识到疫情给屠宰场带来的影响，他立即给社区打电话询问返程相关事宜，于25日赶回米东区，进行居家隔离并遥控指挥屠宰销售和市场保供。

7月28日各区县之间禁止流动，市政府决定天山皇牛农牧科技开发有限公司负责市场牛羊肉供应保障，马奋军深感责任重大。马奋军的压力顿时增大，困难也接踵而至。市政府下达的每日屠宰任务增加了一倍，优先保供天山区，强调要克服一切困难确保市场供应不断档。

“我当时都快崩溃了，一方面是货源的问题，另一方面是人工的问题，哪一个都没法解决。”回忆当时的情况，屠宰场总经理吴限光用“太难了，不堪回首。”七个字做了总结。

当时事发突然，没有一点防备。屠宰场也有工作人员因为密接被隔离，人员少了四分之一，任务却增加了一倍。人手不够，屠宰车间工作人员白天晚上连轴转，每天工作十四个小时。马奋军在电话中给大家鼓劲：现在是特殊时期，困难再大，这个坎儿我们都要扛过去，这对我们是一次考验，也是一次历练！全体工作人员咬紧牙关坚守岗位，为市场保供“白+黑”连续作战。米东区政府了解情况后，紧急抽调一批志愿者充实到屠宰场救急，情况才得到缓解。

眼看货源供不上了，马奋军急得吃不下睡不好。思来想去，只有一个办法，从吐鲁番养殖场调运。马奋军电话打到吐鲁番，与吐鲁番市政府协调从当地养殖场紧急调运一批育肥牛到米东应急，得到吐鲁番市政府的理解和支持。马奋军迅速让公司安排了大货车，出发前驾驶人员做核酸检测，带检测报告上车、贴封条封车。车到吐鲁番养殖场后封条不解、驾驶员不下车，由养殖场直接装车，驾驶员拉上牛后立即返程往回赶。就像是组织一场残酷的战斗，要和时间赛跑，还要和疫情决斗。马奋军赢了，市场供应不足的问题解决了。马奋军长出了一口气，为自己的员工点赞，给他们竖起了大拇指。

五十天的市场保供，马奋军和全体公司员工一起经历了一场严酷的看不见硝烟的战争。当时，市场牛羊肉短缺，肉价一直看涨，市政府为了稳定民心，要求马奋军将肉价下调，差价由政府资金后期补给马奋军，马奋军从大局出发坚决执行，替政府垫付资金做好肉价下调工作，全力配合市政府稳定了市场，表现出一个民营企业家的胸怀与担当。

未来

“搞企业人才很重要，想要把人留住，钱财不能看得太重，钱财散了，人就来了。”这是马奋军的经营理念，也是公司今后的发展方向。

事业越做越大以后，马奋军意识到人才的重要性，马奋军决定改变。选址古牧地镇下沙河村的饲草料加工厂建好以后，马奋军第一次大胆录用管理人才和技术人员，经过试用，管理和技术都上了一个大台阶，马奋军很高兴。后期又陆续招录了各类人才进到养殖场、屠宰场、饲草料加工厂和销售中心。

“马总以前的经营理念是节约成本，现在的经营理念是重视人才和技术。”马奋军助理王庆波介绍到。经营理念转变后，马奋军对公司的人员结构进行了优化，以前公司只有财务人员是专科以上文凭，这些年招录大学生的比例逐年提高，尤其是招录技术人员的比例逐年提高。

公司壮大以后，为了凝聚人心、留住人才，马奋军运用“分股”的方法吸引管理人才，壮大了自己的管理团队。他拿出一千万原始股，分给公司中层和基层管理人员，让他们成为公司的一分子，极大地调动了中层和基层管理人员的积极性，员工的向心力和公司的凝聚力也大大增强。

未来发展离不开年轻人，也离不开科技创新，马奋军积极拓展校企合作，先后与三所大学进行了校企合作。校方进行畜牧业养殖、疾病预防等项目研究、成果转化；企业提供畜牧业养殖教学实践基地、就业安置，互惠互利、实现双赢。

公司先后与新疆农业职业技术学院合作成立“实践教学基地”;与西北农林科技大学动物科技学院合作成立“产学研合作基地”;与甘肃农业大学合作成立“实践教学就业创业基地”,每年接受一批实习学生,实习期半年,合作顺利愉快。

从在自家牛圈里养几头牛开始,到建养殖场、养殖经济合作社、大型规模化养殖场,再到建成集约化养殖育肥、活畜产品交易、饲草料加工、屠宰销售、固体废料加工再利用等畜牧业产业链,成立新疆天山皇牛农牧科技开发有限公司,马奋军用三十多年的时间,把米东区养殖屠宰业推向一个新高度的同时,也实现了他人生的三级跳:养牛屠宰户——养殖场场长——农牧科技开发公司老总。

“我女儿的高考志愿是我引导填报的,是我坚持让她报动物科学专业的,我是从公司的长远发展来考虑的。”谈到公司未来的发展,马奋军聊到了女儿。“我女儿学习成绩一直很好,尤其是英语学得好,本来打算去英国读双硕士,考虑到公司和自己所学的专业,最后还是回来了。”

女儿回来,当妈的不高兴。埋怨马奋军:“你让一个研究生,还是女娃娃去卖牛羊肉,简直是浪费又可悲,大学真正地白上了!”马奋军批评媳妇观念落后,跟不上时代发展。

2019年6月,女儿研究生毕业后回到了米东。马奋军没有让女儿进自己的公司,他希望从来没有吃过苦、受过气的女儿,能在社会上经受一些风雨,接受一些锻炼。女儿先后在自治区人民政府政策研究室和华凌牛业集团干了一年多时间,才回到自家公司。

马奋军坦言:养殖规模目前已经没有发展空间,公司今后的主攻方向是销售,年轻人在这方面有优势,应该支持她们去闯一闯。马奋军让女儿负责公司营销策划与宣传,放手让女儿去试行线上销售,拓展市场空间。目前,公司计划建设直播间,开通直播销售,努力打开线上销售渠道,将新疆的优质牛羊肉宣传出去，让更多的人品尝到新疆的优质牛羊肉产品。同时，积极打造新疆本土牛羊肉品牌，拓展其他省市市场。前期经过尝试，女儿的线上销售已经初见成效，马奋军很欣慰。上大二的儿子也明确表示大学毕业后，会回来给父亲帮忙。

未来是年轻人的世界。马奋军坚定地走着，他那串脚印在阳光下闪着亮眼的光芒。

一个都不能少

蒋小寒

玉苏甫江的按摩店

秋日的夜晚，一轮圆月高挂在空中。

月光下，芦草沟村笼罩在一片祥和的气氛中，道路两旁被风吹落的树叶，在地上发出沙沙的响声。风还有些许凉意，远处隐隐传来的一两声犬吠，反倒让村子显得更加的安静。

远远望去，村口转弯处，隐约有一道车灯的光束忽闪着，偶尔，会有直射的光线过来，车驶近了，能依稀看出这是一辆已经有些破旧的黄海皮卡车，车子发出隆隆的轰鸣声，朝着不远处一座院子驶去。

车内，一个目光坚毅的中年男人，手握方向盘，盯着路面，在他满是倦容的面颊上，尘土与汗渍混合的印渍清晰可见，让面部线条显得更加突出。

开车的人是米东区扶贫办副主任彭志新，今天下午，他参加了米东区关于帮扶款审批落实的工作会议后，急匆匆地走出办公大楼，晚饭都没顾得上吃，就马不停蹄地独自驾车前往相隔几十公里的三个村子，分别去帮扶对象的家里，进行帮扶款项的落实工作。现在，已经快到今天安排回访的最后一个村子——芦草沟村。

突然间，剧烈的颠簸让车子几乎失控，伴随着急促的刹车声，车子淹没在了卷起的尘土中，等尘土慢慢地被风吹散，车门打开了，彭志新下车检查车况，才发现车子已经驶离了原本就狭窄的乡村公路，车头和路边的大树相距不到几十公分，已经开下了公路，停在了路边的林带里。不由得，让彭志新倒吸了一口凉气，不过，这种情况彭志新已经发生了不止一次，他似乎已经不是太在意了。

他围着车辆转了几圈，观察了车辆周边的情况并没有什么问题，彭志新又发动汽车，在经过几次艰难的倒车后，终于又将车子开上了村道，慢慢向着前面不远处的小院驶去。

原来，彭志新一直都患有暂时性夜盲症，前些日子，彭志新在同事的多次催促下，去医院做过检查，得知自己的这种情况的原因是缺乏维生素A。今天，他已经去了前面几个相隔十几公里的村子，到现在连口饭都没有顾得上吃，加上长期的工作劳累，特别是最近一段时间，因为就要接近年底，工作上很多事情都需要及时处理落实，彭志新又是一个事必躬亲、工作上的事情必须落到实处的人，常常不能按时吃饭，造成营养失衡。刚才就是因为他夜盲症的发作，没有看清夜晚中的道路，才险些酿成车祸，非常危险。

玉苏甫江家，屋里没有开灯，墙角上一个已经不知用了多久的小桌上，放着一台显然不属于这个时代的旧电视机，里面发出欢快的歌唱声，随着音乐的节奏，扬声器里不时会有难听刺啦声出现，让电视机显得更加的陈旧，屋内不多的几件简陋家具，随着电视机屏幕发出的光亮，在墙上映射出忽明忽暗的影子。

屋子里，一个能睡好几个人的炕上，放着一张小木桌，下面铺着薄薄的毛毯，毛毯的边角已经开叉，几根散开的织线，垂落在已经露出了红砖的炕边上。玉苏甫江躺靠在炕头，手中拿着一个木碗，正在“听”着电视。五岁的大儿子吐尔逊正和三岁的小儿子亚森，在炕上的另一头玩闹着，不时会滚躺在炕上，相互骑压，发出咯咯咯的笑声。

玉苏甫江的妻子孜瓦然，拎着一个水壶走了进来，给丈夫手中的木碗里添上水，然后，看着丈夫说道：“太晚了，人应该不会来了，你也早点睡吧。”

说着，孜瓦然拿起放在小桌上的降压药，从玉苏甫江的手中接过木碗，就着丈夫喝剩的水，服下了降压药。

玉苏甫江直起身：“彭主任下午给我打过电话，说今天要来我们家，他那个人说话算数，肯定会来的，我们再等等吧。”

玉苏甫江是先天盲人，不能下地种田，无奈之下，早些年，在村子里修建的集市上，开了一家盲人推拿按摩店，和妻子孜瓦然结婚后，孜瓦然也在店里帮忙，和他一同打理着小店，但是，小店的生意一直不是很好。

以前没有孩子，小店的收入基本还能够满足夫妇俩的生活。自从有了大儿子吐尔逊，小店的收入就显得有些捉襟见肘了，接着后来，又有了小儿子亚森，小店原本就不多的收入，除了能让一家四口人吃上饭，其他的就无从说起了。每到节日，特别是六一儿童节的时候，其他村民的孩子有的买了新玩具，有的添置了新衣服，而玉苏甫江家的两个儿子，只能眼巴巴地看着村里的其他孩子穿新衣买玩具，玉苏甫江也只能无奈地告诉孩子们：“过几天就给你们买”，可是，玉苏甫江的心里知道，要想实现孩子的这个愿望，对他这个盲人来讲，是多么不容易的一件事情，也可能，他永远都没有办法满足孩子们的要求。

玉苏甫江一直对孩子和妻子有着深深的愧疚，经常在没人的时候，躲在小店一边偷偷地流泪，可是店里越来越不好的生意，又让他感到非常的无助，要知道，这个推拿按摩小店，是玉苏甫江一家最重要的经济来源。

大约一个多月前的一天，彭志新去村镇进行低保户扶持情况的调研复查，来到了玉苏甫江的按摩店。正在忙着给客人按摩的玉苏甫江并不知道彭志新的来意，见玉苏甫江忙着，彭志新便和他的妻子孜瓦然聊了起来。

说起按摩店的收入，孜瓦然拧干手中的毛巾：“我们这个店，因为是开在村子的集市上，我们村人本来就不多，平时大家都忙自家的农活，外面来的人也少，每天也没几个人来做按摩了，做全身按摩的人就更少了，可是全身按摩是收费最高的，靠这个才能赚一点钱，其他的都是些腰酸腿疼的事，经过几次按摩就好了，但是价格便宜，赚不上啥钱。”

彭志新见店里只有一张按摩床：“对啊，你这只有一张按摩床，就是来了客人，要做全身按摩，你们也没有地方啊？”孜瓦然眼前一亮：“是的是的，以前就有一个工地的老板，来了就要做全身按摩，老板本人非常喜欢玉苏甫江的祖传按摩手法，可是就因为我们只有一张床，他每次都要等好长时间，后来还是嫌我们这里条件不好，特别是按摩床窄了，来了几次就不再来了。”彭志新看着玉苏甫江说：“是啊，我也看出来了，玉苏甫江大哥的按摩技术的确不错，有时间请玉苏甫江大哥给我也来个全身按摩。”玉苏甫江停下手中的动作说道：“没问题彭主任，我这个活忙完了就可以给你做全身按摩，肯定是不会收你钱的。”彭志新回答说：“谢谢了，玉苏甫江大哥，我今天还真不是来找你按摩的，今天我来，主要是对你们家里的情况做进一步的回访落实，然后就开始向上级相关部门进行扶持申报。”

孜瓦然走过来说道：“彭主任你也知道，我们家里一共四个人，两个儿子还小，我在按摩店除了能洗洗床单毛巾，打扫打扫卫生，别的忙啥也帮不上，全靠玉苏甫江一个人在忙活，我身体也不好，常年都在吃降压药，全家的生活就靠我们这个按摩店了，生活实在太不容易，一年下来，根本就剩不下什么钱，连给娃娃买个衣服，也只能是每年过节的时候才能买上一件，哥哥穿完了，弟弟还要接着穿，不怕你笑话，孩子的玩具都是捡别人家孩子不要的。”

彭志新对正在低头做着记录的同事小李说道：“玉苏甫江按摩店和家里的生活情况，经过我们前期的了解和后期的走访落实，我认为完全符合我们米东区党委政府对我区低保户加强产业帮扶、惠及低保户扶持政策，也符合咱们米东区按照乌鲁木齐市脱贫攻坚工作的具体要求精神。”

彭志新转身拉起对玉苏甫江的手：“你们按摩店的情况，我已经了解落实了，符合低保户扶持政策的要求，完全可以通过申请帮扶资金来扩建项目、扩大经营，我会向上级相关部门给你们申请扶持资金，将来，等扶持资金到位了，我们就增加几张按摩床，你再带上几个徒弟，就不愁挣不到钱了！”

彭志新耐心地为玉苏甫江夫妇讲解着政策的详细内容，夫妻二人认真地听着，不时还提出了一些自己家里的具体情况，彭志新都一一耐心做了解答。

彭志新一行人离开后，两口子还在热烈地畅谈着，仿佛已经看到了扩大后的按摩店顾客络绎不绝、生意红红火火、收入源源不断的好日子。

随着院门外传来汽车马达的声响，彭志新的皮卡车已经到了玉苏甫江家的院门口。

白色石灰粉刷的墙面，被雨水冲刷的有些斑驳，似乎在告诉人们它有些年头了，对开的两扇铁皮做成的大门，镶嵌在墙里，彭志新下车，走到大门前，伸手敲起了门。

一阵清脆的电话铃声，彭志新从公文包里拿出响着铃声的手机，看到来电显示的是姐姐打进的电话，他按下接听键，手机里传出姐姐的声音：“志新，我看你真是不想要你这个儿子了，糯米闹到现在还不睡，非要找爸爸，要不你就再哄哄他吧。”

彭志新正在敲门的手，停在空中。

带着哭腔的儿子糯米说：“爸爸，我想你了，刚才你不是说马上就回来了吗？咋现在还没有到家呀？”糯米哭声越来越大，彭志新鼻子一酸：“糯米，等爸爸忙完这一阵就回家看你。”

“爸爸骗人……”儿子糯米不停嘱咐爸爸一定早点回家。

屋里的玉苏甫江听到敲门声，赶紧让妻子去开门。

彭志新本想再劝慰儿子几句，院门开了，孜瓦然认出是彭志新，高兴地说道：“彭主任，玉苏甫江一直在念叨你要来，天这么晚了，我还以为你不来了。”

彭志新赶紧挂了电话：“是啊，本来早就该到了，路上出了一点事情，就耽误了一会。”说着，就随孜瓦然进了小院。

彭志新进屋，就着电视屏幕的光亮，看到靠在屋子炕头的玉苏甫江和他两个年幼的儿子。

孜瓦然打开灯，看到彭志新裤子上满是尘土："彭主任，你这是怎么回事儿？"彭志新笑了笑："不小心摔了一跤。"说着孜瓦然给他拿过一条毛巾，彭志新一边拍打着裤子上的土，一边和玉苏甫江打着招呼："玉苏甫江大哥，我今天过来，就是要告诉你，给你申请的帮扶款已经批下来了，我把材料拿过来，你签上字，我把材料报上去，过几天你就可以拿到钱了！"

玉苏甫江起身拉着彭志新的手兴奋地："帮扶款真的批下来了吗？"

彭志新拿出材料，递到玉苏甫江微微颤抖的手中："那还有假？章子还没干呢。"玉苏甫江像个孩子一样，把材料捧到鼻子底下闻了起来，他的可爱举动，令彭志新忍俊不禁，一旁的孜瓦然也止不住笑了起来。

一旁的孩子搞不懂发生了什么，但看到彭志新和父母高兴的样子，也兴奋地从炕上跳下来，围着彭志新："叔叔好，叔叔好。"彭志新看着两个可爱的孩子，不由得，心中想起了自己的儿子糯米，泪水差点夺眶而出。彭志新赶紧转身向院外走去，从车里拿来了几天前给儿子准备的生日礼物，一辆玩具小火车。

看着炕上的嘴里嘟嘟嘟地开着火车的孩子，彭志新若有所思——

这时，彭志新肚子里发出的咕咕声，彭志新尴尬地笑了笑。这也引起了孜瓦然的注意："彭主任，你是不是又没吃晚饭，我现在给你做拉条子吧。"彭志新笑了笑："孜瓦然嫂子，谢谢你的好意，时间不早了，就不麻烦你了，下次有机会，一定来尝尝你的手艺。"孜瓦然声音哽咽着："彭主任，谢谢你的帮助，谢谢你！"

玉苏甫江抱着歉意的说："彭主任，你说过，都是党的好政策，才让我们的日子有了盼头，让我们的生活有了更高的希望，可是你为了我们家的事情忙前跑后，连饭都不吃上一口，我都不知道，怎么才能报答你呢？"彭志新拍拍玉苏甫江的肩头："你们不用感谢我，应该感谢的是咱们的党和政府，就是党的好政策，关心咱们老百姓的生活，让我们不愁吃、不愁穿，而且还要让大家都富裕起来，过上更好的日子！”玉苏甫江兴奋地下了炕：“你说的，我都听明白了，我要开好按摩店，以后我要把村子里生活困难的人安排到按摩店，我给他们教按摩的技术，让他们也能赚上钱。”彭志新拉着玉苏甫江的手：“玉苏甫江大哥，你这样想就对了，这就是我们党政策里说的，要让人民都富裕起来！”

说着，彭志新向门外走去：“今天时间已经不早了，你们也早点休息，我这就回去了。”玉苏甫江执意要送彭志新到门口，孜瓦然从后面追过来，手里拿着自己打的馕，要彭志新带着路上吃，彭志新接过馕：“嫂子，谢谢你，明天我还要去羊毛工村，你放心，过几天等扶持款到了，我一定过来吃你做的拉条子。”

彭志新发动车，和玉苏甫江夫妇道别，驾车驶上了小路，玉苏甫江站在路旁，听着渐去的车子慢慢没了声音，孜瓦然才扶着他走向小院，轻轻关上了院门。

此刻的芦草沟村，格外宁静，汽车发动机的轰鸣，仿佛是这夜晚的高亢交响乐，合着彭志新的皮卡车，一路高歌，向远方驶去。

“挣工资”的牛

五月底的早晨，小城街道上的吆喝声、清脆的车铃声伴着环卫工人扫地的沙沙声，穿梭交织的身影仿佛拨奏其中，正在演绎着一段温暖的晨曲。

彭志新拎着他黑色的公文包，正向着办公大楼走来，热情地与其他工作人员招呼着。

扶贫办的工作人员小李在彭志新身后说：“彭主任，我买了刚出笼的包子，你也尝一个吧！”彭志新转身，看到身后两眼布满血丝，但显得还很精神的小李，手里拿着一袋包子走向前来，彭志新问道：“小李啊，一看你就没睡好吧，今天要下去走访，你也准备一下，前天刮大风，羊毛工村王洪喜家的房子情况不知道怎么样，你去他家看看有没有啥问题。”小李递来一个包子，彭志新拿出手机看时间：“马上就要开会了，回头在路上吃吧。”

扶贫办会议室虚掩着的大门，里面传来彭志新中气十足的声音：“首先是以政策兜底保障对象及残疾人为重点，开展全区农业户籍人口动态监测、即时预警，重点监测收入水平变化和‘两不愁三保障’巩固情况；其次是坚持线上自治区脱贫攻坚大数据平台监控、线下干部核实、部门精准帮扶相结合的监测机制，每月跟踪监测……另外就是定期和不定期的入户调查，低保户的收入和支出情况，包括重大疾病和大额支出，家庭子女受教育的情况，医疗保险保障情况，住房保障情况，自来水是否接通等情况都需要逐一调查落实。”

去往羊毛工村的柏油路上，透过被地面的高温蒸腾的气浪，折射出路边刚刚长出的麦田，像是海市蜃楼一样不断变幻着。

行驶在乡间公路上的黄海皮卡车，彭志新专注地开着车，副驾驶座上的小李，就着一瓶矿泉水，把一个包子吞进嘴里，嘟囔着："彭主任，你也吃点吧，包子味道不错。"彭志新单手握着方向盘，摆了摆手："你自己吃吧，我是饿过了点就不饿了，不想吃了。"

彭志新将车停在羊毛工村的村口，小李背着双肩包跳下车，彭志新在车里喊着："中午我还到这来接你。"

位于皇宫村的犇犇奶牛合作社的大门口，合作社的负责人牛犇站在大院门外打着电话："彭主任，你到哪里了？"手机里传出彭志新的声音："我这刚从羊毛工村过来，十分钟左右就到了，你们别着急。"牛犇兴奋地："不急不急，彭主任，我就在合作社等你，正好今天又有新的托养牛运过来了。"

羊毛工村王洪喜家里，王洪喜正坐在轮椅上，看着电视，他的手随着电视里传出的音乐，有节奏地在空中比划着。猛然间，他感觉到窗外有只手在推着窗户玻璃，这着实吓了他一跳，细细看去，认出窗外的人是经常和扶贫办彭主任一起来的年轻人。

王洪喜嘴里招呼着，窗外的小李也看到了屋里的王洪喜："王洪喜，我是扶贫办的小李，今天专门过来看看你家的窗户修好了没有。"王洪喜转动轮椅，向屋外移动着："彭主任，彭主任，怎么没见彭主任？"

小李进到屋里："刚才彭主任把我送到了村口，他直接去羊毛工村的奶牛合作社了。"

转过皇宫村鱼塘前面的那个弯，彭志新就看见犇犇奶牛合作社负责人牛犇站在合作社的大门口张望着，看见不远处彭志新的皮卡车，挥手招呼着，车到跟前，指挥着车子驶进合作社的大院里。

彭志新下车，牛犇热情地上前，握着彭志新的手："彭主任，今天你来得真是时候，我们又有六头托养牛送了过来，都是品质一流的荷斯坦奶牛啊！"彭志新急切地向前走着："是啊，荷斯坦奶牛确实不错，但是也要靠你们精心的照料养护才行，你说是不是这个道理。"

两人交谈着，准备进入奶牛合作社现代化的牛棚，一旁的工作人员递上了白色的隔离服，两人穿好隔离服，又进入到下一个消杀灭菌环节，喷淋灭菌室。

彭志新对着一切消杀流程，显然是早已轻车熟路了，很快就和牛犇进入了高大而又宽敞明亮的养牛大棚，看着用透明材料组接拼合而成，又能发出模拟太阳光线的大棚屋顶，牛犇大声说道："这些都是今年我们用农商银行的专项贷款修建的，目前第一期工程已经投入使用，第二期工程正在加紧建设中，预计八月份就可以投入使用了。"

彭志新看着大棚清洁整齐的牛舍："今天来，我好像没有闻到牛粪的味道？"牛犇转过身得意地指着三十几米开外，一条管道状的设施说道："彭主任你看，那个就是这次改造中安装的新风系统，这个系统可以二十四小时自动监测牛棚中空气的含量，达到排气标准就会自动的吸入新鲜空气，排出旧的气体，你就闻不到牛粪的味道了，所以说嘛，我们这个牛棚，完全可以称得上是一个大氧吧了。"彭志新哈哈笑着："看把你得意的，我今天过来，不是来听你跟我说新牛棚的，我是专门来看我放到你这的丫头的。"牛犇听了彭志新的话，摸着头疑惑地问道："不对呀，我记得，你的娃娃是个儿子啊，啥时候又成丫头子了，再说，就算你又有了丫头，也舍不得送到我家吧。"

两人大笑起来，欢快的笑声让一旁牛栏里正在吃草的牛也好奇地盯着他们，停止了吃草，随着身躯巨大的荷斯坦奶牛粉色的鼻子轻轻撅起，"哞"——一声洪亮的牛叫声发了出来，牛棚里的其他奶牛，好像是听懂了召唤，也不停叫了起来。上百头奶牛此起彼伏哞叫声，就好像奶牛合唱团在演出一般。

彭志新高兴地说道："牛厂长，看到我的那些'牛丫头'在这样的环境里生活，我就放心了。"此刻的牛犇仿佛弄明白了什么，原来彭主任说的'牛丫头'说的是低保户托养在合作社里的奶牛。"彭主任，你别急。"牛犇手指着大棚中高高挂着的数字时钟说道："你看这儿，马上就要到采奶的时间了，你就可以看到你的五十多个'牛丫头'了。"

正说着，牛棚大厅里响起了舒缓动听的音乐声，眼看着牛棚里的牛们，就像是听到了集合的号角，自动首尾相接的排起了长队，走向采奶车间的入口，通过采奶车间的栅栏，列队整齐的奶牛，按着顺序，一头一头地走进自己的采奶栏里，如同训练有素的士兵。它们的身后，崭新明亮的采奶设备挂在滑轨上，工人为每头奶牛接上自动取奶装置，白色的牛奶，顺着透明的取奶管道，源源不断地流向另一头放着的集奶桶里。

彭志新跟着牛犇来到正在取奶的71号和72号牛栏前，两头健硕的荷斯坦奶牛盯着他们俩，指着奶牛耳朵上钉着的耳签对彭志新说道："彭主任你看，这就是你的宝贝'牛丫头'，我把它们照顾的比我们自己的'牛丫头'还要好呢！"牛犇示意彭志新向前走，过了十几头奶牛的取奶位后，来到了56号取奶位，指着耳签："彭主任，你看这个56号，就是张红霞奶奶的；你看这个58号，就是村子东头那个高位截瘫的苏文杰家的。"58号奶牛看看彭志新，再看看牛犇。与牛的眼神有了互动，彭志新走上前去，用手在奶牛那张宽大的脸上摸了摸，欣慰地说道："好样的！你们是能挣工资的牛，是功臣。"

出了牛棚，两人来到牛犇的办公室，彭志新看着办公室的一面墙上，整齐的挂着一排排证书，仔细看去有自动化养牛助力乡村经济模范养牛场、智慧养牛农牧业管理系统示范单位、畜牧献爱心龙头企业等证书和锦旗，牛犇热情地递过一杯茶水："彭主任，请放心吧，去年由我们托养的奶牛到年底，每一期的利润分红我们都已经按时发放，从来没有拖欠或者是少发的情况，所有托养的奶牛，包括今天新运来的托养奶牛，都会严格地按照托养协议的条款分别建档，保证做到一户一档，坚决杜绝遗漏情况的发生。”彭志新喝了一口水：“牛场长啊，你们犇犇奶牛合作社是由米东区牧业农村局申报的托养项目，我们扶贫办必须要确认低保户能够按时得到他们通过托养所取得的收益，从这一点上来看，你们犇犇奶牛合作社的工作做得确实不错，但是我也希望你们再接再厉，能够一直保持下去。”

彭志新和牛犇走出犇犇奶牛合作社的大院，彭志新准备上车，与牛犇握手道别：“低保户奶牛托养工作你们做的很好，我代表扶贫办和低保户感谢你们。”牛犇为彭志新拉开车门：“扶贫办的工作琐碎细致，看到你为了低保户，每天都没日没夜地忙碌着，几乎没见你们有过节假日，我们合作社配合好你们的工作是应该的，放心吧彭主任。”

和牛场长道别后，彭志新随即开车离开了犇犇奶牛合作社，开往皇宫村东头时，拨通了小李的电话：“小李，王洪喜家的房子是什么情况？没啥大事吧。”电话那端传来小李的声音：“彭主任，都好着呢，就是前两天刮大风，被风刮倒的大树，把王洪喜窗户的玻璃打烂了，外面鸡窝的棚子也被大风刮掉了，羊毛工村的村委会已经派人把玻璃安上了，另外鸡窝的棚子也重新搭了，现在都用绳子绑好了。”

小李结束了和彭志新的通话，继续忙碌着，一旁的王洪喜坐在轮椅上，正指挥着站在鸡窝上的小李干活：“小李，那个鸡窝上面的油毛毡被大风刮坏了，前两天村委会派人已经给我修好了，麻烦你再帮我看一下砖压瓷实了没有。”小李小心翼翼地沿着间隔三排的红砖一排排做着检查：“好着呢，用水泥粘的牢牢的，风再也刮不动了。”王洪喜两手扶着拐杖欣慰地说道：“太好了，你们扶贫办安排的事情，村委会每次来把活干得漂亮得很。”

小李把之前系在柱子上的绳子，全部重新紧了紧，然后，从鸡窝上跳下来，他双手拍打着手中的土灰，抬起一只手，擦了擦额头的汗水，一道长长的灰印立刻印在了脸上。小李走过来，随手搬过一个小凳子坐了下来，问道：“我记得以前你家的房子，一到下雨天就会漏雨，现在不漏了吧？”王洪喜拿起拐棍，指了指房屋墙面一条新补的水泥印:“那条也是村委会补的,以前下雨渗水,现在补了之后,再没有渗过,还是你们扶贫办工作做的到位。”小李拿出手机看了看时间:“我在这等一会我们彭主任,你们家儿子现在还没回来,该放学了。”听到小李问起自己的儿子,高兴地说道:“马上过六一了,天天在学校排节目呢。”

两人正说着,听到院门“吱呀”一声打开了,王洪喜还在上小学的儿子王小虎背着书包走了进来,看到和爸爸一起在院子里的小李,礼貌地说着叔叔好,走过来伏在王洪喜的身后,笼着王洪喜的耳朵,悄声说着什么,王洪喜认真地听完后,笑着对小李炫耀起来:“我这宝贝儿子说,他这次的期中考试,获得了全年级第二名的好成绩。”小李高兴地看着王小虎,竖起来大拇指说道:“好样的!”

彭志新开着车穿过三排房子,经过一条长长的上坡路就到了张红霞奶奶家里。

张红霞奶奶的院子大门敞开着,一群家禽正低头欢乐地进食着谷粒,张奶奶手里拿着铁盆不停地将盆里的玉米粒撒在地上。

脸被太阳已经晒得黑红的彭志新走进来,八十岁的张奶奶招呼着彭志新,然后将铁盆放在墙边,走上前,拉住彭志新的手心疼地看着他说:“都晒黑了!”。彭志新打招呼:“张奶奶,你好,我来看看你,工资都按时发了吧。”张奶奶的嘴唇笑得合不拢回答道:“彭主任,发了发了,每个月只要工资一到账,就会给我们手机短信提示呢,现在我们工资是以前工资的三倍,这个收入给我的家庭带来的帮助很多很大,让我的晚年不愁吃、不愁穿、啥都不用愁,太谢谢你们了,这是因为国家的政策好,党和政府关心我们,我这心里一想到这些,就要掉眼泪,感恩共产党!感恩总书记!”彭志新动容地说道:“张奶奶你这样说,让我干起工作来,更有底气,更有力量!”

下午最炎热的时候,彭志新和小李开车行驶在乡村公路上。车内,小李靠在靠背上睡着了,彭志新嘴角的倦意清晰可见,随即,自内而外的欣慰的笑容升上来,渐渐在脸上荡漾开来。

稻香，或稻黄

支禄

黄土塬上的老人说："一个种地的，在黄土里能种出花样，就背到兰州夸一趟。"当我一脚踏上米东这片"中国稻海"，看到这里的人种出了满眼柔软飘逸的丝绸，一幅幅装帧好了的油画般的稻田，一个人抵达米东，就到了"稻花香里说丰年，听取蛙声一片"的诗情画意。

突入稻的海洋，一畦连着一畦，波澜壮阔，稻香如云，随风飘动。一个人到了米东，等于钻进了米袋，大有"母鸡跌米缸——饱餐一顿"，天上掉米饼的事就发生，也被一个人款款地接住了。稻田尽头是巍峨的博格达峰，千百年来，灯塔一样的光芒，照耀着一望无际的稻田，抚摸着恬静的乡村，慰藉着仰望的心。

在米东，一个人的眼中全是米，早已目中无人。刘梅花在地埂上喊了好几声，我都没有听见，以至于刘梅花撅着小嘴巴生气地说："没吃过，总见过稻田呀！"小时候，有一回骑在墙头念："点，点，点屁虫，家家门上有事情，一碗糁子一碗米，说话不听的就是你。"奶奶听见后走过来："嘴张大，我看将来谁像吃上大米呢？"一个个像雀娃子争先恐后地张大嘴巴让看。奶奶拐杖在地上一捣说："老三像！"老三就是我，片刻，我的心里敲起骄傲的锣鼓。

“奶奶偏心死了!”姊妹几个大声闹腾说。

“我不偏心,从没在你们几个的头上搭锅,尻子上烧火。”

那时,数我读书认真,一读书,安安静静地待上两三个小时。一个个字就像颗粒饱满的大米,一心一意想把它写在纸上种在心里。孙老五说:“只要功夫深铁杵磨成针!”孙老五是村里的会计,数得上是肚里有墨水的人。虽然不全知道话的意思,但也有个一知半解,这话不止一次让风吹到了奶奶的耳朵。

如今,奶奶早已去了天上,此刻,也许在云中笑嘻嘻地望着面对稻田已不知所措的我。但我心里暗暗地说:“奶奶的眼力不错。”

米东就像天下粮仓,铺在大地上稻田的稻浪,跟着风涌过去,跟着另一场风又折过来。有几粒米落在水渠里,对于鸟雀来说就是米下到锅里了,看有没有口福捞上来。水渠边卧着几只羊,被这如画的稻田惊呆了,一动不动地看着。金黄色丝毫没有停下来的意思,越过水渠,越过开花的草地,跨过四五辆卡车可并排走过的马路。不远处的村庄传出来农用三轮车的按捺不住的兴奋的叫声,劳动工具碰撞的窃窃自喜的响声,还有修理收割机的喊声,说把扳手拿来,一个螺丝有点松动,拧紧就可以出发了。稻香再浓一点,让人禁不住想起热腾腾的抓饭、过桥米线,香喷喷的煎米饼、米豆腐,热乎乎的年糕、粽子……

几匹马沿着渠边漫无目的地走着,时不时伸长脖颈、抬起头,鼻孔一张一合地注视远方,稻香缰绳一样拉着,它就稳稳地迈着八字步。牛也从草丛抬起头,叫了几声,像是大喊:稻子熟了,楼上的人该下来了!虽然现代化的机器让牛马统统解放出来,清清闲闲地生活,如果对稻子成熟的事情不言不问,无动于衷,那还能算牛马吗?

这样看的时候,草丛里的花儿呼啦啦、呼啦啦几下子就全开了。虽然说不上花儿的名字,花儿心里的芬芳播撒周围,我闻到了,片刻,身后的马局长闻到了,芬芳再走四五百米远的路,刘梅花就闻到了,鼻炎,闻到花香就打喷嚏。刘梅花打喷嚏的声音我也听到了,让稻香拧了美美一把。

风不停地吹着，吹上山坡，翻过山巅，赶往越来越远的地方！如果遇不到暴雨，或者沙尘暴之类的，稻香就到了天边边……告诉天下所有的人：米东的稻子熟了！

果真不出所料，乌鲁木齐、昌吉、吐鲁番的人鼻子伸在空气里，一张一翕闻到了米东稻香来了；然后阿克苏、塔城、阿勒泰的人来了，一个个被这稻浪折服，纷纷拿起手机拍照。不少航拍爱好者纷纷抢占头版头条，凭借风力，米东稻田成熟的讯息越来越大、越来越远！广东的人来了，浙江的人也来了，重庆的人来了，稻子种成了风景，种成了油画。一个“游”字，钻进稻田，遍地风流。

稻香越来越浓，芦苇样铺天盖地地挡住了目光，我再也看不到更远的地方了！此刻，没有这浓浓的稻香挡着，就能看到几千里远的故乡——黄土塬，多少米字米事在脑海浮现：

20世纪70年代，小学一年级教学“米”字的识字课上，语文老师在黑板上写了一个大大的米字，跟着教鞭的飞舞，开始齐声地念：“点撇，横竖，撇捺。”大家读得好起劲，老师夸奖说：“像吃了米一样攒劲。”老师问吃过米没有？一班同学一半摇头。米，是天外之物，与我们关系不大，就是做梦不一定梦到。

接下来，一个米字往作业本上写十遍。一碗米的米，米袋子的米，米晓东的米，稻米的米，鱼米之乡的米，米饭的米，买米的米……

米字不仅写在本子上还要写在心上！后来发现，米早已深入这片古老的土地，一个名叫米店子的地方在大人的谈论中突入我的脑海，原来在好多年前，米，在黄土上打下烙印，即使这片贫瘠的土地长不出米来。

有一回，问村里的麻五哥，一句话就点在了心坎上：“肚里有了墨水，走出黄土大山就能吃到米。”意味着走不出就吃不上。麻五哥的二舅参军入伍，后来当了连长，天天吃大米饭，说都吃腻了。

从此，为了吃上米，就得不停地好好学习天天向上。对于米的认识，我简直是个笨鸡蛋，到了小学毕业，我一直认为米是江南的产物，北方根本种不出来，而北方大多数距离南方太远了吃不上米，不是吃不上而是交通不便运不来。现在,我到了米东,目睹滚滚稻浪,阳光就是金色的米粒,月光就是银白的米粒,鸡鸣撒出去就是米粒,空气中大风吹不散的米香,流水是一袋又一袋米倒出来的哗啦声!手里捧住了米等于接住好日子。

从今以后,一旦我回到黄土塬上,我可以把遇到米的事情讲给黑爸、尕蛋、水尚荣连梦里都没见过稻田的人;讲给为一粒粮食争得面红耳赤、天天打架的麻雀、庄前庄后在土里刨食的鸡鸭鹅。也许他们想过粮海棉田,但最终没有走出脚下的黄土,一直蒙在鼓里,支家庄的人一辈子窝在山里,看到的第一满以为是天下第一。

鸟雀虽小鬼大,从高高的云端飞来,翅膀一夹就偷偷地不声不响地落了下来。鸟儿行走地埂上,栖居在稻穗上,鸟睁一只眼闭一只眼,根本不把我们这些人当捣蒜的锤子,喝了兴奋剂样地飞着、玩着、叫着!不时地,翅膀在稻田上划几道弧形,让我们把心提到了嗓门!长大了准会成耍魔术的三好生!一只兔子像传说中的神探,尾巴把一地的稻香一次又一次搅上高高的天空!

望着米东金色的稻田,一个人底气足起来。

大风吹不去的好日子,这瀚海白珍珠才是养活我们的真金白银!沿着时光的河流而上……

想起岑参,缘于怀忧报国的雄心壮志穿过长长的河西走廊,一把拉开塞上白云的帷幕,哒哒的马蹄疾驰过天山,也就有了“一川石头大如斗”“忽如一夜春风来”的壮丽诗篇;也有了纪昀“十里春畴雪作泥,不须分垄不须畦。珠玑信手纷纷落,一样新秧出水齐”的诗句;多少马帮驮着如云的丝绸奔向米东,心里念到“人是铁,饭是钢,一天不吃饭饿得慌”的真经;在这里屯垦的士兵,在月光如雪的午夜,望着如浪的稻田,悠扬地吹奏羌笛……

此刻,也许他们的幽魂还在,被米东的稻田所惊呆。

抬头,天蓝得像海水!一瓢一瓢倒灌进眼睛;低头,一望无际的稻田一点一点把金黄送到心尖尖上。站在大地上,一个劲儿望着,一百遍、一百零一遍……米香深入血液,已让我激动万分。

天高云淡，鹰击长空。太阳充满柔情蜜意地注视着大地，用她那稻田丰收时候特有的金色抚摸着炊烟，抚摸着村庄，也抚摸着过路人因兴奋而跳荡不已的心。真想漫两嗓子"花儿"："红不过牡丹蓝不过天，多不过星星儿满天。幸福的花儿漫不完，越漫是心里(者)越甜……"

一个戴着草帽、国字脸的人，朝我们微笑着，在稻田里握着一株稻子像是比划秆的高，籽粒饱满程度，可称得上米东的神农。随行的米东人王守义说，这个人他认识，前几年他在种稻养蟹的同时，还办起了"农家乐"。十来个大小不一的池子，池子里养殖螃蟹、对虾、罗非鱼、鲫鱼等水产。到了晚上，一个人蹲在池子旁纳凉，低头，一只只横行霸道，抬头看天上闪烁的星星，才发现是风撒出去的颗粒饱满的大米，但小时候我并不知道。

"一盘手抓肉、九碗粉汤……"车在一个米东风味小吃店旁停下，米东做的粉汤味道独特，让人馋涎欲滴！这样点一定适合"大众"口味。玻璃柜子里还有撒子、油果、糕点、"九葵十三花"、凉皮、凉面、凉粉……名目繁多，让人数都数不过来。

店主是个女的，个子高挑，扑棱扑棱着毛茸茸的大眼睛，光洁的皮肤，似乎指头轻轻一碰，就碰出水的样子，满脸如花似玉的笑容，偷偷地泄密着新疆人的热情好客。店主闲聊时说，秋天稻谷熟时，城里人一个个左手提一串花香，右手提一串鸟语，就来到如歌如梦的米东，踩一路潺潺渠水，再赶几声鹅鸣，心中的块垒消融。顿时，神清气爽。

米东，这片灵性的土地，只要汗水滴进土里，阳光就会兑换成一份收获！后来很长的一段时间，我开始琢磨这方水土，希望能琢磨出个子丑寅卯来！

米东以盛产水稻而得名，是西北地区极少数种植水稻的区域。这里有丰富的水资源，成了名副其实的"塞上江南"。

在米东，泉是米的因，米是泉的果。

米袋子高起来，日子才能叫顶天立地！

一辆满载粮袋的车子颤悠悠而过，这顶天立地的幸福，缘于好日子是种出来的。在米东，我想起来了，昨天，前天，六十年的时间，屯垦的壮景、开拓的豪迈、建设的壮志，一代代写就壮丽的史诗：

“1975年，一辆辆大型挖掘机来到乌鲁木齐市东山区南面的戈壁荒地上施工，附近居住的老百姓只知道，这里要建一个很大的工厂。三十年来，东山区已由戈壁农牧区变成了一座以石油化工、新型建材、旅游度假为一体的工业新城。”

“米东区将紧紧围绕石油化工、氯碱化工、煤炭煤电煤化工、装备制造、建材等五个‘百亿产业集群’的培育。”

……

辽阔的大地蕴含着无穷无尽的诗意：米东工业园区轰鸣的机声、杏黄色的厂房可否一次次翻版了稻米纯正的金黄？也许米东的米中，原来就有钢筋水泥，有丛丛楼群，有宽阔的柏油路，有高速公路……

风中，一年四季唱不完米的精魂！

“禾下乘凉梦”定会在米东落地生根。

为了感谢米的养育之恩，我们应该把米粒大小的事干得粒粒饱满。

“水果大王”的奋斗幸福路

席辉

柏杨河村是个美丽的地方，这里四周环山，古树葱郁，溪水潺潺。

柏杨河村更是一个神奇的地方，在这里火龙果、人参果等南方热带水果可以尽情采摘、品尝！

提起柏杨河村“南果北种”的成功，绕不开一个人——张运华，是他让南方水果在柏杨河安了家，村民们都习惯叫他“水果大王”。

“没想到这个地方能种出南方的水果，口感还特别甜！”火龙果大棚成了网红打卡地，前来参观学习“取经”的人络绎不绝……在乌鲁木齐市米东区柏杨河乡柏杨河村的火龙果大棚里，耳边听到游客由衷的赞叹，脑海里浮现出一幕幕辛劳付出的回忆，张运华感慨万千——“不经历失败，怎么可以见到成功，这一切都值了！”

眼前的张运华，皮肤黝黑、衣着朴素，双手粗大有力，裤腿沾满泥土。今年四十五岁的柏杨河村村民、乌鲁木齐永华特色种植农民合作社社长张运华是地地道道的米东区人，在党的扶贫富民政策鼓舞下，坚守着自己的信条，立足当地实际，不懈的努力，带头种植火龙果、人参果等特色水果，带领周围群众增收致富。

柏杨河村地处逆温带，是乌鲁木齐市最早发展温室大棚产业的村庄之一，多年来，村民以种植西红柿、芹菜、玉米为主。

和土地打了一辈子交道的父亲经常对张运华说："对土地你要实实在在的，你谎它，它就谎你。"也许是父母的影响，张运华懂事起就知道田间劳作的辛苦，农忙季节陪着父亲在田间劳作，父辈们对脚下的土地怀着一份特殊的感情，感染浸润着张运华，冥冥中与土地结下了情。

20世纪90年代，农村出现打工热，看着身边的朋友都去城里外出打工，有的住了楼房，还买了车，张运华并没有眼红，毅然选择了务农。他说"都说外面的世界很精彩，可我还是感觉农村天地大。"

"春夏季就种西红柿、秋冬季还得靠毛芹菜"，这是从1996年种植大棚蔬菜到现在，张运华总结种植规律，凭着一股吃苦耐劳、永不服输的精神，在蔬菜种植上已经算得上是一个行家。

而正是这个行家，在2015年作出的一个重要决定让周围的人吃了一惊。

2015年，张运华听说甘肃张掖有人在当地试种人参果和火龙果成功了，就动了心思。张运华专程前往甘肃张掖实地考察，得到了印证。从温度到环境，张掖和柏杨河村都极为相似，既然人家都能试种成功，自己也能做到。一颗志在要将南方水果在米东区安家的火星子落入了张运华的心田。

"这几年，国家政策越来越好，我坚信，土地里能刨出金子来。"当张运华怀揣着热乎乎的期盼，将自己的打算告诉家人后，却无法得到接受。"咱们这山沟沟里能种出南方的水果吗，怎么种？就算你能种出来，怎么卖出去？"当知道张运华执意要当村子里"第一个吃螃蟹的人"后，妻子赵建萍第一个站出来反对。

"我就种一年试一试总可以吧，如果不成功，咱就不种了。"张运华一边耐心地给妻子宽心，一边心里也犯了嘀咕：热带水果究竟能不能在米东区生长？即便今后长出来了口感会怎样？

2016年，一直种蔬菜的张运华试种火龙果和人参果。"南果北种"要想成功，就意味着要克服种种技术难题，也面临着很大的风险。

刚开始最头疼的是缺乏种植技术。为了解决关键难题，张运华找来了米东区农业技术推广站技术专家帮忙指导。从认真钻研栽培技术，到研究如何科学地控制温度、湿度，从育苗土壤的选择改良，再到种植，从整地开沟到插杆拉网，再到搭建大棚……张运华和妻子天天泡在大棚里，认真观察人参果和火龙果的生长情况，就像照顾孩子一样把全部心血倾注到人参果和火龙果的试种上。

火龙果苗开始长势好需要阳光，但过强的紫外线又会伤害到火龙果；火龙果怕潮不怕干，还要经常修剪；中午天气热的时候张运华给盖上遮阴网，下午光线不强的时候又要打开遮阴网，火龙果花多开在晚上，需要人工连夜授粉……张运华没想到火龙果这么难伺候。

一年四季冬去春来，张运华和妻子期待花开，又看着花儿谢，等着盼着结出红色的果实来。

但天有不测风云，张运华种植的第一年，火龙果大棚就几次受冰雹大风的侵袭，经历了严冬的考验。一次遇到了大风，张运华顶风到大棚顶上拉起遮阴网，返回时一脚踩空，直接滚了下来，妻子赶紧追上去，张运华却直摆手说不要紧，咬紧牙关说："就想的是保护好苗子"。

人参果也遭受到了红蜘蛛病虫害，张运华坚持用"捕食螨"这种生物防治办法，以虫治虫，避免了使用农药，确保人参果绿色、健康，他坚持不使用农药，希望能种出让人放心食用的水果。

功夫不负有心人。2016年底，张运华种植的火龙果和人参果慢慢已经克服了"水土不服"，结出的果实不但个头大、水分足，味道还香甜可口，张运华和妻子欣喜若狂，迫不及待地拿给邻居们品尝，"没有想到咱村也能长出火龙果、人参果，味道还这么甜！""第一批顾客"都夸口感好，听到这些，俩人喜不自禁。

看到邻近玉西布早村哈熊沟景区夏天游客多，张运华就把火龙果拿到景点去卖。"你卖的火龙果怎么这么贵，这是我们米东区自己种的火龙果吗？"游客半信半疑，都嫌卖的价格高，不相信是本地人自己种出来的果实。早上拿到景点去卖的水果，晚上又一个不少的拿了回来。看着卖不出去的火龙果，张运华皱起了眉头，嘴角上火起了泡，心情也是心灰意冷。

结出的果实因为村子地处偏僻，信息闭塞、宣传不到位，导致赔了不少钱。张运华在心底有点责备自己：这次决定真的草率了？为什么不考虑周全再行动呢？突然觉得自己一时的逞强好胜成了一场笑话。

然而，张运华并没有沮丧放弃，他始终相信天无绝人之路，遭遇的一切换个角度看，就是收获了教训和经验。

“这是我们米东区自己种的火龙果吗？”这句话提醒了张运华，要让更多的人知道这是咱本地种出的火龙果，要吸引游客过来观光、采摘。如何扩大知名度呢？张运华一直思考着这个问题。

为了让更多的人知道本地种的火龙果和人参果，张运华先是在火龙果大棚前竖起了“特色采摘园”的牌子，还通过个人微信等渠道做宣传，想办法打开销路，这个朴实、不服输的汉子又和自己较起了劲。

2017年开始，米东区积极探索设施农业发展新模式，通过种植结构调整和生产技术引进，大力发展休闲观光农业。柏杨河村因原始风貌美景吸引了很多游客，提出了大力发展休闲观光农业和乡村旅游。

张运华决定抓住机遇，瞄准借助旅游优势打造采摘特色村机遇，转型做休闲采摘。

2017年，在米东区委宣传部驻村工作队的多方联系下，新疆电视台、乌鲁木齐晚报、乌鲁木齐市电台、电视台多家媒体采访报道了火龙果、人参果“安家”的故事，自治区、乌鲁木齐市和米东区新闻频道节目组先后来到柏杨河村“南果北种”基地进行了专题采访，提高了火龙果、人参果的知名度，工作队还开通了抖音账号，拍摄短视频做好宣传，吸引越来越多的徒步客和自驾游客来到这里亲近自然、体验采摘的乐趣。

“果香不怕巷子深”，媒体的宣传报道让村子的火龙果成了明星产品，每到周末上门采摘的游客络绎不绝，一亩地纯收入五六万元，张运华尝到了甜头。

还有一件事让张运华始终难忘。时针拨回2018年5月的一天，当西边天空最后一束红晕渐渐消退，夜幕降临后，张运华家的两亩大棚火龙果全部在夜间开花，急需人工授粉，自家人力不够让张运华犯起了愁：火龙果在5月底6月初晚上扎堆开花，不及时传粉，花就白瞎了。

一朵花就是一个希望。米东区委宣传部驻村工作队组成了一家亲助农服务队，帮张运华解了难题。夜间，大棚光线逐渐变暗，花骨朵也逐渐开放，张运华和工作队队员顾不上说话，抓紧时间给上千朵火龙果花人工授粉，洁白的火龙果花悄然绽放，含苞如剑，生命翠绿，黄色的花蕊在白色花瓣映衬下格外漂亮，5月的火龙果大棚内一片繁忙的景象……

随着火龙果、人参果基地的逐渐壮大和成功，张运华成了种南方水果的老把式，他的基地在米东区小有名气。2019年，张运华又试种成功百香果和木瓜，凭着有想法、做事踏实、责任心强，张运华被选作村里的致富带头人。

一次次努力没有被辜负，火龙果等特色水果种植带给张运华丰厚的回报，不仅提高了收入，更为重要的是积累了丰富的种植经验，给其他村民树立了一个榜样。张运华经常说，党的政策好，有气候优势，还有专家帮忙和大家的支持，一亩三分地上能做出大文章。

张运华并没有独自享受这一成果，而是积极带领周边困难户加入种植，经过张运华的多次走访宣传，一些村民终于同意加入到火龙果种植产业中，拿出做生意积攒的资金投到火龙果种植合作社里，在张运华的带动下，更多的人开始为特色水果种植事业日夜操劳。

“众人拾柴火焰高”。张运华结合柏杨河村火龙果种植示范基地开展的“党支部+合作社+农户”模式，通过专业合作社的形式，积极推动吸纳村里的党员、困难户加入，带领乡亲们采用温室大棚栽培方式种植火龙果、人参果，为他们拓宽增收渠道，趟出了一条致富新路。

2021年，米东区投资一千五百万元用于柏杨河村道路硬化、温室大棚外墙粉刷等，休闲采摘基地的环境焕然一新。

也在这一年,张运华收获了一份特殊的荣誉,荣获了“乌鲁木齐市优秀共产党员”称号。得知自己被评选为市级优秀共产党员那天,张运华在微信朋友圈里这样写道:我一定不辜负乡亲们对我的信任,再接再厉,争取做出更好的成绩,回报党和人民,让村民们靠着大棚,口袋越来越鼓,日子越过越好。

袅袅乡音悠悠乡情

冯向梅

“少小离家老大回，乡音无改鬓毛衰。”远方不远，乡愁不断。梦里，我常常赤脚走在夏日稻田埂上，轻抚嫩绿的秧苗，极目远眺绿油油的稻田……初夏时节，我终回故里，走进乡村，走近乡亲，感受魂牵梦萦的乡土气息，寻觅那久违的乡音乡情。

会念“生意经”的春燕

乘车来到春燕商店时已近黄昏，西边已经微微泛红，远处稻田里的人们开始陆续收工，偶尔会有路过的村民进来买包烟，然后就是长久的没有人。“商店小的很，今天人不多。”老板春燕热情地接待了我们，腼腆地解释道。听说我要写她，就更不好意思了：“哎哟，我有啥好写的，一个普通农村妇女。”

趁着下午人不多，春燕和我拉起了家常。她有三个孩子，大女儿和一对龙凤胎，孩子小的时候，生活很艰难，她身患小儿麻痹症，腿脚不方便，只能在家做饭、带孩子，农田里的活儿都是丈夫在打理，后来，丈夫落下了风湿病，只好将六亩耕地流转出去，一家人靠此微薄收入维持生计。可想而知，那些年生活过得有多艰难。

“不过，这些年村上开始实施脱贫攻坚计划，我们的好日子开始了。”春燕长出一口气笑着说。她从2012年开始尝试着在家门口开小商店，卖点日用品，虽然品种不多、生意冷清，好在店铺是自家的房子，没有租金的困扰，也能赚个零花钱贴补家用。随着孩子长大，她家的“生意经”也越念越好。

2019年，春燕自筹资金三十万元在原有的宅基地上盖起了一幢面积三百五十平方米的两层楼房，虽然借了二十万元，但春燕说：“不怕，现在孩子都大了，党的政策又这么好，好多费用都是免的，只要人勤快，就不愁还不上账。”此外还有政府对残疾人创业的扶持资金做保障，第一年五千元，第二年三千元，以后每年只要仍在创业，就可以得到三千元的扶持资金。春燕已经领取了四次，总共一万四千万元，这为她的创业计划插上了翅膀。

因为房子在路边，春燕家接连在一楼开起了小商店、机电修理铺和小饭馆。她用扶持资金购买了一辆电动三轮车，方便去远处进货，货品种类多了，生意也越来越好。春燕做的拌面、炒面、凉皮、凉面让她的小饭馆生意红火。丈夫在旁边的修理铺忙完后就过来给她搭把手，他俩的夫妻店开得有声有色。

我们正聊得起劲，春燕的丈夫老黑进门了，一个精瘦的、黝黑的中年男人，知道了我的来意后，他打趣说：“作家是干啥的？是坐在家里的人吗？”春燕笑着打断了他：“不要胡说，人家是来采访我的，是要写我们现在的好日子呢！”

接下来，老黑打开了话匣子，津津有味地和我唠起了家常：“还是你们好啊，吃公家饭的，旱涝保收，不像我们是从土里刨食的。小时候我们没有上啥学，只能守在农村，日子过得很苦，现在终于苦尽甜来了，说啥都要供孩子们上学，只有知识才能改变命运。三个孩子也都争气，都上出了学，最小的女儿今年也要高考了，希望她能考上理想的大学。”一说到女儿，老黑的眼里充满了慈爱，脸上溢出了笑容，沟壑般的皱纹更深了。

“三十年前，村里大部分年轻人都想去城里打拼，想成为城里人，想尽办法把农村户口办成城市户口，村里只剩下老人和孩子。但是谁能想到，现在的新农村却成了城里人向往的地方，农村户口成了抢手的香饽饽、金不换。”老黑自豪而骄傲地说，“现在我可以说我是农民我骄傲！”

这两年受疫情影响，各行各业都不景气，春燕的商店、饭馆生意也受到了一定程度的影响，但是，随着附近高速公路修建工程复工，工程队在她的饭馆“包饭”，一天三顿，每天都有稳定的收入，饭馆生意又红火起来。

春燕家虽然早已不种地了，但农民离不开农活，丈夫老黑在秋天最忙，他开着自家的拖拉机、一体机在村上打工挣钱，收割稻子、拉草，干些运输的活计，收入也可以。村上没有活儿的时候，老黑就在修理铺里修修补补。老黑说：“幸亏当年狠下心买了这辆拖拉机，虽然是二手的，也要六万多元钱，当年东拼西借的才凑够钱，这些年，它可是我的好帮手呢！”

“看来你们两口子还挺有远见的，让孩子上学，自己留守农村做点小生意，坚持下来就柳暗花明了！”我由衷地赞道。

一阵清脆的手机铃声打断了我们的热聊，电话是他们在县城住校的小女儿打来的，小女儿周末从学校回家，打电话来让妈妈去镇上的车站接她，春燕乐滋滋地应承了，我们的采访也告一段落。看她骑着崭新的三轮车驶上乡间那条笔直的道路，我不由得感慨，无数像春燕家一样的农村家庭，如今不也正走在幸福的康庄大道上吗？

不久，春燕专门在微信里向我报喜：“小女儿考上了心仪的大学，学医，将来要当医生呢！”还说刚刚领到了政府对复工复产个体经营户补助的一千元钱，并连连感谢政府、感谢党的好政策。我赶紧恭喜她“双喜临门”，看来，春燕的“生意经”没念错，她家的好日子还在后头呢！

最美媳妇的心愿

“你知道为啥大家都叫你最美媳妇吗？”

“不知道啊！”说这话时，她腼腆地笑了。

第一次见她时，我问的这个话题，让她害羞了。她，一名普通70后回族媳妇，一双大大的眼睛，乌黑的头发高高的在头顶挽成一个髻，一看就是个利索人，名字也很有诗意——黑牡丹。听村主任介绍，这个被大家称赞为最美媳妇的女人可是一个能干的媳妇，一人操持家里，照顾几位老人，培养两个孩子，让丈夫安心创业，中华民族妇女的美德在她身上充分体现。

见到黑牡丹是在她的农家小院，敞开式的小院很大，一边是丈夫的“基地”，停着一辆旧的卡车，还有一个临时的羊圈，是为没能及时卖出去的羊准备的“家”，还堆放着一些饲料，看起来很凌乱；一边应该就是她的“战场”了，在三间红砖房的门前不大的菜地里，绿油油的，种着辣子、茄子、西红柿，还有一小片被我错认成是芹菜的香菜，那是因为她种的香菜很茁壮，绝不是我印象中香菜毛细的样子，每种菜种的都不多，却被她打理得整整齐齐，没有一丝杂草，一看就是种地的行家里手。在门前的台阶上摆放着几盆正盛开着的三角梅、绣球花，叶片翠绿，花朵艳丽，惹人喜爱，她们肯定是享受了充足的阳光和养料，我家阳台上那几盆“温室里的花朵”和这些花是无法比拟的。我对黑牡丹的第一印象很好，接下来，我们以花为媒，很快熟络起来。

黑牡丹向我讲起了她家的一些琐事。她从小不太爱学习，按照父亲的说法，她就是“上房揭瓦的假小子”，加上家里有五个女儿，父亲把她当儿子养，她自己也当是家里的顶梁柱，小小年纪就学会了做饭，而且还做得不错。年纪稍大点，就是种地的强劳力了。十八岁的时候，黑牡丹结婚了，是和自己喜欢的男孩，本村的，她说：“没想过要嫁进城里去，要待在农村，守着父母，父母年纪大了，需要人照顾。”这么想着，她就扎根在乡村，成了儿女、父亲、母亲、婆婆，还包括儿女不在跟前的大伯、大妈的“监护人”。照顾一双儿女、五位老人的饮食起居成了她的繁重工作，问她累不累，她笑着说：“我也没啥文化，大事干不了，干好家务，照顾好老人、孩子，当好丈夫的好帮手，就是我的工作了。”

黑牡丹的丈夫常年在外跑运输贩运牛羊，有她在家他就放心了。从结婚到现在，她一直和婆婆住在一起，一日三餐都是根据老人的口味做好端到面前，从来没有和婆婆红过脸。如今，常年卧床的八十多岁的婆婆被她照顾得好好的，没有啥大病，精神也很好。为了方便照顾老人，她还买了一辆崭新的两座三轮车，偶尔会载着老人串个亲戚、逛逛集市，或者干脆在天气好的时候来一趟说走就走的旅行——去田间地头转转，让老人呼吸呼吸新鲜空气。

黑牡丹的家离父母家、大伯家都不远，做了好吃的，她都会叫几位老人来家里吃，过年过节更是几家人聚在一起，就像父母有几个孩子一样，她好像有几位父母亲要奉养。一开始，大伯、大妈还有些不好意思，怕拖累了侄女，她就干脆做好饭菜，分装成几份送到大伯家，老人很感谢，她说："再不客气撒，你就把我当女儿，儿女伺候父母不是天经地义的事嘛！"

勤快、能干的黑牡丹并不"安分"，除了做好家里的一大摊事儿，她心里还在谋划着大事。她想在村上盖一幢楼房搞餐饮，建一个具有乡村特色的中高档餐厅，一改往日大家对农家乐的固有印象。夫妻俩把多年积攒的一百多万元都投到了楼房上，但是楼房盖了一半没钱了。夫妻俩都是热心肠人，这些年，陆陆续续借给亲戚朋友的钱就有三十多万元，收不回来了，没办法，开餐厅的事就先搁置了。如果说开餐厅是她的长远梦想，那么她还有一个小小的心愿：考取驾照。但是，丈夫和孩子们都不赞成，说家里已经有了驾驶员，不需要她去冒风险，可是她却想，现在会开车已经是一项普通的技能了，同伴中就有几人已经拿到了驾照，自己还年轻，拿个驾照再买辆车，这样就可以带着婆婆、父母、大伯大妈去外面转转，让老人畅游大美新疆，享受晚年幸福生活。

不知不觉夕阳西下，采访结束。黑牡丹热情地给我割了一些她家菜园里的有机菜——韭菜，还有被我叫成芹菜的香菜，又顺手折了几枝盛开的绣球花花枝，并且还装了一小袋农家肥——羊粪。"你家的花种不好，就是缺肥料，把这个放上，保管你的花开得艳艳的。"她边打包边向我传授种花的秘诀，然后大包小包提上了她的三轮车，送我去车站。在车站，我俩拍照合影留念、告别。望着夕阳下她渐行渐远的背影，我仿佛看到了她灿烂的笑脸，看到了她美好的明天，一个农村媳妇的美好形象深深印刻在我的脑海里，愿她梦想成真，一切美好！

青春飞扬的金锁

“无梦想不青春”，文学来源于生活又高于生活，《平凡的世界》为我们呈现了一部小人物奋斗史，东拉河、孙少平活在路遥的心里，也走进了我的梦里，正当我徜徉在东拉河的微波中，与少平“对话”时，却偶遇了一位现实版的“孙少平”。

初识金锁是在村委会的院子里，当村主任把一位年轻人介绍给我时，我的大脑迅速运转起来，极力想把眼前这个年轻人和脑海中对农民的印象串联起来，但是大脑随后“瘫痪”了，因为这个年轻人实在看着不像一个农民，倒像一个洋气的城里人。

刚刚入夏，院子里树荫下是最凉快的地方，一身清爽的休闲装，时尚微卷的发型，大眼睛的金锁腼腆地坐在我面前，这个年轻人会有什么过人之处？他真的是村上致富带头人吗？我心里直犯嘀咕，好奇心顿生。我正思忖着该怎么开场，年轻人倒先开口了：“你好！欢迎来我们村做客！”不太纯正的普通话里略带一点本地土话的腔调，我忙接话茬说：“别客气，我肯定比你年纪大，你就叫我大姐，我叫你金锁吧。”开场白过后，不等我发问，健谈的金锁就开始讲述他从十七岁起的创业史，接下来，完全是金锁的“主场”了。

娓娓道来，这个成语用在金锁的身上很准确，他用平缓的语调讲述他“闯世界”的酸甜苦辣，没有炫耀，没有张扬，更没有抱怨，仿佛是在讲述别人的故事，听着听着，我的思绪飘散开来，眼前这个年轻人不就是活生生的“孙少平”嘛，尽管时代不同，年龄也不相仿，但他们却有着一样的坚韧不拔，一样的拼搏向前。当十七岁的金锁说出那句“世界很大，我要去看看”的豪言壮语时，像极了倔强的“孙少平”，自信而坚定。

高中学业尚未完成，金锁内心那根“创业，要自己做老板”的神经就躁动起来，他迫不及待地想去闯荡，抱着学习、开眼界的心态去了大上海。机缘巧合之下，金锁进入了上海一家新开业的餐饮酒楼，从最底层的服务员开始做起，吃苦耐劳、勤快机灵，这些金锁身上特有的新疆人的品质此时发挥到了极致，短短十一个月时间，金锁就做到了经理的职位，后来又升到店长，管理着一个近百人的大店。一般人，做到这个位置，应该可以歇歇了，可金锁偏偏是“二般人”。他并不满足于现状，而是不断学习新知识、尝试新想法，他边做店长边为女朋友出谋划策开起了“格子铺”，这是一个新兴行业，颇受年轻人喜欢，生意火爆，让他尝到了新创意的甜头。店长做得游刃有余，收入不错，“格子铺”的生意也不错，照这样“安分守己”下去，不用几年，金锁就可以扎根上海，买车买房了，这是多少外地年轻人梦想的目标啊！可金锁又“不安分”了，他觉得目前的工作缺乏挑战，他有些腻了，他觉得自己还能胜任更高端的工作，他想挖掘一下自身的潜力。

“初生牛犊不怕虎嘛，年轻就要敢拼。”金锁笑着说，眼中流露着对过往的怀念和骄傲的神情。

或许是身处大都市，面对日益繁荣的大上海，金锁每天接收来自社会这所大学的新知识，不断改变着他的思想。一次偶遇，金锁结识了一位在证券公司工作的东北大哥，同样的南漂经历、同样的豪爽，让他俩成了朋友，随着深入了解，金锁又对证券行业产生了浓厚的兴趣。从此，工作之余，金锁都是默默地抱着厚厚的证券理论书籍在“啃”，这可是一个全新的领域，没有理论基础，没有实践经验，完全是一次尝试，一次挑战，凭着执着的劲头，他硬是考了2次终于通过了证券资格考试。有了进入证券行业的“敲门砖”，金锁毅然辞去了店长职务，投身到轰轰烈烈的证券行业，不久就做到了客户经理……

2011年，由于家中变故，跳出“农门”的金锁又回到了家乡，毕竟父母都在这里，年纪也大了，需要人陪伴照顾。见过花花世界的金锁，刚回到村上，着实有些不适应，还有点“倒时差”，乡下的白天和黑夜是分明的，一切都静悄悄的，特别是夜晚，沉寂的村庄偶尔会传来几声狗叫，透过窗可以看到夜空中闪烁的星星，夜深人静之时正适合思考。回来的这些天，金锁看到了家乡的变化，昔日的泥巴路变成了柏油马路，低矮的土坯房少了，宽敞明亮的安置楼房矗立在田间地头，一半以上的家庭都买了车，村里的年轻人大部分都去城里打工了，很多人还在城里买了房子，几乎每家都有除了种地以外的副业，那么，我能干点什么？作为一名共产党员，我又能为新农村建设做点啥贡献呢？金锁陷入了深深的思考中。

“有没有想过要留在上海，做个外地上海人呢？”谈话间隙，我向金锁提出了这个敏感的问题。

“没有，从来没有这个想法。觉得自己不属于那个繁华的城市，对我而言，上海就是一个平台，一个学习新思想、了解新世界的窗口。我的根还是在新疆，在家乡这块土地上。你看到村口那棵粗壮的柳树了嘛，它大概有几十年，甚至上百年了，它的根已经深深扎入这块土地了，人也一样，我的祖辈、父辈都生活在这里，我也离不开这里，生在这儿，长在这儿。以前，不觉得故乡意味着什么，离开的这些年，我才发现自己是深爱这片土地的，只有站在这片土地上，心里才是踏实的，我想立足这片土地，趁着年轻，好好干一番事业，做点实事，带动父老乡亲一起奔小康！就像习总书记说的，小康路上一个都不能少。”

三十一岁的金锁，正是男人年轻力壮的年纪，厚积薄发的年纪，他比“孙少平”幸运多了，乡村振兴大环境给了他施展才能的舞台。半年中，金锁陆续经历了几次创业失败，中介代理，赚取第一桶金；入股朋友的餐厅，参与管理；贷款百万，合伙开办驾校，经过多次尝试，金锁终于瞄准了方向——自主创办驾校。

2019年，金锁凭着合伙开驾校时获取的管理经验，考察了周边驾校的情况后，盘下了一个濒临倒闭的驾校，又投资两百多万元租赁了二十亩地，在乡村建起了第一所驾校，他计划着更新车辆、扩大规模，要招录村上的年轻人，当教练、学管理，还能提供一部分厨师、保洁、保安的岗位，“要建就建乌鲁木齐一流的驾校，让乌鲁木齐人在家门口也能学到大车的驾照，再也不用跑外省去学习了，还能解决乡里乡亲的工作，我还能时常回家照顾母亲，一举三得的事情为啥不做呢。”金锁踌躇满志地说，眼里充满了光，那是希望的光，是爱的光。如今，金锁的驾校在小城已小有名气了，慕名而来的学员越来越多，但他并不满足，他常说，人除了挣钱，还有其他很多有意义的事可做，他会在每年寒暑假期，针对学生开展优惠活动，会针对贫困户家庭的学员实行“分期付学费”，他还想为村上做点好事实事，他说：“我是共产党员，我一人富了不算富，我要带领乡亲们一起富！”期待金锁的驾驶事业蒸蒸日上！

“你知道吗？你很像‘孙少平’呢。”谈话结束时，我终于没忍住由衷地对他说，金锁没有读过《平凡的世界》，更不知道“孙少平”为何许人，只憨憨地笑。我和他讲了东拉河、孙少平的故事，他眼前一亮：“我家门前也有条河呢，叫老龙河。”有水的村庄应该都是不错的，看来金锁很为老龙河自豪。老龙河，我是知道的，它位于水磨河下游，处于米东区核心区，自城区南面，穿过城中心，一直向北流去，最后注入塔桥湾水库，老龙河途经金锁家的村子，是全村农田灌溉的主要渠道，突然间，我有点恍惚了，东拉河、老龙河、孙少平、金锁，他们交替出现在我的脑海中，虚虚实实，影影绰绰，我想我是被一条河、一个人“缠”上了……

季羡林先生说过：“真正的和谐是人内心的和谐。”踱步于乡间小道，听着老龙河欢快的潺潺流水声，看着农田里忙碌播种的身影，感受着氤氲的湿气里弥漫着泥土的芬芳，那一刻，我的心瞬间被融化，内心涌起一种莫名的和谐宁静。“采菊东篱下，悠然见南山。”是一种心境，更是一份期盼，袅袅乡音，悠悠乡情，那是乡里乡亲对幸福生活的向往，对美好明天的憧憬！

爱上读书

庞保金

小时候,我生活在农村,父母都是地地道道的农民。他们因为兄弟姊妹多及时代的原因没有机会读书,希望我们兄妹仨都能读书,而且不断地鼓励我们上学读书。当时,家里条件很一般,父母没有意识、想不到、也舍不得花钱给我们买什么课外读物。再者,他们认为看小人书什么的(当时好像只有小人书)对于学生来说,就是不务正业,在学校学习就是读书的全部。我们当时也不知道有课外书一说,所以,从小很少接触到除课本以外的其他书籍,更别说看了。对于读课外书、读小说以及其他的杂志并没有什么急迫的愿望。在我的记忆里,放学以后,除了上树掏鸟、小河摸鱼,和小伙伴们打打闹闹,就是给猪拔草。

我记得在我上初二的时候,同学丽君邀请我们几个关系好的同学到她家去玩。到她家里后,发现她家的房屋结构和我们大部分的家一样,都是三间房。进门是现在所谓的客厅加餐厅,除了一个火炉,就是厨房的一套设备,带架子(有用砖块垒砌的架子、有木头做的架子、条件好的人家还有铁架子)的案板和一个大同小异的碗橱,房间大一些的,还可以摆放一张双人床,房间小些的,就只能放一张单人床。然后是左右各一间,就是现在所说的卧室,卧室里的家具各家也差不多,一个大衣柜、一个写字台,外加一张双人床。但让我感到意外的是，不管她家的哪间屋子都是干干净净的。地上干干净净，桌子上干干净净，床上也干干净净，而且床单铺的平平整整、被子折叠的方方正正、摆放得整整齐齐。最让我惊讶的是，窗玻璃也擦得干干净净，那真正是明窗几净，一点不像农村的样子。这让我赞叹不已，原来农村的房间也可以这么干净敞亮！这是我见到她家的第一印象，也是最深刻的印象。这么多年过去了，在她家和同学们玩了什么，说了什么或者干什么，我一点都没有印象了，唯独让我记忆犹新的除了她家的干净整齐外，还发生了一件让我刻骨铭心，甚至影响了我一生的事。那就是我在她家看到了我有生以来（具体应该是13年）一本完整的课外书。它像一个小本子，不是很厚，书的封皮上是一幅画，画上有两个年轻人，都是男装打扮，每个人的手里都拿着一卷书，站在一个拱桥上，桥的两边细柳微动。一个长得俊俏的人指着桥下的河里，对另一个说着什么。书的纸张比现在的要薄，而且有点泛黄，拿在手里有一种厚重的历史感（当时没有能力感觉到这种历史感）。它就是后来被大家所熟悉的、被多种艺术形式演绎的（音乐、舞蹈、电影以及电视剧等）小说《梁山伯与祝英台》。当时在她家发现这本书时，我并没有去读的渴望，只是出于好奇，随便翻了翻。这一翻可不得了，把我翻到了另一个世界，一个我从没有到过的世界。世上怎么会有这么感人的故事？怎么会有这么傻的人？开始，作为同窗好友，他们之间兴趣相投、相互倾慕，愉快地在学堂读书、郊游。后来，梁山伯知道了祝英台是女儿身后，他们又互诉衷肠、海誓山盟：一个非你不娶，一个非你不嫁。可是现实是残酷的，由于他们两人门不当户不对，便硬生生被封建礼教拆散。但他们心如磐石，为了圣洁的爱情，死了也要爱，死了也要在一起，最后双双化蝶，一起飞去了理想的国度。

原来除了和小伙伴们疯玩儿和打猪草以外，还有另外一个世界在等着我。

一个久远的爱情故事，让我有了懵懂的心事，我想出去看看。去哪里？怎样去？我又找了我那同学，真想问问她看过《梁山伯与祝英台》吗？我有好多话想和她说说，我想问问她是否也看过那本书。我心里当时想，她如果看过那本书该多好，我便可以和她讨论讨论，和她说说我当时心中的感受。我觉得在我当时有限的人生经历中，还没有看到过如此美妙的文字和如此动人的爱情。十三四岁，这正是少女们认识世界、憧憬未来、憧憬爱情的时候，如果你能和同龄人悄悄探讨一下，将对你有莫大的启发和鼓舞。

可是，却没有。

我几次想问她，但又不好意思。那是20世纪80年代末，改革开放十年左右，国家忙着发展经济，人民忙着改善生产生活条件，国家和社会都顾不在精神上滋养我们这些孩子，还一直用老思想禁锢着我们，也同样禁锢着我们的父辈们。在我们的农村，看爱情小说的女孩子，就是学渣、就是无药可救的混混，别人会认为你不正经，自己也会羞死的。每次话到嘴边，又咽下了。她比我大两岁，心智比我成熟，看到我的欲言又止，知道我有心事要说，就把我带到没人在地方，摸着我在脸说：

“看你这脸红的，像秋天的苹果一样，你做啥丢人的事了？”

被她这么一调侃，我反而轻松了，我也没有藏着掖着，就说“你看过那本《梁山伯与祝英台》吗？”

“没有，要不是你发现，我都不知道我们家有这本书。”她说。“这书应该是我妈走的时候落下的，我爸不让我们看除课本以外的任何书。”

“你妈到哪里去了？这么好的书，你爸又为什么不让你们看呢？”我说。

“我很小的时候我妈就走了，听我奶奶说，我妈是城里人，长得很漂亮，说话特别好听，又爱干净。她在一次听报告的时候看上了作报告的我爸，我爸当时是村里的劳动模范，他人长得帅，却没有文化。”她说。

“可你妈为什么走呢？她又到哪里去了呢？”

“我奶奶说，我爸不识字，也看不惯我妈一有空就看书，最后硬是把我妈逼走了。我妈走的时候只带了她来的时候带的一箱子书，什么也没有带。”

“你妈连你也不要？”

“要了，我爸不给。听我奶奶说，我妈不会干农活，平时在家时候，除了洗衣做饭收拾房间，就是看书。书看得多，讲话也讲得有道理，村里的人就爱到我家串门。开始是女人娃娃们，后来男人们也来。时间长了就有闲言碎语传到我爸耳朵里，说我妈是狐狸精。我爸受不了别人戳脊梁骨，就把我妈赶走了，而且把我妈落下没有带走的书见一本烧一本，并警告我们以后除了课本以外，什么书都不准看。我都不知道你咋能找到那本书的。"

"我在你家西屋发现的。你那天不是让我到西屋找几个板凳吗？就在那些摞在一起板凳中间发现的。"我说，

她若有所思地看了一下我，没有说话。我又问"你奶奶也不要你妈了吗？她也是女人呀！"

"我奶奶又做不了主。她也一直认为我妈在我们村上和别人不一样，就像一个流浪的小孩子，一直找不到回家的路。"

从我读了《梁山伯与祝英台》后，我就爱上了读书。时间也如白驹过隙，飞快地流逝，没有读到第二本书，我就初中毕业、高中毕业了。紧跟着就是上大学，毕业找工作。

工作以后，我可以随意地买自己喜欢的书，但是那时年轻的我，还想在专业上更进一步提高。于是一门心思学起了专业知识，不过还是买了些世界名著、唐诗宋词以及带点哲理的闲书。那些闲书便成了学习专业知识后，缓解压力的一种消遣。一直到我结婚生子并完成了自己专业知识的提升。有了孩子后，闲暇之余就是看一些育儿的知识，读一些有关心理学方面的书籍。孩子上幼儿园后，每天下班后，就是陪孩子玩游戏、学做饭。孩子上学后，我除了陪孩子读书学习外，也有了属于自己的时间，便开始了心心念念的读书——读一些自己喜欢的、增加自身修养的书，尤其是一些名著、优美的散文。每天辅导完孩子作业，我边泡脚边打开一本心仪的书，那个时候就是属于我自己一个人的时光，是最美好的时光。

生活创造了文字，文字打磨了时光。

我在自己的小天地里本色出演，身边的人也在柴米油盐交响曲中努力过

活。生活的琐碎淹没平凡而又忙碌的人的情致。当有机会和身边的人交流时，他们就抱怨生活的繁复细碎，抱怨孩子不听话，这不好、那不行。我建议他们多看看书，尤其是学习一下家庭教育方面的书，再者就是看看名著，从经典文学作品中汲取养分。都说，想看书呢，可没有时间。他们的时间都去哪儿了呢？据他们自己说，生活很累，他们要享受生活，平时下班回到家，看看电视，到了周末带孩子郊游，时间就这样溜走了。

有孩子在身边的那些年，我在自己读书的世界里，身单影孤，孤军奋战，没有能找到一起读书的同行者，就像一个流浪的孩子，找不到回家的路。

十几年弹指一挥间。现在孩子已经到外地去上大学，而我也有了更多的闲暇时光，开始了自己孤独的旅行——读书。虽然每天在读书，却是随心所欲的，想看什么就看什么。这本看完了或者没有看完，想开启另一本就随便开启另一本。好多书都是看了一半儿，就束之高阁了。虽然比起不读书的人自己多读了几本书，但是比起读书的人，我读的却是少之甚少。总感觉自己和不读书的人不是一伙（也不愿意和不读书的人在一起），但和真正读书的人又不是一伙（我在他们面前太匮乏，简直就是一个门外汉）。日子就在这有一搭没一搭的时光中悄然离去。

突然有一天，在朋友圈看到小小老师发的墨兰书社在准东的读书活动照片。活动剪影中，一群各个年龄段的女人们，身着统一的蓝色长衫，在准东油田的沙漠上留下的倩影，使我的心为之一动，感觉她们是从尘封的历史走来的知性女子，她们身段优雅而美丽、表情沉着淡定、眼光坚毅而深邃。这就应了那一句老话，读书能改变人的容颜。她们就是我想成为的样子，我要成为她们中在一员。

后来在小小老师的推荐下，我与墨兰书社的读书人有了一次近距离的接触。她们的言谈举止以及对读书的感悟深深吸引了我，我感觉我的心有了归属，我流浪了许多年，终于找到了回家的路。我暗自庆幸，我一直在坚持读书。

但要想成为她们，就必须大量地读书，坚持不懈地读书。为了让自己能够坚持读书,我建了一个读书群,每天在里面发语音,然后鼓励大家开口读书,开口读书和默读是两种不同的感觉。默读的时候,你可以享受静谧的时光,与书中人物悄悄对话,但是对书中的内容认识不深、理解不够。如果是开口读的话,你对这本书的印象就会加深,而且能够增强口头表达能力。

自从我建了读书群,我就有意无意地动员身边的朋友同事读书。我发现虽然现在是信息化的时代,手机无所不能,但是由于各种新闻媒介的大力宣传,尤其是中央电视台的《朗读者》《中国诗词大会》等优秀文化节目的播放,受到了国人的追捧。我们身边有很多愿意读书、喜欢读书的人,只是没有人组织带领他们读书而已。

既然我已经找到了回家的路,我愿意把身边和我一样喜欢读书、愿意读书的人聚集在一起,大家互相鼓励着一起读书,交流读书心得,感悟人生哲理,因为每个人心中都有自己的瓦尔登湖。

不忘初心,方得始终。

读书是这世上最廉价却最高贵的兴趣爱好。

不但我们自己要主动读书,还要鼓励孩子读书。书籍是人类进步的阶梯。十年树木,百年树人。我们要在孩子心中种下读书的种子,然后生根、发芽、开花、结果。

爱上读书——让我们这些流浪的孩子,一起携手走在回家里的路上。

梦回乡村

安安

“嘣！”

巨大的爆炸声在耳边响起，烟雾弥漫，耳边传来“吱呀！吱呀！”爆米花机旋转的声音，爆米花的香气，仿佛把我带到曾经的村落。

小时候，村里总有老人拉着装有爆米花工具的板车到村里来。每当这时，小孩子们就一窝蜂地涌上前去，推的推，拉的拉，只想早点吃到那香喷喷的爆米花。

老人爆米花时身子微微前倾，左手拉风箱，右手摇着熏得乌黑的爆米花机。风箱呼哧呼哧响，圆锅吱嘎吱嘎欢唱，空气中弥漫着爆米花的诱人香气。

在我们的焦急期盼中，老人终于用一种高深莫测的表情看看仪表说“好了”，接着就直起身，用一个油腻腻的麻袋，把那黑漆漆的爆米花机两头扎紧裹住。

这时，小伙伴们赶紧四散而逃，小的吓得躲到大的后面，大的则用手紧紧捂住耳朵。只听“嘣”的一声爆响，香喷喷白花花的爆米花出炉，我们赶紧围上前去，捧上一把滚烫醇香的爆米花放到嘴里，慢慢含化，那香甜的味道真是世上少有。

那时候家庭生活拮据,母亲也总会想方设法多爆几锅爆米花,放在家里,让我慢慢吃。那是我最惬意的时候。

一晃很多年过去,小孩子们都长成大孩子,传统的爆米花也变成流水线的商品。颜色好看,闻着有一股奶油的香甜,小商店里随处可见。我也不会再为孩子想吃爆米花而感到为难了。

小学六年级毕业后,我跟随务工的父母来到米泉市里读书,自那以后就很少回到村里。在其他省市读书工作十多年时间,我对故乡的记忆慢慢模糊。每当听到有熟悉口音的人从身边路过,我总会驻足回望,想从他身上找到点源自灵魂内部的记忆。

村里有一条渠。夏天虫鸣鸟叫,远远就能听到从渠里传来的打闹声音,肯定是小孩子们在水里嬉戏。但我不敢下去,不算清澈的渠水、水里的青蛙、渠边的苔藓,滑腻腻的感觉都让我不由自主起鸡皮疙瘩。阿明就会不停在水里喊,快来玩!凉凉的!没有危险!其他小伙伴也跟着他一起喊,说我学习好,不屑跟他们玩。挨不住他们的激将,我气哄哄把书包挂在林间的小树苗上,挽起裤腿,找一处低一点的渠沿,抓着旁边凸起的石头,怯生生地伸出脚,冰凉的渠水从脚趾缝间溜走,我不禁打了个颤,慢慢把另一只脚也放下去,渠水夹杂着苔藓的腥臭,扑面而来,我有点嫌弃地撇撇嘴,结果被阿明看到,一把把我拉下水,我尖叫一声,果不其然摔倒在渠里,弄湿裤子。我用手捧着水往阿明他们身上泼,遭到他们猛烈地反击。尖叫声,哄笑声络绎不绝,在夏天的阳光下像遥远的铃铛洒下灿灿金光。后来据说河水猛涨的时候那条渠里把一个小孩子冲走了,是在下游村庄的闸门那里找到的。我们几个小伙伴听说后心有戚戚。自此大人们严禁我们在渠里玩耍,甚至不让我们在渠边行走。

2014年的一天父亲给我打电话说,村里想把那条渠修一下,搞个护栏,隔一段路弄个台阶。

那真好,这样就不担心有娃娃会掉下去了,我开心地说。

这得花不少钱,不知道能不能干,我能感觉到父亲的眉头皱成川字。

过了几天，父亲又打来电话说：“丫头，村里已经准备修护栏了！电话那头父亲的声音明亮而又轻快，好像年轻了几岁。”

我扑哧一声笑出来，是村里修，又不是你修，看把你高兴的。不知道的人还以为是你修的呢。

能修我就高兴，反正都是为了娃娃。父亲骄傲地说。

后来好长一段时间没听到父亲的声音。我给母亲打电话，母亲骂骂咧咧地说，六十几岁的人了，跟小伙子比，每天去村里帮人家干活。原来是村里为了节省开支，让村里的富余劳动力一起加入修建干渠围栏的工程。父亲听说后，非要去，拉也拉不住，每天早出晚归。在村民的大力支持下，干渠边终于修建了一些围栏，渠边的台阶也修得规规整整，隔一段路还会有一个小桥，虽然简陋，但也确实方便了很多。

二

我家院子里有三栋房子，一栋是我家，一栋是奶奶家，还有最靠里的一栋是土房，可能是太奶奶他们住过的。我没有问过。房子前有一个很大的菜园子，春耕的时候，母亲会在里面种上韭菜、茄子、西红柿、辣椒、豇豆、豆角等。还有一个茂密的葡萄架。以前我以为冬天的时候葡萄藤就死了，于是用刀子割断他们，从土里拉出来。结果挨了一顿胖揍。我才知道原来葡萄藤在秋天进行修剪，在泥土尚未结冻的时候埋在土壤里，防止葡萄藤的枝条在冬天裸露风干，又可以防止根系受冻。夏天，我会拿着一把小椅子，坐在葡萄藤下看书。家里没有多少书，基本上都是课本。唯一的几本课外读物是小叔叔不知从哪淘来的金庸的作品。那时候不知谁是金庸，只知道书好看。暖洋洋的阳光从葡萄藤的缝隙里铺下，满地斑驳的影子，仿佛一副绵延起伏的山水画，看着看着睡着了，在梦里我跟着萧峰平定叛乱，追查身世，为父报仇，看着他自戕而亡，我哀恸不已。等自己抽抽搭搭地醒来，发现太阳已经西斜，蚊子飞来飞去，已经被咬了好几个大包。慌慌张张地收起椅子，捡起滑落的书，被蚊子追着跑回家。向母亲埋怨,也不叫醒我,任由蚊子咬我。母亲总是笑笑说,下次你就知道按时回家了。我生气极了。长大后,看了更多书,我才知道历史上萧峰是在平叛立功之后,病死的。

前些年政府统一办了农家书屋,每年定期给村委会配送各类书籍。村里的孩子们不用坐大巴车颠簸到市里,也不用自己掏钱买书,别提多开心了。在村里"访惠聚"工作队的大力推动下,村里举办了小课堂,微信里有读书群。孩子们每天在群里读书打卡,孩子们读书的兴趣愈发浓厚。孩子们读书带动家长们读书,从《弟子规》《论语》到《悲惨世界》《红楼梦》,一部部经典被传颂。孩子们的视野不再局限于语文课本知识,也不像年少的我只知萧峰,而不知萧峰到底为何。每天听着微信群里孩子们稚嫩的声音从手机里传来,这是孩子们的希望和未来,也是小村的希望和未来。

三

我家院子外面的路是土路。坑坑洼洼,每到下雨到处是水,无法下脚。我很讨厌这样的日子,因为会把我的鞋子弄脏。为了得到一双新鞋子,我会在六一儿童节前挑选小演员的时候卖力表演,争取让老师选中。这样就可以在儿童节那天穿着新鞋子,圆圆的鞋头,两根宽皮筋在脚背上交错,非常可爱,我心里美滋滋的,觉得自己就是最美的小公主。下过雨的路上到处都是泥巴,让人无法下脚。我总是心疼地看着脚上的小白鞋,感觉这条路怎么这么长,有什么办法可以让我从路的这头直接到那头,这让我很苦恼。初中的时候,由于家里经济紧张,父亲不得不把属于我们家的那栋房子以低价卖掉,以支付两个姐姐上大学的费用。周围的邻居也走走换换,小时候熟悉的场景已经不在。

前几天姐姐开车载着我回到村里,一路上看着窗外绿油油的树木,心中无比欢喜。看着渠边的围栏,也能理解了父亲当时的欣喜。走着走着,我问:"姐姐,怎么还没到,这条路应该没那么长啊。"

"不知道啊,没看到拐弯的地方。"姐姐左看看右瞧瞧说:"再往前走走看吧。”

“呀！不对，我们已经到了下面一个村了。”我叫道。

“那咋办，掉个头吧。光顾着看外面，也不看路。”姐姐埋怨着我。

“我看着呢，没认出来。”我笑嘻嘻的解释。

“这回仔细点，再别错过路口了！”

“遵命！”我冲姐姐眨眨眼睛。我趴在窗户上不敢眨眼睛，生怕错过拐弯的路口。

“该拐了！等你提醒我，八百年以后吧！”姐姐凶道。

“啊？到了？我真没看出来。旁边的那个红房子呢？”我疑惑地问。

“早没了，新修了房子和院墙，哪还看得出来。”

“旁边的树也长得那么茂盛。”我弱弱地解释。

我们小时候是小树，我们长大了，树也长大了。姐姐惆怅地说。我感觉她又要哀叹自己长皱纹这件事了。赶紧指着远处，看呀！那是我们的院子。

只见原本泥泞的黄土路被一条平整的柏油路代替，路边是一排整齐的小树，小树上花团锦簇，远远看去好不热闹，时下正是正开得茂盛的杏花。不时有一两片花瓣落下，载着春的气息飘往远处。一群孩子在远方玩。脚上穿着当下流行的运动鞋，身上穿着干干净净的衣服，鲜艳而又亮丽。看着看着，我仿佛看到了院子里那个穿着洗得发白衣服的小姑娘，在菜园子葡萄藤下坐着摇椅睡着了，身上扣着一本《天龙八部》，母亲在台阶上喊她吃饭。场景一转，她穿着心爱的小白鞋，在下过雨的小路上蹦蹦跳跳躲避着水坑，一不小心踩到泥巴，她噘着嘴小心翼翼地用小手使劲抹，想把泥巴抹掉，她突然抬起头，我下意识地转头躲避，反应过来后又扭过头看她，我们目光越过时空相遇，她笑了。

我想，她对我大概是满意的。

小荷才露尖尖角

马海月

2017年是一个非常有意义的一年，对于米东区农村的学前教育来说，迎来了春天。一所所公办幼儿园像雨后春笋般的屹立在我们米东区各个乡镇各个村。让我们米东区每一个人的心中油然升起一股莫名的激动。2017年一共建立了十四所农村公办幼儿园，这十四所幼儿园实行的是全免费政策，这让我们米东区农村的孩子们有了一个梦想起航的地方。米东区的那山、那水、那人在我们这些农村幼儿园围绕这学前教育开始了一个又一个平凡又动人的故事。米东区长山子镇高家湖幼儿园的故事随着党的光芒也走出了一条五彩斑斓的道路。

还记得开学的第一天，家长们把幼儿园前前后后围得水泄不通，看着幼儿园齐全的设备，优美的环境以及幼儿园全免费的政策。至今我还记得，每一个家长和孩子的神情，洋溢着幸福，激动盼望和期待，那种表情是无法用语言形容出来的。家长会不停地追问："真的全免费吗？伙食费也没有吗？"在得到一次次的肯定之后，家长才慢慢的反应过来真好，共产党的政策真好……

幼儿园刚刚建成的时候，幼儿园的室外还是一棵树都没有，园林局给幼儿园捐赠了很多树。当时老师们在发愁，这么多树怎么种完？好多老师还是刚毕业的年轻老师,甚至都不会种树。我们的家长看到院子里拉来的树主动自发的带来了铁锹、锄头、水桶……半天工夫,幼儿园的树一颗颗毅然而起。我们开了第一次家长会,从家长会的参与率中感受到了家长的热情。在第一次家长会上,老师们介绍了幼儿园的各个方面的环境等,家长会结束时一个家长找到了我,他说:“老师,我太激动了,我能不能给幼儿园捐点钱还是什么,你说!”我当时就笑了:“孩子的所有费用都是免费的,我们不需要钱,国家给每一个幼儿都有补助,玩教具也充足的。”他又说道:“我们不是种树了嘛,我捐一些水管,把幼儿园的林带都安上滴管多好!”我一听,这当然好啊,这样幼儿园的林带浇水不成问题,还可以种点菜,小朋友的种植区也有了。问题是这个滴管没有人会安。幼儿园的保安此时说话了:“我们来安装,我们几个男保安学一下,保证能安装好,我孙子也在这个幼儿园上呢,多好的幼儿园啊,我们能出一份力我们就很开心!”一天的时间幼儿园的树全部种好,幼儿园的种植区土地已经翻好,第二天滴管就到了,保安们用两天的时间把滴管装好。我心里明白,高家湖的村民,朴实的老百姓们这是在用他们自己的方式感受党的恩情,在回报党的恩情。

慢慢地幼儿园的一切步入正轨,转眼五年了,这五年我想说的太多,人们都说这个世界上永远没有感同身受,但是当我一步步经历了所有,我发现自己内心的感受与成就在文字面前有时候是苍白的,但是我仍然要把这些动人的故事讲给你听。

从第一件小事说起,农村幼儿园的家长可能不太理解学前教育。家长的意识还存在于我们幼儿园是服务行业,保姆的行业,甚至会给孩子说:“快给阿姨再见”。在他们的意识里面我们不是老师。每天接小朋友回家第一句话是:“今天吃的什么?吃饱了吗?有没有别的小朋友欺负你呢?老师有没有凶你……”对于和老师的交流也永远停留在这些话题里。到了大班家长也会纠结,你们教识字了吗?学拼音了吗?他们不懂学前教育,更不懂幼小衔接。

突然意识到幼儿园要做的不光是面对我们的孩子,家园共育工作也很重要。我们的学前教育工作更要让家长去理解。幼儿园通过家长会,幼儿园一日开放活动,让家长走进幼儿园,走进我们的一日流程,走进我们的教育教学活动。知道我们学前教育在做什么,知道我们的五大领域教育教学活动。家长听到了、看到了,和我们的孩子一起进步了。后来我们再听到的便是:“你们今天是什么教育教学活动啊,你扮演了什么角色游戏呢?”这时候我突然意识到,我们农村幼儿园改变的有时候不仅仅是孩子,更重要的是我们的家长,家长才是幼儿真正的原相机与第一个启蒙老师。

幼儿园的孩子都是三岁到六岁。这阶段的孩子是十分敏感的,都说一个幸福的童年可以治愈人的一生。在幼儿三岁到六岁的阶段我们可以观察到孩子细微的变化,当我们发现幼儿情绪上有问题,我们及时的介入引导是带给幼儿一份最好的礼物。这个故事就发生在我们中一班的一个小朋友身上。这个幼儿平时活泼开朗,中班上学期突然不知道从什么时候开始变得有点沉默寡言,还突然剪短了头发。班主任注意到了孩子的变化,及时了解孩子的家庭情况,原来她的母亲去世了。这对一个幼儿园的孩子来说无疑打击很大。班主任从方方面面去关心孩子,老师的关注足以让这个小朋友重新快乐起来,她在孩子心目中的位置潜移默化的转变了,老师——知心的朋友,甚至可以代替母亲。慢慢地这个孩子变回了以前的她,开始笑了,开始与老师聊天,甚至还聊到如果她有一个新妈妈会如何。此时我们幼儿园迎来了第一面家长送来的锦旗。这个是对教师的肯定,对幼儿园的肯定,更是对学前教育的肯定。用心润泽心灵,用爱感受爱。米东区教育局安排了教育系统的“三进两联一交友”活动。我们每个老师都会结交四个不同民族不同家庭的小朋友来做我们的小亲戚。幼儿园小朋友单亲家庭的很多,我们每一位老师都从这些小朋友中去选择自己的小亲戚,给予这些孩子很多的爱,更多的关心。我想这也是我们米东区教育局“三进两联一交友”活动的意义。

这五年来我们与孩子家长共同经历了很多事情,在第二年的时候我们一个少数民族老师生孩子。孩子出生时就由于急性疾病进了保温箱,这位老师家庭条件不好，孩子的手术费到最后还差五万元。这时候，我们幼儿园的老师一起组织了募捐活动，同时也发起了水滴筹活动。让我没有想到的是这个活动引起了家长及米东区教育行业及其他所有幼儿园的关心。包括各个私立幼儿园的园长，教育局的机关干部，高家湖的村民家长。看着募捐的数字不断地往上升，看着水滴筹的消息一个个弹出，全是身边的爱与关心，孩子的手术很顺利，老师激动地说不出话来。我知道五万元说多不多但是说少也不少。老师激动地说："我的孩子这么小，我和她能够挺过困难，她能够来到这个世界睁开眼睛探索感受这个世界，让我感受到的是身边来自每一个人的关心和爱才让我的孩子降生在爱的环境里。爱一定是相互的，爱就在身边。"

这五年来我们高家湖幼儿园经历了很多，也迎来了很多的第一次。我们第一次的六一活动，第一次的亲子运动会，第一次的唱红歌比赛，第一次的篮球操比赛。中国共产党建党一百周年之际，高家湖幼儿园的孩子在老师的带领下开展了"百万学生跳动啦啦操"活动，为党庆祝生日活动。排练过程中会遇到很多困难，天气炎热，小朋友会累，家长还要购买服装。那么家长是否愿意呢？没有想到的是在征求家长意见的时候，家长全部要求参加，家长告诉我们，党的生日我们要带着孩子一起庆祝，我们交的作品不管能不能获奖，我们高家湖村的孩子也要慢慢走出高家湖村，我们幼儿园也要不停地进步，这才是给党最好的礼物。我知道我们参加的不仅仅是一个活动，更是家长感受到了党的关心，党的恩情，幼儿园所有的孩子家长及教师以这种全力支持的态度来感恩党的恩情。

小荷才露尖尖角……我想说的太多，这里的故事还会继续，我们每一个学前教育工作者，每一位幼儿教师，都是一颗启明星，指引着每一个幼儿园的孩子及家长，而我们只是这些繁星中的一颗。

最喜人间烟火色

张静雅

葱茏之绿

走在乡间的小路上，放眼望去只有满眼的绿色，高大的杨树新发出小小的叶片，路旁的芦苇秆只长出了膝盖那么高，零星地挂着一两片叶子，在春天这个季节，最茂盛的就要数榆钱树了。

每年春天，妈妈都会从树上摘下淡绿色的小嫩榆钱，泡水洗净后裹上面粉上锅蒸熟，这样做出的榆钱可以保存很久，吃的时候取一些和着大蒜放锅里炒一炒，口感鲜嫩，还有榆钱独有的香气在嘴里弥漫开来，这是“春天的味道”。

平时都是妈妈在做，今年我也参与其中，洗榆钱的过程很麻烦，需要一个一个洗净，然后沥干水分，裹面粉时也要把面粉包裹在每一个小榆钱上，虽然很辛苦，但我乐此不疲。蒸好的榆钱放在油锅里，看着它慢慢变黄变焦，香气弥漫在整个房间里，我平时不爱吃大蒜，但这样炒出来的蒜和在榆钱里是没有味道的。炒榆钱最好吃的是那种焦黄焦黄的，用勺子舀一大勺放在嘴里，只得用一个“香”字形容。

春天地里的野菜也争相冒出头来，这时我和妈妈便忙碌起来，戴上防晒的大草帽，拎起小菜篮，从田埂上走到了田地里，野菜一般长在土壤湿润的地方。开春时地里还没种什么，所以一个一个小野菜异常显眼，有紫杆绿叶的马齿苋，味道微苦的蒲公英，也有我最爱的荸荠菜，把这些野菜摘回家，用水洗净，然后放在热水中过一遍捞出，拌上盐、醋、香油做凉菜，爽口大开胃……摘来的野菜，做饺子也最合适不过了，把鲜嫩荸荠菜切碎，拌上牛肉馅，包在饺子中，冬天也可以吃到属于春天的味道。

爷爷家种的最多的是红薯。每年夏季，红薯叶子正嫩，这时我便会对妈妈说："我想吃红薯叶子了。"于是我们拎起篮子就向红薯地走去，我偏爱小小的嫩嫩的叶子，摘完回来洗净后拌上面粉，入盘、上蒸锅里，可以做成蒸菜，也可以像榆钱那样炒炒吃，独有一番风味。

一年四季最爱的，莫过于妈妈包的茴香饺子。小时候还不清楚有这样一种菜，后来尝到了妈妈包的茴香饺子，便难以忘怀。起初我认为茴香长得还是很像松鼠的，从地里割下一大把带回房子，洗净后切碎，越碎拌出的馅越香。然后和肉馅拌在一起包饺子。无论是水饺或汤饺，煮熟后夹起一个饺子咬开，茴香独有的香气在口齿间留香，这种美妙的味道是无法用言语来表达的。

给我印象最深的绿色，不仅有美食还有美景，夏天的农村是绿色的天堂。爷爷家有苹果树、李子树和沙枣树。一到夏天，苹果树和李子树上就有深绿色的叶子和浅绿的果实，小时候好奇心强，总忍不住趁大人不在时悄悄摘一个小绿果子，一口咬下去，又酸又涩，甜甜的果实可能不会让我记很久，但这酸涩的果子，我尝试过后便再也忘不掉了。

灿烂之夏

到了春暖花开的季节，田间的油菜花大片大片地盛开，金黄色染遍山野，油菜花拼命地向上生长，形成一片片金色的海洋。

这么多的油菜花，它们的样子也是不同的。一棵棵小油菜熙熙攘攘地站在芳香的泥土里，好像在互相说着悄悄话。它的茎细细的，叶子葱绿，形状好似一把小扇子。有的小花开放着,好像在向我诉说长大的喜悦。有的还是小花骨朵,低下头,努力地蓄着力想要快快长大。他们周围盘旋着几只蝴蝶和蜜蜂,站在油菜花的中央,就好像站在金色地毯的中央。微风吹过,香气便慢慢在空气中飘散,一阵阵花香扑面而来沁人心脾。

春天是要播种的。记得小时候很好奇玉米是怎么种的。于是奶奶带我到地里,教我种玉米,我抱着一口小碗,里面装着一粒粒的玉米种子,奶奶在田地里挖出一个一个小洞,然后把种子放进去,盖一点土,然后给它们浇水,一周以后,种子发芽了。我高兴地叫来奶奶和我一同分享这喜悦。

到了暑假时,当初的小玉米已经长得很高了,有的玉米已经熟了,于是我们便掰玉米。到了地里,到处是一片黄色的玉米,我拿着大篮子,走到一棵高大的玉米旁,抓住一个大玉米就往下拉,却怎么也没拉下来。最后,我费了九牛二虎之力终于掰下了这个玉米。但这个玉米的杆也被我连根拔起来了。我转头看看妈妈和奶奶,她们都已经摘了一大包了。我垂头丧气地拿着战利品——玉米秆,走到奶奶面前,跟她诉说掰玉米的艰难,没想到奶奶告诉我,我拔下的玉米秆也是可以吃的。她给我剥开,我迫不及待地咬了一口,真甜!口感很像甘蔗,香甜可口,我顿时充满了干劲,学着她们的样子把玉米一个一个向下扯,不一会我便收获满满。

种向日葵同样是个技术活,老师一直都说向日葵的头是朝向太阳的,可为什么爷爷家的向日葵却是背对着太阳呢?难道是因为它怕热吗?童年时的我曾这样想过。春天的时候,爷爷奶奶在地里种下了向日葵种子。到夏天的时候,我去看它们,它们已经长出了小芽,冲破了瓜子壳,用小小的根把自己支了起来。我连忙给它们浇了水,想让它们快快长大。不久,它们已经生出了五六片叶子,像一个个欢乐的孩子,无忧无虑。

过了一段时间,它长得更大了。差不多长到了我的膝盖,头顶也长出了一个小小的绿色花盘。花盘一天天长大,终于有一天,它绽放开来,几个黄色的花瓣中间围绕着绿色圆盘,每天高傲地抬着头,看着太阳,望着世界。

到了秋天，向日葵熟了，有的向日葵的头大到我一只手都抱不下，一个个金灿灿的。长熟了的它们，不再像小时候那样高傲地抬起头与世界对视，而是谦虚地低下了头。

耀眼之红

夏天骄阳似火，大地被太阳烤得火热。每年夏天都少不了一个冰镇的大西瓜。四个季节里只有夏天的西瓜最便宜还解暑。所以家里人买西瓜都是一次买十几个，买回来放在水渠里冰镇一个上午。切开来，绿皮红瓤，水灵灵的，黑黑的瓜子镶嵌在瓜瓤上，这时的我已经馋得口水直流了，咬上一口，满嘴的汁水，顿时全身一阵清凉，爽极了。一大家子聚在一起的时候就把一个大西瓜切开分着吃，有时我和妈妈就切开一个大西瓜，一人一半抱着可以吃一整天，简直是最好的解暑神器。

秋天要干农活的时候，村里的邻居都来帮忙，天气热的时候，我最爱的就是馕就西瓜。馕最好是皮牙子馕，西瓜沙瓤的配馕才好吃，一口馕一口西瓜，顶饿又解渴，这简单的午餐胜过了任何山珍海味。

爷爷家种着的苹果树和一棵海棠树，春天它们发芽，夏天长出了小果子，青绿青绿的，又酸又涩，到了秋天，果子们都一个个变得通红。自己家里种的苹果要比外面买的好吃很多，只不过个头有点儿小，酸甜酸甜的。海棠果一般比苹果酸涩一些，奶奶喜欢把海棠果切成小薄片放在太阳下晒成果干，这样保存的久，晒好后可以用来泡水喝。

记得小时候，院子里还种了一棵桃树，是我最爱的水蜜桃。秋天的时候，水蜜桃熟了，长熟后的水蜜桃头是淡黄色的，屁股是粉红色的，我喜欢吃软软的水蜜桃，入口即化，满口香甜。

每年十月初，是奶奶家要收红薯的时候，家里的亲戚和邻居们都来帮忙。爷爷开着拖拉机在前面犁红薯，一个个红薯被翻出了地面，有大有小，个个被黑泥土包裹着，前面拖拉机开出去，后面就留下了一地的红薯。大人们拿着箱子在前面捡大红薯，这些是要拉回去卖钱的。剩下的小孩就跟在后面拎着袋子挑一些小红薯，这些一般拿回去分给家人亲友们吃，挖红薯很累，但我们痛并快乐着，挖红薯也会遇到一些很好玩的事。小时候看见地里有从地底下翻出的小虫子很害怕，后来长大了一些，才知道那小玩意叫东南西北，不知道为什么，我对它喊东南西北，它从来不搭理我。弟弟会调皮地把它们装进小纸杯里，一装就是一杯子。还有一次碰到了一小窝小老鼠，一个个白白的可爱极了。我刚想去把它们拿起来，奶奶却不让我动，然后她把这几只小老鼠扔掉了，我为此跟奶奶生了气，后来才知道，原来把它们留在地里，它们会吃红薯。

通常挖红薯时，我们小孩子干得少，一般到半中午就跟奶奶回去做饭，奶奶做的饭是我这辈子都忘不掉的。二十来人的饭她一锅就可以搞定，味道还特别棒。无论是蒸一大锅抓饭，还是同时做三四个菜，她都镇定从容，家里人也都很爱吃她做的饭。

捡回来的小红薯，可以蒸着吃，烤着吃，也可以用来熬稀饭。把满是泥土的红薯洗干净，使它们不再被泥土包裹，这时它们便透出鲜亮诱人的红色来，削皮切块放在稀饭中，煮熟后盛在碗里，我喜欢把它们用勺子捣碎和在稀饭里，这样的稀饭最好吃。冬天爷爷喜欢在炉子上烤红薯，烤出来的红薯金黄诱人，剥开皮后咬一口，一股甘甜的味道在嘴里漫开。在我看来，所有的烤红薯都比不上爷爷烤的。

农村的烟火气息，不仅有葱茏的绿、灿灿的黄、耀眼的红，不仅有田地间忙碌的身影，小院里闲聊的人们，也属于农村的一年四季。

山水吟唱

走进米东的四种方式

张映姝

做客玉希布早村

十几年前,我路过几次玉希布早村。去峡门子风景区,沿着公路一直往山里开,过了峡门子,看到的村子,就是玉希布早村。村民的房子沿着公路两边延伸,不宽的马路上经常被壮硕的黑底白花的奶牛挡住,你使劲打喇叭它们也不理睬,还扭过头睁着无辜的大眼打量你一番,然后才优雅地不慌不忙地挪动脚步。羊群也经常遇到,二三十只不用担心,一打喇叭,就往路边涌去。若是几百只,那就有点麻烦,羊群是跟着头羊走的,羊群的队伍那么长,你怎么打喇叭,隔着两三百米的头羊都不理视来自后方的动静,眼睛只盯着前方,一根筋地沿着公路向前进。车子就这样跟着羊群前进,若不是骑马或骑摩托车的牧人见状赶到队伍前面,把头羊赶到路边,车子慢腾腾地过去准保得浪费十几分钟。

村委会在进山的路的左边,若不是那块牌子,路人是不会知道这个村子的名字的。那些年,我们每年春季、秋季进山去玩。春季去踏春,挖蒲公英,掐苜蓿头,看远处的灯杆山、马牙山,遥想当时的道士走几十公里山路下山,然后背着粮食、日用品等，再走几十公里山路上山。遥望雪峰的时候，经常想起山顶上的灯盏初一十五都会点亮，为山下的民众祈祷平安。秋季去看金色的白桦林和胡杨树，看秋天的太阳一点点西落，莫名的忧伤一点点浮起，这时，只有羊咩牛哞的声响和袅袅的炊烟，才会把忧伤一点点地驱赶，让我生出生活就在此处的感慨。

我从未走进这里的一户人家，聊聊他们的故事，看看他们的生活。这个村子，像一个童话，离我这么近，又离我那么远，直到姐姐带我去看她的亲戚。说是亲戚，并没有血缘关系，是2015年姐姐的结亲户那西一家。短短的几年时间，姐姐一家和那西家已经成为真正意义上的亲戚，那西家的大小事情会征求姐姐姐夫的意见，那西家族里的逢年过节，姐姐一家都会带上礼物送上祝福。遇到其他省市来的朋友，想了解、体验哈萨克民族风情的，姐姐也会安排到那西家坐坐，喝一壶正宗的哈萨克奶茶，尝尝正宗的哈萨克饭食。纯朴的那西一家会让客人带着满心的好奇而来，带着满心的欢喜而去。

第一次去那西家，同行的还有安徽来的潘老师和宁夏来的杨老师。走进院子，就闻到抓饭的味道。一锅抓饭在院落里的大灶上雾气腾腾的。走进房间，我们被惊到了，宽敞的客厅里一大半是炕，靠南墙的一面垛满了绣花的被褥，炕上大大的长条桌上摆满了吃的，干果，油炸的果子（包尔萨克），各种水果，桌子中间是两个高脚的大玻璃盘，托着摆放整齐的馓子。桌子四面的炕上摆放着大大的靠垫和坐垫，绣满各种艺术化的羊角图案，色彩搭配醒目，绣工精细繁复。我们不由发出赞叹，竟然不舍得坐在上面。姐姐说，这些都是那西绣的，她的手艺好，给包括姐姐在内的亲朋好友送上自己的绣品。那西能流利地讲普通话，她平时话不多。来了客人，却说不出来，腼腆地笑着，低头给客人倒着奶茶。

那西的婆婆陪我们坐着，那西和丈夫塞里克汗忙活着饭菜。我打量着这个和睦的家庭，那西一直跟婆婆生活在一起，从没有跟婆婆红过脸，无微不至照顾婆婆生活。村里人提及她们婆媳关系时，各个都说一个好。

第二次去那西家，我专门给那西带了一件礼物，是苏绣的一条蓝色丝巾。我猜想，蓝色是娴静的那西喜欢的颜色，自由而宁静。我还想让精于哈萨克民族刺绣的她，看看苏绣的花样和绣法，说不定她会受到启发，开发出新的图案呢。姐姐把我的心思告诉了那西，那西略显粗糙的手轻轻抚摸柔软的丝巾，脸上、眼神里的欢喜流泻而出。

吃过饭后，我们在院子里聊天。一会儿，就来了好几波女人。见了面，就紧紧抱住姐姐问候。姐姐笑着给我们介绍，这个是那西的姨姨，那个是那西的嫂子……亲切熟悉得就像一家人。我们看着她们说话、拥抱，内心洋溢着朴素、良善的情愫。

过几天，我又要去那西家做客了。姐姐说，那西要带我们去她家的牧场转转，那里的花就要开了。那西也知道了，我喜欢花花草草的。

哦，忘记告诉你们了，玉希布早，是哈萨克语三个牛犊的意思。现在，你知道为什么这里的牛那么牛气冲天了吧。

锦鸡儿花开哈熊沟

从柏杨村进哈熊沟，我们走了一条近道，翻山到玉希布早村。车子进入山谷，沿着山路前行，视野开阔起来。

据林管站人员说，20世纪50年代建站时，这里能看见雪豹、哈熊等大家伙，马鹿、黄羊、狐狸、野猪、狗獾等更是经常见到，常见的有星鸦、乌鸦、喜鹊、朱雀、乌东等鸟类多达几十种。这话我是相信的。那个年代，新疆很多地方人烟稀少，却是动物的自在之地。20世纪50年代末，我听就准噶尔盆地屯垦的父亲说，少有人去的林地草深枝密，蹲在草丛里方便的职工，竟然能一把搂住觅食而过的马鹿的脖子。现在，雪豹像个传说，哈熊也不见踪迹，只留下一个让人浮想联翩的名字——哈熊沟。

路越来越窄，路面的砂石明显增多，上坡下坡交替而来，车子颠簸起来，几个女人不时发出惊呼。我提醒姐姐开慢一点，安全第一。开惯了山路的她嘴上答应着好,车速却一点没减。车内的几个姐妹的叫笑,起初是因为颠簸,后面夹着有点夸张的故意。久居城市的她们,需要一场山野里的疾驰,为波澜不惊的生活,或者死水般的按部就班的工作模式,注入活跃因子,增加一点刺激感和新鲜度。况且,这是五月,五月的山野,五月的天空,五月的春天,五月的我们。

越来越多的灌木丛铺展在山坡上,连成一片。野蔷薇、锦鸡儿,还有爬地松,大多是这些。眼下,盛开着挤挤挨挨的黄色花朵的,是锦鸡儿。野蔷薇的黄色花朵掀起蜂蝶的盛宴,还没有开席。我坐直身子,深情地望着窗外春意盎然的山野,望着清香浮动的锦鸡儿花。这雀舌般的花朵,我每年都要摘一些,尝尝鲜,其余的就珍藏在冷藏柜里。闺蜜小聚,气氛氤氲之时,酒香茶香之后,一盘清香扑鼻的锦鸡儿花饼就出场了,是众望所归,把友情的相聚推向又一个高潮。今年,眼看着为期半个月的花季就要过去,我还未采摘呢。想到一年内都无锦鸡儿花饼的高光时刻,心情不免黯淡起来。

"这些黄色的是什么花?"有人问。"锦鸡儿花。"姐姐回答。"哦哦哦,就是映姝姐做花饼的花吗?""就是这种花。"我头也不回地说,眼睛仍然盯着窗外。"那我们去摘吧,就可以经常吃花饼了。""对呀,我怎么就没想到,现在就可以摘呀,我们原本就是踏春而来的呀。"

几个女人在盛开的灌木丛中,像蜜蜂般辛勤忙碌着。在黄色花朵铺排出的春天的背景里,她们像五朵盛开的花朵。我不禁为眼前的场景和脑海里涌现的比喻欢愉起来。

采摘锦鸡儿花,并不是件轻松的事。锦鸡儿枝条密布硬而长的刺,一朵朵黄色的蝶形花就长在刺丛中,每摘一朵,都得小心翼翼避开。不时传来姐妹们被刺中的叫声。这个花为什么要长刺呢,不长刺就摘的快了,子茉咕哝了一句。因为每一朵花,都度过了寒冬,每一种美,都来之不易,值得珍惜,我说。五月的阳光下,蜂蝶飞舞,清香淡淡,有那么一阵,"我们不说话,就很美好"。

"映姝姐,我以后再也不要求你做花饼给我吃了,我从来不知道,采摘锦鸡儿花这么不容易。”子茉面带愧色地说。采摘了半个小时,她的塑料袋里才有一丢丢的花。当她再吃花饼时,每一口,除了美味,还会有更复杂的味道和心绪吧。

南果北种柏杨河乡

几年前参加米东作协的一个采风活动,其中一项重要内容,就是参观长山子村的设施农业基地。走进高大的温室大棚,看见一排排整齐的地沟。里面没有通常大棚里枝叶茂盛、花团锦簇的模样。仔细一看,一株株硕大的仙人掌科的植物规规矩矩地生长着,三棱形的叶片长达一米左右,被固定悬挂着左右对称生长,每个叶片上有多个绿色的芽苞。此前,我无数次吃过白肉、红肉火龙果,知道它是亚热带水果,却对火龙果这种植物一无所知。我围着植株转了又转,不确定这灰绿色的仙人掌科的植物,能结出鲜艳的、汁水丰富、个头不小的火龙果。我问:“果实结在哪里?”棚主笑了,指着叶片上的芽苞,这就是它的花,一个花结一个果。我更好奇了,这个叶片上三个芽苞,难道结三个果?他微笑着点点头。带着一路疑惑,回到家,我就百度了一下火龙果的内容,图片上果实累累的火龙果种植图片让我瞬间惊呆了。

就是那次采风,我还头一回知道了五彩稻、稻田蟹、东海子景区等等。在我的脑海里,关于米东的零星认知,才完全让位于米东区的崭新发展形象。

友人知道我对植物感兴趣,去年邀我去米东看自然风光。返回的路上,专门带我们去柏杨村看人参果种植基地。走进大棚,一行行植株整齐排列,植株近一米高,却不见人见人爱的果实。原来人参果已经收获完了。我看见植株上还有一些小小的花苞,两三个月后,它们就会成长为带紫色条纹的白皮果实,水润、爽口,伴随着淡淡的雅香。

大棚的主人是大名鼎鼎的“水果大王”张运华。从2016年开始种植南方水果以来,从人参果、火龙果,到百香果、木瓜,他已成为柏杨河村“南果北种”的带头人。如今,围绕“南果北种”产业带动的休闲旅游、采摘观光发展模式,带动了村里的蘑菇、草莓、西红柿、芹菜等种植。具有独特优势的乡村振兴产业已产生良好的经济效益,并形成良性循环。

第一个敢吃螃蟹的人,无论成败,都值得称赞。张运华是本地人,从1996年开始种植大棚蔬菜,春秋种西红柿、茄子,冬天种毛芹菜,勤于钻研的他早就成为种蔬菜的行家里手。2015年他得知甘肃张掖大棚种植火龙果和人参果成功的消息后,也萌生了种植大棚水果的念头。说干就干,在去张掖实地考察之后,来年春天,他开始试种火龙果和人参果。如果没有他的心思一闪,没有把一闪的念头落实为具体的考察行动,如果不是有不计得失的放手一搏,也许他还在轻车熟路地种菜,周围的村民还在原来的种植模式上打转,柏杨河村还是原来的模样。榜样的力量是无穷的,这就是一个例证。

大棚的另一边,是百香果植株。百香果,又叫鸡蛋果、紫果西番莲、洋石榴,是西番莲属草质藤本植物。绿油油的百香果藤蔓铺展在棚架上,垂挂一个个青色的果实。过不了多久,这些果实就会变成紫色,就可以采摘上市了。

我们没有见到水果大王,正在大棚里劳作的女人说,他去村民家的大棚里了,去技术指导,他忙得很。我们相视一笑,走出了大棚。

蹚水水磨河

当一个地方,可以让你重温记忆深处的某些场景、某种心境,它就是个值得被记住的丰饶之所。它像带着密码的基因细胞,埋藏在身体里,随时光流逝,潜移默化又不为人知地影响着你,丰富着你,让你成为独一无二的你。

水磨河流淌在米东的土地上,流淌在独山子村的山野,流淌在独山子村的坡下。开过去的车,走过去的人,都不能忽略它的存在,因为公路沿着河道而走,公路悬在高处,河水哗啦在低处,在山谷里。依河而居的村民,到处闲逛的牛羊,也不会轻视它,因为它是此地唯一的水源——母亲河。我们看到的是一条河,一条叫水磨的河。这条河,千百年来的生老病死、悲欢离合,都随着它的无尽流淌而流逝;如今,这块土地上的生生不息、时代巨变,还在它的无边吟唱中生发、繁茂。

当我们的越野车逆流而上,到达可行之路的尽头,河水一览无余地平铺在石滩上。两条小河从不同方向的山地蜿蜒而来,汇流于此。河滩上都是大大小小的石头。此处,河面并不宽阔,最宽处不过五厘米;河水也不深,最深处也只到膝盖。这样的规模,在南方只能算是溪流。它与我的预期实在不符,不禁随口而出,这水磨河也太窄了吧。友人说:“你可别小看这条河,七八月份,冰雪融水丰沛之时,河面就宽阔很多,如果山上下大雨,水流滚滚而下,裹挟山石而来,河面可达几十米甚至上百米。”我留意观察,河床是有百十米,两岸的树林茂密,多是半抱的老榆树、老柳树。裸露的河床上无树,小树也不见踪迹,只有小蓟、牛蒡、飞蓬、点地梅之类的生命力顽强的野草。这样的河床说明,丰水期河水的流量是很大的,河面也宽阔得多。若是长期无水,河床上是会生长出灌木丛和小树的。河床上布满石头,大块的石头都在河流的中间,越往两边,石头越小。

河水清澈见底,各色石头在水底安静地躺着,安静地灿烂着。红色的石头,有的发出刚出炉的红砖的颜色,有的是枣红色、灰红色,还有一种是葡萄酒的颜色,带着细线般的白纹。土黄色的石头,有着细腻泥块的纹理和质地。灰黑色的石头,一般大而不规则,一看就是从山体崩裂的。友人在河道中看中了一块,我和她费尽力气只搬了十几米。我和她站在烈日下的河床,计划着把它安放在她家院落里的哪个位置,憧憬着它与人为设置的花境和谐地融为一体。更多的是戈壁滩常见的鹅卵石,灰扑扑的表皮带着麻点。我捡起一块小而薄的石头,弯下腰,侧伸手臂,将它扔向水面。它扑通一下,溅起一个水花,就沉入水底,完全不顾及我试图让它在水面连续跳跃几下激起一连串水花的希冀。这么多年了,我依然打不好水漂。当年教我打水漂的小伙伴,如今远在何方,他是否会想到邻居家那个怎么也学不会打水漂的笨女孩呢?

下来吧,水一点也不凉。友人的呼唤将陷入沉思的我拉回现实。冰雪融水怎么会不凉呢?我的目光犹疑到白雪皑皑的博格达峰上。它就在那里,一抬头就扑面而来，带着神山的威严气质和严寒的白色标配。我把手探入水中，凉飕飕的感觉从指尖传导向手臂，就消融了。我的手抚摸着水中的石头，水流抚摸着我的手。友人已经下水了。我的身体被水流的温柔抚摸唤醒，迫不及待地脱去鞋袜。就算冷，也要尝试蹚一下这博格达雪峰融化的河水。看到我的举动，几位女伴也跃跃欲试。

河水并没有想象中的彻骨寒冷。脚刚踏入水中，一种刺激性的冷传遍全身。几十秒后，腿脚的皮肤就适应了这种冷，暴晒在烈日下的发热的身体，将冷的刺激改变成凉爽的快意。

短暂的惊叫变成咋咋呼呼的欢笑，几个女人仿佛回到了童年，要么在河水中拉着手前行，要么在水中翻捡着石头，比比哪块石头好看、有意蕴，要么就坐在石头上用脚撩拨出水花……每个女人心里都住着一个小女孩，住着小女孩的永不褪色的恒梦。

我坐在水中凸起的一块石头上，感受流水、山风带来的心灵悸动。天地有大美而不言，唯有心灵宁静方能体悟。低头，无意间发现，石头上有米粒般的黑点，在流水中颤动。

我好奇心大起，捡起一块石头，仔细打量。应该是一种水中生活的虫类，附着在水中的石头上，估计靠捕捉水中的微生物为食。它们一般出现在水流平缓的水中石块的侧面，这样会方便它们捕食吧。

玩闹之余，有人提议，我们以今天蹚水的经历写一篇同题文字吧。几天后，我写了一首诗《蹚水的女人》，结尾是这样写的：

……

三十多年了，她早忘记那种痛

三十多年了，她已习惯于另一种生活

忍受，抗争

再次忍受，再次抗争……

她修炼成铁，如她所愿

没有什么能让她轻易融化
她从未放弃百炼成钢的打算
就这样失败了,轻易的
被雪水的冰凉,而不是火焰的滚烫
望着耸立的雪峰,她听见
咔嚓的冰裂,向身体深处爬行

三道坝的稻花

龚培德

对米东三道坝的认识应该是在五十年前的孩提时代，那时我还在西戈壁农场上小学，当时这儿叫米泉三道坝，还没有米东这个地名。

为什么对三道坝印象深刻，这是因为我们连队一个老乡的女儿那年嫁到这个地方，当时我作为娘家人被塞上一辆大马车，从一个戈壁跑过另一个戈壁，在马车跑了大半天后终于跑到了有人烟的地方。记得马车行走的路途上有滨湖、五十户、柳树庄子、冯家海子、青格达湖、长山子等地名。当然，印象最深的是我第一次以娘家人的身份被灌得酩酊大醉，在回来的路上吐了一马车，平时第一次感觉到那酒水虽然上口很甜，但入肚后则像熊熊燃烧的火。事后曾问过别人这是什么酒，为什么后劲如此厉害？有人告诉我，那是当地种水稻的人用米和其他粮食酿成的米酒，号称“米酿”。不要说自己当时还是个孩子，就是成年人稍不留神也会被这醇绵的、温柔的液体灌得大醉。至此三道坝这地名就印在我脑海里了。

第二次去三道坝是在十年之后，那是1980年春，我已从西戈壁农场中学毕业被分配到连队参加工作。那时候，西戈壁农场附近的兵团团场蔡家湖，梧桐窝子，枣园等地都开始种植水稻。我们农场由于在昌吉三屯河上游修建了一个大水库，水的问题得到了有效的保证，便也决定种植水稻。而经过农场生产科的联系，三道坝的一个村庄有多余的稻种，于是，连队便派了一辆拖拉机，拉上几个人去三道坝购买稻种。那天正巧我和父亲一起同时被派去三道坝。卖稻种的村子是一个叫“皇宫”的生产队。父亲那时虽然刚被从连队干部的岗位上撤职，但依旧未改他那争强好胜、显摆自己有学问的性格，他对“皇宫”这个地名颇有微词。并且肯定地说，这个地名肯定有误。父亲说，这个普通的村子没有一点皇家气派，怎么可能有皇宫呢？一定不是皇宫，而是皇贡。皇贡是什么？就是要给皇上纳粮，普天之下，皆为王土，当地人要么没文化，要么是口误，要么是以讹传讹，肯定不对。当时有个拉运稻种的连队职工不服气，他对父亲说，别人都喊了这么多年，也没见人纠个错，你怎么来拉了趟稻种就瞧出不对劲了，就你逞能呀。父亲听了这话，来了犟脾气，他说，这就是有知识和没知识之间的差异。比如咱们这儿的三十户、五十户、六十户地名，一般人肯定理解是指多少户人家，其实这里面是大有学问的。按照新疆当时的人口算，不可能有这么多户人家。这里所谓的“户”应为“斛”，是指一种盛放东西的容器，三十户、五十户、六十户应为三十斗、五十斗、六十斗粮食。对于父亲的说法，别人不好抬杠，因为论学识和嘴巴上的功夫，连队职工中的确没有他的对手。更何况对于“户”和“斛”之间的关系，也没人愿意搞明白。不过父亲这一说法，在三十年后得到了确证。那是在一个北疆油菜花开满大地的时候，我陪其他省市来的一位对新疆历史和地名深有研究的大学教授去乌苏市考察一处历史遗迹。无独有偶的是当地也有一个“皇宫”村，还有一个“八十四户”的地名。有人问专家为什么在僻远的新疆有这些地名？专家的回答和父亲如出一辙。也就是从那年起，西戈壁农场有了种水稻的历史，而经过这些年的培育和发展，已经形成了自己的品牌。“西戈壁稻花香”成了百姓饭桌上的首选。当然如果没有当初三道坝的稻种，也就没有西戈壁现在一望无际扬花的稻田。

时间到20世纪90年代中期，我离开西戈壁农场而成了首府一家媒体的记者，在有一年的八一建军节前夕，我去三道坝采访一位战斗英雄，这是多年之后我又一次来到三道坝，那是七月初，正是稻穗扬花之际。

我们来到三道坝一个名叫石柱子的老人家里。说到家，其实只有石柱子一人。用石柱子老首长梁营长的话："我这条命是石柱子给的，没有石柱子，我这条命早扔在打兰州的战场上了。"

兰州战役，是1949年8月，人民解放军第一野战军在兰州同国民党军进行的城市攻坚战役。兰州是西北重要的交通枢纽，我军要进军西北，就得先把兰州攻下。而国民党也深知这一点，国民党的精锐部队都集中到了兰州，要与解放军在此决一雌雄。要完全彻底歼灭国民党，也是人民解放军必须坚决完成的任务。兰州战役，由彭德怀司令员亲自指挥的一场城市攻坚战，梁营长所在的六军十七师负责主攻皋兰山的营盘岭，而营盘岭地势陡峭，高达60到70度的坡度，很多地方直接被敌人削成几十米高的绝峭，上岭之路上极为狭窄，仅有一个车道的宽度，大部队无法展开行动，战之初，我方部队攻击受阻伤亡巨大。在重新部署火力点后的8月25日一大早，解放军在几条战线陆续发起攻击，特别是主攻团打得非常惨烈，攻击沈家岭的31团仅剩二百余人，团长王学礼中弹牺牲。主攻营盘岭的是50团，在强攻受阻的情况下，七连指导员硬是举起炸药包炸开了敌人的碉堡。战后，在50团的团部荣誉窗里挂着两面旗帜，一面为红色的，记录着受功立奖的名单；一面为蓝色的，用白字书写着几百名牺牲烈士的名单。在夺取营盘岭制高点时，梁营长和战士们一起冲锋在前，可敌人的炮弹不停地在身边爆炸，有一发炮弹在离他不足三米的地方落下，是他身后的通讯员石柱子眼疾手快将他迅速扑倒在身下，被炮弹炸飞了一条胳膊。

最为严重的不仅仅是那发炸弹让石柱子失去了一条胳膊，而是炸弹把石柱子的脑袋给炸晕了，石柱子从那时起彻底失忆了。除了梁营长，他谁也不认识了，包括他自己是谁？是哪里人，什么时候当兵，老家在哪里？他什么都记不起来了。

像石柱子这种情况，是不应该继续跟随部队的。可当医院将石柱子的情况告诉梁营长时，梁营长没有犹豫，他说："我不能扔下石柱子，石柱子是我们部队的英雄，只要我活着，我走到哪就带石柱子到哪里。”这样，石柱子在伤好后就又回到了梁营长所在的部队。

石柱子是打兰州战役的半年前才来到梁营长所在的部队，据说他来自山东农村，梁营长以前也曾问过他，但当时也没记住，而负责统计他们营干部战士家庭地址的花名册的文书死在了战场上，那本花名册也找不到了。这样石柱子参军前来自哪里也就成了个谜。

当时来疆部队有些人员实行了就地安置，这石柱子也就留在了米泉。他虽然缺了一条胳膊，但不影响他劳动的热情，他和当地村民一样挖大渠，压碱地，种水稻。如果不是他的老首长梁营长经常来村里看他，谁也不知道这石柱子是名战斗英雄。

在我采访之后没过几年，石柱子就病逝了，那天，他刚给稻田浇完扬花的第一水，坐在渠埂上卷莫合烟抽，石柱子只有一只手，但平时卷烟的速度一点都不比别人慢，可这天他还没卷完烟，手一哆嗦，便一头栽倒在地，再没有醒过来。

中华人民共和国成立七十周年前夕，有一位白发苍苍的老太太和一位四十多岁的军人来到了米泉县三道坝，当他们走到靠近一片水稻田边不远的石柱子的坟茔处，禁不住热泪盈眶，那位老太太哽咽着，流着泪说：“爸爸，七十多年了，我终于找到你了，我是你没见过的女儿春桃呀。”

原来，石柱子参军时刚结婚不到一个月，他的媳妇稻花当时是村子里的妇救会长。为了打倒蒋介石，解放全中国，解放区许多人家送儿上战场。稻花自然不能落后，她亲手给石柱子带上大红花。她说：“打完仗就回家啊。”然而石柱子这一走就杳无音讯。解放后，有人说他牺牲了，也有人说他当了官另娶他人了。对第一种说法，稻花在心里嘀咕了好多次，因为如果活着，他不可能不回家乡啊，他就是不想自己的媳妇，也要回来看他的爹娘呀。对第二种传言，她根本不相信，因为她是了解石柱的，婚前他就说了，他会一辈子对她好。可是，一天天过去了，一年年过去了，直到她将春桃拉扯大，直到她去世，她再也未能见到那个让她等了一辈子的男人。离世前她对女儿说，找不到你爹我死不瞑目，他就是死了你也一定要找到他。

春桃自打工作以后，几十年来多方打听寻找父亲，但由于那个年代信息不发达，加之石柱子参军后部队多次重组，石柱子后来在哪支部队很难查找。

直到春桃的儿子从军校毕业后，他接过了母亲寻找父亲（他的姥爷）的使命，又经过十多年的不懈努力，直到不久之前，他们在各方的帮助支持下，终于理清了父亲的战斗轨迹。原来父亲是从家乡入伍的，部队是新四军五师，不久后他们这批山东兵有的到了东北，有的加入了王震的三五九旅编为西北野战军，后又成为第一野战军。春桃的父亲在打完兰州战役伤愈后到了新疆。后来，这支部队又分成了若干，有的进了其他省市的部队，改换了兵种，有的脱下了军装，成了兵团战士，有的留在了新疆，成了当地的农民。而春桃的父亲石柱子由于在兰州战役中负伤失忆了，这也是他多年未能回到家乡的原因。但石柱子对家乡的稻田对媳妇稻花的记忆在脑海中依然存在。当他在三道坝这个地方看见绿油油的水稻田，仿佛模糊的画面有了印象，尽管他嘴里依旧说不出在哪里，但他不由自主地爱上了这个地方。每年在水稻田干活是他最为开心的时刻，而每年稻穗扬花时，他眼睛里流露的是一种说不清的想念。

春桃和儿子在石柱子的坟茔前跪了下来深深地磕了几个响头，临行他们在坟前装了一捧三道坝黄土，春桃说，在三道坝，他找到了父亲，终于完成了母亲的遗愿。使她没有想到的是母亲和父亲竟然是同一天去世的，是不是冥冥之中有什么感应？谁也说不清楚，回去之后她要在母亲的坟前告诉母亲，父亲没有忘记她，父亲多年一直想着家乡的稻田和稻花，父亲是英雄，现在可以回家和她团聚了。

那时米泉三道坝的田野上，那正在抽穗的稻花纷纷扬扬……

这以后，三道坝我又来过多次，而每次来都有不同的感受，但那稻穗扬花的画面则始终刻在记忆深处。

寻东道海子而不遇

伽蓝

东道海子，说起这个地名，似乎还该有一个被命名为北道海子的所在与之对应似的。印象中，一个在乌鲁木齐的近郊总是寻而不遇的沙地海子。记忆中，每一次自驾去东道海子总是会历经一些曲折，或是在去往东道海子的路中，由于失去网络信号无法准确导航而迷了路；或是由于驱动只有两驱动力的家用老车陷入前往海子的沙地中，茫茫然、心怀侥幸地等凑巧经过的越野车能够施予援手拖车而出……总之，顺利抵达东道海子的经历屈指可数，这片流动在沙地中的水域，每每让我寻而不遇，便显得终于抵达其间触目所及的美景格外令人难忘。

每年的七月和十月是这个海子中景色最好的时候，也许通往它的路上，戈壁荒漠总在野蛮生长，但尽头总有从未见过的景象，它会轻易让你想起你曾去过的那些荒僻之地，冰雪和青苔覆盖着的悬崖峭壁、荒野中从天而降咆哮着的峡谷、卵石遍布的狭长河滩，还有暴风雨前的海岸边摇曳的草滩，它总在突然出现的刹那，让人领悟人如不从外界的影响中抽身而出，就很难了解精神的真正意义。两千多平方千米的水域，宁静的靛蓝色，渐渐跌入褐黄色的戈壁尽头，完整地呈现在荒漠之中，一直往北流向古尔班通古特沙漠，滋养周遭四百多万亩的草场,突然便疏远了季节的交替以及沙地表里的重重隔阂。我们的视线突然变得更容易辨别一些反差不大的色彩,耳朵变得更加敏锐,甚至能听到丛林中窸窣的虫鸣声以及海子边水波推送木桩的声音。

静观时,荒漠与水天一色,从日中到黄昏,整个海子的边缘闪耀鱼鳞的光泽,它的边缘仿佛随着沙漠游向辉煌的西方。雨停的时候,一群赤麻鸭、白天鹅从芦苇丛中掠过,停落向另一个沙中绿洲。天空中澄蓝的色泽、宁静的光谱与色彩如同地平线尽头的初夏一般壮阔。沙漠与海子皆是初夏味道,风里有湿润的咸。条条水域静静地流淌,你可以尝试躺在一座隆起的沙丘上,观察远处盘旋落停的鸟类或是前来喝水的马群。偶尔有闲散着步子经过海子的白骆驼群,在静谧的水面上出现一排倒影,强光之下,唯有平静之心方能充分感知。无论是否将其作为背景,将闲散地置身其中视作一种生活的隐喻不免都让人心生慰藉,想起生活中偶有这样静谧的时刻,在一片空旷广袤的天地之中,听到沙地中海子游移的声音,鞋子踢起的沙子里有一种磨人的温柔。

呀,朋友,怎样一幅明丽如日月星辰般的图谱,连偶尔刮起的小型龙卷风都不能掩盖其天空的明媚,鹰隼的翅膀被定格成静止状,隐隐回旋在远处的狐狸的叫声,隔着一簇簇沙地植物,像走进无穷无尽无边无际暖融融的日光之中,你不得不眯起眼睛,努力辨识方向。碧海与沙丘间的世界,蓝白黄间壮丽斑驳的色彩,如同潮汐,随着太阳的起落,瞬息变化。大自然出于对贫瘠土地中水源的热爱而偶然创造出来的那些神奇生命,嗡鸣的飞虫、缓慢爬行的四脚蛇、骗过猫的猞猁、拾荒来的老狐狸、不相让的马群、羊群和骆驼群、翻着白肚皮躺在岸边的鱼,还有絮絮叨叨的野鸭子……聆听整个海子得来的经验,让你感到置身荒漠,围绕着水源之地的所有生命都同等重要,在自然之境,我们属于一个更大的整体,一个被更磅礴复杂的音景所覆盖的有声世界。

闲游时,我们随便捡起在海子上漂浮的几段浮木,一个个开满绿色植物的芦苇桩,不禁坐在沙地上凝望远方,因为寂静,一切声音变得可以清晰入耳。昨日林子里那一片片红色针叶捧出的梭梭柴,我还记得我们起身越过一片湿地回头张望时，夕阳中那白骨一般的颜色让人生畏。躺在这里眺望远方时，你看着海子隐约随着沙地移动，在白得耀眼的日光下蓝的妖艳，心中便涌起一种古老的时光感，再度与周遭的万物连接，仿佛借由它也能让我们内心古老的部分快乐起来，再次理解，那些漂浮在日常琐屑之中的微小事由、支离破碎的情绪都终将消失，我们将再度完整，也放心将自己交付于无垠天地间的风吹日晒，也仿佛在一片沙海中重新见证太阳的仪式，看那些矿物和岩石碎片如何在日久天长的暴晒中被安静地打磨成眼前遮天蔽日的沙漠。

呀，停一停说那没完没了的工作吧，感受一下风从沙地吹落，带着海子里的咸还有鱼的气息。感受这两千多平方千米里的寂静，看连绵不断的沙丘，游移的海子，向着辉煌的西方游去，一望无垠的湛蓝天空几乎地平线相齐。一片靛蓝中覆盖过的金黄，一片孤寂的赭红。海子里旺盛的芦苇，灿烂到耀眼的生命力，湿地里各种鸟鸣虫吟，梭梭柴像要燃烧一般，还有水里纵情绽放的野草，一副坦然蔑视风沙酷日的姿态，以及天边那一群绝尘而去的马群，蹚水而过的棕色小马，精灵般的眼睛警惕地看着你。忘记那只大尾巴的狐狸吧，它垂垂老矣，守在人们抛弃的营地拾荒，早已向生命妥协，唯有在沙地丛林中讨生存的本能，那么的依赖它习惯了的领地。让我们绕着湿地走上三天三夜吧，有白鹳、小青鸟、野鸭相伴，我们多少要为这两千多平方公里里的寂静、靛蓝与丰富感到震惊。抚摸手里的沙、跟随脚下移动的沙丘，敬重这片沙里的海，尊重围绕着它、保护着它、为遮蔽它而设置了种种障眼法的沙地灌木、沟壑和滩涂，这些似乎都是来自东道海子的天赋，令人寻而不遇的天赋。在这里，时间如云朵般聚集，星辰闪烁在白昼的天空，空气中充满沙粒中的甜，我们困于俗务中的那些年月似乎很快就悄然离去。一片天然沙丘中纯粹而未经删节的自然，是此刻我完整地在此简单誊抄给你听的心情，当然，还有随风起舞的蓝色裙子，还有手边可以触摸的燃烧着的火、脚下可以埋沙的土，还有令所有入目所及的景色都具有含义的静谧之心。

亲爱的朋友，你还是要坚持学会走一条僻静之路，学会将孤单埋身于帽下，宁静需要更多喧嚣陪衬，就像影子需要更多的光。让喧嚣者喧嚣吧，自然之中，一切喧嚣之物终是唏嘘结局。你很久没专注地看过沙子漫过湿地的瞬间了吧，很久没听过笔尖摩挲过纸面的声音，很久没仔细看过一篇文章，聆听过一次长谈，写过一封信了吧。呀，总是感叹时间不够，不对，是打扰的声音太多，总是咋咋呼呼的。好吧，科学地说，置身辽阔寂静的自然之中，时间才能成为盟友而非敌手，我们度过的每一天仅仅就是一张薄纸，敌不过我此时敲击键盘所面对的屏幕的厚度。当然，像戈登说的，寂静就是暂时或永久地没有多少人能懂得你，也意味着没有多少人能打扰到你。真的，我们也可以尝试带着这片海子中的宁静去任何一个喧嚣之地，如今的世界中多少因为缺乏原始自然的蓬勃状态而显得苍白乏力，越是寂静之处，表达的总是长久能被记住也更值得诉说和分享之事。

让我们记住屡次寻而不遇的东道海子吧，想到它，我难免想起它在一片干涸之地中如何作为一种不屈不挠的象征，作为一种诸多生命可以依赖的证据，想到它身上所代表的那种对我们所生存环境中柔弱性情的一种矫正，那种对易逝生命易褪色泽的无情否定，那种对嘈杂人声喧嚣环境的一种几不可察的轻嘲或是不在乎，这都为它所在的地方增添了魅力。

但是，有几个黄昏，你也看得到它身上那些打动人心的温和瞬间：

水上飞过的白鹳

夜间红过的炭火

荒地冷掉的杯盏

沙涛之声

久旱之人饮水后的深刻平静

光影之色

远足之人小憩后的彩虹之梦

东道海子

翅膀在水汽氤氲中收放折叠

骆驼刺的花在风中脱落

被遗忘的时间

空气里的微光

天上的七彩祥云

如何下降为地上的织毯

昨日的记忆

如何绽放为一片朦胧的花瓣

……

贡米巷

蒋光成

贡米巷是乌鲁木齐市米东区的一条街区。距乌鲁木齐市中心仅十五公里的优越条件，坐拥当地的核心商圈，很早以前便很快形成了一个游商自发云集的贸易市场。

每逢节假日，这里车水马龙，人流络绎不绝，热闹异常。或许受某些因素的制约，整个市场环境却不容乐观。不但拥挤不堪，其脏乱差也是出了名的。毫不夸张地说，可以这样简单概述：驴马满街走，废纸随风飘，污水靠蒸发，垃圾沿街倒，被人戏谑为“堵街”。

前不久，一位朋友来看我，顺手还带了一份羊毛工三色凉皮。我一尝，十分可口。便顺口说了句：“地道的妈妈味道！哪儿买的？”

他告诉我，是贡米巷的特产。

“贡米巷？”听到这个名字，我的心“咯噔”扯了一下，紧接着蹙了一下眉头。

朋友不解，问起了缘由。

了解原委后，他笑了起来：“这是哪一年的老皇历，还耿耿于怀啊？你该出去看看！如今的贡米巷，与过去可不能同日而语了。它现在已经被选为新疆第一批旅游休闲街区，打造成了一条远近闻名的商业街，文化、美食、餐饮，一应俱全,凡是去过的人,普遍印象不错。”

“真的吗?”我半信半疑。

“走吧!百闻不如一见。看看不就什么都明白了?”

盛情之下,我答应和他一起同行。

傍晚时分,我们还没有走进贡米巷,就远远地看见仿古的秦砖汉瓦在霓虹灯下闪着清辉,一栋栋明清建筑雕梁画栋,淳朴典雅,古色古香。

街的中央,古牧地河水流潺潺,清清的,分梯级穿城而过。

周遭商铺林立,鳞次栉比的楼区和琳琅满目的商品令人目不暇接。汉白玉砌筑的小桥两旁,楼榭歌台,游人如织。而坐落在古牧地河两岸的米香社、米粉阵,八元一份的粉小疆,辅以陈醋、蒜末、香菜等简单的佐料,如果再浇上一勺芝麻辣椒油,那种筋道耐嚼、香辣爽口的味道,不是地道的新疆特色,又是什么?

据说,贡米巷开张那天,人山人海,万人空巷。米东人用七百多公斤葡萄、哈密瓜等十余种当地果蔬和六百个馕产品,在街区中心烟云阁前,拼出了一片万紫千红的景象,吸引了不少市民和游客驻足拍照。

他们希望通过这种方式,为自己的家园,送上一份最诚挚的祝愿。

乾德门前,玛森烧烤的四个厨师用了六个小时,在直径一米七的木碗上,把一百公斤面粉,用手工做成了一碗长寿面,邀请四海宾朋同吃一碗面……一曲深情唱响的民间传唱花儿《幸福的花儿心里头开哈》,把现场观众欢乐的情绪顷刻间点燃,台上台下顿时欢歌如潮。伴随着不断变幻的灯光,一百余名演员身着五彩华服,双手捧着一碗长寿面,依次从贡米巷旗胜桥上,缓缓步入烟云阁前的中央舞台。远远望去,仿佛一条腾空而起的巨龙在人海中游弋……

我想,多少年来,米东区缺的,恰恰就是这样一条街!

20世纪80年代末期,我大学毕业被分配到报社工作。有一年,我去米泉采访。

那时,米泉和东山区还没有合并,只有古牧地路和稻香路两条主街,部分街衢还是土路罩面。每逢春秋两季，满地泥泞。

接待我的，是已经在媒体上小有名气的兰雪峰。

去的那天，一场秋雨刚过，路上一片落叶。

走在灰色的大街上，脚下发出“咔嚓、咔嚓”的响声，像是齿轮咬合时缺了油似的，十分刺耳。

采访结束，兰雪峰带我去吃饭。他告诉我，米泉的美食可是当地一绝，色味香俱佳。

谁知道去了以后，整个古牧地路除了一家准备关门的臊子面馆之外，似乎早已经打烊。

看着冷清的街面和昏黑的天空，本来饥肠辘辘的我，竟然连一丁点儿的胃口也没有了。最后还是兰雪峰感到有些愧疚，在自己家里炒了几个菜，热了壶酒了事。

吃完饭，兰雪峰执意要送我，我婉拒了。

他看了一下表，有些担心地对我说：“时间不早了，这里的公交车只有一趟知青二路，如果赶不上，就没车了！”

看着他焦急的样子，我宽慰他说：“我掌握好时间的，放心！”

可当我赶到车站，最后一趟班车已经发走了。

望着渐渐暗下去的夜空，我无助地站在空旷的站台上，迎着晚秋的冷风，一脸茫然。

实在是没办法了。最后想来想去，便决定步行去喀什东路一位上班的同学那里投宿。

那一晚，我不知道自己到底走了多久。

只是赶到同学那里时，已经是下半夜了。

同学为我熬了一茶缸生姜水，兑了些红糖让我喝下去，我才从几仅被冻僵的情境中慢慢缓了过来。

后来，一位朋友在那里开了一个门诊，为了照顾生意，我才去光顾。

门诊坐落在一处不显眼的地方,看上去很孤独,但就诊的人却不少。它夹在高低错落的楼区和低矮的自建房之间,多少显得有些冷清,但出了门诊的贡米巷却十分热闹。羊毛工凉皮、米粉阵、夜市、串卷、星期八欢乐码头店咔叮咔叮、胡辣羊蹄、班里烤肉、金祥油糕店、玛森烤鸡应有尽有。

但我还是觉得,贡米巷之所以有了这种不经意的繁荣,其实完全得益于它自得风水。

在这之前,我听说过一则寓言:一只骆驼辛辛苦苦穿越了沙漠,一只小鸟趴在骆驼背上,没花一丁点儿的力气,也顺利地走出了沙漠。临别时,小鸟想感谢它。骆驼看了一眼小鸟,说:“你在我身上的时候,我根本就不知道;你走了,也没必要跟我打招呼!”

读了这则寓言,当时我就想,贡米巷可能正是应了这样一个说道。所以,对于它的前世今生,并不以为然。

走进贡米巷,我才发现,它的变化,的确是个例外。

2007年,米泉和东山区合并成立米东区后,经过十多年的城市美化和道路修缮,街两旁已经绿树成荫,人口业已发展到了四五十万。无论身在哪儿,都能随处在路边儿找到乘凉休息的地方。

小桥流水,光影灯带,古牧地河,拱形景观桥,在璀璨的夜空中缓缓流动,像一个美丽的影子如惊鸿而来,又如惊鸿而去,那种神情,很像华灯下米东人幸福的样子。

中国文化在这里绽放的,是纯粹的中国表达。

统一设计的四十九个摊位,整齐排列着小吃、零食、干货、水果和服装、小家电,伴随着此起彼伏的叫卖声和吆喝声,琳琅满目的商品很快便吸引了不少游客。欢快的音乐声里,是一派烟火气息。

在这里,新春庙会、花灯长廊、猜灯谜领奖品、跨年夜活动,以“庙趣老街”为主题的夜市经济横空出世。

这些,无疑构成了贡米巷这片热土厚重的文化主题。它站在那里,只需长袖舒卷,便把一块巨大的画布撑开,在上面重重地着彩。

是的,多少年前,这里曾经长风流贯,不仅偏僻且荒远;但是,现在它却如待嫁出闺的新娘,亭亭玉立地站在了人们面前。

我有感于它所唱的欢乐、忧虑与赞颂。

古希腊先哲赫拉克利特曾经说过:“灵魂的边界你是找不出来的,就是你走尽了每一条大路也找不出,灵魂的根源是那么深。”但即使找不出,人类仍在不停地找,就像是一个走进了同一条河流的人,会不断遇到新的水流。

所以,于沉静中,我立刻有了一种想要倾诉的欲望,将这里发生的一切用笔记录下来,并用心灵去和发生在我笔记里的人物对话。因为,心灵只有在感动时,才能激起波澜。

正是出于对这里创业和求索者的敬意,我的思想才被他们生活的激情点燃。我想,我们需要一代又一代的人,从他们的精神里面,接住一盏盏递过来的生命之灯。

创业集市在这里吸引了大量的商户。

一位来自山东的商户将十余种鱼干摆上了台面。他对我说:“我一直在新疆做生意,贡米巷特色街区这两年名气越开越大,人流也多,在这干,生意肯定差不了!”

云南的一位商户经过朋友介绍,在贡米巷申请了一个摊位,专门销售四川的特色蜂蜜产品。他说,“这里的摊位整齐干净,人流量大。开市的第一天,就卖出去了不少……”其兴奋之情溢于言表。看来,他已经做好了在贡米巷特色街区长期经营的思想准备。

一位带着孩子来贡米巷游玩的市民告诉我:“转了好大一圈,东西非常多,价钱也不贵。带着家人来,既很休闲,也能品尝到不少美食,很值得。今后,我会经常来走一走,看一看!”

他们用一双清澈的眼睛看着我,似乎想让我知道,在贡米巷,已经找到了一处安身立命的场所。这个场所,足以让他们的内心敞亮。这时,我的心里,想得最多的，就是以最纯情的方式，把这段时光过得如天地清明，把每一个日子过得寡淡笃定，把最轻松的心情放在那里。

我认为，一个人对一个地方真正动了感情，一般说来有两个原因：一是因为这个地方，二是因为这个地方的某个人或某件事。现在看来，于我而言，更多的，可能是喜欢上了眼前的这条老街。

因为，我看它的眼神，像是自己眼中的恋人，很痴迷。

无论是这里的稻香文化、特色美食，还是它的文艺演出、亲身体验，皆像一个不愿被宠、但又实实在在在用自己与生俱来的朴素和优雅，体现着自己高贵的气质与超然。尽管，那些不紧不慢流淌着的水，并不会说话。

这个时候，我忽然便感到自己的灵魂被四面八方涌来的人流唤醒了，独个儿被在挤在了时间的高处。缓慢流动的老龙河，更像是一些走远的时光，在走了很长的一段路之后，又循着家的方向走了回来。

那些早年的念想，顷刻之间仿佛也跟着这种感觉，重新在我的大脑里坐了下来，同我一起叙旧。

我想，这个时候的贡米巷，恰似我曾经的那个红颜，静静地站在不远处，看着我。

那种况味，与幸福的滋味，是十分相似的。

贡米巷给人的印象永远是想入非非。像一个正史版的很古老的街巷，装满了春夏秋冬的颜色；但抹去现代的装束，却又显得有些呆板。因为，那样会变成小说的蓝本。它没有把太多的时间，用在炫耀那份悠悠流去的水声里，亦没有花太多的精力用在游人们津津乐道的赞语中。而是在用一种自我的洗练，不停地去完善着自己。或许，它觉得自己还不够完美，甚至觉得自己尚有不尽如人意的地方，需要不停地去抵抗外界的夸奖和诱惑。也许，它自个儿觉得，自己最大的不同，就是在于贡米巷就是贡米巷，它不是别处；当然，任何别处也无法替代它，它就是它自己。这可能就是它与别处无法相似乃至相同的地方。

学会认识自己，平平淡淡地把握机遇，不断地去挖掘最大的潜能，脚踏实地地干好每一件自己想干的事。不附庸风雅，亦不随波逐流，不过分自信，亦不盲目冲动，以一种达观的处世姿态，最终完成自我超越，或许正是贡米巷真正想要体现的东西。

在时光的流年中，贡米巷用悲伤、泪水、笑颜和欢乐，在远和不远之中，在现实与未来之间，为世界搭建了一个认识乌鲁木齐，认识米东区的平台。我想，这个平台，应该是心与心的欣赏，情与情的仰望。

米东记忆

李佩红

院里的黄刺玫开了，状若绿草地上钻出来的黄蘑菇，带着春天湿漉漉的气息和惊喜。猛然想起野蔷薇。那是六月的乌鲁木齐米东区北天山脚下，野蔷薇和刺玫一样的碎金，随平缓的台地起伏，阵容盛大，不亚于伊犁提尔根的杏花沟。陶醉在花海里的东天山，蓝天如洗，白云似棉。我加入寻香而来的蜜蜂和蝴蝶中，在一簇簇、一片片花丛中短暂停留，眼眸涂满明艳艳的黄。记得我拍了不少照片，发了朋友圈，时光用一种形式定格，野蔷薇晕染的记忆，沉在岁月的长河，被眼前摇曳的刺玫唤醒。

第一次去米东，是2019年6月。在此之前的若干年，我对米东的记忆止步于香糯绵软的米泉大米，和米泉引人遐思令人向往的名字。所以，到达米东的第一念想就是，去看看喂养我几十年的稻田。

大地按照人的意志切割成规则的条块，长条的是乡间公路，块状的是水田。公路不宽，没有城市公路的霸气和不可一世，两侧的青杨笔直伟岸，像列队的士兵高擎旗帜，把阳光严严实实的遮蔽起来，形成一个绿色的甬道，往来的汽车和人有一种被检阅的庄重和尊严。清冽的雪水不动声色，被泥土开辟的小渠引进水田。目力所及，稻田无边。田里的秧苗行排整齐，从平静的金光水面浮出来，绿油油喜盈盈，初长的绿苗若怀春的少女，羞涩且婆娑。喜鹊、斑鸠、麻雀，像音乐家灵活的手指，在浓郁的树林和田畴间跳跃，由鸣唱织就的网不时被低沉的蛙声打断，犹如乡间公路上驶过的汽车打断蛙鸣一样。一切都不影响乡村的整体安静，比如从城市森林暂时抽离的我，什么也动摇不了我此刻的喜悦。

喜悦是发自内心的情绪。和大多数乏善可陈的日子相比，喜悦是多么难得，我只有牢牢抓住，如农民牢牢抓住季节。

这个季节，中原地区的小麦正在灌浆成熟，而在遥远的边地新疆米东稻米才开始插秧。田里一男一女正在插秧，他俩从地的两端相向前进。俩人弯着腰，看不清脸面，只见两人左手拿秧，右手插秧，动作协调、准确、速度快的如敲击鼓点。小腿以下没在水中，有节奏地向前移动。很快，秧苗合拢，他俩直起腰目光对视一下，接着又弯下去，重复着同样的动作。

日光穿过白云，铺成田里镜子。空气温润、不冷不热。我蹲下身，手触进水里，瞬间手指冰凉。我不敢想象长久地站在水里是什么感觉。“难受，咋不难受，穿胶鞋也没用。个人承包不干咋办，地小，不能用大机器插秧。忍上半小时，冻麻木了，就没有感觉了。”

“稻花香里说丰年，听取蛙声一片。”“谁知盘中餐，粒粒皆辛苦。”对大多数城市人来说仅仅是烂熟于心的诗句，用肚腹里藏诗多少装饰门面，满足自己的虚荣心。面对冰冷的稻田，我根本没有勇气和农民那样站在水里，手指轻触，就开始出现担心会不会生关节炎症的念头。而那些年喂养我的大米，就是农民日复一日，月复一月，年复一年的劳作所得。

“万顷稻菽尽显江南水乡韵味，千仞雪峰衬映田园风光秀色”的米泉市，2007年合并入乌鲁木齐市，更名米东区，十几年的城建改造，市区有了大城的气势，公路宽阔、楼房林立，树木繁茂，宛若乌鲁木齐的一个翡翠吊坠。三千多平方公里的土地上，平原、山地、森林、草原、沟壑、瀑布、溪流、沙漠、戈壁，丰富多样，精彩纷呈。

人的时间有限、精力有限，又少不了身不由己的牵绊。想把所有的地方看个遍，哪怕很小的米东，几乎不可能。非此即彼的选择随时存在，第二次到米东，就直奔准噶尔盆地中央古尔班通古特沙漠里的东道海子，见识了米东别样的风情。

越野车队出米东城区，过三道坎、甘泉堡，车拐下柏油路，入凤凰台，一头扎进古尔班通古特沙漠。眼前并未出现想象中辽阔金黄的沙山，而是固定和半固定的沙丘，沙丘上生长着梭梭、红柳、苦艾蒿、白蒿、蛇麻黄及多种匍匐在沙漠表面叫不上名的植物。前方一条土路曲折蜿蜒神似蟒蛇，越野车在两岸一两米高的梭梭林间颠簸、穿梭，掀起彗星似的烟尾，轰鸣的发动机和地面的摩擦声，划破亘古的寂静，不时惊起鸟、狐狸和野兔，让人感到苍凉的沙漠也有生动的一面。

沙漠特殊的气候环境，致使每一棵梭梭不得不拉开距离，卓然独立，以求最大限度地扎根，探求活命之水。梭梭形态特异多姿，细小的枝叶，素雅的浅灰色镶嵌阳光的金边，宛若翩然而至的远古仕女，一排排一队队一行行，静默地站立在起伏绵延的沙丘上，被时光封冻凝固，上万公顷梭梭林，那来自遥远时代陌生又亲切的气息，以排山倒海之势，激活身体里的每一个细胞。准噶尔盆地发现过梭梭林化石区，说明梭梭这种植物很古老，曾遍布新疆南北，长期与风沙艰苦卓绝的博弈。我小时候，每到秋天到山上打柴火，打的就是这种梭梭柴，是家家户户烧饭取暖的首选。梭梭材质坚硬而脆，易燃而产热量高，火力为木材之首，堪称“荒漠活煤”。早在元朝末年陶宗仪《辍耕录·锁锁》中就记载过：“回讫野马川有木曰锁锁，烧之，其火经年不灭，且不作灰。”梭梭的嫩枝也是骆驼的好饲料。不到半个世纪，克拉玛依城边戈壁滩上的梭梭林已消失殆尽。如今，大面积的梭梭林唯有在古尔班通古特沙漠遗世独立。人们珍视大自然的宝贵遗存，将牧民迁出保护区，派专人日夜看守保护，使之在短短二十年，生态植被得以恢复。

东道海子东西窄、南北长，像一只凤凰之眼。周边茂密的芦苇和翠绿的猪毛菜，若长长的睫毛让闪动的眼光彩炫目，摄魂夺魄。东道海子并非天然形成，它的水源是从天山奔流而出的乌鲁木齐河，河水迂回婉转，分化出无数细流，在不同的空间和高度润养乌鲁木齐城，之后又被吐出来，重新汇集。知情人说，二十多年前，东道海子的水污浊不堪，臭味百米开外都能闻到，而我眼前的海子碧波荡漾，水域中央有许多狭长的岛屿，几只苍鹭细长的腿在水面上闲庭信步，成群的野凫自由自在地游戏，一只猎隼突然俯冲入水，翅膀有力地扇动着水面，再飞起，嘴里叼着一条甩动尾巴的大鱼。

远眺，水在低处，沙在高处，生命与死亡在同一个切面靠拢、对峙，以柔软对抗坚硬，用柔情征服冷酷，书写绝望中的希望。

夕阳余晖下，静谧的湖面上风吹起涟漪，云倒映水中，鳞片状的微波从银色慢慢变得金黄，贴着水面飞翔的鸟都换上一对金翅，巨大的太阳炉把刚炼制好的钢水，全数倾倒在晚霞的裙裾上，钢花飞溅、烁玉流金。哈萨克族歌手坐在沙丘上面朝海子，怀抱冬不拉唱歌，万籁寂静，风把歌声拉长，更觉空旷悠远。唱歌跳舞，金樽对月，每个人都把渺小的自己忘情地交予大自然。

平生第一次在沙漠露营的经历也很难忘。钻入帐篷过夜，与这里的生灵同卧而眠。心跳怦怦加快，血液哗哗流淌，灵感和激情被风声唤起。蟋蟀在耳边鸣叫，走出帐篷来到湖边的沙坡，仰望夜空，没有灯光，只有星星缀连在古老时间的韵脚上，置身于绝对的深奥与宁静之中，无须语言，自由的思绪一跃千年。第二天的朝阳迫不及待地在沙漠之上腾空而起，像一面金鼓，擂醒山峦，唤醒湖泊，生发万物，鸟儿再次亮出清脆的歌喉。柔和的朝阳投射到梭梭、红柳、蒿草、麻黄、芦苇，及许多低矮的沙漠植物身上，产生了迷幻般的效果。

惭愧得很，我不是米东人，对米东说的更多。据报道，米东人改造完城市污水后，目光瞄向了荒漠，计划在荒漠建装机容量一千七百万千瓦的光伏发电厂。到那时，我还想去米东看看，看看荒漠里阳光与蓝色的缠绵爱恋，如何演绎精彩的新能源，从而造福一座城，造福更多人。

米东四时书

子茉

冬野雪

我站在山丘高处,目及天地迢遥:白,且星芒耀眼。

在我的视觉里,雪的光色分为两种,昼和夜它们分别是雪光与夜光。

雪至深夜忽然增量,我打开窗户,雪替代灯光静默于夜。夜光的亮度尽力渗透窗帘昭示众人:今冬已至。

我站在窗前,同一时刻,许多地方在下同一场雪。夜如昼,所有人获得同样的恩赐:触手可有一捧夜光。

一夜之隔,群山萧素。我好像在睡梦中跑了很远的路,今天早上才到达雪野之间。

我又一次来到了新地梁,云是薄絮抽丝,雪覆山骨,如此真实。

与友人约好滑野雪,我抓紧充气雪圈,准备就绪。

一年前的今天,微博记录了我对春天所有的期盼。我拍下冬日的天空,只要是无风的天气,我都觉得春在靠近,我紧紧观察着冰碴的消融,每日温度的起伏,不放过任何与春相关的迹象。乌鲁木齐的冬日太漫长,我需要在雪里走过许多次西大桥;而夏季又不经意地短暂,仿佛还未走到峡门子,徒步穿山又推入下一年的计划。

起初,我们分别坐进雪圈,准备一人接一人往下滑。还未开始,紧张、激动与期待游离在神经来来回回。我们选择的坡面是舒缓的,坡顶与坡谷的距离正合适滑野雪。

我迫不及待,是雪圈带我下滑,还是我追谷而去?

微微风中,我回看到影子里碎发细软一落一扬。阿久缓缓推动了我的雪圈。

我来不及给自己答案。

风随着下滑的速度在我耳边渐次加大呼喊。

有一次,和好友一起去山里看雪,结果雪没等到,刮起了一场巨大的风。我们躲进路边的饭馆,喝了两大碗羊肉汤。瞧见被风卷走的板房屋顶,像影片中那顶经典的草帽在滚落。整整两个小时,风在我们左侧咆哮,窗墙之隔,感慨大自然的运作,深究人与自然的关系,我们的存在微乎其微,但自然环境恶化这一结果却是每个人所作出决定的总和。

因为遇到小坑洼,我的雪圈偏移了正对坡谷的方向。一瞬间天旋地转,仿佛不是滑入谷底,是偏离轨道的坠落、坠落、坠落,天空比我立在山丘高处时更远,更遥不可及。

合眼间,光与暗交替闪烁。

我处于现实之中,我所见是我移动中真实的影像,可我闭上眼睛,我就进入了个体的空无,漆黑无边,无穷无尽。如太宰治《人间失格》所说:所谓的世间,不就是你吗?闭上眼,我就将自己从滑行中抽离出去,将冲滑带来的担忧抛给了现实世界,我将世界拒之门外,得到了瞬时的安全。

曾经遇事选择逃避的学生时代,曾经跳入深渊、黑夜、睡眠,借以躲避风雨的那个小女孩,我该叫醒她了。

此时的冲速已变得不可控。颠簸之间,脑海闪出“人生天地间,忽如远行客”,我将它默念,一直到雪圈耗尽动能,我停在坡谷,天与地同色,雪光令人安稳,仰望山丘,与过去对视,未来即现在。

我想到另一句话,说出走半生的人归来仍是少年,这是一句真挚的祝愿。

春追花

四月雪天。我煮好茶,立在窗边。

春天太短暂,经文字帖抄完几遍也就结束了。

湘西新茶,早早历经南方春光,带着山气风骨一并入我心落。捧起透明小杯面向窗外的簌簌雪叶,面向空气:“邀君同饮川上雪,三抄经书再无春。”随手拈来的诗词使我窃喜。遥想千百年前的落雪日,古人写作,出一句忽而闪现的词句,是否也欣喜万分。

“雨后却斜阳,杏花零落香”。雨大概正在来的路上,而所有想提早怀抱春天的人们也正赶在探路追花的途中。

一入四月,许多村落沉入杏花的糯粉之中。而被漫漫冬日包裹下的面孔,终于可随一朵花开,舒展容颜。一年之中,终有那么一天,在草木猛长的春日得以释怀。

接下来气温回升,稍有风在人间走动,将天地遥相连接,雨一场后,山河为界,草木应运而生。

有一年,与友人一起驱车从玉希布早村翻山前往新地梁。车行途中,被远山丛丛簇簇的耀眼金山花所吸引。到跟前才辨认清楚,锦鸡儿花从山脊肆意于山野之中,在花期末尾的锦鸡儿花有些泛白,但很快就有新开出的摇曳在刺间。

只要阿妹说她要做花饼,我就像被灌了迷魂药,电打一般跑去她家。

我喜欢她做的花饼。其中一种花饼的原料就是锦鸡儿花。

香香甜甜,是特有的清浅、芳妙,多巴胺烧着我的大脑,吃完花饼的我就是花仙本子。

直到我首次和阿姝一起采摘锦鸡儿，我再也不忍心吃她做的花饼了，我为曾经多次要求吃花饼而感到惭愧与内疚。

薇安和婉怡多次推荐了一部治愈系影片《小森林》，许多食物的采摘、制作细节在氤氲的绿色雾气里娓娓而来。在我眼里，阿姝就是小森林，我在她那里避雨，她的食物消解了我的焦虑，将时间的结一一松散开。

多年后，我回望少年时候《神曲》的开篇，“在人生的中途，我发现我已经迷失了正路，走进了一座幽暗的森林”。

阿姝是我的那颗星星。我在森林找到自己的路，我在幽暗中获得新生力量。

“哪朵玫瑰没有荆棘”，锦鸡儿怎么还有刺？

阿姝摘满一兜的时候，我提着袋子空空兜着空气，明黄小花粒粒可数。我围着锦鸡儿丛左右转悠，无从下手，要么伸手被扎。

雨水充足的年份，山野春迹朗朗明丽，追寻春华的人群络绎不绝，峡谷与群山皆有人至足迹。借稼轩先生的话：愿年年、人似旧游。

秋峰下

秋分袅袅，极夜长。

山河半寒，雪无央。

此时是新地梁色彩最富有的时间。乡间小路上，我们赞颂秋日的言辞被镀上海棠果的番红，胡杨的黄金，以及其他植物万花筒般的色系。

被主人精心打理的院落，各样花朵摇摇晃晃，牛群沿道路觅食，路的尽头可见博格达峰。在傍晚，雾气与炊烟升腾，霞光里峰巅清晰可辨。

“虽然是看惯的山，秋天来了，也恭敬的看，有神住在那里吧。”去年秋晨读《石川啄木短歌》，翻看相册，山脉巍巍而立，俯仰之间，对自然万物要毕恭毕敬、规规矩矩。

与秋天相关的还有老赫。他来到这个世界的时候，这颗星球处于夏秋交替之初。

一次深夜读完《夜晚的故事》忽而失落许久。晚霞，星空，玫瑰和雨；日落，月光，镜子，马与虎……所写都是他记忆中关于美的一切。他早于其他人陷入黑暗，他先于众人打开回忆与遗忘。每看完一册诗集的感觉就像是在与作者、某个人、某个自己一一惜别，或者永远地道别。

我当倾毕生之力去写作。终有一人像我一样，会一一读完他的所有书籍，会一遍接着一遍阅读，直到记住其中字字句句，记住这个人，记住与其相关的一切，并连带他写过的诸多期许与遗憾去构建时光、构建世界。

每日下班所经过的路段会远远一瞥博格达主峰山段，山尖积雪的白，深远穹顶的白，眼睛里的白，它们久久停在一处，来回走动，或者清澈、明亮。这些，都使我心安。

在新地梁，站在冬日滑野雪的山丘看向天山，群山在秋光里层叠出没，我耳边响起天边海螺之音，和群马转场的轰鸣……

秋的远阔教会我钟爱脚下的土地，它给了我川河起落的胸怀。我们当把天赋献给脚下的山峰、河流、草原、天空和星辰。

夏穿山

经过天山村进入峡门子至玉希布早村的路段是我钟爱的。

良夏午半，草原见绿，峰峦鲜活，两排榆钱树十米为距相拥出一条路来，延至天山下的哈熊沟。多雨的夏季不仅是人的欢喜，更是植物的福禄。源源不断地水分，使山野旺盛，充足的光照，绿色的吐纳，形成了天然的避暑殿堂。

在这条路上，有关于绿所有的幻想。棕马跑过草原腾起的绿，万座川河跌入夏时的绿，梯田雾绿，江水酥绿，松衫丛草，涧流青苔，明处的、暗藏的，都曾近我足。朱自清的《绿》，安东尼的《绿》，还不够，我知道，不仅仅是这些。

我与友人徒步到山的脚下。遇到一支登山小队，他们正打钉攀爬，摸索登顶的最佳位置。

山体挡住了我们的去路。山的另一端，云以垛为计量升过我的头顶。年纪大的攀岩者一点一点向上。我坐在溪水边的枯木上，我老后会加入其中吗？

会吗？我会活到那么老吗？

我所在的那间小办公室属于封闭无窗的户型。每到午休时间，我偷偷在空旷的会议室发呆。透过落地窗，我需要在这里补充足够多的光，这是我与天空相处的时间。书籍与音乐，或者冥想，我在此间获得了天气的厚爱，放晴时天空仅剩蓝，阴雨天乌云厚浅有序。我在这里面见从山野而来的云，仿佛它们是争先赶来的，它们知道我在看着，它们知道我的等待，它们也知道，我最终也会在它们之中。

穿山越岭，又至新地梁。

这一天，仿佛所有的云都集结在山骨之上尽全力低垂、下坠。如果云有思想，它看见了心生欢喜的人或物，就会朝他们倾泻而下，奔赴大地，将一切拉进一场雨里，它粉身碎骨追逐了所喜所爱，也许气象发生的猝不及防，从来没有被注意。在许多的旅途中，我都历经了这种奋不顾身的追随。云，不是无缘无故堆集，雨雪的降临也是天与地之间的事呀。

因为夏天短暂，我对夏天的渴盼与《白色群山的梦》中生活在叶尼塞河的猎人们一样，“对明朗的晴天、阳光和温暖有热切、强烈的期待”。

山路上，最先望到白色毡房，博格达峰清晰立于我身侧，目的地已抵达。

白桦树的眼睛

李人庆

朋友说，每棵白桦树都是有眼睛的。于是，我在找寻，哪个是你的明眸？哪个又是你深情的凝望？

白桦，多么美的一个名字，在我的印象里，它只生长在一首歌里，生长在一部叫《白桦林中的哨所》的电影里，还有大兴安岭绵延起伏的林海雪原中。没想到，我会在这里与你相遇，相遇在美丽的天山脚下。

正是金秋时节，米东这座古老而年轻的城市一派欣欣向荣的丰收景象。沿宽阔整洁的米东大道，走出高楼林立、车水马龙的闹市，扑入眼帘的万顷良田金灿灿的，一望无际，画板一般。纵横原野的灌渠流水潺潺，在明亮的阳光下粼粼闪光，金色的稻浪在秋风中起伏，稻香氤氲，沁人心脾。是的，在新疆广袤的大地上，一年四季，从来不缺乏色彩，尤其是在这个季节。然而，当我在祖国的大西北真正面对这绵延无边、种植面积达十万亩的稻田，我还是有点迷茫，仿佛置身于江南水乡。

米东是乌鲁木齐市的一个区，位于乌鲁木齐东北郊，距乌鲁木齐市中心城区只有十五千米，原先叫米泉。2007年8月经国务院批准，由昌吉回族自治州原米泉市和原乌鲁木齐市东山区合并成立。这是一座历史悠久，文化底蕴深厚的城市。清代，湘军屯垦这里，大规模引种江南水稻，让这个原本泉水四溢的地方，迅速成为新疆的米仓和水乡。

我来自中原，怀揣着小麦和玉米的青绿，没想到，在米东，它们和一望无际的万亩稻田相遇了，无论如何，都出乎我的想象。

那是一个下午，汽车穿过飘着稻香的田野，还有天山脚下的茫茫戈壁，我们一步一步更加紧密地贴近了天山的肌肤。天空碧蓝，蓝宝石般，偶有一朵云，也白得晶莹剔透。山上的草黄了，山下的树却依然翠绿。山脚下，一群骆驼在悠闲地啃食着干黄的草，一群马也在吃，远处，还有一群牛，一群羊，空气里弥漫着一种淡淡的草香……

车至哈熊沟天山森林公园的时候，西下的夕阳，在白雪皑皑的山顶喷射出万道霞光，铺满了静幽的峡谷。放眼望去，苍松挺立，蓊郁一片，山脚下，那一株株亭亭玉立的白桦树，高擎着一树金黄透亮的请柬，似乎在这欢迎远道而来的客人。阳光是金色的，天空是蔚蓝的，松林是青翠的，积雪是洁白的，白桦树的叶子是明黄的……这些色彩相互交织在一起，让我目不暇接，美得有点眩晕。

哈熊沟天山森林公园位于米东区东南三十七千米的柏杨河哈萨克民族乡境内，景色优美，景点丰富而集中，是自治区级森林公园，拥有雪峰、森林、草地、高山、怪石、瀑布等多种自然景观。景区内森林密布，牧草繁茂，覆盖度达90%以上，是北山羊、盘羊、熊等野生动物舒适的生活区，也是当地牧民的刈草基地和冬牧场。

在来这里之前，友人带我去了柏杨河乡独山子村，经历了一场民俗文化与少数民族风情的盛宴。柏杨河是米东区唯一的哈萨克民族乡，自1999年全乡实行游牧民族定居后，这里的哈萨克族牧民告别逐水草而居的游牧生活方式，与其他民族一道，在区委、区政府的正确领导下，在脱贫攻坚、乡村振兴进程中，立足资源优势，大力发展畜牧养殖、大棚蔬菜、食用菌种植和旅游开发，半农半牧，过上了幸福美满的小康生活，走上了幸福宽阔的康庄大道。

独山子村地处天山深处，山势陡峭，沟壑纵横，风景优美，以牧业为主，村民全部为哈萨克族。淳朴热情的村支书听说来了远方的客人，用最高的礼遇接待了我们。

哈萨克族有一句俗语：“祖先遗产中的一部分是留给客人的。”所以哈萨克族在接待客人时，连自己也舍不得吃的东西都要拿出来款待，如果家里来了尊贵的客人，主人一定要宰羊招待。哈萨克族以肉食为主，摄入动物脂肪较多，加之所处之地夏季干热、冬季寒冷，饮茶成为哈萨克族的习惯，茶中含有芳香油，有消食、提神、醒脑的功效。大量饮茶，冬能驱寒，夏可除病，又能帮助消化，所以哈萨克族牧民中有“宁可一日不食，不可一日无茶”的说法。奶茶是哈萨克族人的必需品，黑砖茶又是他们的首选。那天，我们盘腿坐在支书家的火炕上，主人先将茶放进壶中煮上，然后加上丁香、酥油、胡椒等香料，最后放少许盐，加入鲜奶，其味浓郁芳香，诱人垂涎。喝茶的功夫，主人又给我们端上了“哈萨克馕”，那是用发酵的面团做成的圆圆的大饼，沉甸甸的，在馕坑里经红火炭烤制而成，外焦里嫩，飘着面的香甜。谈笑间，羊肉煮好了，一大盘热气腾腾的手抓羊肉，放在最上面的是劈为两半的羊头，那是因为羊头被哈萨克族人视为最好的部分，一般放在盘子的最上面，用来招待最尊贵的客人。主人在宰羊之前，先是把羊牵给我们看，并客气地说：“羊不太肥，略表心意！”瞬间，一种亲切和感动溢满心田。

吃着手抓羊肉，喝着奶茶，听到院子里有一串银铃般的笑声传来，抬眼，屋外进来了两位哈萨克族小伙儿和两位明眸洁齿、顾盼生辉、美丽大方的哈萨克族女孩儿。哈萨克族小伙儿为我们弹起心爱的冬不拉，身着民族服饰的哈萨克族女孩儿在歌声中跳起了欢快的民族舞蹈，以模仿动物为特征，夸张幽默、惟妙惟肖、生动传神。浓郁的民族风情，就在刹那间铺展开来，让端坐已久的内心向往，物化成身临其境的现实。

那个时候，独山子村外的大峡谷里，树叶正黄，山上山下，一簇簇、一团团，黄得透亮，黄得纯净，黄得耀眼，黄得让人心醉。蓉萍主席告诉我，虽然秋天自有秋天的风景,但还是夏天来比较好。她说,初夏时节,这里的花开得正盛,漫山遍野,草色青青,姹紫嫣红,密林绿野,牛羊成群,像极了一幅画。如果来得巧,兴许还能碰上那让人心驰神往的草原叼羊大赛和"姑娘追"。

哈萨克族人从小与马结缘,一般十岁左右便开始举行赛马活动。比赛时,孩子们跨上不备鞍的两岁左右的小马驹,他们的马背人生便这样启程。在这种人生中,最令他们兴奋的便是马背上的爱情追逐,哈萨克族称之为"克孜库瓦尔",也就是"姑娘追"。友人告诉我,"姑娘追"活动开始时,一对对哈萨克族青年男女会并辔向指定的目标徐徐进发。在"姑娘追"途中,小伙子可以向心仪的姑娘表白爱慕之情,也可以戏谑,而姑娘只能默默倾听,不得生气。当青年男女到指定的地点后,要随即返回,这时,小伙子要策马疾驰,姑娘则在后面挥鞭直追,如若追上可以任意鞭打。如果姑娘对小伙有意,那鞭子只是在小伙头上轻晃几下,或是象征性地打两下。如果姑娘不中意,那小伙子可就要吃苦头了,场面热烈,妙趣横生。"姑娘追"是他们寻求恋人、表白爱情的特殊方式,其实,在平时,他们心中早已有了中意的人,只是想通过"姑娘追"的方式,在公开场合展现自己在马背上的雄姿,赢得心上人的欣赏,这也是他们将自己和心上人的恋情公开化的一个方式。

多么美的地方,多么浓郁的民族风情,怎不令我心驰神往、流连忘返?

其实,当我站在这里的时候,已经想象得到,这座偎依着天山博格达雪峰、在蒙古语中被称之为"优美牧场"的城市该有多美。这里地处闹市偏远一隅,安详、宁静,像一个悠远的梦,或是一首歌。大自然的灵秀与城市的喧嚣完美结合,相得益彰,不由地就让人心生投入其中的欲望。

那天晚上,享用了粉汤、油香、馓子、油果等米东特色美食,喝多了朋友精心安排的美酒,我酣然入睡。夜里,我做起了梦。梦里,我仍在天山上穿行,在稻田里行走,在篝火旁与淳朴的哈萨克族牧民一起唱歌跳舞……亭亭白桦,睁开一双双美丽的眼睛,楚楚动人,绝世而立;一队骆驼高昂着头颅,迈着从容的步子,在古尔班通古特沙漠里自由而欢畅地走动;那些正在成熟的水果涨红了脸,羞涩地躲在枝叶里,红的是苹果,黄的是酥梨,还有让我垂涎欲滴的葡萄,一嘟噜,一串串,晶莹饱满,一颗一颗,飘落在我的梦里,至今仍萦萦绕绕,挥之不去……

红光山图景

赵剑尘

早在十几年前，坐车行进在乌奇公路上，常常到乌鲁木齐市近郊时，不经意间转头，遥遥只见马路左侧，不知隔了多远的距离，一尊金光大佛，无论晴朗还是阴沉的天气，都闪闪发亮的夺目，让人反复侧目，想一探究竟，无奈距离实在是远，看不清，只知那尊佛之高大，新疆少有。

不仅暗下思忖，这是何地？在人们不曾关注的时候，就伫立了这样一尊佛像，似微笑，似悲悯，平静无波地注视着苍茫大地上的种种。

彼时，心下竟也说不出是什么滋味。是谁在这天山东坡打造佛像，期望着佛光普照、普度众生？众生是一如往昔般生活，还是为了生存唯唯诺诺，就这样一日重复一日，被时光的车轮推动着，被岁月的洪流裹挟着往前走，其中的芸芸众生的悲欢离合谁又知道呢？或许，这些怕是都逃不过，那站在博格达峰下——佛的眼睛。

后来，不知又经过了多少次，只是远远的张望佛像所在的地方，无论是否能够看清佛的表情，依然坚定地相信，佛的语言，我等凡人不能懂得，但每个人那些为名为利为活着的那些小心思，佛应该不用想都知道。

再后来，路过时哪怕再熟悉，也依然会投注目光给那个地方，佛像仿佛历经了几年风雨，但仍金光灿烂。

再然后的然后，那片伫立着佛像的土地有了名字——红光山。

据说，此地名为红光山是有来历的。

清朝时期，当地村民晨起准备出去为生计而劳作时，看到了山脚下阵阵耀眼的红光，当时红光少有人见，所以有人传言说，这里被红光保佑，是吉祥的征兆。所以人们一传十、十传百，很多人听传说这里是吉祥之地，便都来此定居，因此这里便也繁荣起来。

还有一种说法，新中国成立后乌鲁木齐县七道湾乡有个生产大队叫作红光公社，人们为了表达对毛主席的热爱之情，也将此山取名红光山。

两种传说都不知真假。事实上，以前的红光山的确是一片荒凉的戈壁土山。

很多年前，乌鲁木齐河流经乌鲁木齐，一到春天洪水泛滥成灾。河的下游地带，尽是戈壁野滩，乱石土坑。那时的红光山没有名字，只是一坡连着一坡的连绵土山，山的西边是新疆五建，五建的家属区平房一直延伸到山顶；山的东面是六道湾和七道湾农田；山的北面延伸与卡子湾水泥厂家属区接壤。

那时候的红光山只是乌奇公路边的，和新疆众多地方一般的一山更比一山高的土山，春天似乎只有野生的植物比如苦蒿什么的生长，或许什么也没有，只是一些挨着大地生长得极为短小的小草。夏初，山上会稀稀松松地长出野草，老洼蒜、野葱，也会有一些小爬行动物四脚蛇、土蛇，以及屎壳郎等昆虫。冬天，那是一眼可以望及博格达峰山下的皑皑雪原。在靠近八道湾和七道湾村里的地方，有村里的孩子拉个木爬犁去滑野雪，在山上自得其乐地寻找童年的乐趣。绵延的雪坡上偶尔有一条用脚踩出的羊肠小道，不知伸向了哪个山坡。

戈壁般的红光山一直延续到20世纪90年代中期。乌鲁木齐大的变化是从修路开始的，人们在废弃的河道上绿化和修筑了河滩公路，乌鲁木齐变了模样。

红光山脚下当年有很多的砖厂，山上的黄土非常适合烧制成红砖，在那些年里带动了经济的发展，也有很多人因此有了工作岗位。后来，东山区政府对区内进行了基础设施建设，铺上了的柏油马路。每年都开展植树造林活动，动员人民群众改善自己的居住环境，动手植树。到了2000年前后，时代在前进，人们的理念也发生了变化。乌鲁木齐市又在城郊荒山绿化基础上，在不同区开发建设生态文化旅游园区。

随后，红光山生态文化旅游园区应运而生。几经更迭，如今的红光山隶属米东区。这时，红光山因为一座高大的佛像而逐渐为人们所知，于是，围绕佛像周边进行生态建设，种植绿化也成了常态。

那么，这高大佛像究竟与众不同在哪里呢？

释迦牟尼佛像通高40.8米，直径14米，佛手高5.7米，佛的耳朵高2.6米。释迦牟尼金像背后是一组建筑群，占地面积约3万平方米，寺院坐东向西，主要有大雄宝殿、五百罗汉堂、千手观音殿、地藏殿、钟鼓楼、厢房等。

据说此佛像重量达百余吨，由乌鲁木齐市大光明铜艺厂主持设计，佛身全靠工匠们一点一点打造而成。

红光山既然打造成了园区，那就一定有门。山门顶形制为双檐歇山式，两侧的飞檐翘角高高翘起，成欲飞之状，给人以高飞入云之感，并寄予高升、兴盛的吉祥期盼。这山门前有楹联："月裹妙明慧悟博峰白雪，日中般若慈生瀚海红光"，虽不知是何人所作，对此联既应景，又有大气象，端得是才思妙想。

想到佛前，必定不会容易，所以，从山门至佛前，一定会有高高低低的台阶，而台阶两旁的绿植郁郁葱葱。

每次走在这一级又一级的台阶上，山门高，走向佛像的过程，像是走下坡，但走着走着，又是向上的一级级台阶，不疲惫不足以表示对自己的诚心。这时，或许大多数人都会忽略引走的疲惫，只心怀一念，走近再走近。

真正走近了，心也就静了。

佛像底座是新疆书法家陶然小楷所书的《金刚经》和《楞严咒》，这是陶然老先生于1997年历时几个月的时间完成的。

佛像前的台阶下，铸有一尊弥勒佛像，依如他给人的一贯记忆般笑口常开，金色身边，身上有无数玩耍的孩童。弥勒佛上面有很多各种姿势的小铜人，还有一个钱盆，游客为祈愿喜欢往里面投硬币。

佛祖释迦牟尼金身立像高高耸立在大雄宝殿前，台阶两侧侍立佛祖十大弟子石雕像。右侧首位的大迦叶，称“头陀第一”，是佛的衣钵传人，曾在佛祖涅槃后率众进行了第一次经文集结。佛祖曾拈花示众，皆不解其意，唯大迦叶以笑对佛（佛教著名的“拈花微笑”故事）。左侧首位的舍利弗，是佛的首座弟子，聪慧过人，称“智慧第一”。

这里还有折叠金水桥，金水桥的两侧护栏上，有形态各异的小狮子雕像。各个惟妙惟肖，憨态可掬。成对的石狮一般是左雄右雌。雄狮爪下踩球，代表乾坤，象征着统一寰宇，雌狮爪下踩着幼狮，象征着子孙绵延。红光山佛寺山门和迎客僧前各有一对石狮，昂首长啸，雄健挺拔。

众佛之地，生机勃勃。

园内还有近十公里的徒步道。春天，这里是周边人们常去徒步锻炼的首选，只为那满园的花香。春末夏初，人们走在园内，花香袭人，让人忍不住想靠近，探究是何种花香，弥漫在空气里，似乎一呼一吸间就可醉人。

路两边皆是高大的树木，近前，才发现原来让大地芳香四溢的是这丁香树，以前只见过路边作景观用的低矮丛状丁香树，这样高大的丁香却第一次见。紫色的丁香花一簇簇、一串串随风而摆，馥郁的花香虽在山林间，却给人幽雅淡然之感。

前行不多时，一枝白色花树在盛放的紫丁香间尤为夺目，细看，白色丁香花给人莫名的惊喜——干净的白，点缀在初夏勃发的绿色里，清代诗人王陈常曾作词云：“皑皑月下总模糊，可彷佛、一堆香雪”。是了，正是这“一堆香雪”方可形容眼前之花。

身处花香之中，听着两边林带里传来一唱一和的鸟鸣声，便不觉得疲惫。

而林带深处，如云霞般的玫粉色花树忽隐忽现，如果寻踪林间，或许也如《桃花源记》里所言，有一处人们平常不曾见过的桃花源。

听得一阵窸窸窣窣之声传来，定睛一看，一只小松鼠正从路那边窜至另一边，迅速快得仿佛只是瞬间，察觉到有人看它，它立起身两只小爪子抱在胸前，侧过头来黑黝黝的小眼睛回看过来，似传递着不屑和轻蔑，仿佛在说："看见我这么高兴？不如就让你多看几眼。"然后甩了甩毛茸茸的大尾巴，几下就跳到林间的树上，只余不知忧愁的鸟鸣声回响在这芳香之地。

如果说夏天的红光山远看是一片绿地。到了冬天，这里便是连绵的雪林，一片洁白，寂静安然。当然，晨起的麻雀仍会在林间枝头来回穿梭，惊得枝头的雾凇"簌簌"而落，那雪粒轻轻扬起，慢慢落下，在每个冬日的清晨。

这时的红光山是安静的。

佛像在一片雪色里仍然保有最初的颜色。

坐落在林带里的石桌石凳，则被厚雪装扮成一个个憨态可掬的雪蘑菇形状。这时，仍有游客前来，或是为了点燃第一炷香，庄严肃穆的佛教寺院因这落雪，似也变得谦和、亲近，远观红墙白瓦，旗杆、屋脊上也挂满了冰霜，如同一支支造型别致的银器，平添几分灵动。这一切犹如一幅画，风吹雪落，静中有动。

无疑，对于大多数人来说，红光山是不同于别地的一处景致。

既可远观，亦可亲临。

当然，亦是因为这里，曾因佛像而声名鹊起，亦因蓬勃的生命力而引人前往。或许，这也是生命的本质，自然生发，经历成长，最终成熟。如佛像般高大，令人仰望，如小草般微小，依然强大。

最忆米东北

高华

惠风和畅，草木向荣，一年春又至。位于米东区最北端、也是乌鲁木齐最北面的社区——柏杨河乡哈萨克民族乡和瑞社区的一位哈萨克族老朋友阿不拉哈提给我发来微信：一束雪白的苹果花在丽日下，花开灼灼，盈盈笑靥，老朋友爱好摄影，画面拍得很唯美。图下附了一行文字：你们四年前在这里种下的苹果树开花了，今年要结果了，欢迎秋天前来品尝。一图一文，简简单单，却一下把我的心撩拨的似一泓春水微微荡漾。我拿着手机，久久凝视。此时，我仿佛闻到了米东北面燕新产业园龙头山下一片片苹果树、海棠树、榆叶梅、丁香那淡淡的花香，听到了通汇活畜交易市场里那马嘶、羊咩、牛哞商贾欢笑浪潮般的声音。收获感、幸福感和安全感，体现在这里每个人的脸上。时间过得真快，一晃，我离开米东北和瑞社区快两年了，这一刻，那里的一切又都浮现在眼前，回响在耳畔。那里有我朝夕相处三年的同事和朋友，那里也有我洒下的滴滴汗水。

和瑞社区是乌鲁木齐市米东区柏杨河哈萨克民族乡唯一的一个社区，偏居城东北一隅，就面积而言，它是米东区面积最大的社区，在乌市也可能屈指可数。与众不同的是，这里没有一户常驻居民，全是来这里经商办企业打工挣钱的流动人口，旺季辖区人口三万多人，最多时近五万人。乌市东外环高速、吐乌大高速、乌奎高速、G7京新高速、乌准铁路、甘泉堡火车站、米东北路等交通干线在这里交汇，将它拥抱，更把它托起，让这片土地的胸怀更宽了、眼界更高了。

提起和瑞社区，说起来还有些不好意思。我在米东工作了三十多年，由于工作的关系，全区的乡镇街道农村厂矿，甚至一些边边角角，包括城东北的许多企事业单位，大小地名我都烂熟于心，可在2018年初，在我参加“访惠聚”工作队时，我才知道“和瑞”社区这个名字，我过去采访这里的许多企业其实都是和瑞社区辖区的，是我的疏忽没有把它们与和瑞社区联系在一起。

2018年2月1日，我怀着激动略带忐忑的心情，一大早就来到和瑞社区那座坐西向东的三层黄色办公小楼，开始了全新的工作。为了尽快了解熟悉情况，我请社区书记安文林带我先到辖区转转，安文林去开车，我说咱们走走就行了。安文林笑了，他说：“要是步行转的话，不要说细看细了解，就是到一个地方，打个码瞄一眼就走，你没个四五天个把星期，整个辖区你也转不完。”我将信将疑时，他推了我一把，“快上车吧。”就这样我开始了与和瑞社区的第一次全面近距离接触。

不看不知道，一看惊一跳，和瑞社区可真大呀！从新扩建的宽阔的米东北路南端的黄河加油站为起点，沿着米东北路一路向北，再向东北，路边六七十家企事业单位，一字排开，一直到最北端的北京六建正在建设的填埋场，全长差不多有近十公里。这其中最有名的当属全疆最大的活畜交易市场——通汇活畜交易市场、西北最大的家具木材产业基地燕新国际家居产业园、新疆再生资源产业园、新疆警官学校米东分校、米东匝道收费站等。

追溯和瑞社区的历史，其实并不遥远，那才是2012年的事，可以说它是因为通汇活畜交易市场而成立的。那一年通汇活畜交易市场从米东区城里几度扩建搬迁，最后落地在城北这片土地上。

说起通汇活畜交易市场，我可以说是它不断发展壮大的见证人和记录者。

20世纪80年代初，我大学毕业分配到当时的米泉县电视台担任记者，我看到在后街的老龙河桥头一带，每逢周末，有本地的也有外地的农牧民赶着牛、羊、马还有骆驼、毛驴等活畜，驮着各类皮张，来到这里交易。虽尘土飞扬、又脏又乱，但生意兴隆。这引起了我的注意，我了解到，这个自发形成的活畜交易市场从20世纪70年代就开始了，最初是偷偷摸摸的，改革开放后，日渐活跃。从这以后我就对这个市场进行了跟踪采访。我发现来此交易的农牧民，大都性格豪爽，能吃苦，会经营，有经济头脑。

活畜的交易方式也让我很感兴趣，买卖双方在讨价还价时，不是凭嘴皮子的功夫，而是彼此的一只手伸到对方宽大的袖子里，在里面比划，外面的人是看不见的，这个时间的长短说不上，或长或短，要看彼此对价格的满意程度而定。若交易成功，双方的手从袖子中抽出，两只手握在一起，那就要开始哗啦啦地数钱了。

由于畜牧生产的发展，活畜交易量的不断增加，1986年米泉县专门划出一片空地，在县中心农贸市场的北面，改成了一个比以前要大点的活畜交易市场，场内有了羊圈和一排栓大牲畜的木桩，设施虽还比较简陋，但不少农牧民已经在这里淘到了人生的第一桶金。古牧地镇下沙河村的农民马金勇，刚开始家里饲养了两三只羊，他舍不得吃，育肥后，他牵到这里卖了，他用卖羊的钱，又买了八只羊回去饲养，就这样下来，他饲养的规模越滚越大，钱也越挣越多，成为村里的第一批“万元户”。我曾采访过他，写了一篇小通讯《老马发羊财》，被许多上级媒体采用。

1990年以后，全疆各地特别是米泉的畜牧业大发展，狭小的沿河市场已经不能满足广大农牧民交易的需求，在乌奇公路的西侧，也就是现在的米东中路的一片空地上，又自发形成了另一个不大不小的活畜交易市场。

1995年7月经米泉县政府批准，在老龙河的东侧，挂牌正式成立了“华裕畜产品专业市场”。与此同时，各乡镇也都有一些小型的活畜交易市场。每逢周末，车水马龙，摩肩接踵，生意都十分红火。这大大小小的活畜交易市场，不仅带动了米泉养殖业的发展，涌现出一批养殖大户，也出现了一百多户长途贩运户。我当时写了篇新闻稿《牵着牛羊闯市场》，就是记录当时的情况。

市场经济的大潮冲刷着米泉农牧民头脑中的旧观念，一大批农牧民勇敢地投身到市场经济的大潮中，奋勇搏击，不少成为时代的弄潮儿。我就此采写的系列报道“大浪潮和小人物”，获自治区年度优秀电视节目二等奖。

1997年米泉撤县设市后，建立全疆最大的活畜交易市场的方案得到了自治区的大力支持。1999年7月，位于现在上沙河立交桥的新的通汇活畜交易市场破土动工，项目总投资2亿多元。此时，这个大型的活畜交易市场，吸引了全疆乃至全国各地的商户来此交易。有内蒙古、宁夏、甘肃、河北、北京和江浙一带的，南腔北调的叫卖声、吆喝声，此起彼伏，让人真切地感受到什么是面向全国。我采写的一篇稿件《小牛羊牵着大市场》，就记录了这一繁盛的景象。

时代的车轮在飞速发展，2010年11月，占地五百亩的更大更新的通汇市场在过去被人们称为九沟十八坡的米东北路落成了。市场仅大门就有五个，可以见其恢宏的气势，海纳百川的胸襟。它一出现就是高峰，显示出巨大的吞吐量，旺季进出市场车辆日平均六百多辆，人流量三千多人次。人流、车流、物流和信息流等各项数据节节攀升。市场立足首府，面向全疆，辐射长城内外，已不再是泛泛的蓝图和空洞的口号，而是生动的现实。

次年，米东区一个新的社区因这个大市场应运而生了，取名叫“和瑞”。据说米东的许多社区都是“瑞”字辈的，和瑞社区成立的晚，当属小字辈，但发展势头凶猛，后来居上。“和瑞”的名字大概取“和顺祥瑞”之意吧，名称寄托着人们对米东之北这片土地的无限希冀和美好祝愿。社区最初的主要工作就是为通汇活畜交易市场做好服务保障，社区的各族工作者夙夜为公，把世人对这片土地的美好意愿落实在自己的实际行动上。

活畜交易市场地处柏杨河哈萨克民族乡，特意在市场里拿出六十多个好摊位，免除全部费用，让利给这个乡的哈萨克族牧民，让他们经营，帮助他们脱贫致富。我特别佩服柏杨河乡那些多年如一日到这里经商做买卖的哈萨克族商人，他们只需看一眼一只羊或一头牛，不用过多地手摸，就能准确地估摸出它们的毛重和净重，最后交易和屠宰后，一过秤，和他们的预估上下不差半斤，真神了。我饶有兴致地问他们，这绝活是怎么炼成的？他们往往轻描淡写地一笑说，时间长了，你也能做到的。

从昌吉州米泉县、米泉市到米东新区、乌市米东区，伴随着行政区域的改变，活畜交易市场也随着光影在时代的大舞台上辗转腾挪，华丽转身，不断向世人展示新的形象。而这个大舞台的主角，就是人世间的平凡百姓。他们每个人身上发出的微光，汇成了时代的万丈光芒。

2018年初，我来到和瑞社区后，除了每周三次的活畜交易日，我必到市场走访了解情况帮助协调解决一些问题外，平时我也会来到市场的活畜寄养圈、饲料加工坊走一走看一看。在这里我结了两个亲戚，一位是来自南疆和田的小伙子库尔班，他孤身一人，在市场后勤工作，一位是来自伊犁的阿不都哈哈尔托合特，他一家五口人，在寄养圈打工。让人高兴的是，当我离开这里时，帅哥库尔班找到了心爱的姑娘，他在微信中告诉我，今年十一准备举办婚礼，我们早已约定好了，他结婚时，一定会请我喝喜酒的，我也会给他送一个大大的红包。阿不都哈哈尔托合特的家已从寄养圈旁的铁皮房，搬到了临近市场的阿合阿德尔村的新砖房里，他的大女儿幼师毕业后在米东的一家幼儿园任教，二儿子去年考上了有关省市新疆高中班，小儿子今年秋季就要到市114小学读一年级了。平平常常的百姓在城北的和瑞社区，过着和和美美、平平安安的日子，这也是人世间每个百姓所希望的吧。更是我这个“访惠聚”工作者义不容辞的责任。

从活畜交易市场3号门出来一路向北，走不多久，一股股或浓或淡的松树、杨树、樟树等混合的木材清香扑鼻而来，熟悉的人都知道，燕新国际家居产业园到了。你若想了解它的全貌，拾级登上园区广场中心的最高点龙头山，就一目了然了。极目远望整个产业园区，厂房随山就势，依山而建，或山前或山后，或山腰或山谷，层层叠叠，错落有致，每个片区，就像城市里是住宅小区，名牌号码,清清楚楚。按规模,论面积,说它是个园区,倒不如说它是个颇具规模的城镇。这里已被定位中国西北家具制造总部基地和中国西北国际木材及木制品交易集散中心。

白天,园区内那来来往往拉运木材家具穿梭的大小车辆,如过江之鲫;夜晚,那一片片璀璨的灯火或远或近,疑似天上的银河。燕新不仅是米东经济新的增长点,也是乌鲁木齐和自治区经济发展的新高地。

燕新人十分重视生态环境的建设,从园区开建那天起,就不间断地植树种草,把绿色从一座荒山延绵到另一座荒山,我在社区三年,每逢春秋都要参加园区的绿化志愿者活动,一年春秋两季植树,没有中断过。园区的广场和龙头山等许多地方已成为市民休闲度假的好去处。

我在和瑞社区工作的那段时光,只要有亲朋好友来看我,我都会带他们到燕新来看一看。走在燕新,我的脸上写满了自豪,他们的眼里充满了惊奇。

想到这一切,我情不自禁地立即驱车北上,来到米东北和瑞社区这片狭长的土地上,去打量眼前的一切。用“广袤”二字形容一个社区在很多人的眼里肯定不恰当,但用在和瑞社区再贴切不过了。我离开这里两年了,仅仅只有两年,有许多地方我都不敢认,也认不出了。昔日的九沟十八坡早已被米东北路和瑞社区这个崭新的名字所取代了。

驻足和瑞社区办公楼前的庭院,草木欣欣。我发现这里比过去多了一个精致的小凉亭,和不远处车轮滚滚昼夜不息的米东北路遥相呼应,一动一静,动静结合;一张一弛,张弛有度。和美祥瑞,这里不正精准地诠释了“和瑞”二字内涵吗?

最忆米东北,不仅是我,还包括过去和现在每一位在这工作、生产、生活的芸芸众生。

榆树情怀

易子云

走进米东，首先映入眼帘的，就是那些千姿百态、郁郁葱葱的榆树。榆树家族中的圆冠榆、龙爪榆、垂枝榆、大叶榆、小叶榆等许多成员，都看中了米东这块“多水多泉”的宝地，它们在这里安家落户，繁衍长生，生生不息。它们在公园广场是一道美丽的风景，在田间地头是一片浓浓的绿荫，在渠边道旁是一列威武的哨兵，在大漠戈壁是一堵防风的长城。人们常说，白杨、柳树、榆树是北疆三大树种，但位居三大树种之首的，就是这随处可见的榆树。

榆树长得并不美，她既不像白杨那样亭亭玉立，也不像杨柳那样婀娜多姿。皮肤乌黑乌黑的，一身皴裂，十分粗糙。枝干弯曲，树冠墨绿。如果在大漠边缘或戈壁滩上，因为干旱少雨，空气中的浮尘，使本是墨绿油亮的榆树叶儿，变得像褪了色的青布，灰蒙蒙的。一些刚长出来的新枝嫩叶，也在扬尘里失去了娇鲜的光泽，给人的印象，始终都是灰头土脸的。

如果非要把“漂亮”这个词加在榆树的身上，那就是它长满了榆钱儿的时候。清明前的北疆，落叶的树木都还是光秃秃的，只有黑黝黝的榆树枝上，长满了米粒大的紫黑色的小球，紧紧地挨在一起，一嘟噜一嘟噜的，这就是它的花，实在是其貌不扬！没有嫩叶陪伴，没有蜂蝶追逐，更没有游人赞美。它们静静地开，静静的落。清明后的某一天，似乎是提前约好了似的，一夜之间，嫩绿的小榆钱儿，一簇簇，一片片，密密匝匝，挤满树冠，让人眼前一亮。几乎所有的树枝都被压得弯弯的，像拉满了弦的弓。一阵暖风吹来，颤悠悠、忽闪闪，那些调皮的小榆钱儿，似乎是在向人们微微点头致意。

过路的人开始眼馋了，个头高的开始直接攀摘，个子矮的搬来了凳子、梯子，孩童干脆爬到了树上，连摩登的大姑娘小媳妇也禁不起口水的驱使，还讲什么矜持呀，采榆钱儿吧！谁叫榆钱儿好吃呢？唐朝大诗人岑参说，“道傍榆荚仍似钱，摘来沽酒君肯否。”宋代大文豪欧阳修说，“杯盘粉粥春光冷，池馆榆钱夜雨新。”清代诗人郭诚说，“自下盐梅入碧鲜，榆风吹散晚厨烟。拣杯戏向山妻说，一箸真成食万钱。”你想，用榆钱儿下酒，用榆钱儿熬粥，用榆钱儿做羹，该是怎样的一种享受呢？

小小的榆钱，往往会引起人们童年的回忆。有一首《榆钱歌》是这样唱的：“东家妞，西家娃，采回榆钱过家家。一串串，一把把，童年时我也采过它。那时采回了榆钱，不是贪图那玩耍，奶奶要做饭，让我去采它。榆钱饭，榆钱饭，尝一口永远不忘它。”榆钱儿，这让人难忘的小精灵，饥荒之年，它曾让人们充饥果腹，渡过难关。太平盛世，人们不忘它的好，欣赏它的美，品味它的甜。榆钱不仅可目、可口，还很可心呢！米泉方言把“榆钱”读着“余钱”，更多的人把它读着“予钱”，你看，多吉祥呀，听听就很快乐！

榆钱儿成了人类的美味和吉祥的化身，恐怕连榆树自己也没有料到。榆树缀满榆钱儿，那是传宗接代的本能。你看那小小的、圆圆的榆钱儿中间凸起的点点儿，就是它的种子；外圈平展，薄如羽翼的，就是它的飞行器。种子饱满了，榆钱儿的外形变成了白色，像雪花一样的轻，乘着风儿，飞向山冈，飞向沟谷，飞向草丛。一场春雨过后，它们就开始萌芽长苗。北疆气候干燥，多数幼苗因干旱而夭折，活下来的就是那万分之一的幸运儿。能够历尽千难万险，顽强地活了下来，并长成了参天大树的，更是万分之一的万分之一了。因此，我们说，每棵长大的榆树都是生命的奇迹！每种生命都值得我们敬畏与呵护！

说榆树的生命力极强，那倒是实话。你若给它一滴水，它就还你一道风景。你看，苍茫的大戈壁上，有榆树；荒凉的盐碱地上，有榆树；贫瘠的山间石缝里，有榆树。它的根脉一旦探到能维持生命的地下水，不管环境多么恶劣，它都会坚定地屹立在那里。熬过一个个的严冬，熬过一次次的酷暑，无畏风沙，不惧盐碱，就这样不屈不挠地，无比顽强地活着。有时只有一棵两棵，周围没有别的树，甚至连一棵草都不长，它忍耐着孤独和寂寞，照样从容地张开它的绿伞，放飞它的榆钱儿，迎接歇脚的鸟雀和行人。

历经恶劣条件磨砺的榆树，外形扭曲了，性格倔强了，体格也更坚硬了。也正因如此，工匠们嫌它做栋梁弯了，做车辕重了，做家具硬了，骂它是“没用的榆木疙瘩”。这对榆树而言，不能说不是一种幸事。那些被人们认为“堪当大任”的树木，都早早地从原野中、从人们的视线里消失了。唯有这些在恶劣环境中生长的不被人们重视的榆树，才有幸活了下来，一活就是几十年几百年。这也许是北疆的古树，大多是榆树的缘故吧。这些榆树不仅活着，而且活得特别的快乐。它们早上听听鸟雀在树梢上欢快的歌唱，中午听听农夫在树荫下均匀的鼾声，晚上听听蝉蛩在枝柯间低缓的鸣奏，多惬意呀，还有什么不知足呢？知足了，快乐了，自然也就长寿了！

去年五一假期，天气酷热。我和几个同事，一路向东，来到市郊的柏杨河镇独山子村的磨河生态园，刚登上山冈，就被山下河滩上的原始榆树林震撼了！偌大的一片，大概有近千棵吧。每株高大的榆树，根部直径大都有一丈好几。树枝如同扭动的黑色虬龙，满身厚厚的鳞甲，苍老遒劲，威风凛凛。树冠宛如巨大的伞盖，遮天蔽日。伫立在浓密的树荫下，榆钱的清香在身边弥漫，鸟儿的啁啾在枝叶间轻飏，人们身上的热气连同市井的浮躁，立刻就烟消云散了。在树荫下，我们向正在忙碌的农家乐主人，打听这些树的年龄，只见他两手一摊，有点难为情地说：“不清楚，听说在我爷爷的爷爷的爷爷的时候就很大了”，这样算来，眼前的这些树最少也有三四百岁了。面对这群历经风雨沧桑、守护着一方水土的过去与未来的老者，不仅是震撼，更是景仰了！

古树往往是一座城市、一处名胜、一个地方的名片，是一部活着的史书，也是人们记忆深处难以抹去的文化符号。记得我刚到新疆教书的沙湾一中，校园里就有两棵老榆树，很大，三五个中学生手拉着手是围不过来的。树与树相距约二十几米，树枝交错在一起，如同手牵着手，又像脸贴着脸，就那样耳鬓厮磨的样子。风过叶动，沙沙作响，像是窃窃私语，又像是浅吟低唱。树的东面横着一排教室，据说是苏联人在20世纪50年代援建的，土块墙有七八十公分厚，冬暖夏凉。夏日里，树冠把炎炎的日光，剪得斑斑驳驳，撒落在教室里、课本上，平添了一种别致的情趣。后来这排教室拆除了，要盖教学楼，为了不影响这两棵老榆树的生长，教学楼向东移了十几米。每到下午，树荫就悄悄地走进教学楼，静静地倾听学生们朗朗的读书声。

弹指之间，我已离开那里三十多年了，那里的同事和学生，不少已模糊了姓名和长相，然而，那两棵老榆树却经常走入我的梦乡。不知它们生于何年何月，也不知它们是兄弟，是姊妹，还是情侣。只知道它们很亲密，很友好，很慈祥。它们肩并肩的走过了风，走过了雨，走过了雪，走过了年年岁岁。它们见证了那座小城的变化，见证了那所学校的发展，见证了我在那里工作和生活的点点滴滴。它们看惯了多少春花秋月，看惯了多少学子来来往往，看惯了多少教师青丝白发。时事变迁，新的一批学生又将在它们的荫庇下成长。老榆树，你们现在可好？还是那样的生机勃勃吗？

一场春雨，唤醒了榆树，窗外的榆枝上，已绽满紫黑色的花蕾。不要几天，人们又能采摘期盼一年的榆钱儿了。看着榆树那朴实弯曲的身躯，看着榆枝上那不起眼的小花，蓦然间，这榆树和那些不畏生活重压而顽强活着的平民形象，重合了。一样的不施粉黛，不饰铅华，不善张扬；一样的易于满足，乐于奉献，不知索取；一样的用自己的一生，默默地守望着脚下这片土地。榆树和平民一样的普普通通，但它能凭借自己的力量，给世界增添一片绿荫，给他人遮风挡雨，给鸟雀提供快乐的天堂，真的很了不起！难怪有人说，“做人当作榆”。

是呀，我们这些平凡普通的人，就应该像榆树一样朴实、善良、坚韧、执着，顽强地活着，努力去做些有益的事，让生命绽放光彩。

我赞美平凡而伟大的榆树，我更赞美具有榆树博大情怀的人。

踏雪寻河水龙吟

朱纪臻

乌鲁木齐有一条河，也叫古牧地河，汹涌河水，由南向北流下，这是乌鲁木齐主城区唯一一条长年不断的河流，它的上游源头就是水磨沟。水磨河绕着虹桥山、清泉山、温泉山、水塔山和雪莲山五山夹峙中，山底百泉喷涌，长流不竭，积流成溪，自南向北奔腾而下在水磨沟穿行而过，终年不竭。沟边榆柳参天，山坡上遍布花草，亭台楼阁掩映于绿荫间。

前天一场大雪后，河流景色更是非常漂亮，在三月中下旬，新疆南部鲜花盛开，地处天山北部的乌鲁木齐，却是大雪覆盖，而一路歌唱的雪景、河流、水鸟，更是构成了一幅绝美画面！春天的美景，堪称大片！你在南方看花，我在乌鲁木齐看雪，看看积雪有多厚，水鸟成群这条河流比城区里景色更是绝美！

下雪了，世间万物都被白雪覆盖，我来到乌鲁木齐河流的上游拍雪景，用无人机观察乌鲁木齐的河流，只有在春雪中才能体会到像血管一样的曲线。观看乌鲁木齐河发源地的一号冰川，出山口后至乌拉泊流向正北，穿越主城区到达米东区北部东道海子便是乌鲁木齐河流的终点。

我沿着河流的方向寻觅，由于乌鲁木齐市区没有什么大河，以前的和平渠也干涸了，很多渠道改为暗渠，所以水磨河流经米东古牧地河是乌鲁木齐市北城区最大的一条河流。

换句话说，古牧地河上游就是水磨河，发源于天山山脉，水磨河对于乌鲁木齐市民来说非常熟悉，沿河而建的水磨沟公园，是乌鲁木齐著名的风景区，夏天这里非常清凉，流水潺潺、游鱼戏水，柳丝垂在水中，一派江南水乡风光。

水磨沟公园早在乾隆年间，就是一个久负盛名的天然旅游胜地。那时候官方和民间利用湍流的河水，置办水磨坊为驻军和居民加工粮食而得名。还有乌鲁木齐水磨沟区也因此命名。

这些年乌鲁木齐越来越重视水景打造，水磨河不仅要在水磨沟公园里是风景区，流出水磨沟公园的河水也要利用，水磨河沿河风景带很快就建好了。

你在北方穿着貂，他在南方露着腰，我在不南不北的古镇，一会儿穿貂，一会儿露腰，忙得不可开交！这种情景交融的时光只有在河流下游古牧地有，所以我驻足古牧地的河流。

米东区最繁华的河流地段就在古牧地镇，古牧地在蒙古语里的意思是多河沟的地方，这里东边是芦草沟河、中部是水磨沟河、西边是乌鲁木齐河。水磨沟河从古牧地横穿而过，人们习惯叫它古牧地河。

古牧地河下游就是东道海子，据地质调查，历史上东道海子的水面比20世纪60年代的面积大三至五倍。并与西侧的白家海子、郑家海子等五个小湖连成一片，景色十分壮观。如今东道海子与216国道、吐乌大高速公路、甘莫公路路网相连，可直达沙漠。

那一年，我陪《南方航空报》的摄影团队去了古牧地河的下游的东道海子采风。

当路上看到一簇簇红柳盘踞的沙漠时，我和摄影团不停地叫，导游说：“别急，好景色在前面。”

当我们抵达那里时，不等车站稳，我先开了车门跳下车，向着波浪状的沙丘跑去。也许是跑得过于猛烈，跑出几百米后，我的双腿就有些发酸了，膝盖打软，“扑通”一下跌倒了。我翻过身子，躺在沙漠上，舒服极了。大概几分钟后，摄影团才追上来，也累得气喘吁吁，躺在我的身边。

天蓝得有点失真，太阳炙热地燃烧着，我的心却一直怦怦地跳个不停。稍事休息，我们又向更高的沙丘爬去，你追我赶，爬上连绵不断的沙漠真跟海浪一样，有种动感。

哧溜一下，我们从沙丘高处滑到了下面，一种说不出的快感席卷全身，我们都尖叫起来。睁开眼时一下就到海子边，我始终不敢相信自己的眼睛，这里不是一摊水，而是一块蓝色的宝石，那璀璨的光芒是独一无二的。而这种蓝，在我的梦境中多次出现过。我曾认为，只有梦里才有这样的蓝，现实中不可能有。如今我看到了，它就在眼前，如此真切。我痴痴地望着这一大片梦中出现的蓝色，禁不住眼窝热乎乎的。

我秋天的时候来过古牧地河，当时也拍了照片，那时候河里还有水，目测古牧地河只有不到二十米宽，但这样的河道已经是乌鲁木齐市区最大的河流了。

此时，虽然是白雪飘飘的初春，但是流动的河水并没有结冰。

位于米东区办公大楼西侧的古牧地河道里水流湍急，这条河道两边都是蓝白色的围栏，还有整整齐齐的绿化树木，不知道古牧地河往北再流到什么地方呢？

在米东区办公大楼东边也有一条河道，这应该是古牧地河的一条支流，我感觉这边的河道更宽，河边几乎没有遮挡的东西，也没有绿化树林，只有两条土路在河道两侧，河道里稀稀拉拉长了一些芦苇，这里的河水不多，已经结冰冻住了。

蓉萍打电话让我到政府大楼文联领取《古牧地》杂志，刚好路过，停下来拍了几张照片就已经感到冷了，初春的古牧地河，雪景不错。也许再过一段时间，气温更低了，古牧地河会变成一条季节河，变得一片寂静，我挺喜欢古牧地河的雪景。春天的古牧地河有一种别样的风情。

眼看就要到四月中旬了，而这里的树木才刚刚吐绿，草地已返青，与吐鲁番相比，春天来得较晚，但却也不失踏青的好心情。此时的一场雪，迎来了很多开着私家车的城里人，他们大都是来踏青赏景，呼吸这里的新鲜空气。而我却是来这里寻觅历史的足迹，追寻曾经发生的烽火狼烟。

中午停车在上沙河农家乐就餐，与老板说起古牧地的历史，老马倒还知道不少。他说古牧地不简单，外人都说古牧地没有河水，那是没人看见的缘故，他小的时候就经常看见春天融雪河水泛滥，害怕遇到洪水暴发，吓得村民们不敢出门。半个世纪过去，城市人口增加、高楼林立，古牧地河水，也就慢慢看不见踪影了。

不过，老马却说起我感兴趣的话题来。他曾经听爷爷说，古牧地是条古道，在清朝的时候，清军从这里到迪化（今乌鲁木齐市）平叛。因为古牧地向北通往阜康市，还有吉木萨尔县，他爷爷的爷爷就经常往返于这条山道，主要靠贩卖羊皮和野生动物毛皮维持生活。

以前的古牧地，就是因有很多河水放牧，才被当地人起了这个名字。老马说他的爷爷曾有土制的猎枪，边在东山里放牧边打猎。据传，他的祖先应该是从宁夏迁移到此地，至少也有两百年的历史了。他说这都是当年隐隐听爷爷讲的，详细情况就连去世多年的父亲也不清楚。

无论怎么说，祖辈居住这里的村民能从古牧地穿越到阜康市，并且还有相关史料的佐证，那么古牧地这条河流，就有可能是丝绸北道上的分支，它的交通作用还一直被延续到今天，足以证明曾存在古代人类的足迹。

农家乐老板老马介绍，从上游来的河水，也就是铁厂镇八家户一巷附近，浇灌一处生态花园景区，主要种植郁金香等花卉，不出两年时间，这里将是一片大花园，也会不断地吸引各地游客，到这里游玩、赏景和消费，他们当地居民将会依托旅游得到最大实惠。实现以旅游拉动本地域产业经济引擎，最终达到“安居富民”的目标。

乌鲁木齐充分利用水磨河和古牧地河，打造了十几个公园游园，一条河，串联起十几个游园公园，河两岸大量种植树木、扩宽河道和种植植被，成了乌鲁木齐滨河景观带的最具有代表性河流，也给城市增加了魅力，如水磨河提升改造工程三四期、富力城景观公园,米东区暖春园、荷香园、紫瑞园、丰雅园、叠翠园、碧秋园等等,非常漂亮,加上米东区核心区内的贡米巷,给城市增色不少。

饭后开车去一条河中下游的贡米巷,想用无人机高空探访,无人机高空飞翔五百米后,看到春雪中的古镇,取到全景后,驱车进入贡米巷,就听到瀑布声音,进入后,发现是水龙河由南向北,川流而下,在水泥阶梯上,形成了一米多高的瀑布,由于此时是冰雪融化高峰期,河水流也比较大,河两边有不少仿古建筑,三四层,有大剧院,有美食街,还有步道和小桥流水。

走在河边的步道上、小桥上,不失为一种享受,可以说,这里是米东区又一旅游景点和网红打卡点,也是乌鲁木齐少有的水景古镇,有河有古建筑,还有各种美食和剧院,真可谓将古典、河流和美食文化有机结合了。

当然了,贡米巷被米东区挖掘出来了,不仅有纪念性的内容,将历史文化和现代建筑、水系有机结合起来,让老百姓在享受这种小桥流水的同时,在感受古镇文化的同时,也读懂了米东区过去的历史文化,特别是以前米泉的那些优秀的历史文化,将文化和河流结合,将过去和现代结合,这才是传承中华民族文化,文化润疆的工程之一,在这里得到体现。

在北方,河流与城市相伴的不多,流量相对稳定的一条河两岸无疑是一块难得的好地方！此时,雪停了,古牧地河已经唱起了春天的水龙吟。

米东之美

张小勇

最初来米东区定居是20世纪80年代初，记得那年我不到十二岁。那时是米泉县，后升级为米泉市，属于昌吉州管辖。后米泉市与东山区合并为米东新区。记得当时米泉县城不大，以古牧地为中心属于繁华地段，临街商铺大多是平房，高楼很少，回民多以经营回族特色小吃为主。这里的民风淳朴，勤劳善良，各民族之间和谐友好相处。这里田园秀美，盛产大米，米似珍珠白玉，圆润香甜，有“鱼米之乡”“塞外江南”的美誉。

清代大学士纪昀曾有“十里春畴雪做泥，不须分垄不须畦。珍珠信手纷纷落，一样新秧出水齐。”的诗句来赞美这里出产的大米。

夏季正是禾苗长势正旺的时节，若你有闲暇时间远离城市的喧嚣，步入米东区三道坝看稻田风光，你会在这绿色的稻浪中充盈一份宁静，让心中的忧郁随风而去。

秋高气爽的时节，随着时光的推移，三道坝的万亩稻田有了郁郁葱葱的绿色，远远的就能闻到一股水稻的清香。这稻田的风光，散发着独特的田园气息，为城市观光的人们呈现出一幅美丽的风景画。

乡村的清晨，有着与城市不同的美景。当阳光从蔚蓝天空缓缓飘落大地的时候，稻田换上了绿色的新装，一棵棵禾苗在暖风的摇曳下，犹如一个个跳动的音符，为人们弹奏出一首首暖暖的幸福乐曲。

走在正午的田野上，放眼望去，那一片片稻田就像绿色的海洋，阳光在这里升腾，鸭儿在这里游弋，鱼儿在稻田中穿梭，青蛙在稻田中欢唱，鸟儿在稻田上空欢歌，闪烁的光芒照耀着一棵棵禾苗的成长。你可以在这里静静地听风和水稻的窃窃私语，可以和憨厚朴实农人在田间地头聊天，可以一边哼着小曲一边欣赏田园风光，也可以约上三五好友在农家乐垂钓园钓钓鱼、开怀畅饮……对于城市里生活工作繁忙紧张的人们来说，这是一种多么惬意的放松和享受啊！

稻鸭共养、稻蟹共养、甲鱼共养是米东区区委、区政府这些年一直推行生态立体的养殖模式。通过立体生态养殖，不仅给农民带来了可观的经济收入，带动了物质文化生态观光第三产业垂钓园农家乐，更主要的是改善了生态环境，提高了米东稻米的品质，打响了米东区有机米、生态米、稻蟹米的品牌效应，保证了市民们“舌尖上的安全”。

在这片广阔的稻田里，农人们千百年来重复着年复一年、日复一日从播种、到插秧、到收割面朝黄土背朝天的劳作生活。那一颗颗饱满的稻穗中，是农人们汗水和智慧的结晶。我虽不是农人，但从农人朴实的脸上，我看到了稻田带给他们的是满满的喜悦和幸福。

可以想象，如果宋代著名诗人陆游要来看过稻田风光之后，他也会为之惊叹，会情不自禁地吟唱那首“得意诗酒社，终身鱼稻乡，乐哉无一事，何处不清凉。”的经典之文。

乡村宁静秀丽的田园风光，淳朴的风土人情，永远是一道亮丽的风景线。市民们在这里休闲观光那真是一种惬意的享受。

位于新疆乌鲁木齐市米东区卡子湾以北的红光山景区，是国家AAAA级风景区。景区内步步有景，无处不奇，它集风情、生态园林、人文、园林文化于一身。今日的红光山风景区，已然成为米东区一张最亮丽的名片，成为来自四面八方客人必来观光游玩的乐园。

盛夏时节，进入被郁郁葱葱果树林木簇拥的城市“绿肺”的红光山景区，道路两侧的绿树在微风的摇曳下，仿佛一位翩翩起舞的少女，欢迎着游客的到来；一条条曲径通幽小道为人们指引着一个个观光景点的方向，这里的山、这里的树、这里的景、这里的花、这里的人，用一个个灿烂的微笑欢迎着市民和来自天南海北游客的到来。

站在高处，举目远眺，与绿树、鲜花、蓝天、白云为伴、和亭台楼阁交相辉映的红光山景区显得格外的清新亮丽。“绿、美、彩、香”美轮美奂的景致，为市民和游客提供了一个在节假日登山赏景，晨练跳舞，品鸟听曲，观山景听梵音，休闲纳凉的好去处，工作劳累一周的人们，能够在双休日携家人和亲朋好友远离世俗侵扰，在这天然大氧吧中呼吸新鲜空气，品茗赏景陶醉其中，真是一种人生的超脱与享受……

天高云淡、阳光明媚的一天，一个人兴步来到了红光山景区，走进一望无际的葡萄长廊，一股随风而来的清新之气沁人心扉。在这炎炎的夏日里，千米葡萄长廊带给人丝丝清凉与醉人的芳香。穿梭在蓝天白云，馨香四溢、气势恢宏的葡萄长廊中，那一串串被绿叶、阳光映衬下珠圆玉润、状如琥珀的葡萄，忍不住让人想信手拈来，让甜中带酸，酸中带鲜的葡萄汁在嘴中奔涌而下，让这种人间美味直达心扉，那真是一种享受。

进入红光山仿古建筑群，不远处一座金光灿灿巨大佛像映入眼帘，显得神秘而又庄严。这尊释迦牟尼佛像面带慈祥注视着世间万物，迎来送往着每一位游客，芸芸众生或许会在佛的梵音感召下放下人生的过往，以博大的胸怀普施众爱，共同营造和谐文明家园。

生态兴则文明兴。如今的米东区红光山景区天更蓝、树更绿、花更美。风光秀美的红光山，让“大绿化”“大生态”“大文化”“大氧吧”长伴市民身边，让市民为绿色而感动，让市民因文化而感悟，形成了人与自然和谐相处的良好生态文化环境。

夜幕下的米东，告别了白日里的喧嚣，渐渐静了下来。沐浴着轻柔的晚风，一个人漫步在米东的街头，一边欣赏着小城色彩斑斓的夜色，一边感悟着这座小城的韵味，这亮与美的小城，就是我温馨的家。

米东的夜晚，是亮与美的世界，当夕阳收起最后一道霞光的时候，马路上、街道边的路灯亮了，像一条条奔腾的火龙，又像一串串晶莹透亮的明珠，在夜色中璀璨，它们用热情的笑脸迎送着来自四面八方的客人。

夜幕下的米东大道，一辆辆出租车、私家车在明亮的大街小巷穿行，把工作劳累一天的人们送回一个个温馨明亮的家。

灯火璀璨下的米东新城，像一位多情的少女，舞动着青春的旋律，给小城增添了一份柔美与活力。吃过晚饭的人们三三两两在路灯下散步、闲聊，出租车、私家车来回穿行在米东的大街小巷，星星点点的灯光和星星一起，为米东一道亮丽的风景线。

进入米东中心城区，耸立的高楼大厦，洁净的道路，华美的商铺，米谷里，贡米巷在霓虹灯照耀下，显得格外的绚丽璀璨。华丽的灯光，将小城装扮出火树银花不夜天的美世界，为市民增添了不少可以休闲散步游玩的去处。小城的亮化美化工程，提升了米东的文化品位，点亮了一座城市夜色中的美。

夜幕渐渐低垂的米东人民公园，人头攒动，热闹非凡。老人带着孙子、亲朋好友、街坊四邻，三三两两地在长椅上纳着凉，谈着天，说着地，放松着心情，小朋友滑着五彩缤纷的滑板来回穿梭，银铃般的笑声在夜空中回荡，是那么的活泼可爱。最惹眼的还是那一群大姐大妈们，她们随着欢快的音乐翩翩起舞，轻快柔和的舞步亲吻着多情的热土，吸引着过往的人们情不自禁地跳起舞来，融入其中，乐在其中，舞出了米东人和谐文明之美，让这座小城魅力四射。

夜色中的米东，融合着各民族的文化，曲子、花儿、秦腔、戏剧、麦西热普、广场舞……米东将独具地方特色风情融入各民族文化元素之中，丰富着群众文化内涵。流光溢彩的米东，处处散发着各民族和谐相处的文化气息，处处洋溢着只争朝夕的发展氛围。

夜已深，徘徊在米东区灯火阑珊的夜色之美中，我忘情地呼吸着小城田园般的洁净空气，让思想尽情地陶醉在这诗情画意中，让柔和的脚步完全融入和谐友善的人情味里。

岁月如歌，时光荏苒。多年来，在党的春风召唤下，米东区各族干部职工群众撸起袖子加油干，各族人民的生活、住房、环境、交通等发生了翻天覆地的变化，过上了美好幸福的日子。

在这个生机勃勃的春天里，米东区各族干部职工正在党中央新时代号角声中阔步前进，以昂扬向上的姿态，接受新使命，迎接新挑战，为创造人民更加满意生态文明宜居城市，精心打造美丽田园城市贡献出自己全部的力量。

奇石寨的春天

紫依

已近晚春，有时还会有雨夹雪的天气，像极了突袭人类的疫情，春也无法热闹起来。

几年的疫情，便不再远行，那就另辟蹊径，我还是决定去看看就近山里的春天，山间独步，唯愿满眼都是妍妍春光。

驱车行驶在坑洼不平的山路上，仿佛用心丈量着与春天的距离，不到一小时的路程，车很快就停在了“奇石寨”的大门口。

奇石寨，属于米东区范围，山脚下散居着芦草沟乡涝坝村的哈萨克牧民，他们融于大山，像大山一样强壮不惧风雨。他们行走于大山，像大山一样安静，只和他们的牛羊说话，他们勤劳朴实，依着大山过着平实、绿色、自然的生活。

奇石寨是一座不大高的山，山的正面有许多石头无规则的悬刺着，我没看出它的奇，倒觉得，这些杂乱无章的石头既没有牢固山体也没能撑起山的巍峨，因经不起雨水的冲刷历经多次的滑坡而荒废了一个休闲度假的好去处。

奇石寨是否是因石头的奇而得名，我不得而知，它石头的形态迥异，每一块都该颇具风骨，才能赋予奇石寨以灵性。

我抬头望着向上的山路，希望这里的春天像一条走不完的长廊，要知道，在春天里慢慢走，是可以隐藏许多心事的。

可一看，只有破败的大门歪七扭八地靠在门柱上，像个衣冠不整的大汉在岁月里随风晃荡，立刻零落了对此处的向往，再看看大门两旁的老榆树，灰枯的样子，没有一片绿叶，只剩孤独的树杆努力地站着，伸出的枝枝杈杈也像被风抽去了风骨没有生气，看来，榆树老了，已操度不了自己的灵魂，只有等阳光足够充沛时才会苏醒。

山里离雪山近，偏凉，也一直是夏天避暑的好地方，春来得晚些是可以原谅的。

有人说："最是春来狂可玩"，的确，春天的一切都是新的，只要用心就能唤起内心的表达。

东风催春草木醒，绿茵未露蕾先行，我想，山里面一定与山外不同，越往山顶走越接近阳光，春色也会不一样的，决定顺着山路前行，小路上渐渐潮湿起来，是融化的雪水渗着往下流，我边走边用目光搜寻向阳的地方，还真是，绿绿的小草像时空里飘来的春天的明信片，真是越走春天的模样越清晰。

哇，确定这里是有春天的，成片成片的蒲公英正顶着羊屎蛋往外钻，还有叫不上名的小黄花、小白花在这冰冷的山中，开得那样的冷艳、傲然，孤独中绽放着凄凉的美。

一路上，我同融化的雪水相向而行，我向上走，融化的雪水顺着小路向下蜿蜒前行，好似正向我走来，有时躲不及，跳跃着，不小心就打湿了鞋，汇聚的细流清澈无声，在太阳光的照射下，耀眼而明快的引领着春天的暖意。

奇石寨很安静，没有太多春的热闹，除了阳光绕过山头照进来，再就是我的脚步声会惊扰几只野雀振翅飞起，惊慌中的鸟儿鸟鸣相映，我听着也像是一曲旷世的春乐。偶有清风拂来，似是喋喋不休，正与大山说着春天的情话，我听到了，感觉到了，身上暖暖的，心里暖暖的。

说是上山容易下山难，我看，上山一点也不容易，一直顺着羊道走，踩在土路上一步三滑，踩在小草上更滑溜。满山的小灌木正在复苏，一个趔趄，抓住它，恰好搭把手。正在策略怎样上山省劲又快捷时，由远而近"哒哒哒"的马蹄声朝我而来，一回头，一位哈萨克族牧民已经骑马飞奔在我身旁，他用生涩的汉语晃着手中的马鞭对着我说："你是干什么的?"我来不及回答他，顾不上看他一眼，赶紧在慌乱中站稳脚跟。我们彼此打量，他中等身材，黝黑的皮肤是大山的给予，岁月的风吹雨打在他的脸上刻下了特有的纹路，浓密的眉毛下镶嵌着一双如鹰般有神的眼睛，他看出了我的害怕，缓和了语气对我说："我是巡山员，这里不让随便点火，不要破坏树木"，哦，我明白了，心里不再害怕，他拉了缰绳准备离开又折回来，"你要上山顶还是顺着小瀑布旁边的小路走，这边景色不错，很快就会上去的"，我应声答他，他满意地笑了，从中透着无限的温暖和善良。

他甩了马鞭儿离去，不一会，我听到马儿打着响鼻"恢恢"的叫声，一定是在和它的主人撒欢儿，看来他就在不远处巡山。

果然，顺着小瀑布走至半山腰，小灌木的枝条上都打了花苞儿，再等半月就会开满黄花儿，黄花儿花期可持续半月，花型不大，小巧可爱，没有太大的香味，挤挤挨挨开得密实，形似小鸡站立，便叫它锦鸡儿花。它不光外形漂亮，还有许多的药理作用呢，可以活血化瘀，美容养颜，就这一点惹得许多爱美女士，会在锦鸡儿花怒放时，顶着大太阳，不怕刺儿扎，像小蜜蜂一样忙得不亦乐乎，每年的五一前后，锦鸡儿花开得最烂漫，炒鸡蛋，烙饼子放点进去，金灿灿的黄，煞是好看，只是不知道美女们吃了是不是更好看了。

被称为小瀑布的水道里，有从山顶流下来的雪水，像一条悄悄溜走的小蛇，没有响动，听不到哗哗的流水声，只是静静地向山下流去，直至失去踪影。单从深深的河床看，曾经也一定有飞流直下三千尺的气势。

山路幽幽，通向山顶。山中没有太多高大的树木，在山中一样可以看得很远，绿意丰腴时，葳蕤生辉的是满山满坡的小灌木和小草，唯有它们能在孤寂的山中坚韧的生存，春来报春，秋来层林尽染，以自己的饱经沧桑，昭示大山存在的意义。

走在缄默不语的山路上，每一步都在触摸大山的灵魂，对我而言，叹服爬山就一个字——难，把奇石寨概括得静谧又深沉。

经过一个多小时的攀爬，正午时，到达了山顶，阳光正好，把我和大地融为一体，顺势向远处望去，真是“会当凌绝顶，一览众山小”啊！我也有了征服世界的感觉。

这里离天空很近好像触手可及，天上几朵淡云悠悠移动，犹如春风挥动手臂挽来的绸缎，它也在运筹着春天的美丽。

其实，阳光也是有偏袒之心的，漫洒山顶，阳光下我读懂了春天，无尽的视线里，小草铺就的草甸绵延而去，我的心里也涟漪般温柔着春天的温暖。

站在绿绿的草地上，素素的草香味弥漫在空气中，我感觉自己被绿洗成了最干净的模样，尤其喜欢轻轻地踩在上面，因为我也想在不知不觉中开成一朵不知名的小花。

我相信，世上只有春天这个词，像一枚种子，落在哪里哪里就会发芽，它也可以写就诗篇，让文字发芽。

此时，我从山顶不由自主地俯看了一下山下的灰蒙，视野里有望不到头的深邃，那就是隔不多日，奇石寨每一处的角角落落都会有勃发的春天。

但愿，人生的春天，也如铺陈在眼前的小草，不论迎着晨光，还是送走夕暮，都在时光里，安稳、欢喜。

而人生的春天何为如此?

一如为国捐躯的英雄，他们的生命短暂得来不及走过岁月的春天，而他们“可使寸寸折，不作绕指柔”的凛然浩气，与英魂长存，他们活在人民心中的光辉形象，时时想起、念起，都是激励每一个人蓬勃向上的动力，他们人生的春天，才是真正的丰兮、富兮，如春天的花儿灿烂绽放。

懂春天的有几人，不得不说说娇喘微微的林妹妹，她说：“花儿不能糟蹋了，拿土埋上，日久不过随土化了，岂不干净”，是她的爱情，也是她要让春天永远美好。

奇石寨的春天也是灵性的，虽因山体碎石太多，为了安全，已少有人踏足不再繁闹。为了更好地护山还林保护植被，让青山更绿，天更蓝，山中修建的凉亭、观景台都已尘归尘，土归土，但它从未按捺住满满的春意，不会因谁喜欢、谁在期盼迟来早来，时候一到，漫山遍野定会坦然的涌动着绿色，大门口的老榆树也会褪去枯萎的衣衫，高高地托举起那群栖憩于山中的飞鸟，让它们从这里飞向最美的春天。

只是，无论其他地方的春天怎样的春意盎然，奇石寨依旧会以仙风道骨的姿势默默地向着天空耸立，用不疾不徐的情调等着它的春天自然到来。

奇石寨，不是名山大川，没有喧嚣，它的春光不染尘埃，它安静，但它装满了春天热烈的表达，也盛放着静静的美好。

休闲时，来奇石寨走走，带着对它欲说还休的向往，春天时，来奇石寨走走，让浮躁的心沉静下来，怀着亲近大自然的心境，真切感受大山的纯净，这才是无法形容的幸福。

奇石寨，没有江南山水的清秀之气，莽莽苍苍，山色空蒙中也含有几分神秘。

愿清风常眷顾，愿人世间所有无能为力的痛苦都远去或消逝，愿奇石寨的春天越来越美。

深情的土地

高玉涛

人到中年，时间过得是愈发的快，转眼又到了春天。花事一场接着一场，花开花落，快得来不及感慨。偶尔写一两首小诗，连同那些花儿，一起收进朋友圈，就觉得心安许多，仿佛留住了这春天，再也不会丢失一般。偏偏那风儿生事，时不时携一缕花香，从鼻孔到心脾，让人的魂魄，仿佛从身体里游离而去，随着那香去寻找旧时旧事。一时间，竟不知身在何处，今夕何夕了。

昨日，与几位来自外地的老友小聚，怀旧的话题一经提起，就放不下了。期间有人说起我刚来新疆时的往事，哪回骑车子摔破了膝盖，坐在地上哭鼻子；哪回在报上发表个豆腐块，开心地跳得老高……糗的好的，一桩桩说不尽，往事呼之欲出，让人欲罢不能。思绪回到当下，再看每个人，却各个已人到中年，让人禁不住伤感。有人提议，去我们生活工作过的地方看看。大家一致赞同，说走就走。

故地重游，始终是件让人伤感的事情。变了让人伤感，不变同样也让人伤感，因那不变更衬托出自己的变。看似矫情，可矫情，归根结底还不是因为一个情字。

二十二年前，我刚来新疆第一个工作过的地方，如今哪里还看得到当初的半点影子？整齐漂亮的楼房，取代了当初大片低洼的院子。我只能通过主街的走向，辨出曾经的公司所在地。想象着哪一块是办公室，哪一块是厂房，哪一块是芦苇丛，哪一块又长过亲手栽下的小树……

公司是米泉（当年还不叫米东区）老龄委退休老人开的，取名重阳公司。经理姓文，是一位精神矍铄、身体硬朗的八十岁老人。他满头白发，脸上总是带着慈祥的笑容，穿着雪白的短袖衬衫，裤线熨的笔直。

我当时的职务是业务经理，能吃苦加上不服输的劲头，让我一点点把公司难销的产品，打开了销路，往返多次，要回了外面拖欠公司多年的死账。文经理原本就很关照我，看我这么卖力地工作，就更加器重我。

文经理喜欢种菜，公司的院子里，种满各种蔬菜和葡萄。闲暇时，我会和他一起侍弄这些果蔬。偶尔会由于我不懂农事，闹出笑话，或是笨拙地让手脸沾上泥巴，文经理就慈爱地哈哈大笑，那样子像极了我早逝的父亲，让我不禁鼻子发酸。

瓜果成熟时，文经理永远都是把第一个成熟的给我。在办公室里坐着，如果听到他大声喊“小高快来”，那一准儿是哪个西红柿红了，或者哪个苦瓜长大成瓜了。不管手里忙不忙，赶紧应一声“唉”，跑到菜地，和他一起分享这收获的喜悦。

我最初不忍心要，非要留给他，后来看他着急的样子，想起在家时，母亲给我什么，我欣然接受时她的快乐，就不再推辞。

有时候，他会和我聊起我的舅舅。舅舅是最早一批支边来新疆的，一生清廉正直，最后因为心脏病突发，在我来新疆的两个月前，倒在了这片他热爱的土地上。

文经理说我的性格，很像我的舅舅，他说以后你就留在新疆别走了，像你舅舅一样，在这里生根发芽，新疆会越来越好的。

春日的黄昏里，仿佛又看见满头白发的他向我走来，笑呵呵的，嘴里喊着“小高”。如今喊我小高的老人已经不在，而小高也悄悄地变成了老高。曾经的一切近在咫尺，余温尚存，伸出手去，却再也触摸不到。

原来开过多年饭馆的地方，如今也有了很大的变化。宽宽的柏油马路，路两旁是贴着白瓷砖的沿街店铺。尽管如此，我还是很容易就找到了原来开店的位置。这条看似年轻的街道，其实已经老去，就像正在老去的我一样。走在那条街上，我与老街形成了最深的默契，就像多年未见的老友，彼此懂得内心的喜忧、无奈和感伤。迎面不时走过来，一个又一个的“我”，与我擦肩而过，让我频频侧目与惊觉。

仿佛又看见满屋的宾客，那些耕耘过这片土地，又同时被这片土地所滋养着的建设者们，如今他们去了哪里？是否在远方，怀念着这片深情的土地。或者和我一样，深情地把根扎进这土里？

仿佛又看见，我坐在饭馆的窗前写诗，最后一桌酒醉的客人，踉跄着，一头栽进我的诗里。《雅着俗着》写好了最后一句，伸了伸酸痛的胳膊，风儿适时送来花香，那花香和今时今日的一样，让人痴迷陶醉。

那情景是多么的美好，那一幕至今还深深印在脑海里，《新疆经济报》的阿不都记者来店里采访我时，说我的诗让他觉得特别美好和感动。后来在一篇叫作《游走在雅和俗之间的女人》的报道里，记录了他的感受和评价。

许多人特别好奇，觉得烟熏火燎锅碗瓢盆，怎么会那么紧密地和诗歌连在一起，而且两者从不互相影响。同行的几位好友也问我，对啊，那你是怎么做到两不耽误，又都能做好的呢？我笑笑说，两样都特别热爱，哪个都舍不下，就只好都拿着喽。

我始终认为，不同的种子，适合生长在不同的土壤。尽管我从小就喜欢写诗，但是在来新疆以前，我充其量也就是个文学爱好者。是新疆这片沃土，让我生根发芽，一点点成长起来。从2008年出版个人诗集，到2009年加入新疆作协，再到2016年去湖南毛泽东文学院学习，我这颗终于找到沃土的种子，开始了积极幸福地成长。

最让人难忘的，就是我们这些人刚来新疆时住过的地方。那是个城乡接合部,是我们外来人口的第一站。那里空房子很多,而且不限制长租和短租。对于我们这些,还不确定能不能在这里长久生活的人来说,无疑是最好的选择了。

记得我们刚来时,那里的主街,还只是一条凹凸不平的沙土路。每当下雨,路面就会积水,以至于我在骑车上班的途中,动不动就摔进泥水里。这一度成为朋友们揶揄我的黑色幽默,并流传至今。有不了解那里的朋友,就会打趣问我,那你为什么摔一次下次还摔?我委屈地辩解,摔的不是同一个坑好吗?可见当时的路况有多差。如今走在平整宽敞的柏油路上,真是感慨万千啊。

我们几个在这里住过的朋友,七嘴八舌地说这里变了那里变了。果真是变了,变得都找不到原来的家了。一路找下去,凭借记忆,大约记得从哪条胡同拐进去。街街巷巷走了很多,哪个巷子都像又都不像。干净整洁,绿的树、红的花、警务站、社区服务站、社区诊所、幼儿园、商超……这些全新的,几乎换了整个背景的村子,让我们的记忆一片空白,曾经坑洼的路面,脏乱的房前屋后,连自己都怀疑,是否真实存在过了。

这时有朋友提议,要不然去社区报一下,当时房东的名字,或许能找到呢,大家纷纷说好。接待我们的是,一个维吾尔族姑娘,她问明我们的来意,听了房东的名字,笑着说真是巧了,她就是他们的包户干部。说人家现在可不得了,原来的大院,这几年让他建楼房建的,都快建成小区了,我带你们去看看。

到了一个有两排四层楼房的院子前,那位包户干部说,你们自己进去找他吧,我还有事要忙。我们惊讶地说,刚才我们明明两次找到这里,咋就没认出来呢。包户干部笑着说,变化太大了吧?记着点,明年也许又变了,可别再找不到。

走进来,依然不敢相信,是原来那个院子。宽敞明亮的楼房,院子里种着各种花草,老人们在院子里的小桌旁下棋,真像个现代化的小区一样。房东不在家,我们就自己在院子里四处转了转。

曾经住过的房子，曾经的邻居，如今都看不到任何踪影。取而代之的是，一批又一批的追梦人，那梦一年比一年美，一年比一年近。听说后来，他们很多人都留在了新疆，就像我们一样。那片滋养过我们的，深情的土地，就像母亲，谁会舍得离开自己，慈爱的母亲呢？用最深的爱，回报母亲，哪个孩子不想这样做呢？

又想起那位，早已不在人世的老经理，想起他对我说，留在这里别走了，生根发芽，像你的舅舅一样，新疆会越来越好的。

离开那里，我们开车去了野外，那是我们经常去的地方。每一年，我们都要相约，去看望那些麦子，稻谷；看望各种草木，甚至草丛里的蝼蚁。与其说看望它们，倒不如说是去看望我们自己。被那片土地滋养的，努力生长，向阳而生的每一个，都是我们的曾经，现在和将来……

拍鸟记

王锡军

拍鸟已经有些年头了。

三月底，浮冰还没全化完开，塔桥湾水库最后一批回归的水鸟就已经聚齐。从入水口至东岸的高地，密密麻麻，有数千只。喜欢独居的赤麻鸭、高个儿的白鹭、长着一束小辫的凤头麦鸡和身材高挑的黑背长脚鹬……除了麻鸭和鸬鹚，最多的就是银鸥了。这些聒噪的家伙，只要不练习飞行，每天都不知道在争吵什么。

头天晚上，拍鸟的同伙老陈打来电话说："去年的两只天鹅又回来了，问我明天去不去拍。"我问："他消息可靠吗？"，他说："可靠，已经去观察过。""怎么肯定还是去年的那两只？"我问。老陈笑了："就是那只和情敌打架伤了脖子的家伙！"

还是它们。

这个为了争夺配偶而受伤的大鸟，让我印象深刻，我一下就想起了它。脖子始终有点往一旁歪，无论在哪个水库落脚，我都能一眼认出来。它成天带着老婆东游西逛，去年夏天在卧龙岗水库做窝，今年又移民到塔桥湾水库了。

芳菲四月天。天刚亮，还有些冷。太阳已经在博格达峰后面微微泛红。

我在堤坝上停下车，取出保温壶，倒了一杯热水。相机装上长焦镜头，调整好参数，降下车窗，开始打量远处的水面。

塔桥湾，据说最初叫“塌桥湾”，因附近有座桥面塌陷的桥而得名。后有人将“塌”改成了“塔”，叫着就斯文多了。这座平原灌注式水库，面积三千八百多亩，最深时可达六米，是离米东城区最近的水库。上游来水汇集了碱沟河、芦草沟河以及古牧地河，是灌溉防洪一体的中大型水库。灌溉面积一万三千亩，惠及长山子、羊毛工。20世纪60年代，各公社、大队利用冬闲，派出壮劳力，组织青年突击队，住地窝子，啃冷馒头，肩扛人拉，战天斗地，耗时多年，修建而成。从此，长山子、三道坝和古牧地的中心，就有了一泓碧水。

水库今年的蓄水不算多，只有往年的一半。这些年，气候干旱少雨，上游河来水减少，但政府在环保、污水处理以及水资源调配、科学利用方面，都做了很大努力。环境越来越美，水质也越来越好，也是城市景观河和部分农业灌溉的主要水源。久违的鲫鱼、狗鱼又在水中出现，孩子们戏水捉鱼，仿佛回到了二十世纪七八十年代的场景。

穿好吉利服，背着相机钻进了水边的芦苇丛。选出一小块平坦的地方，支好三脚架，用杂草伪装好，静下心，开始从取景框里寻找那两只天鹅。

这个水库，在我生活的塔桥湾村旁边，是我再熟悉不过的地方，我从小喜欢在水库玩。那时候，农业学大寨运动刚完，知青也开始陆续回城，村里人不多。一九七六年，我刚上初中，一放假，就领着弟弟和邻居的孩子到水库捉鱼、掏鸟蛋。我们比赛扎猛子，看谁憋气时间长，撒尿谁滋得远……

那时我们每天都去水库，背个大筐。只要回来时筐里装满猪草，就被视为帮家里干活儿了，大人也不多说啥，默许我们在外面野上半天。水库里有许多春天退水后的小河湾，里面有许多没来得及逃走的鱼。越到夏天水越少，滞留的小鱼也越大。在岸边瞅瞅没人，我们就在红柳丛中折几根细长的红柳枝，攥手里，准备一会儿穿鱼用，然后脱光衣服，一切准备就绪，我就指挥几个孩子一齐下水，一顿乱扑腾。霎时水花四溅、波涛翻涌，连小狗都兴奋地在岸上跑来跑去。没一会儿,齐腰深的水就变成了黄汤。扑腾够了,大喊一声:停!水面恢复平静。没一会儿,一条条鱼嘴伸出了水面,大口吸气,这叫浑水缺氧捉鱼法。我们几个人手一个筐,把守在不同的地方,等鱼头一露出,一筐扣下去,便一个准儿。干脆有效,屡试不爽。嘴越大,鱼越长。捉到的鱼,用红柳条子穿好,别在腰间的绳子上,像一排小尾巴。半小时后,捉完露头的大鱼,就差不多了。那些麦穗鱼、狗鱼、白条的小杂鱼,看不上,不要。小鲤鱼、鲢鱼,统统放生,留到秋天再捉。这种捉大放小的习惯,还是一个放牛老汉教我们的。

上岸一查,每人都收获几大串鱼,足足十几条。稍事休息,便吩咐几个还没来得及穿裤子的孩子去捡干牛粪,大些的孩子垒石头生火。我们各自拿出从家里带来的辣子面、咸盐,开始烤鱼。根据规定,每人选一条最大的鱼出来,放一起伙着吃,不得以小充大,否则下次不叫他,永远不和他玩儿。之前有个叫尕歪的家伙,将大鱼藏到红柳堆里,拿一条小鱼出来冒充,被大家识破了。从此,他就被孤立起来,一块玩再也没叫他。这个爱尿炕的家伙,饭量奇大,学习一塌糊涂,但帮家里干活我们谁也比不过他。后来有小孩子来报,那次后,他也知道错了,懊悔地拍康子呢……

没一会儿,鱼就烤得滋滋冒油了,还带着红柳枝的木香气。用小棍儿拨拉掉没除干净的鳞片,再撒上咸盐和辣椒面,就分给每人一条,各自再接着烤。等到外焦里嫩了,一声令下:开吃!一顿风卷残云,提溜咔嚓。狗也忙得满地捡食鱼头鱼刺。两条鱼太大没烤熟,我们也不管,就生吃。以前也没见谁生吃闹过肚子,或者被刺卡住喉咙。这些方法,都是一个知青大哥哥教我的。那一年春天,他爱上了一个女知青,众人虎视眈眈,他们俩不敢接头。大概看我比较机灵,不多言语,女知青用节省下来的几块泡泡糖,诱惑我做了他们的联系人,帮着传递消息。为了表达感谢,就经常带着我玩儿,也传授给我不少上房揭瓦、下河捉鱼的经验。那时,我十三岁。

太阳渐渐升起,鸟开始活跃了起来。果然,两只天鹅都在。它们在稍远的地方,正交替着低头扎入水中捞食。仔细看,确实是先前拍过的那两只,略弯曲的脖子很好认，个头比原来也大了一些。几年前，卧龙岗水库水质日渐清澈，狸藻、丝藻开始茂密生长，鱼虾等水生物渐渐多了起来，大批的迁徙候鸟纷纷赶来，铺天盖地，水库美极了。呈现出上下天光，一碧万顷，沙鸥翔集，锦鳞游泳的景象。在众多的鸟群中，出现了八只大天鹅。这两只那时才刚成年，羽毛还没完全变白。不知是早恋还是私奔出来的，它俩不怎么合群，采食的领地也相对较远，远离另外六只，跟其他水鸟厮混在一起。今年它们落脚在塔桥湾，要在这做窝生子呢，还是临时路过？不知道，还得观察几天。

天鹅的寿命一般是二十到三十年，雌雄终生相伴。通常在苇丛或台地的草窝里产卵，每次产二到三枚蛋。雌鸟孵卵，雄鸟寸步不离在一旁警戒。一旦有危险，立即冲上去做殊死搏斗。天鹅有二十三节颈椎骨，因此头部比其他动物可以更优雅、更舒展向任何方向转动。它们的警惕性很高，每群都有一个哨兵，一旦有异常，立即发出警报。就算是两个一组，也是一个低头采食，另一个举头瞭望。等伙伴从水里出来，这个才入水捕食，守望相护，很是默契。

鸟分游禽、涉禽、攀禽、陆禽、鸣禽、猛禽。新疆的鸟共二十二个目、六十六个科二百个属，接近五百种，占全国的三分之一。多数的特色鸟类属于迁徙鸟，因为新疆所处的地理位置刚好在迁徙路线上。北面是西伯利亚，南面是南亚。西伯利亚是鸟类的繁殖区，南亚是鸟类的越冬区，正好穿越新疆。在这样特殊的环境中，有迁徙的、繁殖的，还有越冬的，各种各样的鸟类，散布在天山南北的广大地区。

镜头拉近，几只长脚鹬已经放松了警惕，站在伪装网不远处，瞪着通红的眼珠盯着镜头。这些优雅的家伙，迈着高跷般的红腿，走走停停，有点像皮影戏里的老太太走路，头尾一起一伏。边走边攫取水里的螺蛳、水虫。嘴里还发出“呃儿、呃儿”的长音，似乎在召唤它的同伴。这种只在浅水边走路捕食的鸟，称为涉鸟。它们依赖水，却不游水、不潜水，只能常在河边走。这类鸟还有如：各种鹬类、凤头麦鸡、金眶鸻、白鹭、池鹭、苍鹭等。

太阳更高了。水面泛红的朝霞已经渐渐发白，有点刺眼。再次调低了感光度,把快门速度又增加了一档。远处,几只白鹭忽然骚动起来,追逐着从眼前跑过,停在不远的地方。这个季节,正是它们决斗、求偶的时候。忘了哪个前辈说过的:你拍得不好,是因为你距离不够近。天赐良机,这次可真近。取景框中白鹭身上的繁殖羽,都已经看得清晰无比。这种在春季才长出的丝状长羽,能像孔雀开屏一样炸开,用来向异性炫耀。什么自建窝、商品窝、经济适用窝都可以没有,但漂亮的外表一定得具备,这是赢得雌鸟芳心的关键。在雄鸟们打斗的时候,雌鸟眼睛一刻不停地忙着捕食。它望着平静的水面,突然间,长嘴向水中猛地一戳,精准无比地将一条鱼啄到了嘴里。压低长脖子,将鱼抛起,再接住鱼头,让其对准喉咙,脖颈一伸,体味着滑过长长的食道的美味,任凭鱼在脖子里扭动。看样子,它很是享受。

拍动物多年,我已不满足于展现其灵动,更希望赋予定格的刹那间以灵魂。

有个故事。几年前的冬天,偶遇了十八只白鹭,它们因为留恋这里的蓝天绿水和丰沛的食物,耽误了飞回南方。它们结队伫立在鱼塘边,瑟瑟于严冬的寒风中。经过观察,像是一些当年长成的小白鹭,或许是体力原因,而错过了南飞的时间。几只大鸟留下来陪伴小白鹭一起过冬。但北方的冬天太冷了,别说是食物,连找到一处活水都很困难,甚至都可能渴死。幸好有一个鱼塘每天抽水,定时用增氧机搅动水面,形成了一个十米见方的不冻水湾。这仅有的水面,在北方的冬季弥足珍贵。吸引了周边所有的白鹭,前来觅食。它们每天就在这里入水捕鱼,补充能量,抵御寒冷。白鹭的食物单一,几乎只吃鱼虾、螺蛳等食物。真担心假如机器停电,水面就会立刻封冻,鸟儿将必死无疑。

还好,这个冬天没有停电。这家养鱼人,很清楚这群鸟每天都会吃掉塘里二三十公斤鱼。更知道白鹭一旦离开了这里,肯定必死无疑!所以从未驱赶过它们。每天巡塘也是悄无声息地走过。偶尔驻足,也尽量不惊扰。用一冬天近两三吨鱼的代价,让每一只白鹭体面地活到了最后。

最终,这群白鹭一个也没活下来。北方的严寒一个一个地带走了它们,它们把生命永远留在了这个冬天。但人类用关爱和付出，诠释了人与动物、人与自然和谐共生的理念，让每年离开的鸟儿，永远依恋和惦念米东，怀念乌鲁木齐的大地。它们会在来年带领孩子，迫切地再回归出生的地方，用它们美丽的羽毛，秀美的身姿，装扮我们的世界，点缀我们的梦想！

"咔嚓"，最后一张。用广角，把远处鳞次栉比城市和水面的倒影，以及天空成群的水鸟，装进了相机中。

三月，你好。

时光映像

天山下的石油交响曲

——中国石油乌鲁木齐石化公司发展走笔

吴海燕

序曲

乌鲁木齐,蒙古语的意思是“优美的牧场”。在这个全世界离海洋最远的城市里,位于米东区的乌鲁木齐石化是一个充满传奇的地方。

20年前,当我第一次来到乌鲁木齐石化,耳际就骤响起雄浑壮美的《我为祖国献石油》,在这部宏伟的音乐中,我毫无抵抗地爱上了这座独特的石油小城。

乌石化白手起家,从无到有、从小到大、由弱到强,乌石化开拓者、创业者和创新者们历经47载峥嵘岁月,不断求索、追求卓越,以服务全疆各族人民生活为核心,始终坚持“加油新疆、丰收新疆、和谐新疆”的主线,为自治区和谐发展贡献着全部力量。

47年披荆斩棘,47年薪火传承。

乌鲁木齐石化公司在能源舞台上,奏响了一曲恢宏辽远的交响曲。这是一首奋斗之歌、一首奉献之歌。正可谓:油歌嘹亮丝绸路,风云激荡唱天山。

第一乐章

谁披霜露斩荆棘？——头戴铝盔走天涯。

145年前，这里是左宗棠收复新疆第一场恶战的主战场；78年前，这里是陈潭秋、毛泽民、林基路等七位先烈罹难的地方。

但是，从1975年开始，这片被战火灼伤、被热血浸染的戈壁，便成为中国石油乌鲁木齐石化公司的创业之地、腾飞之处。

随着一座座炼塔拔地而起，沉寂千年的亘古戈壁，从此焕发了前所未有的蓬勃活力。

加油新疆！第一桶油献礼自治区。

新疆石油天然气储量丰富，但是黑色的原油是不能直接加到汽车油箱里。汩汩外冒的原油只能看不能用，这直接关系到新疆经济发展和百姓生活。在乌鲁木齐石化建立之前，乌鲁木齐使用的成品油要从两三百公里外运来，能源使用成本大大增加。新疆要发展，成品油就是最重要的基石。

1975年，根据党中央、国务院的战略决策，在自治区党委、人民政府的领导下，乌石化第一代创业者们顶着料峭的春寒，迎着肆虐的风沙，在被称作古牧地的戈壁荒滩上，展开了建设石油城的大会战，启动了波澜壮阔的成长历程。

为了就近供应首府汽煤柴油，1973年乌鲁木齐石油化工厂筹建处在米泉县古牧地正式成立。

1975年4月5日，乌石化的创业者就是在这样的戈壁荒漠、沙石满地的古战场上开始破土动工。当时没有水，只好用驴车到几公里外拉水喝；没地方住，羊圈、菜窖都住满了人。后面来的人，第一件事就是每人发一把铁锹，向土山坡要“新家”。说是“家”其实不过是在山坡上挖一个地窝子，门口插个牌子：计划科、生产科等，办公室、宿舍合二为一。正是凭借着“为新疆加油”的精神，创业者们头顶蓝天、脚踩戈壁，人拉肩扛地建设炼油厂，甚至创造了人力推动火车的奇迹。

在乌石化的创业历程中，为了建成大型工程项目，乌石化人全力拼争，不知耗费几多心血。在工程项目有了批复，一步步具体实施过程中，培训人员、基础建设、修路盖房、挖沟引线和设备安装等等，哪一个环节都要费心尽力，一个也不能少。其中，最重要的一环，还是设备运输。

第一套大化肥设备分8批交货，不少大件设备来自海外，远洋货运到天津塘沽等码头，然后装车运到新疆，不少大件为超限设备，需拆装运输，给路途运输带来极大困难。

为确保万里边塞运输线上设备完好无损、万无一失，乌石化成立押运办公室，组织了200多人的押运队，历时三个阶段，轮流交换，奔忙在万里长的押运线上。

当时，乌石化是新中国成立以来押运进口设备最多、押运吨位最重、路途最遥远，也是新中国成立以来自行武装押运的首家企业。

为使设备早日进厂，押运队员选择了北线（内蒙），运距达5000公里。他们自带干粮生水，坐闷罐铁龙车，就那样咬牙坚持，不离设备半步，站站停，站站下车检查看护。路过事故多发地段时，他们索性坐到车皮上面，酷暑严寒，不敢分心。

1980年7月份开始，乌石化的押运人员在千里铁道线上奔忙了半年多时间。他们风餐露宿，押运着大化肥设备。凯旋之时，没有一个父母能认出自己的儿子，队员们头发杂乱、满脸泥垢，只能看到眼睛忽闪忽闪的，嘴唇都是干裂的血口儿，一笑露出的血牙，夹杂着血丝，不少父母流下了心疼的热泪，不愿意再让儿子干这个活。

然而，面对新的任务，他们又扛起“中国第一镖师”大旗奔波在万里押运线上。

满载大化肥设备的专列进入山区，穿行在隧道中，刺骨的寒风肆无忌惮地摇撼着车厢，闷罐车里的押运员们个个冻得手脚麻木，这时气温已降至零下30摄氏度。

逢桥过洞时，陈国富爬上车顶执勤巡察。黑暗的隧道中飞沙走石，烟雾腾腾，几个隧道过下来，他的脸上、身上尽是煤烟灰。正当过下一个隧道时，狂风掀起了篷布的一角，眼看整箱的部件要卷裹移位，他猛扑上去，大风又掀起了另一角，他只能趴在篷布上，死死地拉住把手。突然，一阵风将他和篷布一起送到空中，就在此时，火车进入隧道，他全然不知，一下子进入黑乎乎的世界。篷布连带他身上的大衣不知去向，而他却重重地摔倒在车厢底板的尾部。这一摔可不轻，被撞破的伤口鲜血直流，浑身像散架一样，好久爬不起来。所幸货物无损，他才松了口气。“人在货在。”当大伙儿夸赞他英勇时，他这样说。

工程师虎希柏，日夜奋战在大件运转接送第一线，实地调查，勘测路线，晒绘图纸，押运专列。有一次为排险情，他腿部负伤，皮肤感染，走路一瘸一拐，依然坚守岗位。即使扁桃体发炎，饭菜咽不下，话都说不出来，他还是坚持在押运一线。

曾在抗美援朝战场上负过伤的罗开堂，支撑着衰弱的身体与年轻人一样在露天车皮上执勤，大风刮走了雨衣和水壶，身上的枪伤隐隐作痛，他却装得若无其事。说好要操办女儿的婚事，因为有押运任务，他只能委托他人帮忙了。

孙家城得知父亲病危，怕影响工作一直未吭声，等到押运任务完成回到家时，父亲早已病故安葬多日。

有一次，单独押车的杨辉，途中被冻感冒发高烧，一路上口干舌燥，烧得不省人事，为保护好车上的货物，他打起精神挣扎着四处巡察，后来口渴得没有办法，就到沿途车站拾了一个酒瓶子去接水喝。

还有一次，押运队有好几人因路途伤风受寒，加上天气酷冷和劳累过度，在车上又吐又拉，浑身发抖，发高烧，待车到目的地时，已卧病不起，一进乌石化就被救护车直接送进医院……

正是这些押运人员的辛苦付出，换来了乌石化一座座装置的耸立，一天天地散发能量，一年年地创造价值。

在乌石化的建设发展中，有许许多多可歌可泣的故事，有许许多多可亲可敬的人，发生在大化肥、化纤大型设备押运途中的故事，只是建设发展中的一个缩影，正是因为有了这些人和事，才有了乌石化的建设与发展。

“那一天，是我一辈子的珍贵回忆。”曾担任乌石化广播站播音员的董星回忆着那一幕——1975年，由于乌石化铁路路基没有夯实，运设备的列车无法到位，大批设备“搁浅”。为了献礼自治区成立20周年，乌石化几百人一齐上阵，喊着号子，把火车推到了现场。1977年10月，乌石化敲锣打鼓，共同欢庆一期工程常减压蒸馏装置胜利建成并一次试车成功，两瓶样品油扎上了红绸带献礼自治区。

从建厂初到现在，乌石化炼油能力从150万吨到如今的850万吨，乌鲁木齐70余万乘用车主在加油站加到的汽柴油，大都是乌石化炼出来的。

数十年如一日，成千上万名热爱祖国、热爱边疆、艰苦奋斗的石油人，为了祖国的繁荣昌盛默默奉献着自己的光和热，那些在油渍的衣服里包裹着一颗颗赤诚的心，一座现代化的石油新城拔地而起、茁壮成长！

1995年春节刚过，在开阔的古牧地，一场聚酯二期工程的攻坚战打响了。

一场决战伴随着春天的脚步拉开了帷幕。聚酯二期工程包括PX、PTA两套生产化纤产品的装置，是引进国外技术和利用外资，由中国石化总公司和自治区合资建设的重点工程。根据与外商的合同规定，整个工程项目1996年9月试车投产。为了早日发挥出效益，中交日期提前到了1995年7月1日。

“胜利实现‘95·7’目标是石化各族员工的光荣！”

“青年志愿者为‘95·7’献青春！”

一条条醒目的标语、一条条悬挂的横标，相继出现在石化城的各个角落，表达着石化人的共同心声。

很多人都记得当年厂里发的小红帽，上面标着“95·7”。看着戴红帽子的人，看着“95·7”的标志心里就会有一种自豪感。

炼油厂芳烃车间的年轻小伙们，在开工前自己组织了一个开工试车动员大会，誓言要让装置一次试车成功，十几个年轻小伙同时剃了光头以表决心，成了当时的一个新闻话题。

由于工作量大，经常需要员工连轴转确保开工操作平稳，在高强度劳动负荷下，为了克服疲倦可谓怪招频出。在浓茶、咖啡这些常规办法之外，职工们还别出心裁地和苍蝇结成了战略合作伙伴关系，大家都对苍蝇有不堪其扰的感觉时，有人甚至想出了用拍苍蝇来提神的有趣儿办法，用他的话说："消灭一个害虫，解决一个问题，双赢！"这件趣事，使大家在辛劳之余多了一些快乐氛围，少了一些疲惫。

为了实现"95·7"目标，每个人都无比的激动，那时的装置伴热系统没有现在这么全面，管线经常是被冻住了，无论男女，爬上管廊架，一点一点地用蒸汽对着冻住的管子，一米一米的检查。一趟下来，虽然天气寒冷但也会全身是汗。装置就像是所有人的孩子，哪怕是出了一点小问题都会非常紧张。

最令人激动的就是听到那一句了。

"产品合格了！"欢声笑语响彻乌石化！人们记住了这个收获的瞬间，记住了"95·7"！

一个可持续发展的生态环境，是城市文明的重要体现。在40年的发展历程中，乌石化始终坚持在发展中保护环境，在保护环境中发展，持续打造环境友好绿色名片，出良策、建工程、强管理，重点投资推进环保工程，大力发展低碳循环经济，先后投入了94项环境保护设施建设，全力构建青山绿水美好家园。乌石化先后被评为"全国环境优美工厂""环境保护先进企业""全国绿化模范单位""全国文明单位"。

秉承国家对清洁燃料的要求，公司积极推动产品质量升级。在保证供应的同时，按照国家对清洁燃料的要求，乌石化全力推进油品质量升级，从2000年起，乌石化就停止了70号汽油的生产，2003年至2014年间，汽柴油产品实现了从国II到国IV标准的升级，并为国V标准汽柴生产奠定了基础。

在发展经济的同时，乌石化始终把首府环境建设放在首位，为了全力支持煤改气工程,经济效益让位于社会效益,把化肥装置作为天然气调峰装置,保证了乌鲁木齐的天然气供应,为首府蓝天工程作出了新的贡献。

乌石化全力落实清洁生产,不断加大环保治理力度,在原油加工量上屡创历史新高、新投产装置不断增加的情况下,实现了增产不增污,走出了一条绿色可持续发展之路。从创业到发展至今,乌石化积极推进民生工程建设,持续改善员工生产生活条件。昔日的戈壁荒滩,已发展成为一座拥有2万常住人口、炼化供产销配套、经济持续发展、矿区和谐稳定、生态环境优美的现代化石油新城。

党的十八大以来,乌石化走上了高质量发展的快车道。

乌石化深入贯彻新发展理念,加快“减油增化”转型升级步伐,构建“炼油+芳烃+烯烃”多产业链格局,建设数字化、智能化工厂……如今的乌石化炼油厂拥有40套生产装置,对二甲苯生产能力为100万吨/年;化肥厂可产合成氨75万吨/年、尿素130万吨/年;化纤厂可产精对苯二甲酸9.6万吨/年、塑料编织袋3240万条/年。

2022年,乌石化可生产30余种石油化工产品,乌石化尿素产品获“中国名牌产品”称号。航空燃油、车用汽油、车用柴油、尿素、精对苯二甲酸等产品先后获得国优、部优和省优产品称号。2018年公司提前完成国Ⅵ汽柴油质量升级,向市场供应国Ⅵ标准汽柴油产品,有效满足社会对清洁燃料油日益迫切的需求。

47年业绩是丰碑,更是再创辉煌的起点。当前乌石化已经踏上新时代的新征程,围绕“减油增化”“高质量发展”主线,乌石化“十四五”发展建设的蓝图渐次展开。在新的历史征程上,机遇和挑战并存,要实现企业长青,必须把握资源。乌石化公司将抓住国家“一带一路”和把新疆打造成丝绸之路经济带核心区、把新疆打造成我国向西开放的桥头堡战略决策实施的机遇,把乌石化打造成为集团公司一流的炼化一体化石油化工生产基地,真正把乌石化建成和谐稳定、社会尊重、公众认可的优秀企业。

第二乐章

谁持彩练当空舞？——英雄扬鞭催战马

丰收新疆，粒粒尿素浸透血汗。提起化肥，就必须说说“切切此令”。

新疆地域广阔，资源丰富，随着水利资源的开发利用，扩大耕地面积，提高单产的潜力极大。

为了加速新疆工业建设，为边疆各族人民造福，乌石化立即全力兴建30万吨合成氨和52万吨尿素装置。30万吨合成氨、52万吨尿素装置荣获国家优质工程银质奖。1985年7月，洁白的尿素开始从乌石化发往昌吉、乌苏、塔城、伊犁、吐鲁番、阿勒泰、喀什等地，迅速走向天山南北，有效促进了粮棉增产增收。统计年鉴数据表明，从1978年到1990年，新疆粮食亩产从106公斤提升到247公斤，增长了133%，棉花亩产从24.3公斤提升到71.81公斤，增长了196%。

对于乌石化的尿素，当年用户的评价是“好、少”，好在质量，少在数量，质量比苏联（俄罗斯）的尿素都好。这是1987年《北疆农村尿素化肥需求及使用情况的调查》报告中的一段。

农民需要什么我们就生产什么。乌石化以天然气为原料的两套化肥装置以前所未有的速度建设投产，1992年，化肥厂二化装置的引进计划落地，次年二化肥工程在北京签字。二化建成后，化肥厂年产75万吨合成氨、130万吨尿素，成为全国最大的氮肥生产基地之一，生产的尿素先后被评为“国家优质产品”“国家免检产品”“中国名牌产品”。

打造名牌产品离不开精神的力量。

有这样一个场景，人们永远不会忘记：

1985年5月24日晚上8点左右，乌石化化肥厂空分装置冷箱爆裂，大量的珠光砂喷泄……宁静的生活区顿时沸腾了，人们纷纷自发主动赶向现场抢装珠光砂。

由于珠光砂很轻，清扫时直往人的眼睛、鼻子、嘴里钻，就是蒙上纱巾也没有用,一会工夫就开始流眼泪、咳嗽,在这样的场景下,现场近800多人没有一个人退缩,大家齐心协力,用手一捧一捧地往尿素袋里装,一袋袋珠光砂从地上、框架上、管廊上、屋顶上被集中起来送出化肥厂。

10天后,空分装置一切准备就绪,再次进行开车,6月7日,空分装置一次打通全流程,生产出了合格的氧气和氮气。

乌石化快速处理珠光砂喷泄事故仅用了13天。参与试车的外国专家都对乌石化人伸出了大拇指。

自此,"爱厂如家、万众一心、无私奉献、攻坚克难"的"珠光砂"精神在乌石化各族员工心里扎下了根,始终把回报社会和国家作为第一位目标。1985年7月31日,合成氨装置和尿素装置全流程打通,生产出了合格的合成氨和尿素!

一粒粒尿素,如同一颗颗晶莹剔透的珍珠,镶嵌在天山博格达峰,为广袤大地带来丰收的希望。

化肥生产部主任高升回忆道:"'珠光砂'精神始终是乌石化员工永不改变的强大动力。"

是的,高升从踏入乌鲁木齐石化化肥厂的那一刻起,他就为自己能走进国家能源支柱产业,能为农业生产作贡献感到万分欣喜。30年来,高升始终奋战在化肥生产一线,他以自己坚忍的意志和对岗位的热爱,抒写着石油工人的真情大爱。

妻子、孩子的生日他记不住,但每一个阀门他记得清清楚楚。作为一个丈夫,一个父亲,他亏欠家里的太多太多。有时爱人上夜班,而装置上有突发情况,无论多晚,他都是把幼小的女儿一个人放在家里,自己以最快的速度赶到现场。他的妻子清楚地记得,结婚以来,他几乎没在家待过一个完整的节假日。连续多天不回家,是他工作中的家常便饭。有一次,他正点下班回到家中,妻子十分惊讶地问道:"今天怎么这么早到家啊?"

高升也是人,他心里也想多陪陪妻子和孩子,但是他把更多的爱倾注到了装置上。这个在家中的"局外人",在工作上却有"铁人王进喜"那么一股子钻劲。为了多产高质量化肥，他憋足了劲攻克技术“瓶颈”。

“那天在现场看到他，正下着大雪，他几乎成了一个雪人，眉毛上都结满了霜，变成了白眉大侠”，中国石油报特约记者徐新中对那次冬日里的邂逅记忆犹新。

2005年2月，装置负荷受到限制。新的矛盾、新的课题同时出现。高升吃不好、睡不香。他同攻关组人员一道，夜以继日分析工况，采集数据，八天八夜吃住在现场，终于找出原因。经过倒机运行后，装置稳稳站上了108%负荷的高峰。这一年，这套化肥装置创造了连续运行180天，装置达到满负荷运行的好成绩。八天八夜的会战，从此刻骨铭心，令人难忘。

“他这个人特别拼命。”这是同事王涛对高升始终如一的印象。有一次，一合成装置上的一个关键设备——换热器因质量问题出现泄漏，装置被迫停车处理。“提前一分钟可以多产多少化肥啊！”余热还没有散尽，高升戴着强制呼吸器第一个从人孔爬进了换热器，对1000多个换热管逐一进行查漏。换热器内又热又闷，换热器管壁吸附的氨逐渐解析出来，浑身是汗的他顾不得氨刺激引起的刺痛和灼热，硬是坚持了8个小时，把泄漏的一根换热管找到后才爬了出来。

“有高升在，我们放心。”许多同事这样说。

“作为化肥厂的见证人，我目睹着化肥厂从无到有，到生产达标，并且实现了第一套大化肥装置扩能50%的目标，在这个新的历史时刻，作为化肥人我感到无比自豪和欣慰！”高升说。他做了6年的倒班操作工人、做了8年的倒班一线的班长、还曾做了7年的调度。在他青春的记忆里，画满了塔罐和管线。

30年如一日的执着，谱写了一曲石油人助力农耕的奋斗之歌；30年如一日的坚守，成就了这个石油汉子不平凡的人生。如今，他将继续为心爱的化肥事业谱写新的辉煌，以发展地方经济为己任，不断为新疆工业输送“血液”，为农业发展提供“食粮”。

新时代新起点，企业要发展，必须走出一条科技促转型、科技促提质、科技促发展的新道路。正是在“珠光砂”精神的感召下，在乌石化科研技术部门的全力支援下，高升与化肥生产部的同事们成功生产出了新型尿素——2020年，含海藻酸尿素试生产成功。次年，柴油尾气净化液专用尿素生产成功。

2021年，第20届中国新疆国际农业博览会在乌鲁木齐国际会展中心盛大开幕，乌石化新推出的含海藻酸尿素、柴油尾气净化液专用尿素等新产品一亮相，立即吸引了众多新疆化肥经销商的关注，观展客户纷纷上前咨询、了解产品相关情况，表现出了对尿素新品的浓厚兴趣。

农户詹同强承包了4000亩农田，对他来说，能买到一个品质好、口碑好的化肥实在太重要了。詹同强说：“乌石化生产的尿素质量好，几十年来我一直都在用，肥效时间长！”

从戈壁荒滩到柏油交错，一座座塔，承载着石油工人辛勤的汗水；一条条管道，传递着无私奉献的音符；一袋袋尿素，凝结着高质量发展的信念！

与煤制尿素相比，乌石化化肥生产部生产的尿素以清洁的天然气为原料，秉承绿色环保理念，全程清洁生产，最终产物只有合格的尿素和少量二氧化碳和水，实现了绿色环保低碳生产。近年来，国内化肥市场竞争日益加剧，随着化肥产品兼具土壤修复功能、减肥增效的“绿色”理念不断深入，开发多元化尿素产品适应市场需求是企业发展的根本之路。乌石化化肥生产部不断研发生产符合现代农业发展趋势的新型尿素产品，用户的口碑就是对产品最好的推介，享有“金牌”品质保证的“昆仑”牌尿素新品一经面世便全部销往天山南北。

建厂以来，乌石化累计生产的尿素如果按照40公斤包装袋排放，可以绕地球赤道十几圈，粒粒尿素为天山南北的农牧业连年丰收注入动力，为新疆大发展插上了翅膀。

第三乐章

谁擎党旗映初心？——祖国盛开石油花。

这里是风光旖旎的乌鲁木齐。

古牧地,这里有着古老而神奇的故事传说,有着充满生机活力的土地。但这里并不是天造地设的工业城。在曾经荒芜的古牧地上,矗立起令人惊叹的现代化小城。

和谐新疆,我们都是一家人。作为大型国企,乌石化除了助力经济腾飞,也将解决各族群众就业作为义不容辞、主动承担的政治责任和社会责任,扎实开展新疆籍员工的招聘、选拔、培养工作。对于有特殊情况的群体,更是关爱备至。

黄冗出生时因窒息而造成脑瘫,双腿残疾,行动机能存在严重障碍,头、手都随时处在痉挛之中。对这样的重度残疾人来说,写一个字很难、说一句话更难。这样的条件"就业"何其艰难!

乌石化却给了他工作的机会。

在乌石化福利公司,黄冗负责宣传工作。福利公司为发挥他的文学特长,专门为他安排了个人工作室。在企业的支持下,他成功出版小说《残爱》、诗集《路,远方》;创作的歌曲《我要飞翔》在北京奥运会歌曲征集评选中获得"优秀歌词奖"。如今,他已经成为拥有众多粉丝的石油作家。

残疾人是不幸的"折翼天使"。多年来,中国石油乌石化公司积极为残疾人创造就业岗位,帮助解决残疾员工在工作和生活中的困难。在乌石化一缕缕温暖的人文阳光下,有一缕是专门用来关照残疾人的。

福利公司先后安置了肢体、言语、精神、听力、智力等六个类别77名残疾员工,并坚持"送岗位,送技能"的做法,积极做好残疾员工岗位成长成才工作。

"不管是在工作中还是生活中,只要有特长,就要千方百计搭建舞台帮助残疾员工展示才华。"福利公司党支部书记说。福利公司一方面搞好传帮带,通过技术讲堂、导师带徒提升员工岗位操作技能;另一方面,邀请专家前来举办培训班,帮助员工了解掌握最先进的技术。如今,一大批残疾员工成为生产中的骨干。

让员工成就自己,让人生出彩。在福利公司,黄冗这样的残疾人还有很多。残疾员工栾静计算机知识基础好,福利公司就选派她参加培训,在岗位上发挥专长。在她的带领下,班组建设有声有色,被评为“模范班组”。如今,她不但成为计算机排版技术能手,而且成了一名技术员。

残疾员工王艳华收入不高,丈夫重度残疾没有工作、没有收入,一家人经济拮据。乌石化把她的家庭纳入特困家庭予以保障,逢年过节发放慰问品、慰问金。在企业助学金的帮助下,王艳华的女儿顺利完成小学、中学,并且考上了重点大学。

李艳玲是一名普通的计算机员工,因为敬业爱岗、帮助他人而被评为“感动乌石化人物”。“我觉得单位对我们这些残疾人非常好,而我们也要力所能及地去帮助他人!”在李艳玲的人生格言中,自己不是残缺的,而是不断在追求完美。

在这个大家庭里也走出了一位享誉全球的世界冠军——王燕红。在2004年雅典残奥会上,冠军王燕红由衷地说:“如果没有中国石油的关怀和支持,我也不会有今天的梦想成真”。

王燕红是一个酷爱体育运动的人,但儿时她却落下了终身残疾——左腿关节不能打弯,病魔带给了她无尽的痛苦,而乌石化公司却帮助她继续追求和实现梦想。1989年,她终于有了自己的工作单位——乌石化西峰集团福利公司印刷厂,在单位的支持下,她走上了体育生涯的道路并且在运动竞技中日臻成熟。

“奉献能源、创造和谐。”如今,每当她看到乌石化公司办公楼上的“宝石花”时,都会感到无比温暖,因为她知道自己正沐浴在和谐的阳光里。

残疾人是不幸的折翼“天使”。乌石化用爱为他们插上了隐形的翅膀。招聘残疾人为自己的员工,爱护他们、扶助他们,让他们发挥自己的特长,放飞自己的梦想。从计算机操作到小发明创造,从日常工作到世界的竞技场上,这些折翼的天使们,快乐地奔忙。

哲学家罗尔斯说,社会公正应该是“有利于最不幸者”。很多时候,一个社会的文明程度，是以如何对待弱势群体尤其是残疾人来标记的；一个社会的温度，是以如何关怀那些生活不幸的人来衡量的。爱是阳光下的尊严人生，乌石化福利公司30多年来，每一分、每一秒，甚至每一帧画面都写满了大爱！

自建厂以来，乌石化公司自觉履行国有大型企业承担的社会责任，扶贫帮困、支援灾区、带动地方经济发展，回报社会。

2019年五月，源自阿尔泰山东南麓的青格里河水量陡增，因河水而得名的青河县春意勃勃，著名的“阿肯之乡”再谱新曲，因为石油元素已经融入哈萨克族民间传统艺术之中。

乌石化公司在青河县挂职的县委常委、政府副县长陈海说：“看到我们投入资金建设的项目发挥出了作用，为当地农牧民带来了实实在在的收益，感受到他们心里的喜悦，我觉得我们的工作没有白做，心里很高兴。”

与北疆挂职干部一样，驻村工作队在喀什奋战正酣。

古丝路遗址见证曾经的沧海桑田。疏勒县，位居欧亚大陆腹地，这里人们的生活、经济社会发展等，无时不让所有关注它的人牵挂，乌鲁木齐石化人也不例外。

1484公里，是乌鲁木齐市到喀什地区疏勒县的距离。正是在这两点之间，乌石化人数十年时间致力于这里的定点扶贫和乡村振兴，从未间断。“爱的路上千万里，我们要走过去！”这是他们最真挚的情感流露。

乌石化人爱心接力，用一个个感人画面，传递着深情厚谊——南疆医疗水平低，就派出医疗队帮助提高医疗水平；教育资源匮乏，就援建希望小学、幼儿园，选派幼儿园教师到乌鲁木齐培训；缺乏管理技术，就组织县乡干部前往其他省市学习先进的管理经验和农牧业实用技术。

2014年的神曲《小苹果》也席卷了英尔力克乡。在乌石化援建的文化活动室外，站满了跳《小苹果》的男女老少。

“今年我73岁了，还站在第一排当领头羊呢！”几乎每天上午都来参加跳舞的阿不都热西提·阿不克力木开心地说，雪白的胡须在阳光下异常醒目。

对口帮扶、捐资助学、支援灾区……乌石化同各族人民群众一道同呼吸、共命运、心连心，让宝石花在天山南北璀璨绽放。在疏勒县，“乌石化援建”这几个字有时会在村里、在乡里、在镇上出现，更多的时候是钻进了广大村民的心里。

时间飞逝，但帮扶的旋律扣人心弦，因为她带来的，是春天、是温暖、是团结、是幸福。乌石化的爱心接力，正在路上！

20多年来，乌石化帮扶的脚步遍及天山南北的柯坪、疏勒、皮山、泽普、青河、富蕴等8个县。先后完成了修公路、节水工程、卫星工厂、特色鱼塘、益师计划、畜牧屠宰厂等200多个扶贫项目，桩桩件件都是当地群众最迫切的需求。

“石油‘卡得尔（维吾尔语，干部）’说的是实话，办的是实事。”这是许多当地群众对石油人的印象。责任和奉献是乌石化47年如一日打造的一张精神名片。如今，青河县、疏勒县已退出贫困县序列，但乌石化的乡村振兴帮扶计划还在延续和深化。两个贫困县实现脱贫的背后，折射出石油人的情怀、石油人的艰辛、石油人的力量。

写不尽的石油情诗，读不够的石油故事。情系天山南北，帮扶年复一年，47载的光阴画面都满溢着爱心的滋润。

尾声

自1975年起，天山脚下的石油交响乐连绵不断，它以多变的节奏、丰富的旋律贯穿始终，时而抒情浪漫、时而激昂奋进、时而深情款款……无论哪一帧哪一秒，都浸透了乌石化各族员工的深情厚意，这是一曲工业现代化的动人乐曲，过去式深沉雄壮，进行时优美动听，将来时必定高亢振奋。

站在新的历史起点上，面对汹涌澎湃的石油化工大潮，乌石化始终坚持“发展才是硬道理”的理念，提出“两步走”的发展规划升级完善产业链，“十四五”末实现高质量可持续发展。乌鲁木齐石化人将以习近平新时代中国特色社会主义思想为指引，牢牢抓住“一带一路”建设发展机遇，继续发扬石油精神和大庆精神铁人精神，忠诚、担当、实干、奉献，为新疆工农业发展提供清洁燃料、化肥产品和化工原料，为稳疆兴疆作出新的贡献、续写重彩华章。

听，石油交响乐正在继续演奏！新时代，新一代乌石化人必将演奏更多更好的石油交响乐！

跨越天山的爱情

——南疆姑娘古丽巴哈尔·白克力在米东区乌石化收获爱情的故事

玉苏甫·艾沙

一

喀什地区疏勒县罕南里克镇英塔木村的古丽巴哈尔·白克力是个美丽而聪慧的维吾尔族姑娘。她大大的眼睛会说话，苗条的身材婀娜多姿。但命运之神却并没有因她的美丽而更多地眷顾于她。

古丽巴哈尔·白克力还没出生时，父母亲离婚了。她是在外婆家出生并长大的，管外婆叫阿娜（维吾尔语，“妈妈”的意思），管亲生母亲叫阿恰（姐姐）。以前，外公在世时，家里还勉强过得去。自从外公因病去世后，她们的生活日渐艰难。家里没有男人，地里的活儿必须由外婆和妈妈两个人干。累点苦点都还能挺过去，就是每到春旱时，两个女人就陷入了“呼天天不应，喊地地不灵”的境地。

因为罕南里克镇农业灌溉用水来自于盖孜河引水。每到渠道放水时，村里个别人欺负她们家没男人，半夜三更才会轮到她们浇水。这在古丽巴哈尔·白克力外公在世时，是很少会出现的事情。古丽巴哈尔·白克力的妈妈与外婆又是极老实的人，只能默默地等那些人能发发善心，让她们的地早点浇好水。但这样的日子少之又少。因为地不能及时浇水，庄稼的收成受到很大影响。收割麦子和打麦场的时候也是她们的难关，因她们的气力小，只能到处求人帮忙。

从小由外公外婆带大的古丽巴哈尔·白克力，聪明好学。2014年，她考上了沈阳的一所其他省市新疆高中班，但是外婆和妈妈不放心十五六岁的古丽巴哈尔·白克力独自在几千公里外求学，她只好辍学在家。

那个时候在南疆，古丽巴哈尔·白克力这种情况很普遍，他们都不太希望自己的孩子去其他省市上学。他们认为，不论女孩还是男孩，只要上完初中，认几个字就行了。大学生都还要到处找工作，也有读完大学后，没能在城里找到工作，待在家里又不出去干农活，这跟没读书的孩子有什么不同？既然读书没有改变命运，还不如早早回来，送到师傅那里学门手艺活，岂不是更实在、更有用。如果孩子一再吵着要继续读书，或者学校的老师见孩子成绩好，上门来做父母的思想工作，农民们就说："看看吧，某某某花了那么多钱供孩子上学，到头来连个工作也没有，甚至连地也不会种了！知识让他们变成了废物。"在这里，极少有家长关心自己孩子的学业，更谈不上辅导督促孩子做作业。初中毕业的孩子里，竟然还有不会写自己名字的学生。

好学的古丽巴哈尔·白克力在家里待了几个月以后，想尽一切办法说服了外婆和妈妈，终于得以在2014年10月去喀什农校上学，所学专业是畜牧兽医。

她家的经济状况不好，只有4亩耕地，几只羊、一头牛、三十多只鸡。她想给逐渐年老的外婆和不再年轻的妈妈减轻负担，但她一个在校学生，除了节省，实在想不出其他法子。从喀什市回到罕南里克镇，光坐公交车就要花7块多钱。她为了省钱，每个月只回家一两次。幸好，农校的食宿是免费的，她在食堂打最便宜的饭菜，基本没去过街上的饭馆吃过饭。

古丽巴哈尔·白克力学习非常用功，同学们去喀什老城逛巴扎时，她不是在宿舍里整理课堂笔记，便是在学校图书馆看书。她憧憬着毕业以后，回家乡开一个兽医药店，一边给家畜看病，一边卖药挣钱……

古丽巴哈尔·白克力家的那四间土坯老房子，还是她五六岁时盖的。现在，房子四面的墙皮已经脱落，背面的墙已经歪斜了。村干部说她家的这几间土坯房子属于危房，要尽快改建。谁不想住宽敞明亮的房子呢？尽管政府有28000元的危房改造补助，但怎么说个人也要花万把块钱。俗话说："一文钱难倒英雄汉。"更别说家中没有男人的古丽巴哈尔·白克力家了，改建房的事儿一拖再拖。

2017年3月，位于乌鲁木齐市米东区，乌石化公司矿区环卫绿化中心生产科科长吉顺标作为乌石化公司驻罕南里克镇英塔木村第一书记，来到她的家乡。吉顺标和工作队队员在村里走访入户，全面了解全村基本情况。来到古丽巴哈尔·白克力家时，这位国家通用语言非常流利、性格开朗的大眼睛姑娘，给他们留下了深刻印象。吉顺标了解她家的基本情况后，要求村干部认真查看、核对，尤其对她家的房屋改建提了自己的要求，列进当年的抗震安居房建设指标中。

吉顺标对土木建设工程及住房建设工程工作比较熟悉。他看到古丽巴哈尔·白克力家存在严重安全隐患，认为必须立刻采取措施。与村干部、工作队成员一起，把她们的土房子前前后后，仔细丈量一遍，并画出危房改建图纸。回到村委会，吉顺标立马召开对古丽巴哈尔·白克力家危房改造的专题会议。提出古丽巴哈尔·白克力家的旧房子必须拆掉，要高质量、高标准地盖一套砖混结构的房子。他要求所有村干部和工作队队员都随他去她们家义务劳动。

一个月以后，一套三居室、带一个厨房和厕所的60多平方米的抗震安居房盖好了，古丽巴哈尔·白克力和妈妈、外婆搬进了新房子。2017年6月，她以优异成绩毕业，想在离家近的地方找一份工作，哪怕是在邻村的养殖场帮忙或者打份临工也好，这样她既可以帮妈妈干农活，又能赚钱。

2017年8月，古丽巴哈尔·白克力终于得到就业机会——山东枣庄海之杰纺织有限公司来罕南里克镇招工。跟村里其他年轻姑娘一样，古丽巴哈尔·白克力得到这个消息，便兴冲冲跑到镇上，跟厂家签订了一年的劳务合同。签完合同回家，她在门口徘徊不前。去山东的路费及生活费没着落的事先放在一边，最主要的是她还没想到说服妈妈的办法。毕竟妈妈曾那么激烈地反对过自己去沈阳读书。

万幸的是，妈妈居然同意，并且主动帮她借来一些盘缠。到山东后，古丽巴哈尔·白克力比其他人更努力。她在厂里主要给羽绒服缝拉链、纽扣，计件工资，多劳多得。上班时，古丽巴哈尔·白克力总是比别人提前半个小时到工作岗位，下班时，她又常常比别人晚一两个小时下班。这样，她一天就可以干150套羽绒服的活儿。一年时间里，她几乎每天都干十三四个小时的活，最多的一个月，她拿过2500元工资。一般情况下，每个月也能拿到1800元。为了挣更多的钱，她除了拼命地干活儿，别无他法。只是，那里的伙食不合口味，她非常不习惯，不止一次地想过回家。出门前，吉书记跟她讲："女孩子，尤其是有知识的女孩子，只有使自己变得更强大，才能保护自己和家人不受人欺侮。要想自己更强大，就要迈开步子，走出去。走到外面去，磨砺自己，使自己得到进一步的成长。"想到这儿，古丽巴哈尔·白克力干活速度更快了。

一年合同期满以后，古丽巴哈尔·白克力带着15000元回到家乡。她做的第一件事，就是把盖房子时家里欠的债全部还清。回村后，古丽巴哈尔·白克力被吉顺标书记请到夜校，给村民们教国家通用语言。她打心里感激这位从乌石化公司来的村第一书记。

"小古丽，你不能就这样过一辈子，你应该去乌石化打工挣钱。"吉书记语重心长地对她说："你应该算是村里的知识青年，你要发挥自己国家通用语言好的特长。在这里给村民们教国家通用语言，不是长久之计。等这批村民结业后，我和厂里联系一下，看看能不能安排你去位于乌鲁木齐市米东区的乌石化再就业。你知道吧？我们村前面的马勒其村，有一对夫妇，男的叫达伍提，女的叫布合丽且古丽，他们2017年去了乌石化，在单位表现得非常好，日子过得也好，夫妻俩每个月能拿到4200多元工资，家里经济条件有了根本改善。布合丽且古丽还被评为宾馆的优秀员工，乌石化电视台专门拍了一部以她的事迹为主要内容的微电影。现在，乌石化很多人都知道这个布合丽且古丽。我想，如果你去乌石化宾馆工作的话，很快就能赶上甚至超过她，你的国家通用语言基础比她要好得多。小古丽，一个人活着要有理想，并为了自己的理想而奋斗。我们现在的时代是一个日新月异的智能时代，必须赶上时代步伐，才能不被时代淘汰。我们要有勇于改变的勇气，要敢于改变自己的命运。咱们不能像你妈妈一样，一辈子和土地打交道，当个离开土地活不了的农民。”

“吉书记，我明白了，谢谢您对我的教诲，”古丽巴哈尔·白克力说，“我也有去乌石化的打算呢！你们乌鲁木齐来的干部都特别好，是一心一意为村民干实事的好干部。你们单位的条件非常好，如果有机会的话，我一定报名参加再就业。我从乌石化学到本事、挣到钱以后，一定回家乡开一个兽医药店。”古丽巴哈尔·白克力对未来满怀憧憬。

二

又是一年初夏，第二批富余劳动力转移再就业人员来乌鲁木齐也快一个月了。她们中有位叫古丽巴哈尔·白克力的高个子姑娘很活跃，国家通用语言说得非常标准，晚自习时，经常辅导大家学习国家通用语言。她身上具有喀什姑娘所有的美丽——身材苗条，面容娇媚，长发飘逸，调皮的眼睛会说话，白克力·吐尔逊第一眼见到这个女孩子就爱上了她。

他们一起坐火车，从喀什地区疏勒县罕南里克出发到乌鲁木齐石化公司。她的一言一行、一举一动都映在白克力心里，她的笑声能让白克力的心跳舞，她忧郁的模样能让他痛苦不堪，他的魂好像被古丽巴哈尔·白克力（维吾尔语，意为“春天的花儿”）给勾走了。古丽巴哈尔·白克力离开他的视线，他就会失魂落魄、心慌不安。孤寂的长夜，他躺在床上辗转反侧，久久不能入睡。就算睡着了，梦里也都是春天的花儿，花儿的笑容，花儿娇媚的身影，花儿说话时让人心疼的模样。

春天的花儿古丽巴哈尔·白克力成了他生命的全部。“这位学员，请你站起来回答问题。”教国家通用语言的阿依古丽老师点名白克力，她感觉到这个男孩子整天魂不守舍，眼睛一个劲儿地就往古丽巴哈尔·白克力身上看，“请你用国家通用语言说一下自己的基本情况。”“我叫古丽巴哈尔·白克力。”白克力脱口而出，引得所有学员哈哈大笑。大家都知道这个情痴特别喜欢古丽巴哈尔·白克力。“你爸爸怎么给你起了个女孩子的名字呢？”阿依古丽一本正经地问他。

白克力的脸唰地一下变红：“老师，我……我其实叫白克力。古丽巴哈尔·白克力她……她，她是我……”他不好意思地看了古丽巴哈尔·白克力一眼。他看到古丽巴哈尔·白克力正在狠狠地瞪着他，吓得缩起了脖子。他结结巴巴地回答了老师的提问，阿依古丽请他坐下。

“学员们，你们一定要好好学习国家通用语言，尤其是要学好专业术语，你们上班后每天都会用到。”阿依古丽老师语重心长地说，“国家通用语言学习是我们当前最主要的任务，大家一定要顺利通过这个难关。”

乌石化体育馆就在公寓楼右侧。晚饭后，白克力从楼里出来，坐在体育馆台阶上想心事。他感觉古丽巴哈尔·白克力看不上自己，可是他又不知道怎么才能赢得古丽巴哈尔·白克力的芳心。

他开始唱起自己最喜欢唱的情歌《红玫瑰》：

红玫瑰

芬芳馥郁，在你的字里行间若非情书就在花苑写就情人啊犹如，思念爱人的痴情百灵苦苦地等到玫瑰绽放之时吟唱。

红玫瑰芬芳馥郁，在你的字里行间若非玫瑰花儿就在你手中情人啊闻着情书仿佛见到你的容颜情愿就这样等你到生命终点。

红玫瑰芬芳馥郁，在你的字里行间若非你已经化身红玫瑰情人啊为了爱情，不要放下手中的笔。

没有你的情书，这世界犹如一片灰烬。

白克力唱歌特别好听,他的嗓音有喀什男人独有的磁性。

“白克力,你还在这里做什么呢? 库尔班大哥在找你呢,”阿依夏木急匆匆地跑过来叫他,“晚自习学习国家通用语言时间到了,你怎么还不回去呢?”

“我马上就回去!”白克力打起精神往公寓楼走去。他拿着书、本子和笔,走进二楼大会议室。根据安排,新来的员工要在晚上九点至十点半之间学习两节课的国家通用语言,主要学习简易版的《教你学国家通用语言》课程。

“请大家打开书本第一页,跟我读句子。”古丽巴哈尔·白克力国家通用语言标准,声音听起来就像百灵鸟在唱歌,“现在我们学习第一单元的《阿里木来乌鲁木齐》。”

“阿里木:您好!”

“王丽:你好!”

“阿里木:我的名字叫阿里木,您贵姓?”

“王丽:我姓王,叫王丽。”

“阿里木:认识您很高兴!”

白克力后悔自己迟到了。今天是他们第一天上晚自习课,没想到自己的心上人也在上课。他学得非常认真,眼睛一直盯着古丽巴哈尔·白克力。

“老师,我来读这一段文字吧!”白克力踊跃发言。就这样,白克力的国家通用语言水平提高很快,为了博得老师赞许,下课后他还通过微信自学口语发音。“白克力今天表现得最好。”晚自习课堂上,古丽巴哈尔·白克力当着大家的面笑眯眯地看着白克力说。得到心上人的赞扬,白克力兴奋不已:“谢谢老师!是您教得好,我才有今天的进步! 今后我会更加努力。”

10月的米东区公园,秋高气爽,空气宜人。今天是周日,白克力和古丽巴哈尔·白克力给管理干部阿里木请好假,一起来到米东区公园游玩。

“古丽巴哈尔·白克力,我们认识快一年了,你知道我有多么喜欢你吗?”第一次约姑娘出来游公园的白克力有些紧张,结结巴巴地把自己的心里话直接说了出来。

其实，姑娘早就知道他的心思呢！从相识开始，白克力的目光就像一支箭射向自己，只不过因为女人的矜持，她才没有坦白自己的心迹。

“白克力，我知道你喜欢我。你每天晚上在台阶上唱的歌儿，我都听到了。”她继续说，“每一首歌儿都是给我唱的，我知道呢！但是，我们才来到这个单位，在这样大的地方，我们怎么能随便由着自己的性子谈恋爱呢？影响多不好啊！来的时候，妈妈就对我说过，乌鲁木齐是一个大城市，那里有各种各样的人，你要管好自己，不能顺着性子做事。你最好怎么去的那里，就保持原样回来。”

白克力知道古丽巴哈尔·白克力家的情况，但是，听古丽巴哈尔·白克力这样一说，心中难免有些失落。不过，他很快就反应过来了，自己深爱的这个姑娘并不是不喜欢自己，她只是担心，自己与她的这份感情会影响她的前途。只要自己与她一起努力，共同进步，那她还有什么好担心的，或者说她还有什么理由拒绝我呢？“古丽巴哈尔·白克力，你说得对，我们是应该在这里好好表现，把工作干好，为家乡争光，为工作队争光。你放心，我不会耽误工作的。我们要共同进步，挣好多钱，将来回家乡还可以一道创业！回去了也一定要像城里人一样生活。”

晚上，公寓安排了联欢晚会，达伍提弹着都塔尔，白克力唱起了喀什民歌：

有人说你就在安集延

我想马上飞到你身边

有人说你再也不回来了

情人啊我在戈壁荒滩哭泣

秋色深，风瑟瑟枯叶飘落

远方的情人啊在我梦里出现

忧伤的歌声唱得大家都低下了头，大家都开始思念家乡，思念母亲，思念情人。

库尔班马上打开音响，放了一曲欢快的麦西热普舞曲。气氛一下子又热烈起来，白克力张开双臂抖着肩膀，快步来到古丽巴哈尔·白克力跟前，右手抚胸，稍微弯了一下腰，邀请姑娘一起跳舞。古丽巴哈尔·白克力欣然接受了邀请。她站起身，先是双手抚胸回礼，然后高举双手像圆月扭着腰肢跳起喀什赛乃姆。他俩跳着欢快地舞蹈，一来一往眉飞色舞，配合得非常默契，整个场子只有他们一对在跳。大家由衷地笑了，情痴白克力终于如愿以偿。

随后，大家一起跳起了萨玛舞。小伙子们豪情万丈的“嗨嗨嗨”声，抖得姑娘们的心颤。

乌石化的天气热了又冷，冷了又热，而古丽巴哈尔·白克力与白克力的感情却在持续升温。

三

终于，日历翻到了2020年6月中旬。这天，两个五十岁出头的妇女和一个六十岁左右的男人，以及两个三十岁左右的年轻人出现在罕南里克镇英塔木村古丽巴哈尔·白克力家院子门口。他们手里都提着大包小包的东西。院门口扫得干干净净，还洒了水。

“有人吗?”岁数大一些的女人敲门，喊了一声。

“谁呀？哦，这不是博亚克齐格勒的吐尔古丽妹妹嘛？你们好！今天一大早就听喜鹊在院门前叫了几声，原来是你们这些尊贵的客人要大驾光临啦!”古丽巴哈尔·白克力的外婆和妈妈及姨妈都出来招呼客人。

“快请进，快请进屋子。”

院子里也收拾得干干净净，三间一套的大砖房，廊檐搭着葡萄架，正中间的房子门开着，左边厨房的白墙好像是新刷的。整个小院子收拾得干净利落，一看就知道，这家女主人是勤劳能干、心灵手巧的人。

古丽巴哈尔·白克力的外婆吾尔汗·如孜领着几位客人走进里屋。客厅地面铺着地毯，屋子中央摆着长方形的矮桌子，桌子正中央摆着馕，馕两边摆着馓子，四周摆满了干果、糕点和各类水果。

“你们好，大家都吉祥吗?”吐尔古丽大婶代表客人问候主人。“尊贵的客人们,你们好,你们吉祥。”古丽巴哈尔·白克力的外婆回礼。

然后往门外看了一眼。古丽巴哈尔·白克力舅舅的小儿子马上端着青铜洗手壶和接水盆走了进来,肩上搭着崭新的毛巾。他挨个儿请客人们洗手后,走了出去。然后提着茶壶走进来,给客人倒茶。

“再次谢谢吾尔汗大姐和帕提古丽妹妹,麻烦你们了!”吐尔古丽婶子清了清嗓子,开始步入正题:“我们嘛,都是乡里乡亲的,彼此都很熟悉!我呢,有话就直说了吧!”

“俗话说得好,男大当婚女大当嫁,给孩子们做主,让他们成家立业是我们做父母的义务。我家的小儿子白克力和您家的姑娘古丽巴哈尔·白克力都在乌石化公司上班呢!您家的姑娘春天的花儿古丽巴哈尔·白克力,那可真是个人见人爱的大美女,心地善良长得美,心灵手巧爱劳动。”吐尔古丽是有名的媒婆,今天亲自上阵给儿子提亲,“当然,我家的小儿子也是一表人才,懂礼貌,有山一样的胸怀,虎一样的胆识,现在是一名先进工作者。如果他们俩能把头放在一个枕头上的话,那可真是天大的好事呀!他们是这么般配的一对儿,所以我今天特意带着儿子最亲的人,带着最诚挚的心,跨过您家的门槛,给儿子说亲来了!恳求您能同意,把您的孙女儿嫁给我的小儿子。”

其实,大家心知肚明。几个月前,白克力就心急火燎地给妈妈说起古丽巴哈尔·白克力,并表达了自己坚决要娶古丽巴哈尔·白克力的决心。古丽巴哈尔·白克力也给外婆和妈妈讲了白克力这个小伙子多么多么好。两家的大人私下都已经联系好了,就等他们俩回乡探亲时,走一走提亲的仪式。儿女婚姻是大事,传下来的规矩不能破。

“这婚姻大事嘛,我们等一会儿再说吧!来来来,我们先吃饭!”古丽巴哈尔·白克力的外婆嘴上这么说着,心里却乐开了花。外孙女一个人在外打工,她非常担心,现在找到了一个老实可靠、两人彼此相爱的小伙子,她怎么会不答应呢!主人家的第一道美食——豇豆洋芋炒羊肉菜和茄子炒羊肉拌面已经端到桌子上,看着让人食欲满满,胃口大增。

“请吃拌面，好妹子啊，千万不要客气！”古丽巴哈尔·白克力的外婆非常热情。

吃完第一道饭，然后喝热茶，稍作休息，又开始了刚才的话题。此时气氛融洽，大家都很放松，彼此拉家常，像一家人一样。

“这个乌石化公司确实好，他们工作队的人个个都是好心人，为村里的老百姓做了很多好事，”吐尔古丽对吾尔汗大婶说，“我们村里的很多安居房都是他们帮忙盖的，整个夏天，你都能看到他们在地里干活，给村民盖房子。”

“是啊，我们村里的吉顺标书记也是一个大好人。他没日没夜为了咱村里的事儿忙碌，我这几间新房子也是他们去年帮着盖的。我们家女儿去的就是他们的工作单位。听她说，乌鲁木齐石化非常好。”

不一会儿，古丽巴哈尔·白克力的妈妈帕提古丽端着放着曲曲儿（馄饨）的大托盘走了进来，古丽巴哈尔·白克力舅舅家的小伙子也端着饭进来。喀什的曲曲儿（馄饨）非常美味，羊肉汤加点恰玛古、胡萝卜、西红柿、皮芽子，下点自家精心包的大拇指大小的馄饨，出锅的时候再撒一些香菜，大碗盛到客人面前。

“大家别客气，趁热吃吧，这曲曲儿（馄饨）解乏！”古丽巴哈尔·白克力的外婆一边招呼大家，一边说：“孩子们在外面最想念的就是家乡的饭，我家外孙女最喜欢吃曲曲儿（馄饨）啦！味道怎么样？这些曲曲儿（馄饨）是古丽巴哈尔·白克力亲手包的。”在喀什农村女孩子做的曲曲儿（馄饨）味道如何，是未来的婆婆必考的一道题。

“非常好吃。我说了嘛，咱家的闺女心灵手巧。”白克力的妈妈对自己未来的儿媳妇很满意，大家对古丽巴哈尔·白克力的厨艺赞不绝口。

趁着这个热乎劲，吐尔古丽婶子又开始了刚才的话题。“吾尔汗大姐呀，依我看呢，您家的外孙女和我家的小儿子是天生的一双。他俩都在乌石化公司上班，如果把他们的婚事办了的话，他们在那里就能互相有个照应。我们家早已经做好了准备，就等您一句话。我们今天就把事儿说定了吧？”

“不急不急，我们先把饭吃了再说，孩子们的事一定会成的。俗话说，婚姻大事是随缘的事儿，他们在乌石化公司相识也是一种缘分啊！我们不能当了恶人，破坏这种缘分吧！”看起来，古丽巴哈尔·白克力的外婆已经认可了这桩婚事，她在内心里已经答应把孙女嫁给白克力了。最后一道压轴的饭上来了，桌子上摆了四大盘金黄色的抓饭，每一盘抓饭上面都盖着羊腿和胸茬子肉，屋子里顿时弥漫着抓饭诱人的香味。古丽巴哈尔·白克力的外婆灿烂的笑容，就像这顿香喷喷的抓饭一样让人可心。吐尔古丽的心情也非常好。

吃完饭，古丽巴哈尔·白克力舅舅家的儿子端着洗手壶和接水盘走了进来，他挨个儿给大家倒水洗手。大家重新坐下喝茶。

“那么，您说这门亲事？”吐尔古丽婶子带着探询的口气问道：“我们是什么时候把彩礼送过来呢？您说个日子，我们马上回去准备。”

“我同意这门婚事。具体的时间嘛，吐尔古丽妹子你和我家女儿——孩子的妈妈商量着定吧！”古丽巴哈尔·白克力的外婆吾尔汗是一家之主，大事儿总是由她拿主意，小细节就由晚辈商量着解决。

“是的，妈妈，后面的事情嘛，我们自己商量办就行了！”古丽巴哈尔·白克力的妈妈帕提古丽赶紧接过话说，“我们几个一起商量吧！看看孩子们和大家的时间定吧！”

最后，主人家把桌子上东西撤了，铺上一个大大的达斯特罕（象征着饭桌的餐布），白克力的妈妈和阿里木的妈妈一起把带来的毛布、丝绸衣料、头巾、鞋袜等礼物，以及四块砖茶和几包干果等一一摆在桌子上。然后把古丽巴哈尔·白克力叫进来，把定亲的信物——一枚16克的金戒指戴在她的无名指上。仪式结束了，每个人都非常高兴。兴奋的古丽巴哈尔·白克力跑回厨房，拿起手机做了一个成功的手势，拍了一张照片，发给白克力。

第二天，古丽巴哈尔·白克力和白克力骑摩托去英塔木村村委会。几天前，古丽巴哈尔·白克力来过一次，看望了村书记麦麦提敏大叔和村委会的干部们。乌石化公司工作队的吉顺标书记去县里开会，她没有见到。这一次，他们提着自家地里的几个老汉瓜来看望工作队的干部们。

“吉书记您好，身体还好吗？”古丽巴哈尔·白克力和白克力远远地看到吉顺标书记在院子里干活，赶紧跑过去问好，“上次我来了，您不在。这几天嘛，家里忙得很！”古丽巴哈尔·白克力说。

“小古丽你好！我听说你回来了，这两天特别忙。”吉书记笑呵呵地说：“恭喜你啊，小古丽！到时候一定要请我吃喜糖啊！”

“这就是你的对象吧？小伙子长得精神得很嘛！来来来，到屋子里坐。”

“吉书记，这是我家地里的老汉瓜，我们摘了几个给您和工作队的干部吃！”白克力提着一袋瓜过来和吉顺标打招呼。

“哎哎，兄弟不要这样客气嘛，多少钱我给你啊！”吉顺标接过袋子，招呼他们进屋。

古丽巴哈尔·白克力和白克力把在乌石化公司一年多的工作学习情况简要地汇报了一下，然后把家里人同意他们婚事的情况也讲了。

“小古丽，我都听说了，真的很高兴！‘访惠聚’办公室、宾馆的同事们对你的评价很高，说你在单位表现特别好，而且已经是组长了，晚上经常给大家上国家通用语言课，是我们再就业人员的优秀代表，我很欣慰！”吉顺标接着说，“这里的一切你都放心好了，有我们呢！我们会照顾好你的妈妈和外婆。你的外婆征求过我的意见呢，我说小伙子很好，没有问题，哈哈！”

吉顺标看了小伙子一眼，又给他们说了很多，要求把工作干好，好好学习，并答应他们，如果在家乡办婚礼的话，他一定参加。

“吉书记，您放心吧，我一定会好好干的。感谢您，如果没有您的话，我怎么能到乌石化公司工作，又怎能遇到白克力呢！”古丽巴哈尔·白克力幸福地笑了。

“吉书记，感谢您！我在乌石化安保大队警卫中队工作，在炼油厂大门口当门卫。我也会好好工作，会照顾好古丽巴哈尔·白克力的，您放心吧！”

古丽巴哈尔·白克力和白克力的家人商量好，准备今年的秋天给他们举办婚礼。

“探路者”的金羽翼

赵小蕊

“世上本没有路，走的人多了，便变成了路。”鲁迅的这句名言蕴含了一个时代的深意，更象征着“探路者”的精神。在风雨飘摇的年代中，“探路者”是“亦余心之所善兮，虽九死其犹未悔”勇敢无畏的豪情；而在盛世安澜的新时代中，“探路者”所表达的则是“敢于坐冷板凳，勇于做栽树人、挖井人”的定力；更有“铄金为刃，凝土为器，做舟行水”的匠人精神；还有以梦为马、破茧成蝶的创新精神。

“科技是灿烂的，只要发现一个罅隙，就能照亮整个前方。而我们，深知将要改变什么、赋予什么、呈现什么，带着责任担当、带着创新思维、带着卓越能力、带着共享精神……”2022年伊始，站在台上的石敦进，表达了一段对科技别样的诠释。他所代表的新疆神州通管业股份制造公司，正与新疆大学签订产学研合作协议，签约仪式上，科技被关注，人们期待着，生活被重新定义，奇思妙想变为现实。

企业与高校双方将进一步提升合作力度，在高强高耐蚀热镀锌材料方面开展专项研发，让科研成果更好地转换为生产力，为企业高质量高水平发展提供技术支撑。这些需求，驱动着无限可能和无穷契机，科技所带来的力量将在这里生根、茁壮，并成为一种荣光。

坐落在米东工业园区内的神州通管业是新疆规模最大的薄壁钢管生产企业。拥有两个生产基地，加入科技创新引擎之后，这里焕发出一种不同的状态。持续在科技领域里“精于千面，忠于一面”并不容易，始建于2002年的神州通管业，已形成年产能八十万吨金属制品生产规模。以“共赢、共担”的代理机制启动“南北疆战略”，随着科技创新力量的持续助力，技术改造、装备升级和新产品研发，拥有发明专利和实用新型专利十八项，并被国家科技部授予“高新技术企业”的称号。

该怎样表白对这片土地的深情

能作为探路者，一定是勇气和智慧的完美结合。面对荆棘可以无畏，面对困难可以坚持，面对敌人可以抵御，当然，面对喜悦，也可以波澜不惊。

神州通管业的探路者石敦进往往是这样一种状态：前方没有一个竞争对手，而在他走了很长一段路之后，转身回头看看，在后方正有一些人风风火火地赶来。“没有对手会不会无聊呢？”与他的谈话中他这样解释：“当然不会，你可以安心做事，等你对全局有了掌控之后，后面才会有人跟进。”

生于重庆的石敦进有着火锅的辣味，做事雷厉风行，执行力强。在神州通管业工作已有二十余年，从进入工厂以后，石敦进对自己的目标有着明确的规划，万事开头难，尤其是对背井离乡的石敦进来说，要想在新疆扎根就要付出比别人更多的努力、洒下更多的汗水。石敦进认真研读安全生产、环保、管理、施工等各种文件书籍，很快就从众多工人中脱颖而出。然而，他心中却有一颗向往自由、渴望探索世界的自由之心。

成就感，是石敦进在创新中最有意义的收获。如何找到新的项目，做新的尝试，他更感兴趣。这样的兴趣从他第一次来到新疆就开始了。经过在制造业领域内多年磨砺，石敦进积累了相当丰富的钢材制造等各方面的经验，他的脑海中，一直存留着一个来自工业语言的魅力，那就是钢铁锻造的精彩瞬间。

在熊熊烈火中钢材化为火红、燃烧，之后又高度冷却、淬炼。这俨然是一首“冰与火之歌”。而作为一名探路者，也一定要经历这样的考验。

“来到神州通管业之后，走创新科技之路，一直是我笃定坚持的事。”领路人，是创新与成功的完美结合。从创业到守业，从行业到跨行业，从探索到创新，一个行业的领跑者所具备的一定是独具慧眼的实干家、敢为人先的开拓者，带领众人一起创业的实干家。

石敦进又有着蜀绣之地的柔情，对工人如同自己的家人。公司采购劳保用品，都要经过严格的实验，送来的样品，他要亲自拆开查看，钢板厚度是否合格，鞋底是否耐高温等。用石敦进的话说：工人在我们这工作，是对我们的信任，我们就要尽自己最大的努力来保证工人们的安全。

2016年6月，一场突如其来的狂风将厂区刮成一片黑暗。面对企业一批钢管继续交货的情况，石敦进冒着大雨前往现场察看，当即决定召集公司电工、各生产车间厂长召开现场会议，一个小时内拿出解决方案。方案制订完以后，石敦进身先士卒，带领工人奋战二十四小时，终于将线缆修复，各生产线加班加点，赶在订单到期之前，将钢管交付给买家。

成功并非偶然。尽管每个人努力走向成功之路的故事不尽相同，但平凡而执着的底色之上，往往是一个人百味艰辛中体现出的智慧与笃定、创业风雨中呈现出的卓越与优秀、命运跌宕中解读出的不平凡。石敦进正是这样的人，他的情怀与赤诚，创业与人生，在岁月的酝酿中成为一句话：该怎样表白对这片土地的深情？答案是肯定的，用探路者的坚守与执着。

该怎样点燃科企未来之光

凝聚国家科技创新深邃的目光，汇聚大国重器持久深层的力量。米东区独具特色的工业体系，在乌鲁木齐经济圈中具有特殊地位。工业门类齐全，拥有以大化肥、大芳烃、三聚氰胺为主导产品的石油化工产业；以氯碱化工、离子膜烧碱、聚氯乙烯树脂为主导产品的重化工产业；以矿产资源、水资源、土地资源和交通优势为支撑的煤电煤化产业;以瓷砖、水泥、玻璃钢等各类管材为主的新型建材产业;以汽车、拖拉机、锅炉等为主的机械制造产业;以优质稻米、食用菌和果蔬深加工为主的农副产品深加工产业。

科技,不止所想,不止所见。探索的脚步不会停止,力量感将体现在越来越多的领域里。米东区助力企业科技创新,随着自主创新能力的不断提高,企业正在焕发出新的活力,展现出新的视角。神州通管业持续科技力量投资十亿元,持续进行技术改进、装备升级和新产品开发,建成了符合国家环保标准的酸洗处理生产线,拥有国内先进的板料处理工艺,并实现了废酸处理产品的商业化利用。由于工艺处理及生产成本方面的优势,公司与新疆八钢签署了战略合作协议,为八钢专项生产热镀锌管产品。

热镀是当今世界应用最广泛,同时也是性价比最优的钢铁表面处理防腐方法。神州通管业是新疆专业从事薄壁钢管的生产企业。2020年企业研发的“热镀锌”产品投入市场,每年可生产十五万吨热镀锌管,占据该产品新疆市场主要份额。但是,随着市场对产品更新换代的需求,企业也迫切需要推出自己的新一代产品,稳固自身的市场地位。

各行各业想展现出强大的竞争力,都离不开自主创新。在神州通管业,新一代高强高耐蚀热镀锌材料研发出来后,可以广泛运营于民营建筑,工业建筑、蔬菜大棚、防护栏、防腐支架等。更能填补企业自主研发和产生高强高耐蚀热镀锌材料的空白。和新疆大学合作只是一个笃定的开端,是神州通管业进行转型升级的决心和行动。

科技之灯,即将像星光一样布满新疆大地。经过四个多月的努力,由宝钢集团新疆八一钢铁有限公司提供母材,神州通管业技术研发的“Q355B低合金高强度型薄壁管”实现了成功试产。

乘上科技的金羽翼,在“十四五”期间,神州通管业将携手智能,与梦想进行更多的对话。西北地区唯一生产壁厚0.8毫米以下各类钢管产品是核心竞争力也是创造力,将继续为神州通管业蓄力,持续深耕业务市场,全面布局和完善产业生态体系。

制造业是国民经济的主体，是立国之本、兴国之器、强国之基。习近平总书记讲道："科学技术从来没有像今天这样深刻影响着国家前途命运，从来没有像今天这样深刻影响着人民生活福祉。"

五彩斑斓的灯火，浩瀚通达的网络，精彩纷至的未来……总是由一个梦想开始，科技帮助我们改变和实现。科技就像是蕴藏巨大能量的核动力，改变着生活，改变着世界。神州通管业的未来，是"探路者"用科技智慧护佑和助力国泰民安；科技创新究竟在哪里？美丽乡村里的欢笑，脱贫致富里的凯歌，梦想路上的奔跑，一带一路的目光，充满智慧的大美新疆，还有每一个人的幸福生活！

破烂王的炫丽人生

陆小小

“我就是个捡破烂的，我父亲也是。”当我第一次到李先生的产业园区，了解他的创业经历时，他毫不避讳地这样说，顿时引起了我的兴趣，各行各业成功的人士很多，但能将小破烂做成大产业的屈指可数，其中必定有精彩的故事，我急不可待地想了解这一切。

影响

清晨，温暖的阳光照射进来，室内窗明几净，我和李先生如约见了面。李先生穿着蓝色上衣，头习惯性地稍稍偏向左侧，带着他那惯有的微笑，走了进来，朴实、亲近、含蓄、内敛。李先生瘦长脸，皮肤黝黑，头发自带微卷，戴副眼镜，显得儒雅，透过镜片，眼神里透出一种干练、聪慧和沉静，虽说接近花甲之年，脸上不太深褶皱里隐藏着年轻时的帅气，给人一种健康向上的积极力量。

李先生平静地讲述着从他父亲开始，如何将人人遗弃的废旧物品做成再生资源产业，成就他炫丽的人生事业。李先生说话语速不快不慢，娓娓道来，从他身上丝毫看不到成功人士的矜持和骄傲。

听着李先生的讲述，在我眼前浮现出一个手推长长平板车的形象，在小区里吆喝着,将收到的物品归类捆扎好,放到车子上一摞一摞叠放,用几根绳左右前后固定好。然后一根绳搭在肩膀上,两手拉着平板车辕,随即看到一晃一晃的庞大物体慢慢地向前蠕动着……看着李先生,在我的认知里,我无论怎样竭力地联想,无法将他与我印象中捡破烂的人联系起来。但他的确从捡破烂开始,脚踏实地,一步一个脚印走进了大产业,成了名副其实的破烂王。

小破烂,大产业。李先生经营着新疆最大的再生资源产业园,园区道路宽阔整齐、树林郁郁葱葱,晚间太阳能路灯星光点点,照得园区通明,一个个回收站点里堆积如山的资源,道路上来往穿梭的重型运输车,路旁高高竖起的宣传广告牌,都无声地向人们传递着产业园繁忙的信息。我们已经很难想象,这里曾经是一片茫茫荒原。这里的每一块砖,每一株草、每一棵树,都是李先生和同伴们披荆斩棘、夜以继日辛苦劳作奋斗出来的,浸透着他们无尽的心血和辛勤汗水。正是他们从此将散乱在路边的门脸破烂、环境脏乱差的"破烂回收点"重新归整到一个"大家庭",很大程度上改善了城区环境卫生脏乱差的状况,从而展现每个再生资源回收人的新形象,再生资源回收事业焕发出勃勃生机。

"恰逢其时,我遇到了好的时代。"李先生反复说,父亲那一代人与新中国一起成长,参与共和国的建设,与祖父们相比过上了幸福的生活;我们这一代跟着改革开放的步伐一步一步走过来的,我们就是改革开放的践行者、参与者,也是改革开放释放红利的最大受益者。李先生说,这个产之所以能做起来,与国家政策支持是密不可分的,没有时代的大发展,就没有他个人的小事业。

李先生说,从事这个行业,很大程度受父亲的影响。20世纪60年代,属于计划经济时代,县供销社经营着废品收购、棉麻、生资日杂、果品等多项业务。李先生的父亲是县供销社的一名正式职工,是非常令人羡慕的,有固定的工作与收入,家庭生活条件相对好很多。脑子灵活的父亲由于私自卖了些衣服被下派到乡供销社的废品收购站。从此,父亲开始了与破烂废品打交道的日子,直到退休。

李先生从小一直跟着父亲，父亲在一个堆满杂物的大院子里，不停地忙碌着，收集整理各类回收回来的物品。他清晰地记得父亲将收回来的瓶子，跟宝贝似的一个个小心翼翼地摆放到麻袋里，再扎紧麻袋口，一袋一袋摞起来。方方正正齐齐整整的麻袋垛是父亲最引以为自豪杰作。每完成一件杰作，父亲点支烟，悠闲地坐在小板凳上，在吞吐的烟雾中，慢慢地欣赏自己完美的作品。片刻的休息，父亲是开心的，从父亲的微笑中有满足、有惬意还有成就感。长大后，他才懂得了父亲的快乐，这些都深深地印刻在他的心里，父亲严谨的工作态度让他终生难忘，并一直影响着他。当有车来收购时，父亲和同事们将收集的各类废品一袋一袋、一捆一捆地往车上搬，那时，这些活全都是正式工人干。父亲身体很好，是主要劳动力。父亲对他说，装车也非常有学问，会装的能装很多，一趟车，争取把他们收集到的全部拉走。父亲干一行爱一行钻一行，看似不起眼的工作里都有值得学习的东西，学透了、做多了就做到了最好。多年从事这些工作，父亲成了行家里手。

父亲工作时常常面带微笑，不嫌脏、不怕苦、不怕累，从来没有听到抱怨过一声。父亲年复一年地干着这样的工作，李先生在父亲忙碌身影的陪伴下一天天长大。父亲靠着这份工作，养大了他们兄弟姐妹七人。

父亲虽然离去，但父亲的坚韧与执着，不怕吃苦的精神品格一直影响着他，每当他遇到坎坷的时候，他就想起了父亲，想起父亲忙碌的身影，这是他在这个行业里坚持走下去的精神支柱。曾经何时，有人瞧不起这个行业，大多数人不愿意从事这个行业。但李先生觉得，父亲干的事业是伟大的事业，为社会为每个人营造干净亮丽环境的事业，他以父亲为荣，父亲是渺小的，也是伟大的！

选择

20世纪80年代初期，李先生高中毕业后，父亲刚好退休，他接替了父亲的岗位——他拥有了很多人羡慕的铁饭碗,别人求之不得的工作。但他年轻气盛,不想被安排,身体里有父亲的倔强与执着,浑身充分着激情与力量,骄傲地面对着社会,他有梦想,他憧憬着未来,他想像大鹏一样展翅飞翔,放飞自我,寻求自我,他想自己选择自己的人生之路。他不能困在一个小圈子里,日日重复着做一件事。工作三年后,李先生决定辞职,但父亲劝住了他,最终停薪留职。

只有生活的磨砺才能让一个人真正长大。十年的时间,他从事过销售,做过生意,上过班,在纺织行业里闯荡……哪里有一帆风顺,哪里有轻松还好赚钱的工作,不停地找工作,不停地换工作,居无定所,所有的苦难只有自己承担。一次次地尝试,又一次次地失败,归来时终究两手空空。理想很丰满,现实很骨感,他这才明白,父亲当初为什么劝他。已进入而立之年的他,该安定下来了,他认真反省自己所走过的路,他做什么,该向何处去……十年的艰辛,让年轻气盛的毛头小子沉稳了很多。

他想到了父亲,父亲在,家还在,他回到了供销社。此时他的姐夫从事着收购废旧钢铁的生意,他想着先试试。家人帮他连凑带借了几万元,给了他启动资金,在姐夫的引领和帮助下,他开始与废旧钢铁打交道,三年的时间他赚得了人生了第一桶金。李先生回忆说,那段时间经常在外面跑,很少回家,饿了,随便买馕凑合过去了,困了找个地眯一会儿,但所有的苦和累换回了他所想要的。

20世纪90年代,房地产业蒸蒸日上,需要大量的钢筋,李先生发现了商机,用他赚得的第一桶金承包了一个废品收购站,收购大量的废钢铁,用这些废钢铁到钢铁厂置换钢筋,然后再销售。李先生说,那时,钢筋供不应求,只要有货,全部都可以销售完。五年时间,他年收入达到了上百万元。

几年的时间,他不仅还清了家人借给他的钱,而且积累了一定的财富,更重要的是他熟悉了这个行业,从废旧物品回收到销售再到加工,他搞清楚了这个行业所有流通的渠道,为他下一步的发展铺平了道路。

经历了这么多，李先生终于发现，这个行业才是真正适合他的行业。从小耳闻目染，父亲的印迹早已深深地渗透到他的骨子里、血液里。“只有遵行于自身的本性，事物存在才能是完满而自足的”。这才是他自己内心真正的声音。他意识到此生与这个行业无法分离，必须执着地做下去，不管经历怎样的风雨……

2000年，随着改革开放的进程，供销社破产清算，进行改制。李先生和其他三人，买断工龄，投资入股组建了自己的废品收购公司，业务不断扩大，生意做得红红火火。后来，废品收购行业发展越来越迅猛，做这个生意的人越来越多，由于没有统一规划和管理，废品收购站星罗棋布，道路两旁、居住区随处可见，影响了城区及居民的居住环境。面对这样的情况，米东区供销社恢复废品收购业务，以联合入股的方式，与李先生组建了供销物资公司。从此，李先生的公司由私营向股份制转变。同年，在政府的大力支持下，划拨一块土地，临时建起了首家再生资源回收产业园，将周边的部分废品回收站集中到他的园区里。随着这个产业的不断发展壮大，经营户的增加，园区规模已经跟不上时代的发展，几经周折，通过购买土地的方式，搬迁到了现在的地址——米东区化工园区内再生资源产业园。

创业

二十年前的产业园区，是一片未开垦的处女地。

搬一次，重新建一次，投入一次，李先生耗费了大量的资金和心血，李先生希望有一个真正属于自己的地方，安稳下来，精心地做好产业，发展好产业。此时，他遇到了这个行业的春天，那就是循环经济的发展。

当他拿到这块土地手续，第一次来到这里的时候，正是三月的天气。刚刚回暖，红红的太阳带来一丝丝的暖意，空旷的荒原上，二月春风似剪刀，春风吹在他的脸上，有些刺疼。

放眼望去，戈壁荒滩、四野茫茫、杂草没膝、荒无人烟，他意识到他肩负着开发建设这片荒原的历史重任，他将在这里创造奇迹，创造无数个第一，第一个拓荒者、第一家落户企业、第一个取水之人、第一个接电之人……他将在这片处女地上留下自己的足迹，让百亩的荒原变成理想中的家园，站在风中的他，思索着、谋划着……

李先生多次外出学习，将学到的先进经验运用到园区建设，规划设计未来的模样，他们既是设计规划者，又是施工者，更是建设者。作为开荒者面对最现实最直接的问题，建设资金从哪里来？

李先生说，他运气比较好，都遇到些好人，每当他遇到困难的时候都有人帮助他。他首先找合作伙伴们。多年的合作关系，他赢得了同伴们的充分信任，东拼西凑，每个人尽自己的所能拿出资金来，大家以入股方式出资，凑了第一笔费用。但还是差得很远，他找到天山农商银行(农村信用社)，银行了解他、信任他，他也有这个实力，为他发放近千万元的贷款，并且期限为十年，李先生用这笔资金，开启园区第一期的建设。时至今日，李先生说，在最困难的时候，是天山农商银行(农村信用社)帮助了他，这么多年，他的基本户依然在那里，人不能忘记帮助过自己的人，一定要感恩在生命中遇到的贵人。

戈壁荒滩，无水无电，寸步难行。最要紧的是水，没有水什么也做不成，于是他和同伴商量着打一眼机井，他联系了打井队，打井队昼夜不停地打井，一个多月的辛苦努力，终于出水了。出水的那一刻，全体人员欢呼跳跃，燃放鞭炮，李先生买羊买酒水，二十多个人举杯共饮，共同庆祝最激动人心的时刻。“烹羊宰牛且为乐，会须一饮三百杯”，李先生至今清晰地记得当时机井出水时大家狂欢的场景，用这首诗句形容再恰当不过了，这也预示着他们创业的真正开始。

走进李先生的办公室里，看到一张李先生站在水井旁，一股混浊的水喷涌而出的照片，穿着雨靴的他笑得特别开心。这张照片见证了当时情景。

接下来，就是接电，他找到供电公司，当时供电公司说没有项目。不能等啊，他按照供电公司的要求，找人买电线杆，找人挖坑，架设电线杆，从柏杨河乡派出所一直到园区，一公里多的道路上，架设了30多根电线杆，供电公司给他们接上了电。

晴天太阳曝晒，风起时尘土飞扬，下雨天满地是泥，那时的艰苦难以想象。但条件再差，再苦再累也不怕，他和同伴们做好了思想准备，他们对未来充满希望，个个干劲十足，参与工程的施工。除去杂草，一走进去，土全进到了鞋子里。为了方便干活，每个人都穿着长筒胶鞋。李先生挽起裤腿，跑前跑后的样子，像极了父亲在收购站时来回忙碌的身影。

李先生说，那段日子非常辛苦，在园区建设近一年的时间里，像一只陀螺停不下来。他们没有休息日，唯一的休息日是下雨天，因为一下雨，工地根本进不去，他开玩笑说，老天爷看我们太累，给我们放假呢。他穿着的胶鞋，不透气，脚趾间经常溃烂，当夜幕降临的时候，最惬意的就是泡泡脚，缓解了一天的劳累，让跑了一天的双脚透透气。

第一期建成投入使用后，2012年，自治区商务厅实施再生资源产业项目，项目资金近千万元，李先生利用这笔资金，实施园区二期建设，完善了园区的基础设施，新增了废旧回收站点，扩大的经营范围。他将闽新钢铁厂引进到了园区，直接回收各经营户分拣出来的废旧钢铁，减少了经营户的运营成本。同时增加了销售区，将回收回来可以利用的物品二次销售。2022年6月，建成的新疆再生资源产业园已成为综合利用中心，有十个分拣中转站和一百二十个固定及流动回收站点，构造集回收、分拣、转运、加工利用、集中处理为一体的产业化发展格局，按照“回收—集中—减废—再生利用—无害化处理”五个流程，规范操作，基本形成一条“资源—产品—再生资源”的循环经济产业，是全疆最大的再生资源产业园区，也是全疆的示范园区，多次获得自治区、昌吉州、乌鲁木齐市的表彰奖励。

责任

园区建成后，李先生引以为自豪的是一对年轻人在他新盖的房子里举行了婚礼，他叫李标，这对年轻人与新建起的园区一起扬帆起航，开启人生新的征程。

李标是农民的孩子，十六岁时与同村的人从安徽来到这里打工。这个年龄正是需要家人呵护的年龄，却远离家乡独自打拼，过早地承担生活的重负，李先生心疼这个孩子，就像对待自己的孩子一样，格外关心他。别看李标小小年纪，干活特别踏实，能吃苦，不管多脏多累的活，从不偷懒。话不多，也没有不良习惯，非常可贵的是这个孩子有一股子韧性。李先生觉得这个孩子以后肯定能干成事。

那时，李先生经常把他叫到家里吃饭，与他交流，了解他的生活困难。一次偶然的聊天中得知，李标有女朋友了，想结婚，但没有婚房。李先生想到园区，孩子的终身大事，这么喜庆的事，他必须安顿好。园区新房建好后，李先生让李标第一个住了进来，他安排人将房子简单进行了装修、装饰，帮助他收拾打扫，为他购置了生活用品，给了安家费用。婚礼当天，虽然李标的父母无法来到这里，但李先生就像他的父亲一样，帮他操办婚礼。婚礼办得特别的热闹，李标终生难忘。远离家乡，身处异地，父母帮不了的，完成不了的，都由李先生帮着完成了，李先生就是他的亲人。

现在，李标产业越做越大，他租用了两个站点，近六亩地，有钗车、切割机、装载机，好几个工人忙碌着。李标已经习惯了新疆的生活，在城区买了楼房，买了豪车，有三个正在上学的孩子，他们在这里安下家来，并将父母接了过来。父母身体健康，来到这里后，闲不下来，在站里帮李标操心。李标说，父母在这里，他的心安了。

李先生说，别看这一个小小的废旧回收站点，每个经营户的背后，有近百人从事这个行业，他们中有些是经营户的同乡、有些是亲戚，他们都从其他省市来到这里，大多数人到处跑着收购废旧物资，送到这里来，然后再由园区的工人进行分拣、销售、再加工。在这个园区里，有近万人在从事这个行业，意味着更多的人就业，有更多的人为社会创造财富。他们的到来，带动了这个行业的快速发展,正是这些默默无闻的劳动者们,为我们城市的清洁做出了很大的努力。李先生说,这个产业的利润就是辛苦费,只有吃得苦中苦,才能得到自己想要的生活。

有些人从这里起步,越做越大,就像李标一样。他见证了这些人的发家致富的过程,凡留存下来的,都是能吃苦善经营、脚踏实地肯干的人。但也有些经营户投机取巧、钻空子、走捷径,破产的、转让的时有发生。李先生说,他看到有些人遇到困难做不下去的时候,他帮他们出主意想办法帮助他们渡过难关;有些实在做不下去了,他帮他们寻求新的经营户,帮助转让。正是李先生的热心助人,赢得了经营户的广泛赞誉。

在这个行业里,竞争也比较大,压力大,有些破产了,但唯有他做下来了,问他真正的秘诀是什么,他说,他哪里有秘诀,他就是脚踏实地干,不管别人如何,他只知道干好自己的事情。

李先生有七个兄弟姐妹,在创业之初,他没有让他的兄弟姐妹参与,他认为企业要想做大,不能做成家族企业,所以在股份里没有他的一个亲人。园区还有第三期待开发,投入资金千万元以上,需要跑办手续,需要投入人力、物力、精力,现在他快到退休年龄了,他希望能够培养年轻人,有更多的有知识有文化有干劲的年轻人来参与这项事业。儿子大学毕业后,来到了园区,经过几年的历练,儿子也喜欢这份工作,他期待着第三代人能将这份事业继续做下去,期待三期的顺利开工,园区的规模不断地扩大。

穷则独善其身,达则兼济天下。随着国家对生态文明建设的高度重视,再生资源产业、循环经济前景广阔,发展空间很大。这个产业更多地肩负着社会责任。他说,他是新疆再生资源回收协会的副会长,这么多年,这个行业已经形成一定的规模,但他也深知这个行业还有些不规范的地方,他有一种强烈的使命感,在他的有生之年,尽自己的所能规范这个行业,让这个行业沿着良性发展的道路,健康地发展下去。

他做公益,资助了一名大学生,直至大学毕业。当有朋友遇到资金紧张时，他慷慨出手，凡借出的钱不收一分利息，他帮助过的人不计其数。

每个人所经历的一切，无论悲苦喜乐，无论顺境逆流，都是人生的收获，都应当习以为常、坦然处之。经历了这么多，沉淀了很多，这就是在我眼前沉稳大气的李先生。

结尾

三百六十行，行行出状元。行业没有高低贵贱，有市场有需求有就有人做，每个人都有自己的选择，光鲜的、涨面子的，是大多数人的首选，而脏活累活，没有人去主动选择。李先生的选择，有传承、有情怀，更有一种深深的归属感，他是供销人，是新时代的供销人，这个产业源自于供销，回归于供销，是时代的发展与进步。

他善于学习，在学习中思考，在思考中不断进步。在改革开放的大浪潮中，他顺应时代变革，抓住了每一次的机遇，求新求变，掌握先机，顺势发展，这是他做大做强的最主要的原因之一。

吃苦耐劳，持之以恒，执着地坚持做一件事情，这是他成功的关键所在。

他谦虚低调，从不张扬，诚实守信，真诚待人，赢得了熟悉他的人的尊重与信任，信任就是名片，这就是他的人格魅力，人格魅力助力他的事业。

“长风破浪会有时，直挂云帆济沧海”。三代人的传承，三代人的发展，三代人的事业，小破烂带来了大产业，大产业正迎着东方的太阳冉冉升起，乘着新时代改革开放的步伐，大踏步地前行。

不负年华，只为遇见更好的自己

雅楠

走进米东区三道坝镇韩家庄村时，正值初春午后。村子里除了一条正在修建的初具规模的乡村道路贯穿始终外，稀稀落落的村民和平凡无奇的乡村样貌，并没有引起我们太多的注视。可是当我们穿越村落来到了“浔疆四季”家庭农场时，清风正抚杨柳枝，阳光落洒池塘上，让人瞬间有一种置身于江南小院的幽深与浪漫。

其实我是带着好奇心走进这里的，一个闻所未闻的偏远村落，究竟是怎样的奇缘，让四位毕业于双一流大学的学子，舍得放弃在一线城市工作和发展的机会，义无反顾的回到家乡来创业？来到这里我才发现，生活中，比风景和前景更为重要的是，能够与同行同频的人一起奋斗，因为这本身就是一道亮丽的风景。

漫步庭间，道路两旁的池塘里波光粼粼，水中千万条鱼儿你追我赶，好一番欢乐的景象。看着这样的景象，瞬间让我想起了一段话：“生活不是为了赶路，而是为了感受一路的风景。用一颗美好的心，看待世间风景；用一颗快乐的心，应对生活琐碎；用一颗感恩的心，感谢经历成长；用一颗平常的心，去看待成败得失。这时你就会发现，其实凡事都不必太过执着与用力，我们要学会用心去微笑,用心去行走,得之坦然,失之淡然,这才是通往心灵的幸福之路。”

穿过无荷的池塘,正在兴建的徽派民宿和破土而出的各色花苗,似乎在预示着繁盛的景象和美好的未来。再往前,便是慕名已久的“浔疆四季”的院落和大厅了,整个小院都是以青砖碧瓦、山水自然为主色调修建的,看到这个庭院,就让我想起了一首虽然不知出处,却十分应景的诗句:

“习四载而归,择一处而就。茫茫然不知心之所向,萧萧兮处江南水乡。”

放眼望去,虽然此处并非江南,却在四位学子的亲手打造下又近似水墨江南。好一番徽派风格的小桥、流水,人家,虽然没有江南烟雨的山水微茫,却有着北方三月的草长莺飞,院子里的一把把藤椅,厅堂里的一张张画作,墙壁上的一件件蓑衣,木架上的一条条腌鱼,无处不在的映现着主人清新婉约的江南佳梦。

这梦里,便是四位学子在琉璃江南“习四载而归”的塞外创业之约。

“从上海回来的时候,我也没想过结果会如何,只是想着通过自己的努力去实现自己的梦想。我知道这一路肯定会不容易,可世界上本就没有什么容易的事。既然我选定了这条回乡之路,那么,即便这条路上荆棘丛生,困难重重,我要鼓足勇气披荆斩棘地往前行,至少这样可以不负青春、不负年华,甚至还可以激发自己的潜能,遇见一个更好的自己。”这是上海回乡青年大学生周运盛的一段话。

2020年3月,毕业于上海海洋大学的周运盛,在宁波银行上海分行工作了一年后,突然放弃了上海优渥的生活环境,毅然决然地回到了千里之外的家乡——新疆乌鲁木齐市米东区三道坝镇韩家庄村,准备开启自己的创业之路。

对于他放弃上海的高薪工作返乡创业,家中的父母起初是无法理解的,认为这就是一种辜负,辜负了父母及亲人对他的期望,甚至还为此事而起过争执。

“当初为了培养他成才,我们作为父母也是吃尽了苦头的。他小的时候,夏天我们就在自家的这片土地上劳动,冬天就去别的地方打工挣钱。后来他上初高中了,他妈妈为了陪伴他、照顾他,一直都没有出去工作,只有我一人在外面打拼。再苦再累我都不怕,目的就是希望他以后能够考上一个很好的大学,将来也能有一个好的归宿。不过他也很争气,从小学到高中成绩一直都是很好的,后来高考的时候考的也不错,所以就很顺利地考上了上海海洋大学。"

提起自己的儿子,周运盛的父亲十分自豪。他自然是希望自己的儿子能够彻底走出这个祖祖辈辈都受尽贫苦的土窝子,能够在繁华的大都市里体面的工作,幸福的生活,再也不用面朝黄土背朝天的劳作,再也不用为吃穿用度发愁劳心,通过自己所学的知识来改变命运,然后彻底地与这种贫穷的乡村代际做出切割。

可谁曾想到,周运盛虽然如愿以偿地考上了心仪的名牌大学,也在上海找到了一个非常体面且待遇优厚的工作,却在工作一年后,竟毫无眷恋地放弃了大都市里的工作和生活,又回到了这个毫无生机且离城市又远的韩家庄村。虽然他这次的回归也算是一次华丽的转身,可这样的选择,对于努力打拼和辛勤培养他的父母来说,就不仅仅是辜负了,也是一个不小的打击,尤其是母亲。

好在周运盛的父亲是个很开明的人:"既然孩子选择了回乡创业,那么,我们便无条件支持就好了,他妈妈的思想工作我来做。"毕竟父母才是孩子温暖永远的港湾,父母的期盼终究是拗不过孩子的坚持,他们无奈,还是随了孩子的心愿,最终成了周运盛在创业路上最坚强的后盾。

"风萧萧兮易水寒,壮士一去兮不复还。"好一派悲壮苍凉的气氛。

对于周运盛的离开,银行的领导也是十分的不理解、不舍得。不理解他为何要放弃大上海高额的收入,回到新疆的一个偏僻落后的小村庄里去创业;不舍得他一个工作还不到一年业绩就能攀升至全国名列前茅的好苗子,跑去别的银行成为自己的竞争对手。其实领导压根儿就不相信他是回新疆农村去创业,还以为他是被别的银行挖去开拓市场,因为像他这样的销售人才,对于别的银行来说也是一块肥肉,更何况那会儿从新疆走出去的大学生大多都会选择在其他省市就业,回到家乡来工作的人很少,回到农村来创业的大学生更是少之又少。所以在周运盛3月份向银行提出辞职的时候,领导无论如何都是不能理解和允许的,甚至还给他提出了涨薪的条件,只要他愿意留下来,一切皆有可能。

这样的条件并不是没有诱惑,对于一个农村的孩子而言,能够从偏远的农村落脚国际化大都市,确实是值得深思和考虑的,更何况条件还都不错。只是当梦想与现实遇到一起,年轻人往往会选择忽复乘舟梦日圆,追寻更好的自己。

对于理想的坚持,周运盛无疑是倔强和自信的。他不相信沙窝窝里走出去的孩子,就只有触摸上天之水,并穿上华丽的羽衣在大都市里发展才叫成功。难道就不能在高校里接受良好的教育和社会中得到很好的历练后,再回流到生他养他的地方创造一种更大的价值吗?何况还可以带领家乡人民共同走向富裕。

回答自然是肯定的。“道阻且长,行则将至。行而不辍,未来可期。”

周运盛终究是脱下了那身华丽的羽衣,乘着梦想的翅膀飞回来了。其实他的回归并不是孤军奋战,而是带着几个有共同梦想的小伙伴一起飞回来的。

都说物以类聚,人以群分。只有同等能量的人才能彼此欣赏和识别。

周运盛、徐雅各、李天成、李可娜,他们四人便是如此。他们不仅在学业上能够相互督促,相互成就;还在共同追求梦想的路上,也能够同频共振,互相懂得。也许只有懂得的人才会彼此珍惜,他们便是如此自然地形成了一道光。

虽然他们不在一起长大,但命运早已在冥冥之中将他们绑在了一起,而他们之间的牵系就是周运盛。周运盛和徐雅各是高中同学,他们分别毕业于上海海洋大学和南京农业大学。李天成和李可娜是周运盛的高中同学,他们分别毕业于西安理工大学和南京林业大学。他们四人虽就读于不同大学、不同专业、不同城市,却在大学期间共同谋划着同一件大事,那就是毕业后回乡创业,建一个与四个人的专业都有所关联的乡村企业,然后在那里追寻更好的自己。

于2019年6月，四个怀揣梦想的大学生终于毕业了。

他们毕竟是初出茅庐，如果没有一定的社会经验，一个猛子扎进了商海里，却不能顺利的上岸，那可就真的是很麻烦。就像钻石的蜕变，没有经受过打磨的人，他也不可能是通透的人。于是他们四个人，除了徐雅各选择了继续读研外，其他三个人便选择了先就业，在取得一定的社会经验后，再做进一步的打算。

2020年3月，在上海宁波银行工作了一年的周运盛率先作出了选择，并在经历了两个月的辞职风波后，于当年5月顺利回到了家乡的那片芦苇荡。紧接着，其他三人也紧随他的脚步，先后回到了家乡，真正地开启了他们的梦想之旅。

“我这个人比较恋家，去其他省市上大学的时候，我就想的是去学习一些新的理念和知识，然后再回来就业或创业，从来没想过要留在其他省市。记得有一次，教授给我们讲一带一路，讲完之后他就问，有哪些同学是新疆的，当时举手的就只有我和几位女生，教授问我：“你毕业之后还回新疆吗？”我说：“回。”然后他又回头问几位女生，“你们毕业后回新疆吗？”结果几位女生的回答如出一辙：“只要不回新疆，去哪儿都行。”这样的回答，当时让我感觉很难受，一个养育我们长大并培养我们成才的地方，就那么不受待见吗？这也更加坚定了我要回来的决心。再说我是疆三代，从我爷爷那辈就过来支边了，过去那么艰苦，老一辈人都挺过来了，而且把新疆打造得这么好，从沙漠到绿洲，都是他们用双手创出来的，如果我们年轻人都不回乡创业的话，那老一辈付出的心血岂不白流？其实就我个人的发展而言，我觉得选择能够体现价值最大化的职业无可厚非。”周运盛非常自信地说：“因为上海和新疆同样都是两千五百万的人口，可新疆的国土面积是上海的二百六十倍，哪里更需要年轻人？哪里能更大地发挥自己的作用？如果在上海，我可能就只是一个打工者，为了实现别人的梦想而努力工作着。回到家乡的话，我个人感觉可能会注入一些新鲜的血液，带来一些新的创业模式，使自己的价值更大化。所以那时候，只要是有关新疆的一切新闻我都特别感兴趣，尤其是新疆的旅游呀、美食呀，特别吸引我，所以就一直坚持着回家乡创业的想法，决不会因为外界的一些东西来改变我的想法，即便是再体面的工作和再优厚的待遇也不行。"

是的，梦想的路上，他的脚步从不曾改变，甚至走出了当代年轻人的风骨。

都说"理想是丰满的，现实是骨感的"，这句话说的一点都没有错。当周运盛真正的离开上海大都市，站在家乡的土地上开始畅想一番天地时，摆在眼前的一切，瞬间让他的心情一落三丈，甚至有一种从天上掉到了地上的感觉，好在这里是自己的家乡，决定要改变这里的初心始终不曾改变。村子里除了居民点相对整洁外，其他的地方到处都是花絮满天的芦苇荡、臭气熏天的污水坑和蚊虫乱飞的沼泽地，而且这里还经常会因为老百姓的不注意而引发火灾。这一切恶劣的生态环境和安全隐患，不仅对村民的生活造成了严重的影响，还给村里的发展也带来了很多负面的影响，直到四位年轻的学子不顾一切奔赴而来。

俗话说，儿不嫌母丑，子不嫌家贫。对于从这里走出去的学子来说，即便是家乡再贫穷落后，他们也只能无条件地去接受，然后再用自己所学到的知识和自己所储备的能量去改变它、打造它，甚至是不惜一切地带着村民们一起致富。

其实生活本就是这样，要想一点点地向着自己喜欢的方向靠近，就要保持一份热爱，忠于自己内心，只有这样，才能奔赴一方安静且美好的乐土。

心动不如行动。既然都双向奔赴了，那么再绚丽的火花也需要一个燃点。周运盛和伙伴们在奋力筹措资金和设计规划的同时，便加紧了申办手续的脚步，而这个合理合法的营业执照就是开启梦想的钥匙和点燃希望的燃点。

2020年5月11日，经过一段时间的努力与奔跑，承载着四名学子的梦想与希望终于被点燃了。当他们拿到政府行政部门颁发的营业执照等各项手续时，作为法定代表人的周运盛和几个小伙伴激动得热泪盈眶。

可喜可贺，乌鲁木齐市米东区"浔疆四季"家庭农场就此诞生了。

当然,“浔疆四季”家庭农场的成立,使得四位年轻的创始人也都有了自己的定位和明确的分工,这也十分有利于公司的发展与运营。法定代表人周运盛,负责整个公司的总体经营与管理;研发总监徐雅各,负责公司的项目研发与管理;财务总监李天成,负责公司的财务与采购;质检总监李可娜,负责公司的产品质量与检验。他们四位虽然在一起创业,却在用各自所学的知识在不同岗位上发挥着自己的作用与专长,各司其职,携手共进。

为了尽早地实现自己的创业梦想,在家乡的土窝子里建造出一个梦幻的塞外江南。在拿到手续的第一时间里,他们便请来了几台挖掘机,正式开始在政府划定的村后面的空地上,开挖和回填那块被处理过的芦苇荡和污水沟。

令人没有想的是,一块长满了芦苇荡的臭水沟和垃圾场,村民们宁可一直被遗弃和闲置在那里,也不能被别人利用起来做点事情,一旦动用了,不管是不是对他们有好处,他们都会认为这是动了他们的蛋糕。毕竟是受过生活的苦,他们看见的也只有眼前的既得利益,并不会考虑到什么长远的发展。于是,韩家庄的部分村民每天都在虎视眈眈地盯着,并对刚刚开工的挖掘机进行各种阻拦,有人堵在路上,有人站在挖掘机上,甚至还有人组团去上访,目的就是为了不让“浔疆四季”家庭农场建在自己的村里,即便是能够改造环境也不行。

无奈之下,刚刚开工不久的回填工程就此被搁置下来了,年轻的梦想还没起飞,就停在了起步阶段,这阻碍确实让周运盛很受伤。毕竟他才25岁,本想着放弃了那么多回来,就是想为家乡做点事情,可他无论如何都没有想到的是,在他刚迈出第一步的时候就遇到了这么大的一个坎,所以内心的挫败感和失落感可想而知,好在有父母的陪伴和小伙伴们的支持。周运盛并没有因此而退缩和颓废,他顶着巨大的压力,一边给村民做思想工作,一边找镇政府出面协调,他总是想着作为家乡的孩子,即便是拼尽全力,也一定要改变家乡的现状。

“我记得杨绛先生曾经说过一段话:在你最艰难的时候,不要想着太远的将来，只要鼓励自己过好今天就可以了。有些东西啊，其实根本就不配占有你的情绪，这人生本来就是一场艰苦卓绝的体验。所以在我每次遇到挫折的时候，我就会想起这段话，顿时便觉得内心充盈了许多，也强大了许多。”周运盛说。

功夫不负有心人。在镇政府的帮助与协调下，在周运盛的两三劝说和承诺下，村民们开始慢慢地接受并主动配合，毕竟是对双方都有益的事情，他们也没有特别的理由再加以阻拦。没有了人为的阻碍，想必在接下来的日子里，年轻人本应可以甩开膀子大干特干了，可是再次动工没多久，百年难遇的新型冠状病毒肺炎疫情就又如同魔咒一般地降临在新疆的大地上。并于2020年7月16日开始全区按下了暂停键，回填工程再次停歇，周运盛也被迫封在了庄园里不得出行，这一停就是一个半月。

都说风来得有多么的疯狂，浪就拍打得有多么的用力。

刚刚解决了村民的问题，突然又来了个新型冠状病毒肺炎疫情。这让刚起步的事业顿时变得一波三折、跌宕起伏，也让本来就适应了快节奏生活的周运盛顿时倍受打击，精神压力也与日俱增，情绪更是处于一种濒临崩溃的边缘。因为回填污水坑本就已经投进去一百多万元了，机械再停一下断一下，成本刷刷刷就上来了。原本打算要在10月1日开业的计划，这下因为这该死的疫情也要泡汤了，再等到疫情解封，估计今年一年都彻底结束了。

“当初我是顶着很大的压力回来的，如今却面临这样的境况，这要是让上海的同事和领导知道了，他们会怎么看？圈内的同学会怎么看？家乡的亲人又会怎么看？最关键的是，我不是一个人回来的，如果只是我一个人，失败了大不了从头再来。可我是带着我的兄弟朋友一起回来的，他们本身水平就非常高的，现在很多城市都在人才引进，待遇也都不错。特别是徐雅各，他研究生还没毕业就有杭州的企业要他，年薪都在四五十万元。现在他们都跟着我一起回来了，要是我们的事业最终落得个虎头蛇尾的结局，那我又该如何向他们交代？再说我们都是农村家庭的孩子，前期筹集的资金大多都是父母家人的血汗钱，如果真的功亏一篑，牵连到的可就不只是我们几个人那么简单，而是会影响到更多家庭和亲人。总之在封闭的五十多天里，一想到这些严重的后果和影响，我就痛苦万分，十分煎熬，后来甚至是整夜整夜的失眠。”提起当时艰难的处境，周运盛仍心有余悸地说。

真是“山重水复疑无路，柳暗花明又一村”。8月中旬，正当周运盛在经历了一夜失眠后，早上九点刚睡着，就被父亲给叫醒了，父亲告诉他自治区来领导了，让他赶紧起来收拾一下。可是无论如何都不相信，现在是封闭期间，领导怎么可能跑到乡下来看他们，他以为父亲是因为担心他的身体在给他宽心呢，回应了一声后翻身又继续睡了。过了一会儿，村委书记又急忙进来叫他，告诉他高萍书记带着自治区团委书记赵川特意来看他了，让他赶紧出去迎接一下，那一刻，他才相信真的是自治区的领导来了。

“到现在我都觉得像做梦一样。赵川书记那可是自治区的正厅级领导，他能够在疫情期间抽出时间专门来到村里来看望我们，其实就是来给我们加油打气的，这让我们真的是荣幸至极。临走时赵川书记还把他秘书的微信和联系方式都留给了我，让我有什么困难就来找他。说实话，在我们最艰难的时候，赵川书记的一席话，让我们的内心深受鼓舞，我们终于可以放手一搏了，我们终于被人认可了。那一刻心情豁然开朗，管它什么流言蜚语，管它什么冷眼旁观，统统都在我眼前消失得无影无踪了，似乎满眼看到的就只有希望和未来了。”周运盛坦然笑道。

是的，人生那么珍贵，又怎能让努力经营的美好未来输给了心情。世间还有很多美好的事情需要你们去开拓，千万别让挫败的心情影响了美好前程。

事情也正如周运盛所期待的那样，正在向着更好更美的方向发展。因为被发现，所以被重视。因为被重视，所以好多事情也就好办多了。

2020年9月1日对于“浔疆四季”的四位创始人来说，确实是一个值得庆贺的日子，这一天不仅疫情解封了，他们的项目也可以启动了。或许是因为停置得太久，他们希望项目开工的心情就越发急切，好在有政府的大力支持与帮助，各项工程便紧锣密鼓的上马跟进，最终建成了一座具有徽派风格的塞外家庭农场。

“浔疆四季”是一家集农业产业研发、农业观光采摘、特色餐饮垂钓、民宿团建定制、亲子旅游研学等为一体的多元化公司。他们秉承实现自己的价值、回馈家乡的理想，于2020年3月开始投资建设，同年10月被米东区政府立为重点扶持项目，项目总投资六千七百万元。一期项目占地三十余亩，投资七百万元，并于2021年7月开始试营业，目前二期项目正在规划中。

在试营业期间，“浔疆四季”不仅当地的游客应接不暇，就连中国文联的采风创作活动也选择在此举行，为这座塞外江南小院增添了不少光辉。

或许是经历了太多的挫折与无奈，“浔疆四季”虽然在试营业期间还算顺利，但他们始终没有忘记最初的承诺和目标。从一期项目开始至今，他们累积带动就业一百四十余人次，并完成了对本村道路、院墙和人居环境等修缮。

记得《人民日报》有一段话：“人生最幸福的事，不是活成别人的样子，而是通过自己的努力，活成自己喜欢的样子。那些失去的，也会以另一种方式归来。”

“浔疆四季”，便是另一种回归。他们不负华年，只为在此遇见更好的自己。

书香四季

阿娜尔·孜努尔别克

古牧地河是米东区人民心中的母亲河。它由城区南北，穿过城中心，向北流去，最终注入塔桥水库。作为一条常年流水的河，古牧地陪伴了一代又一代的米泉人成长。由它为轴线辐射出的公园、商场、夜市、步行街等，丰富了米泉人白天和夜晚的物质生活。就在距离古牧地几条街的位置，有一个醒目的五层楼，正门上方新华书店的红色字样，在太阳下闪闪发亮。始建于1956年的新华书店，是米东人精神孕育的地方。书香弥漫四季，它的影响已深深植入米东各族群众心中。

新华有我，我在新华，我与新华共成长

5月，明媚的阳光透过薄薄的云层，化作一缕缕金光，撒向大地，留给路上的行人款款热情。和煦的春风轻抚着上学路上孩童的脸颊。大地甩掉了累赘，脱去了厚重，焕发着青春和活力，张扬着奔放，米东区呈现出属于春天的缤纷。

这一天，解小萍像往常一样，早早地开车出了门。上班路上的沿途风景，让她不经意间在脑海中编织着美妙的文字。她爱读书、写作、绘画和书法，这

些文艺爱好的产生，和她的职业有着很大的关系。她是米东区新华书店一名资深的老员工。解小萍在上班路上，一定会经过古牧地。进入春天后，古牧地变得丰盈起来，哗啦啦地停不住脚步，似乎要奔向远方。

作为土生土长的米东人，解小萍心里对古牧地河也有一份特殊的感情。不知是一时兴起，还是怀旧情感向外涌。解小萍干脆开车多绕了一条街，为的是看一眼新华书店曾经的旧址，虽然那里的面貌已焕然一新，但路名未变，回忆还在。阳光洒在行车前方的道路上，温暖就在心中不停地流淌。很快，她陷入了回忆的漩涡。

1997年的春天，年仅二十出头的解小萍在当时的米泉县新华书店就职，从此成为新华人，开启了近三十年的书店职业生涯，把人生最美的年华献给热爱的事业。1994年，米泉县城进行规划，为米泉撤县建市做前期准备。米泉县新华书店也面临拆除重建的现实。经书店努力协调，争取到政府的大力支持，于1997年6月，建成一座面积为三千三百平方米的五层综合大楼。开业现场人满为患、红红火火，很是热闹。刚入职不久的解小萍有幸见证了米东区新华书店的发展历史上，这一重要的时刻。那一天的记忆，对于她是弥足珍贵的。

回忆起过往的岁月，解小萍总是感慨万分。最初的她走路上下班，后来改为骑单车，再后来就是自己驾车。这些年，她上下班路上经过的风景也在悄然发生改变，那是米东区发展所带来的喜人变化。解小萍在书店的第一个岗位是财会，心思细腻的她，尽全力将这份工作做到了最优。后来，她换岗成为一名营业员。为了能第一时间满足顾客购书的需求，她利用闲暇时间了解书籍的种类，熟悉书店的环境。通过孜孜不倦的学习、培训，她精通了书店的销售业务，如今的她，已经是书店的门市主任。

看尽天地沧桑，人流熙攘，唱咏击节，红袖添香。激情凌空飞舞，信念与梦想如火焰般燃烧、流淌。新华书店是解小萍多年的职场，近三十年的光阴岁月，她亲眼见证了米东区新华书店的成长，书店也在润物细无声中陪伴她成长、收获。米东区新华书店始终坚持以习近平新时代中国特色社会主义思想为指导，聚焦聚力总目标，坚持为人民服务，为社会主义服务的办店宗旨，奉行“为好书找读者，为读者找好书”的服务原则，在米东区这片热土上深深扎根，成为一个建筑地标，以及生活在这个城市人心中的精神家园。

一直以来，新华书店承担着米东区出版物图书的发行工作。1997年建成的营业大楼选址于古牧地中路，为米东区最为繁华的地段。书店的营业楼共有六层，每层五百五十平方米。地上的五层分别用作营业厅，员工办公区域，地下一层则是教材库房。从最初三百余万元的营业额到现在三千余万元的营业额，这几十年米东区新华书店的发展不单是体现在销售额上，经营方式、销售模式的可喜变化，也是激动人心的。解小萍入职时，书店采用的是传统的壁柜式销售，这种销售模式持续了多年，直到2012年书店装修升级，才改为自选型的卖场式销售模式。书店全新的环境，让进店购书的人选书和购书的体验感更好了。

过往的回忆如电影片段般在脑海中播放，解小萍很快到达了新华书店。她停好车，走近书店，放好衣物后，开始打扫卫生，整理图书，迎接进店购书的第一个顾客，这些是她多年来一直坚持的习惯。恰逢周末，解小萍心想，一定又会有家长将孩子寄存在书店，放心地去购物；也一定会有青年继续阅读专业技能书籍，或许出门就培养成了一生的爱好。当然，也会有长者前来询问是否有最新的理论书籍……

一阵忙碌后，她坐在办公桌前，细细地计划着一天的工作。窗外行人步伐匆匆，车辆熙熙攘攘。书店内寂静无声，但每一个读者的内心世界，此刻，一定精彩纷呈。

心中有滚烫的信仰，脚下有无穷的力量

每年临近学校开学的日子，是米东区新华书店业务最繁忙的时期。因为书店承担着米东区三十一所学校，将近四万五千余名学生教材的发行任务。清晨，大货车将教材送至书店仓库。老员工张魁东和他的同事们负责验货，再

根据每个学校的需求量进行分类装车。完成准备工作，再确认无误后，张魁东便带领同事们将教材送至各个学校。也有些时候，会出现前期发放的教材数量不够的问题，张魁东和他的同事们需立即与邻近的书店取得联系，及时给学校调配书籍。

早在1993年，为解决城乡读者的购书热情，繁荣城乡文化市场，改变农村读者买书难的现实问题，当时的米泉县新华书店靠自我盈利，购买了一辆客货两用车，专门为农村和全县中小学校义务送书，这个举措拉近了店校之间的沟通和联系。看似平凡却意义非凡的业务工作，米东区新华书店坚持做到了现在。如今的米东区新华书店也同时肩负着全米东区“东风工程”“农家书屋”等政策性出版物的发行工作，其中“东风工程”出版物发行共覆盖一百七十一个乡镇村（社区），“农家书屋”共覆盖八十一个赠阅点。

多年来，不管是酷热难耐的夏季，还是寒风吹彻的冬季，像张魁东这样的新华人在四季里不停地奔走，长年累月的坚持给学生送教材、给牧民送书。近几年的奔波中，最令张魁东记忆犹新的是两年前的冬天，也就是第一次疫情期间，因学校相关管理规定，外来人员不能进入教学楼区域。大冬天，张魁东和他的同事们只能趴在车引擎盖上填写单子，再卸书、搬书。一天下来，跑了十几所学校，双手和脸颊冻得通红，甚至发紫、生疮，几日不见好。加之多年超负荷搬运工作，导致他们腰椎，膝盖上分别有了不同程度的劳损，但不忘初心、牢记使命的承诺，早已演变为脚下一个个坚定的步伐。当看到学生翻阅最新教材认真学习，牧民手捧新书欢喜阅读，儿童读着故事书沉醉其中时，张魁东和他的同事们感到深深的欣慰。

张魁东的母亲也曾是新华人，就职于木垒县新华书店，一直干到退休。不仅如此，他的亲戚中也有不少人在新疆各地新华书店上班。正因如此，他便成了同事们眼中特殊的“新二代”。张魁东的孩童时期多半是在书店中度过的。比如，碰上母亲加班的日子，他就跟着去书店，母亲工作，他便读书，渐渐地养成了读书的好习惯。一到寒暑假，他就跟着母亲去书店帮忙，最初做搬书、运书的简单活计，后来学会了给图书分类、登记，再后来甚至参与辅助图书采购的工作。几年下来，张魁东熟悉了书店众多业务，也对木垒书店产生了特殊的感情。毕业后，他便入职木垒新华书店，同母亲一样，成为一名不折不扣的新华人。不久后，他又调入米泉县新华书店，主要负责送教材，送书下乡等对外的业务，这一干就是三十年。

米东区新华书店还有不少像张魁东这样的“新二代”，甚至是“新三代”，在上一代新华人的影响下，耳濡目染，长大后也加入新华人的队伍。在这里，他们学会了工作，懂得了生活，了解了社会，增长了才干。为科学普及，社会进步贡献自己的一份力量。

从20世纪80年代起的牧区流动售书，到摆地摊售书，流动售书，再到售书到校、师生阅读，服务社区、方便群众，送书下乡、为民服务……时光荏苒、只争朝夕，历史在波澜壮阔的奔涌，生命在此便有了不可言喻的美丽和庄重。多少沧桑和风霜，悲欢荣辱，一代又一代的新华人坚定地履行使命，用时间铸成信念和忠诚。

长江后浪推前浪，前赴后继创基业

青春，是人生一个重要的篇章，它也是一个人的生命线里最光鲜亮丽的一个片段。它是春种，也是秋收。用无怨无悔守候青春的承诺，是一种心灵飞翔的苦旅，是一种苦涩甜蜜的期待，更是一种顶天立地的责任。在米东区新华书店老员工解小萍和新进员工毛佳丽身上，恰恰提现了这种承诺和坚守。

95后女孩毛佳丽是米东区长山子镇人，从小热爱读书。书中自有黄金屋，每当翻开一本书阅读时，她的心便沉浸下来，书中丰富的内容，波动的情节，让她的心灵在精神的海洋中徜徉，可谓是其乐无穷。渐渐地，毛佳丽将读书的爱好变为心底的热爱，毕业后，毅然决然的求职于新华书店，并且顺利入职，于2021年，正式成为一名新华书店的员工。

初到新华书店的毛佳丽，对于自己的第一份工作表现出极大的热情。特别是对书店于2020年开始使用的新系统——出版物发行信息管理平台的运用,她更是表现出非常强的学习能力和领悟能力。为尽快上手业务,她充分利用业余的时间钻研,遇到不懂的业务,主动向前辈解小萍请教。

看着眼前这位朝气蓬勃、积极乐观的女孩,解小萍不由得想起25年前,刚刚入职时的自己。那时候的自己,也是那样的充满干劲儿。她喜欢这个充满活力的女孩,于是,“传帮带”“师带徒”的相处模式,在这两位新老员工之间应运而生。解小萍手把手教毛佳丽学习书店的各项业务,也把自己多年的工作经验,一点点的传授给她。毛佳丽也很是努力,她对新业务上手很快。没多久,她也能独自完成外出进货的工作任务。

其实,米东区新华书店有很多像毛佳丽这样的年轻人,他们异军突起给新华书店注入一批又一批的新生力量。紧接着,一个又一个的新鲜事物、精彩活动,也如雨后春笋般,在新华书店产生和发展。让新华书店在日新月异的变化中发展、成长。就在2022年的4月23日,米东区新华书店联合米东区图书馆举办了“你选图书我买单”的活动。喜爱读书的米东人手持图书馆借书证,在新华书店填写选书借阅单,办理借书手续,再高高兴兴地将新书带回家。

把选书权交给广大读者,每位读者针对自己的兴趣喜好到新华书店选购图书,一个月内的任意时间将书籍返还给图书馆,一个富有创意的活动,一次书籍的良性循环,让米东区人民多了一种借阅图书的新渠道,这无疑是对全民阅读的有力推广。为了能够让读者在“你选书我买单”活动中选到自己喜爱的书,获得最佳的购书体验。米东区新华书店在原有三万余种图书的基础上,又新进了五千余种。

作为新员工的毛佳丽第一次参与书店这样大型的活动,虽然活动为期两天,但前期的准备工作,让书店的所有工作人员忙得不亦乐乎。当然,借助这样的活动让米东区图书馆的藏书变得多元、丰富,让新华书店的精品图书更好地展现给读者。最大限度发挥图书资源的效用,满足读者的爱好和兴趣,提高图书的可读性,让读者变被动读书为主动读书,是米东区新华书店一直以来的初衷。

时代在发展，社会在进步，相较于从前的人工操作业务，如今出版物发行信息管理平台的广泛运用，让图书征订、查询，以及进货、退货等业务都是变得极其便利。员工们的工作效率也是翻了一番。新时代、新征途给书店行业以新的机遇和挑战。毛佳丽这样的年轻新华人大胆地设想，未来的某一天，在销售渠道上，米东区新华书店能够实现借助抖音、快手等新媒体平台实现网络购书，进一步扩大销售范围。在销售模式上，能够尽早实现沉浸式读书模式，顾客能够坐在舒适宽敞的环境中，品着咖啡，阅读书籍……书店最大限度的发挥销售和阅读的双重作用，顾客也能够在书店获得自在读书和轻松购书的绝佳体验。

稻香飘飘书情浓，书海扬帆乐无穷。米东区新华书店不断成长、发展、壮大的历程中，始终孕育着党和政府对新华书店的高度重视，无限的关怀，以及广大读者的支持。如今的米东区新华书店是米东区重要的传播科学文化知识的阵地和精神文明的窗口，也为米东区意识形态领域阵地建设发挥重要的主渠道作用。

每个人心中都有一个新华书店，它用缕缕书香、点点墨香滋润了童年，鼓舞了青年，充实了中年，也温暖着老年……

当过兵的石强

齐远平

距新疆国际会展中心以北两公里左右，有一大片金碧辉煌的建筑群，这就是2020年10月投入使用的乌鲁木齐奥体中心，石强便是这座西北最大的现代化体育中心的掌门人之一。

石强1975年生人，中等个，留着短发，国字脸，身板硬朗，举止沉稳，眉宇间流露着果敢和睿智，让人一见便知，他有过当兵的历史。

能成为目前全国屈指可数的，这样一座现代化体育中心的掌门人，石强特别感谢这个飞速发展的时代，特别感谢乌鲁木齐城基众建工程管理有限公司的培养和信任。石强第一眼看到这样座体育中心时，被深深震撼了，感到了从没有过的压力，但军人从不服输的斗志，使他暗下决心，决不负时代，决不负组织的期望，一定要让这座现代化体育场馆，发挥它应有的作用，创造它应有的辉煌。

石强是兵二代，父母亲都是新疆兵团职工，军人的情结从小就在石强的心中扎下了根。

1993年，高中毕业的石强，如愿以偿地成为一名光荣的解放军战士。在穿上草绿色军装出发的那天，他第一次给父母亲行了一个庄严的军礼，这个军礼，让他的父母亲十分欣慰和骄傲，以至于母亲到了晚年，由脑梗引起精神异常，不认识其他孩子的时候，她依然记得给她敬军礼的儿子。

四年的军旅生涯，成就了石强善于学习的习惯，严谨的工作态度，永不服输的意志品质。四年以后，石强带着一次三等功，三次优秀士兵，四次受到营连嘉奖的无上荣光，复员回到家乡，分配到新疆伊犁宏远建设有限责任公司成为一名建筑工人。

服役期间，石强爱上了《当兵的人》这首歌，他说，这首歌唱出了好男儿的心里话，歌中唱到“当兵的人，说不一样，其实也一样，都在渴望辉煌，都在赢得荣光。”他说，这首歌将激励他干好每一项工作。

石强退伍不褪色，退役不退志，依然保持着军人的本色。在宏远建筑公司工作不久，公司领导见他工作踏实、责任心强，便委以重任，让他担任了建筑公司经济民警，后来，公司材料员岗位缺人手，领导又安排他干起了公司材料员，再后来，领导见他工作严谨，又推荐他去参加质检员上岗证培训，当起了建筑公司的质检员。

服从分配是军人的本色，石强在宏远建筑公司一直干到项目经理，工作岗位换了一个又一个，他都是无条件服从，从未有怨言，不懂就问，不会就学，抽屉里，装满了各种结业证、上岗证。看着这红红绿绿的各种证书，石强感到，这些证书让他获得的知识都是碎片化的，没有一个是系统的。没有一项系统的专业学习，获得的知识是有限的。认识到自身的不足，石强马上行动，工作之余，他夜以继日地抓紧时间复习，2019年顺利通过全国成人高考，被新疆大学法律专业录取。

寒来暑往，经过三年的刻苦努力，石强顺利拿到了新疆大学法律专业毕业证书，这是他当时所有证书中最有分量的一个。就在他欣喜之时，他的工作又变动了。

原来，石强所在的建筑公司领导，升迁到师街道办事处当书记，一定要带上工作踏实肯干的石强到社区工作。这次工作变动，换作其他人，求之不得。

因为，那时候的社区工作，不像现在那么忙，工作比较清闲，工作也没什么难度，整天都是些琐碎的事，什么监督打扫街道卫生，挨家挨户抄水表、电表，解决邻里的纠纷矛盾等等，这对志存高远，喜欢挑战自我，当过兵的石强来说，无疑是一种煎熬，一种折磨。

石强要求回原单位，领导说："你傻呀！建筑公司又脏又累。"不同意他的要求，他又要求调到其他单位，领导也不批。

那时，单位允许停薪留职，下海自主创业，石强的一些同学、战友，自主创业都已经小有成就，这无疑是一种召唤。经过深思熟虑，一不做二不休，石强毅然决然地向领导递交了待岗报告，辞去了社区这份安逸的工作，投入到自主创业的下海大潮。

这时，石强刚结婚不久，他和妻子一起告别家乡，来到乌鲁木齐市边疆宾馆打工。那时的边疆宾馆，中外商贾云集，成功人士西装革履，各个商铺的客商络绎不绝，这让初入商海的石强目不暇接、大开眼界。他打工的商铺，主要是独联体国家的客商，他见老板用流利的俄语与客商谈生意，十分羡慕，就向老板请教，老板递给他一个小本子，小本子上是用汉语标注的音译的俄语，石强如获至宝，没几天，就全部背会了小本子上的俄语单词。很快，它就可以用生硬的俄语和客商交流，介绍商品了，石强的聪明好学，得到了老板的赏识，并给他涨了工资，调换了岗位。很快石强的腰包鼓了起来，有了一笔不菲的收入。

"咱当兵的人……都在渴望辉煌，都在赢得荣光"。有了一笔不菲的收入，从不安于现状的石强，每当唱起这首歌，他都感到身上有劲使不出。他意识到，不能这样长期打工，他想自己干，想自己畅游商海。他把想法给妻子讲了以后，贤惠的妻子完全支持。

通过电视，石强了解到，育婴游泳馆在其他省市很流行，是一项新型行业，于是，他和妻子一起，南下苏州、杭州考察学习，引进了先进的育婴游泳馆设备和技术，成为新疆第一批开办育婴游泳馆的人。正当他育婴游泳馆的生意渐入佳境的时候，广州一个做物流公司的亲戚，由于公司业务拓展，急需管理人员，邀请他去做管理工作。

面对用汗水和心血开办的育婴游泳馆，石强和妻子都舍不得，然而物流公司的规模和前途是小小的育婴游泳馆无法比的，更何况，广州是我国改革开放的前沿，是高新技术和科技人才的聚集地，是一个更具竞争和挑战性的地方，这正符合石强的愿望。于是，他和妻子商量后，转让了育婴游泳馆，打起背包，去了广州。

到了广州，石强熟悉一段工作以后，被委以重任，担任了广州新广南芳物流有限公司总经理。期间，石强眼界大开，深感新知识的有限。于是，他如饥似渴地学习企业管理知识，商业发展规律，不断更新所学知识，并用于物流公司日常管理工作，公司业务蒸蒸日上。就在此时，由于户口不在广州，到了入学年龄的儿子，公办学校进不去，上学问题摆在了石强和妻子面前，找了两所打工子弟学校，条件都不理想，教师都是临时的代课老师，个个南腔北调。为了不误孩子的学业，石强恋恋不舍地辞掉了物流公司工作，和妻子回到了乌鲁木齐。

有过近五年在广州工作经历的石强，更加自信、成熟。回到乌鲁木齐成了香饽饽，几家公司看了他的简历，都有意聘请他做管理工作，后来，石强选择了新疆宝杰恒项目管理咨询有限公司任总经理。因为有了在广州物流公司管理工作经验的积累，石强在这个规模不大的公司，工作起来游刃有余。在石强任职的五年中，公司业务连年刷新，屡创佳绩。

在成绩面前，在众人的夸奖声中，石强始终保持着清醒的头脑，他知道，满足于现状的人，总会被不满足于现状的人超越。他要做那个不安于现状，不贪图安逸的人。

机会总是垂青于有准备的人。当得知乌鲁木齐城市建设投资（集团）有限公司的全资子公司——乌鲁木齐市城基众建工程有限公司招聘中层管理人员的消息，石强十分激动，因为这是他梦寐以求的大公司，在这样的公司，才更具挑战性，自己才能跃上一个施展才能的新平台，实现更大的人生价值。

通过层层考核、资格审查，石强脱颖而出，成为乌鲁木齐城基众建工程有限公司的基层管理人员。

严谨细致的工作态度，雷厉风行的办事风格，得到公司领导层的赏识，给予了石强全方位的悉心培养和关注。

在公司无微不至的关心培养下，从2012年进入公司，石强一年一个新台阶，从一名普通的管理人员，跃升到公司总经理助理高级管理人员行列。

在这期间，石强完成了总经理交办的各项工作任务，全程参与完成了乌鲁木齐航空生产运行基地、苏州路综合管廊、儿童医院、奥体中心、机场快速路、河滩路沿线架空电力线路入地工程等十多项重大市政建设项目招标工作，仅2018年，就完成招标五十二项。

看着乌鲁木齐市日新月异的飞速发展，石强为能够参与到这么多市政建设的大项目而无比兴奋。回到家里，给妻子儿子讲他的大项目，就连给远在伊犁的家里人打电话，最后也要讲乌鲁木齐市要上什么大项目，欢迎来看看，他每天浑身都有使不完的劲。

突然有一天，集团公司领导找他谈话，问他："知不知道乌鲁木齐市奥体中心？"石强说："是咱们公司的项目，知道呀。"领导又说："现在奥体中心建成了，要组建班子，投入运营，现在公司调你去任奥体中心副总经理，你看怎么样？"

石强干脆地说："服从组织安排。"

当兵的经历，让石强养成了一切服从组织的习惯，这不是他无脑，更不是他自大，只要说是组织集体的决定，他都会无条件服从。

石强仕途正处于上升期，奥体中心的运营在乌鲁木齐还是个新型产业，没有现成的管理模式可以借鉴，找他谈话的领导设想了几种谈话的结果，就是没想到他这么干脆。

两天以后，石强走马上任。

乌鲁木齐市奥体中心，距新疆国际会展中心和自治区"六馆一心"南北呼应,相距两公里左右。

奥体中心总建设用地三十二万平方米,建筑面积三十多万平方米,总投资三十八亿元。场馆包括,一万二千个座位的体育馆、三万个座位的体育场和游泳馆、全民健身馆、综合田径馆、运动员宾馆、体育公园等。定位为甲级场馆,可承办国际、国内室内田径综合性赛事和单项田径赛事。运动员公寓委托由万豪酒店管理公司管理独立运营,使用"福朋喜来登"品牌,有客房三百零七间。

做奥体中心的招投标时,石强知道这是个规模大的项目,但当他置身于建成的奥体中心时,还是被深深震撼了。看着这么巨大的场馆,这么高科技的设施设备,石强突然感到从没有过的压力。

石强这时扪心自问,是不是自己太盲从,不该来这里工作?不,我曾经是位军人,军人以服从命令为天职;是不是自己太自大,没那个金刚钻,还要揽瓷器活?不,不会就学,有前面一二十年的摸爬滚打垫底,就没有过不去的火焰山。

石强自问自答。他懂得,在压力面前,决定一切的是态度,有了正确的态度,就可以将压力转化为动力,踏上成功的舞台。

石强暗下决心,绝不负时代,绝不负组织的期望。

有了明确的思想认识,石强再也不心无旁骛,全身心地投入到奥体中心的运营工作中。

工作千头万绪,石强实地了解每一块场馆场地的功能特点,如饥似渴地学习现代化体育场馆的运营管理经验,通过大会小会,和同志们一起集思广益,结合实际,科学决策,把奥体中心整体定位为"两心三地":即卓越的体育赛事中心、繁荣的市民文化中心、儿童文体培训孵化基地、全民健身百样聚集地、休闲轻生活首选地。最终将奥体中心打造为覆盖体育赛事、文化演出、全民健身、商业娱乐、星级酒店多功能开放式体育公园。

两年来,奥体中心运营工作中,最大的困难是疫情防控。石强刚到奥体中心时，正值新型冠状病毒肺炎疫情防控的关键期，那时，石强还兼有原公司的防疫工作任务，住在单位，两头跑，节假日比平时上班还忙，因为节假日是接待市民活动的高峰。

为宣传吸引群众来奥体中心活动游玩，在严格落实防疫措施的前提下，石强和同志们研究对策，制订方案，千方百计让这个现代化的场馆火(活)起来。

为鼓励广大市民来中心活动，中心制定了“低免收费”惠民政策，各项活动收费处于其他省市同行业中等水平，同时，还有“惠民时段价格”，收费更低。在五一、十一和春节等节假日，还安排部分场地场次免费开放。

为提高场馆利用率，让广大市民感受现代化体育场馆的魅力，2021年春节，中心开展了“我在奥体过大年”系列健身活动，免费向广大市民开放了篮球馆、羽毛球馆、网球馆等；为让各族市民充分了解奥体、走进奥体、爱上奥体，五一劳动节期间，奥体中心举办了“燃动五月，奥体制燥”各类体育健身赛事，向市民展示了高尔夫、击剑、轮滑等体育项目；七夕节，还举办了以“七夕今昔不同，奥运好运相伴”为主题的奥体中心“七夕”打卡活动。

中心还结合自治区“全民健身日”，每月8日推出部分场馆免费场次，并与各类专业协会开展合作，不定期组织教练员前往周边社区，为群众开展体育知识讲座。还引入市体育局“体惠卡”办理网点，现场为市民办理体惠卡，落实体育政策惠民。

奥体中心体量庞大，场馆众多，运动项目集成度，集中度高，管理难度大，为降低管理成本，提升管理效率，引进使用了先进的场馆智慧订场系统，智慧导航系统，泳客智慧管理系统，无人值守系统和智慧步道，智慧健身房等。高科技手段的运用，开创了新疆大型体育场馆使用“AI”技术的先河。

作为“青少年文体产业孵化基地”，奥体中心还把自营青少年体育培训作为重点工作，仅去年，就培训青少年四百余人次，在常年班的基础上，开办四期为期五十天的暑假集训班，让众多青少年度过了一个愉快、健康的暑假。

随着人气不断提升，奥体中心正在对三万平方米商业面积进行开发建设。

说起奥体中心的运营管理，石强就会滔滔不绝，没完没了，但要问起他的家庭情况，他总是内疚地笑笑说，这几年，我能够全身心地投入工作，要感谢三个女人。

从石强的只言片语中了解到。几年前，他妻子在一家效益不错的企业做会计，很受单位领导的器重，然而，为了全力支持石强的工作，妻子把接送孩子上学放学和一切的家务全包了下来。为此，经常上班迟到，单位了解情况后，允许他妻子可以迟到早退，去接送孩子，妻子为此十分感动，但是，石强的妻子认为，不能因为自己的私事，而影响企业制度的执行，毅然辞了职，让石强安心工作。单位领导也被石强妻子的行为所感动，答应她，随时可以去单位上班。令人欣慰的是，在妻子的悉心呵护下，儿子品学兼优，理想是将来也要做一位企业家。

另外两位要感谢的是石强的大姐和二姐。石强父母家远在伊犁，两位老人年事已高，平时都是大姐二姐照顾。2007年，父亲不幸患了心梗，在伊犁军分区医院做了四个支架，才脱离了危险。从此，大姐二姐便轮流和母亲一起照顾父亲。可是，屋漏偏逢连夜雨，2019年，母亲又突然患了脑梗，住院治疗以后，虽然四肢行动没有什么大碍，但是，脑子却一日不如一日，基本失去了正常人的思维能力，忘记了家里的大事小情，以至于有时连天天照顾她的女儿都不认识了。

石强本来是父母亲最宠爱的孩子，有心孝敬父母的养育之恩，然而，远水解不了近渴，有心无力。在大姐二姐面前十分愧疚，但是，善解人意的两个姐姐，十分豁达，害怕弟弟过意不去而影响工作，总是宽慰石强说，你好好干工作，就是爸妈的良药，就是最好的孝敬。每当两个姐姐打开手机视频时，精神失常的母亲，在不认识其他亲人的情况下，竟然一眼就能认出这个一年回不去一两次，会敬军礼的儿子。这时常让石强羞愧得泪流满面。

石强说，自古忠孝不能两全，我只有全身心地投入工作，才能对得起妻子牺牲自己的事业，来成全我的工作；才能报答父母的养育之恩；才能感谢大姐二姐替我在二老跟前尽孝。

这是石强的心声，这是石强每天都精神饱满，不知疲倦的投入工作的原动力。

望着灿烂的天空下，乌鲁木齐这座富丽堂皇，气魄雄伟的现代化体育场馆，仿佛一艘巨大的海轮，石强和他的团队正抛锚启航，驶向深蓝的海洋。

用爱书写人生

华丽

什么样的人生才是有价值有意义的呢？是达官显贵，是腰缠万贯，是功名利禄，还是恣意享乐？当得知了付秀清的人生经历和感人故事后，我陷入了沉思，陷入了深深的思索之中。

付秀清，一个和她名字一样秀美清雅的女人，一个知性温婉，一个举手投足都显露着品味和魅力的女人，却把自己的人生和事业与养老捆绑在了一起，且一干就是近二十年。初次见面，我怎么也无法将她和这样的职业联系到一起。在我的眼里，她应该是端坐在宽敞明亮的办公室里伏案书写或敲打键盘的那个白领。

20世纪60年代末，付秀清出生于被称之为“塞外江南”的伊犁河畔。在这片天赐的宝地上，这个乖乖女，闻着油菜花、薰衣草的芳香，听着马嘶牛哞的欢叫，和其他的孩子一样快乐地成长着。如果没有那场突如其来的变故，如果不是家中的老大，她的人生也许会是另外一番模样。然而，天有不测风云，人有旦夕祸福。就在她刚刚步入十三岁花季的时候，还很年轻的母亲在一场意外中不幸离世。顷刻间，这个七口之家，仿若被一阵飓风掀翻了屋顶，又好似被一片暗礁撞漏了船底，一下子失去了往日的宁静和温馨。望着父亲愁眉紧锁痛苦不堪的一张脸，再看看四个尚处年幼的弟妹，从小就被父母唤作贴心小棉袄的她，用一副柔弱稚嫩的双肩，默默地挑起了家里“半边天”的担子。此后的几年，买菜做饭，洗洗涮涮，照顾弟妹，成了她的日常缩影。为了减轻父亲的压力，高中毕业，她毅然放弃了大好的学业，选择做了一名乡村代课教师。

听着付秀清波澜不惊的叙述，我在心里暗自思忖，或许正是有了这段坎坷的经历和生活境遇，从而练就了她坚强的性格和非凡的毅力，也赋予了她一颗仁爱之心和博大胸怀。

20世纪90年代初，为了寻求更好的发展，付秀清只身来到乌鲁木齐市做起了汽车配件生意。生活不会辜负每一个辛勤付出的人。经过十多年的打拼，从零起步，从无到有，她终于在这个陌生的城市，在这片远离故乡的土地上站稳了脚跟。

生活有时充满了戏剧性和不确定性。正当她的生意做得有点眉目的时候，一次串门，彻底改变了她的人生方向和轨迹。

那是2003年的一天，许久都没有给自己放过一天假的付秀清，索性关了店门去往朋友家。让她没有想到的是，一进门就看见朋友的父母一个坐在轮椅上，一个瘫痪在床。朋友说，自己每天要上班，还要照顾生活不能自理的双亲，几年下来，早已精疲力尽、苦不堪言。生性善良的付秀清，当即给两位老人端上了一杯热茶，帮其翻了翻身，整理了一下凌乱的屋子。许是很久都没有见到过外人了，两位老人目不转睛地盯着她，朋友的母亲，更是拉住她的手不放。付秀清刚想说几句安慰的话，还没开口，就看见两颗浑浊的眼泪从老人的眼眶滚了出来……

这一幕，深深刺痛了付秀清。她想起了自己的奶奶，那个78岁卧床，80岁去世的山东女人，那个吃了一辈子苦，没有享上一天福的小脚女人。尤其到了生命的最后阶段，可怜的奶奶，更是受尽了磨难……

每个人都会老去，每个人老了以后都会遇到病痛，难道这就是人老了以后的现状吗？这就是老人们应该过的日子吗？付秀清在心里一遍遍叩问自己。

从那天开始,付秀清每天都会主动上门,帮助照顾两位老人,就像当初照顾弟妹一样。在她的精心照料下,老人的脸上有了笑容,气色也变得越来越好。有什么事,有什么话,都愿意跟她说,跟她聊。时间久了,他们竟然把她当成了自己的女儿,一刻也离不开了。

在照顾老人的这段时间里,付秀清的脑子时常冒出一个想法,能不能开个养老院,把那些行动不便、生活不能自理的老人都统统接过来,让他们老有所养,老有所依,老有所乐呢?这个想法刚一出口,就遭到了所有人的反对。有人说,你好不容易打拼了这么多年,事业刚刚有了起色,你就别再瞎折腾了。有人说,养老院的活又脏又累,出力不讨好,还有风险,你就别自找苦吃了。别看付秀清平时说话不紧不慢,温文尔雅,其实骨子里是个非常执拗的人,一旦打定了主意,就是三头牛也别想拉回来。虽然大家都不看好,被浇了一盆子凉水,她还是决定试一试。

说干就干,她以最快的速度盘掉了自己辛辛苦苦积攒下来的一个汽车配件商店,又向民间借贷了部分资金。筹措到资金后,便开始四处奔走打探选址。经过一番忙碌和筹备,2004年冬天,她的福乐园老年公寓终于在米东区的一家三层自建楼房里安了家。

第一时间,她就把朋友的父母接进了自己的养老院。看着瘫痪的父母终于有了好的归宿,想着被捆绑了多年的手脚终于得到了解脱,朋友感激地对付秀清说:“你真是我的好妹子啊,你帮了哥的大忙啦。”

说实话,那个时候养老行业还很冷清。但由于付秀清的真诚与爱心,最初设立的二十四张床位不到半年就爆满了。

一开始,为了节约资金,付秀清只请了一位做饭的大师傅,其余的工作全部由自己一个人承担。这个三十来岁的小女人,一会儿是采购员,一会儿是锅炉工,一会儿是保洁员,一会儿又变身为护理员。身兼数职的她,每天从晨曦忙到日落,半夜还要起来好几回,扶老人上厕所,帮他们翻身、喂水、换洗弄脏的衣物。几个月下来,她瘦了黑了,却觉得很充实,很有意义。

入住的老人，近百分之八十生活不能自理。为了方便照顾，付秀清就和身体状况最差的三名老人住在了一个房间里。其中一个老太太，不仅患有糖尿病，还伴有严重的并发症，腿脚肿胀，视力模糊，解不出大便。每当老人有了便意时，付秀清就用手帮她轻轻地、一点一点往外抠。这样的活儿，估计没有哪个人愿意干，即使是自己的父母。可是年轻漂亮的付秀清每天都在做。她说，每次听到老人满怀感激地对她说："闺女，我这辈子可是享了你的福了"时，她就觉得自己的付出是值得的。"不嫌脏不嫌臭吗？""从来没有嫌弃过。"这就是付秀清，一个爱心满满，一个真心为老人着想为老人服务的人。

对于付秀清来说，忙和累，脏和臭，都不算什么。她最痛心的事情是，这些辛苦了一辈子的老人，这些在生命的尽头盼着能多看几天日出，多欣赏几朵花开的老人，最后一个个消失在她的眼皮底下。

那是一个寒冷的冬夜。忙完了一天所有的事情，锅炉里的煤也压上了，已是凌晨两点多钟。刚躺下不久，一个老人就因脑出血去世了。从来没有见到过这种场面的付秀清，顾不得多想，一骨碌爬起来就冲了过去。这是个又高又胖一条腿高位截瘫的老人。昏黄的灯光下，付秀清一个人忙着给他擦洗、换衣服，等一切都弄利落了，天色已见微明。真是无巧不成书，才把这个老人抬上车，送出院子，住在门卫隔壁屋里的郭爷爷又不行了。付秀清顾不上喘口气，擦把汗，又急急忙忙赶了过去。正当她一边流着泪，一边给郭爷爷处理着的时候，被几天前从伊犁过来探望女儿的父亲撞了个满怀。顿时，父亲的面孔僵住了，眼神里流露出的更是万分的惊诧……

那天，父亲不吃不喝，拉着她就往外走，说什么都不让她再干这一行了。父亲说，脏点累点苦点也就算了，一个女孩子家，还要面对这种事情，他不干。付秀清心里明白，父亲这是心疼自己。可是，世上的事无论好赖总得有人来干啊，自己撂了挑子，这些老人怎么办？

何况，他们是那么的可爱，那么的明事理。不久前，当租住的老年公寓面临涨价或搬离的困境时，是这些白发苍苍行动迟缓的老人给了她支持和力量。

有人提前交纳养老金，有人拿出自己多年的积蓄，有人拉着她的手说，别怕闺女，遇到困难，咱们一起想办法……

开弓没有回头箭。尽管父亲一百个不愿意，尽管自己一直是在负债经营，尽管有时累得真是爬不起来，但付秀清还是坚持了下来。她怎么能够丢下这些与自己朝夕相处且已深深依恋上自己的老人不管了呢？

付秀清常说，从事养老工作，没有爱心、孝心和善心，是绝对做不好的。多年来，她就是把一个个老人当作自己的长辈和亲人来对待、来服侍、来孝敬的。

董守兰，一个七十八岁的回族老人，她与老伴2008年11月入住福乐园老年公寓。刚来时，她不让别人进自己的寝室，还时常把自己关在屋子里。原来，老两口患有脑出血后遗症，董守兰更因小便失禁，经常尿湿裤子。由于房间里有异味，她怕别人闻到，更怕别人嫌弃，只好紧闭房门。一次，董守兰看天气很好，就出来坐在寝室前的过道上晒太阳。没承想，黄色的尿液不知不觉又流了一地。正当她羞愧难当时，付秀清不声不响把地拖了，还帮她换上了一条干净的裤子，然后对她说："大妈，这里就是您的家，千万别拘谨。"看着付秀清那张和蔼的脸庞，听着她柔声的细语，董守兰不再封闭自己。在付秀清的细心照料下，寝室里没有了异味，老两口的病情也有了好转。

有一位来自南疆的患有老年痴呆症的老人，在公寓里住了三年多。一天，老人突发急性肾衰竭，进而昏迷不醒。当时，他唯一的儿子远在外地执行任务，一时半会儿赶不回来。付秀清就把老人送进了医院，并寸步不离地陪护了十五个昼夜，直到老人安详地走完了自己的一生。老人的儿子回来后，见所有的事情都已办妥，当即跪倒在地，流着热泪对付秀清说："我的好姐姐，你替我尽了孝，我这辈子都报答不了你的大恩大德啊！"那一刻，付秀清真正懂得了什么叫以心换心，以爱博爱的道理。

人是有感情的，只要你真心付出了，就一定会得到回报。公寓里有一位叫张兆祥的老人，家人送来玉米，他自己舍不得吃，把玉米一粒一粒剥下来，装在塑料袋里。见到买菜回来的付秀清，他就笑呵呵地迎上去："丫头，赶紧吃，给你留一个上午了。”在这里，几乎所有的老人都会把家人送来的好东西给她留一份，哪怕是一个鸡蛋，一个苹果，他们都要留给她，还要亲眼看着她吃了才高兴。这些可敬可亲的老人，从来不称呼她院长，而是闺女丫头地喊着叫着。在他们的心目中，付秀清就是自己的女儿，最亲的女儿。

付秀清不光对院里的老人尽心尽力，尽职尽责，对社会上的弱势群体也极富同情心和爱心。

2009年4月的一天，一个四岁的小女孩被人送进了公寓。见到付秀清的那一刻，小女孩怯怯地问：“阿姨，我的爸爸妈妈呢？他们不要我了吗？”付秀清一把将孩子揽进怀里，对她说：“宝贝，爸爸妈妈做生意去了，从今天开始，我就是你的临时妈妈。”这是个父母犯了事儿的可怜孩子。付秀清给孩子洗了澡，换了一身干净衣服，将她安顿了下来。在这个老年人汇聚的地方，小女孩快乐地度过了两年时光。临别的时候，孩子紧紧抱着付秀清的胳膊，怎么也不愿意松开。看到这样的情景，孩子的爷爷泪流满面，一个劲儿地说着“谢谢”二字。

蕴含在心里的爱，是否也会像窖藏的酒一样，会发酵呢？我想是的。为了帮助更多的人，付秀清还把她的老年公寓当作了临时救助站，向那些走失的、暂时无家可归的人伸出了援助之手，敞开了爱的怀抱。

其实，从建院初期到2014年，付秀清一直是亏损的，她用了整整十年时间才还清了当初借贷的三十万元资金。即使是这样，面对困难家庭时，她依然慷慨相助，依然用一颗滚烫的心给予他们温暖，给予他们希望。

米东区三道坝镇有一个叫肖斌的年轻人，自幼失去父亲。由于他患有严重的智力障碍，他的母亲只能整天守护着他。母子两人靠低保生活，日子过得异常艰难。了解到这一情况后，付秀清主动将肖斌接到了自己的养老院，每个月只是象征性地收取一点点生活费。儿子有了放心的去处，肖斌的妈妈才得以放手出去工作。有了收入，有了生活的来源，笼罩在这个家庭多年的阴霾，终于烟消云散。

这些年来，付秀清把所有的时间、精力和爱都奉献给了她的养老院和那些需要帮助的人，唯独亏欠了自己的老父亲。当初父亲在伊犁的时候，她嫌路远太耗时间，几年也难得回去一趟，后来父亲迁到了昌吉，她照样很少回家。不是她不想父亲她不孝顺，而是属于她的时间实在是太有限了。好在父亲的身体还算硬朗，好在家人对她一直都很迁就。

有付出就有收获。经过多年的拼搏和努力，付秀清的事业总算展露出一线曙光。她不再是当初那个单打独斗的灰姑娘了，而是出落成一个优秀的养老团队的领军人物。她的理念更是从刚开始的简单护理，提升到一个以养老、日间照料、文化娱乐、精神慰藉、残疾人托养、医疗康养、临终关怀为一体的综合养老服务的全新高度。

走在米东区古牧地西路一片绿树环绕的公路边，就能看到一栋白色的六层大楼，写着“乌鲁木齐市福寿养老护理中心”几个醒目的大字，那是付秀清现在的养老院。幽静的院子里，有花、有草、有蔬菜，还有一个绿色的葡萄长廊。大楼里，干净整洁，光线明亮。吃饱喝足的老人们，可以根据自己的需求，去吸氧室吸氧，去康复室训练，去制作室做手工，去书画室练字习画……

最可喜的是，2016年7月18日，在这个暖意融融的地方，在这个温馨的大家园里，周庚臣、武玉芝两位老人迎来了他们大喜的日子，收获了他们的幸福晚年。那一天，养老院里张灯结彩，喜气洋洋；那一天，所有的老人眉开眼笑，如获重生……

一路走过来，回头看看付秀清留下的那些脚印，我看到了真诚，看到了付出，更看到了她用爱书写的灿烂人生。

田野的蓝色梦想

毕鸿彬

提起田野，立刻让人想到广袤的农田，那里有绿油油的秧苗、红艳艳的果实、金灿灿的麦浪……

它是大自然五彩缤纷的调色板，是劳动者播撒梦想的土地，是生活欢欣鼓舞的赞歌。

田野也可以是人名，是《在希望的田野上》歌名里的田野。

提起田野，妻子陈雪言语间流露出骄傲。她是丈夫的粉丝，更是他一路拼搏的见证人。2022年五一国际劳动节期间，我有幸电话采访了他们夫妇。

田野有一个梦想，月亮一样美丽，浸在蓝莹莹的水中。那蓝天一样的水，是他从小到大痴迷的蓝色田野，开满朵朵水花，他为之沉醉，梦里都在像鲨鱼一样勇猛地向前游、向前冲。

爱从白洋淀荡开

地处河北省保定市雄安新区的白洋淀，像一颗明珠镶嵌在华北大地上，这里风景秀丽，物产丰富，是田野的家乡。

这片中国海河平原上最大的湖泊，水村掩映，田园交错，鱼米丰盛，养育了田野的父母，也赋予了他们娴熟的水性。也许是遗传，1986年5月，田野离开母亲子宫那汪温暖的羊水，就喜欢上家乡的水。小小的人儿在澡盆里蹬着胖乎乎的腿，扑腾起水花，兴奋的样子逗得大人们也欢笑起来。

两岁那年，邻居要去湖里游泳，他闹着要去，就被带去了。

这是他第一次到大自然的怀抱里嬉水，那是何等的快乐。邻居把他放在一块气垫上，便一头扎进水里自顾自地游起来。

小男孩顽皮的天性险些要了他的命。等邻居从水里抬起头，却吃惊地发现垫子上空无一人，不知什么时候他掉到了水里。邻居慌了，连续两次潜入水中才把他捞起来。

父母受了惊吓，直到他四岁时，才敢带他下湖游泳。被淹过，也不怕，他像个小蝌蚪缠着父母，他们只好天天轮番教他游泳。两周后，小蝌蚪变成了一尾灵动的小鱼，从此开始天天游泳，风雨无阻。

水光潋滟，芦苇荡漾，水鸟脆鸣中小小鱼儿长成少年。他爱这片水域，哪怕水草伸出魔爪缠住双脚，拖得他快要窒息，挣脱后还是一如既往乐此不疲畅游在这片烟波浩渺的湖水里，这是他自由自在、快快乐乐的王国。

七岁那年，河北省业余体校来学校招生，他在所有考生里游得最快、最远，顺利进入体校。这个白洋淀岸边上的普通人家，虽生活拮据，却不乏暖暖的爱。田野入校前，父母就语重心长地叮嘱他，“你走的是一条不同寻常的路，要吃许多的苦哩，走了这条路就得走好。”

背起简单行囊，一步三回头，身后留下父母招摇的手，瘦小的身影走进体校的大门。

同龄孩子还在父母柔软的羽翅下撒娇，他却要独自展开稚嫩的翅膀飞翔。在校全托，封闭在大院里，每天除了吃睡、上文化课，其余时间几乎都泡在水里，上午下午都得训练。

正规训练带来的新鲜劲仅维持了三个月，日复一日的重复，感觉枯燥、乏味起来。

教练铁面无私，毫不含糊，谁动作慢了，他就抡起秒表上系着的绳子抽谁的腿，田野的腿上也鼓起一道道红印子，有的还烂了皮，沾上水就痛得龇牙咧嘴。

他想回家，想回到那闪着五颜六色波光的自由王国。

父母教会他游泳，也不辍循循善诱，及时地鼓励他克服困难。他振作起来，又活跃在蓝晶晶的水里，力争上游，斗志昂扬。这一坚持就是五年多，十三岁那年他顺利选入河北省体校专业游泳队，成了一名专业运动员。

“我们那时训练条件简陋，吃得也不好，头疼脑热还得坚持下池子。比如你的脚崴了，腿划伤了，你就练上半身动作。完不成任务，就不能休息，教练给你留一份饭，你得一直练到合格才能从水里上来。”田野对这段经历记忆犹新。

“怕吗?”电话这头我忍不住问。

“当运动员就得不怕吃苦，还得特别能吃苦。”

那蓝汪汪的水，看着他往复运动，悄悄溶下一颗颗汗粒和泪珠。

梦想从离海最远的地方升起

爱水，如鱼；游水，亦如鱼。

田野从没有想到，他会去离海最远的城市——乌鲁木齐。

2000年，新疆维吾尔自治区与河北省进行人才交流，他被选中。彼时的新疆，游泳水平在全国处于落后，成立自治区级游泳队才一年，游泳人才奇缺，求贤若渴。

从富饶的家乡，到陌生的新疆，不仅是距离上的大跨越，还有待遇和心理落差的跨越。他是游泳运动员，是在水里拼杀的士兵，肩负任务，义不容辞。

来到新疆，现实比想象得还要骨感。比起家乡丰满的水系和富有的游泳者，这里的确是天壤之别，干燥缺水，“旱鸭子”众多。环顾周遭，蓦地一个梦想升起，闪出蓝光，他要利用自己的专业，在离海最远的城市普及游泳，在新疆把这项运动提升起来。

适应半年后,田野迎来了新疆首次承办的全国游泳锦标赛。全国性的比赛,这对新疆来说是历史性的第一次,人们多么渴望他能摘得金牌,让新疆人扬眉吐气。然而,就在他全力以赴准备参赛的头一天晚上,一场意外不期而遇。由于设施落后,就寝用的席梦思床垫破旧,就在他抬脚去关灯的刹那,一根钢丝从床垫中刺出来,穿进他的脚板,顿时血流如注。他忍着痛,拔出钢丝,咬牙紧捂着伤口。教练在开领队会,两名室友搀扶着他赶到医院,打了两针破伤风。

第二天,脚上贴着四层创可贴的田野,面不改色地出现在赛场。当比赛的枪声响起,他纵身跃入水中,拼尽全力向前游,没有人知道他的脚痛得钻心。

水浪翻飞,精彩昙花一现,只差微小,他就和第一失之交臂,屈尊第二。没有人指责他,但内心仍不安,多少人寄希望于他,可终是失望。他暗下决心,下次一定拿第一。

之后三年,田野代表新疆队参加了多次比赛,果然夺得一枚枚奖牌。在亚洲锦标赛上摘得银牌;最丰厚的是2003年新疆第十届全运会,他摘得游泳比赛六项金牌,打破自治区六项记录,其中一项纪录至今没有被超越;他的名字被载入新疆运动史册。奖牌闪闪发光,格外耀眼,突破了新疆游泳体育项目在全国甚至亚洲为零的窘境。

亚洲锦标赛后,田野重回河北省游泳队。半年后,机遇来了。

千锤百炼,才能鲤鱼跃龙门,十七岁的田野一跃进入国家游泳二队。在这片更广阔的天地里,有更完善的训练,以及由营养师、医生、康复理疗师等组成的全方位服务团队,他更加刻苦,终得国内运动等级最高称号——健将级运动员。

水是那晶莹剔透的蓝,像宝石,那是用火热的爱、咸涩的汗水和泪水淬炼出的结晶。

二次进疆圆梦

水蜿蜿蜒蜒流往大海,路曲曲折折伸向远方。远方,水光中,成功的红旗总是若隐若现。

速度、耐力，耐力、速度，快些、再快些……

一遍遍在心里呐喊，一次次释放肌肉攒足的力量，而身体的极限总有个瓶颈难以突破。

去上大学吧，去那里补充能量，为自己加油。

选择退役，拿起书本，运动员不畏困难的精神再次发光。不久，河北省体育学院的校徽戴在了胸前。

田野离不开水，大学期间仍然坚持游泳，考取了中级教练员、中级救生员资格证，在以后的岁月里又考取水球教练员、社会游泳指导员考评员及考官等资质。

转眼大学毕业，田野被分配到北京科技附小，成为一名游泳教师，生活节奏舒缓下来。可是，冥冥之中，自有天意，远方离海最远的地方一直在翘首以待。

此时，乌鲁木齐市红山游泳馆正欲组建一支游泳队，主任特意从新疆到北京找到他，希望他能带领这支游泳队。

留在北京当体育老师？去新疆圆梦想？

田野选择了后者，理由有三：一是对新疆有情怀；二是新疆游泳水平落后，基础薄弱，更需要他；三是他第一次到新疆训练时生出的那个蓝色梦想，他想为新疆游泳事业做一些贡献。

2009年，田野再次踏上新疆的土地。几年过去了，这里游泳运动发展的速度依然不尽人意，首府乌鲁木齐市游泳队伍仅有两支，其他地方的力量可想而知。

为了支持田野的事业，父母、兄长迁来新疆，在这里安家落户。他一头扎进那一池清澈的水中，身旁是一群又一群可爱的儿童、活泼的中小学生、男男女女的成年人。

在田野的用心栽培下，送出去三名学员，一个推荐到海军游泳队，一个被北京队选走，还有一个送到了山东队。付出的心血在学员身上得到回报，他深感欣慰。

三年后，红山游泳馆换了领导，对游泳培训项目的支持大不如前，田野的教练生涯第一次遭遇瓶颈，他干脆辞职。自己干？对，自己干。他要拥有一个自己组建的游泳队，好让苗儿们安心成长，不受外界风吹雨打。

2012年，鲨鱼田野俱乐部成立。田野认识了陈雪，收获了爱情。

为什么公司名字和鲨鱼挂上钩？我有些诧异。

“我爱人说，他在新疆训练的时候，他的家境在队友中最差，但他游得最快，每当取得名次的时候，他的父母在家长群里都很骄傲。说到这里，田野都掉泪了。”陈雪深情地说。

田野自有他的解释，在新疆训练和比赛时，家长们评价他“游得像鲨鱼似的勇猛、快速”，他喜欢这个比喻，也希望来他这里学习的人都能游得个个像鲨鱼。

一切都要靠自己，困难重重。场馆租赁费对他是笔巨款，掏光积蓄，再东凑西借，田野租上了乌鲁木齐市西公园的游泳馆；游泳培训和训练时间只能按场馆分配的时段进行，他的手脚被束缚住，不能放开大干。

两年后，同样的问题重演，田野只能望水兴叹。之后，他租过植物园、卡子湾圣丹亚、银都酒店、乌鲁木齐石化厂等处的游泳馆。一个个困难，就是压过来的一座座山，从来没有令他怯步，坚持下来的动力是运动员不怕苦、不怕难、不放弃、不服输的拼搏精神。

由于田野为新疆游泳运动作出的贡献有目共睹，2013年，在乌鲁木齐市城市运动会闭幕式上，他成为传旗手。当他高高举起象征体育精神的旗帜时，内心充满运动员的骄傲和责任感。

在田野多年的努力下，“旱鸭子”们成群结队跳下水，摇身一变成了“水鸭子”，游不好的变得姿势优美，游不快的有了速度，病快快地找回健康和快乐……

那令人牵肠挂肚的蓝色的水哟，飘着一个美丽的梦想，它从未走远，越来越近。

扎根米东共创业

2014年8月8号，一个吉利的日子，田野和陈雪喜结良缘，在米东安了家。

陈雪在米东一家银行工作，平时事业、家庭一肩挑，始终是位贤内助。婚后，田野把户口转到米东，成了米东人。

2018年，田野承包了在米东区的乌鲁木齐石化游泳馆，有了固定场馆，再不用辗转东西。当年6月，暑期培训班、长训班、成人班如愿开班。梦想如画，可以尽情泼墨，何其畅快。一时间，身着花花绿绿泳衣的人们，如姹紫嫣红的鲜花，开遍泳馆。

欢笑声声，口哨阵阵，池里手拿浮板的孩子们排成行，在教练的指导下，蹬起腿，打起水，从泳池一头飘向另一头。在连续十天的训练中，他们将从一个不会游泳，甚至怕水的孩子，变成动作标准的游泳者，也许从此爱上这项运动，成长为健将。这是田野的心愿，他多么想让米东人都学会游泳，让更多人受益这项运动。

田野把更多心血倾注在了长训班孩子身上，这些孩子基本是半专业化训练，每周三、五或者周六、周日都要来上课，一练就是几年，田野亲自培训。他知道，这些孩子的水平，就代表着新疆和米东区的水平。他爱徒如子，倾囊相授。

2018年国庆节，全国游泳俱乐部大联盟联赛在陇南市举办，田野率队出征甘肃。

来自新疆、陕西、四川和甘肃的21支代表队陆续抵达现场，然而田野这边却由于组委会工作人员的原因，一个孩子的名字没有被录入运动员名单，这就意味着这孩子不能参赛。高高兴兴来参赛的孩子和家长，当头迎来一瓢凉水，急得哭起来。

田野立刻去找组委会协商解决问题，据理力争。“我们从大老远来，恳请你们补录一下。”他央求着。

组委会工作人员认为已经完成录入工作，不能再补录。“让这孩子明年再来比赛吧。”

“我们家孩子都来了，到最后不让比赛，怎么能不难过呢？”家长不悦。

平时不善言谈的田野，为了孩子费尽口舌。组委会工作人员松了口，“让这孩子参赛，但如果他取得成绩也不能给他名次。”

岂有此理！一向温和的田野发了火。

“如果要这样，我们整体都不参赛了。”他态度坚决。

最终迫于压力，组委会同意孩子参赛。家长和孩子破涕为笑，田野长舒了口气。

这次比赛，鲨鱼田野代表队取得5金、13银、4铜、成人团体第四、少儿团体第七的好成绩；这可是代表新疆来参赛。

在许多其他省市人眼里，新疆是遥远的地方，有沙漠、有戈壁、有牛羊。

“你们新疆人还会游泳？不是都只会骑马吗？”

新疆的游泳健儿们都笑了。

……

2019年，鲨鱼田野代表队的队旗又飘扬在全国游泳城市锦标赛成都站会场。这次比赛共有来自全国各地的三十一支代表队，六百多名运动员参赛，观众达千余人。运动员们个个精神抖擞，摩拳擦掌。

鲜艳的彩旗倒映在碧蓝的泳池，池中红黄蓝绿色浮球拉出赛道，池边巨大的落地式电子屏滚动着多彩的画面，五星红旗图案闪亮在显要位置。这是多么亲切的场景，田野心潮起伏，心心念念都是他的学员。他发现，泳池和检录台之间摆放的屏风上有一个小洞，从那一眼孔洞能近距离看到池中的情况。他站在那里，一直守着。

比赛开始，运动员们像飞鱼跃入水中，快速轮着臂膀，蹬着双腿，有节奏地探头呼吸，你追我赶，争先恐后，竞相角逐。观众席上传来此起彼伏的加油声，全场一片沸腾。田野屏住呼吸，脸凑在小洞上，目光紧紧锁定自己的队员。当队员拼尽全力把对手甩到后面,冲到终点进入前列时,他激动地跳起来。

“咣当”,屏风倒了,田野也倒了。场边的工作人员赶紧上前扶起他,他的眼里蒙起一层泪雾,内心五味杂陈,久久不能平静。

这次比赛田野队大丰收,成人参赛选手九人,少儿组参赛选手十五人,共获奖牌十五枚,团体夺得第三名,为新疆争夺了荣誉,为米东人带来自豪。

这一年,田野还成立了水球队。这可是西北五省唯一一个水球队,新疆的游泳事业迈上了新高度。

成立水球队,田野是深思熟虑的。游泳这项运动少不了反复训练,时间长了,难免让人感到乏味,孩子们游到一定阶段就想放弃。而水球是一项集体运动,队员之间的互动多、乐趣多,有益于提升对游泳的兴趣。另外,随着国家对游泳运动的大力提倡,水球运动也得到很好的支持。就这样,说干就干,在他的努力下,水球队顺利诞生,填补了西北五省这项运动的空白。

水球队活跃在游泳馆,很快输送出人才,一名孩子被推荐到了深圳水球队,令人欣喜。

就在田野一心想着怎样进一步发展米东区游泳运动的时候,2020年年初,席卷全球的新冠疫情发生了。

按照政府防疫要求,场馆关闭,一关就是一年多。培训和训练都被迫停止,不但如此,高额的维护费用还得支出。田野盼着早日传来解封的消息,然而笼罩在全球的病毒阴霾一直难以散去。他为游泳馆焦虑,为孩子们着急,吃不香,睡不安。放弃,还是坚持?其他省市的同学、教练一直向他伸来橄榄枝,以他的资质和能力不管去哪个城市发展都是高薪,他大可不必在这里劳神费心。

眼前仿佛放了两枚棋子,一黑,一白,选择黑就是去其他省市,选择白就得留下继续坚持。田野义无反顾地握紧了白子,再难也要坚持下去。来新疆时的初心怎么能轻易放弃呢?他不甘心,就是贷款、亏本也要把馆经营下去!

当陈雪递过来用以做抵押的房本时,田野心底涌起一股暖流,妻子是把信任、把期待、把支持都给了他啊。

云聚云散，月圆月缺，这些年受疫情影响，田野的游泳馆开了关、关了开，他一直咬牙坚持，不忘初心。

2021年8月，乌鲁木齐石化把体育运动场馆全部移交给米东区人民政府，通过参加竞拍，田野不仅没有失去游泳馆的经营权，还拿上了另外几个室内外体育场馆，扩大了经营范围。

站在泳池边，站在运动场上，他心潮起伏。

一路走来，几多艰辛，几多坎坷，只有他知道，只有蓝泠泠的水知道。

清澈的心有火热的爱

忙是田野生活的常态，承包米东区另外几个运动场后，他更忙了。但只要下到泳池，他就精神焕发，重拾干劲。

在人们眼里田野是个精神饱满、身材匀称、温文尔雅的棒小伙，脸上总是带着温和的笑。只有陈雪知道，他身上的病不少。运动员是个不断突破身体运动极限的职业，年轻时拼搏造成的伤痛都悄悄蛰伏在体内，可随着年龄的增长和身体的不断损耗，这些伤病都慢慢醒来，开始捣乱。

“我爱人因为长期在水里游泳，胃特别不好，当运动员的后遗症吧，他的心脏有时候会不舒服，现在随身带着丹参滴丸。他有时候胃都疼得成那样了，还去训练孩子，手里面抓个热水袋捂到胃上就去训练。只要有长训班的课程，他都亲力亲为带着，他特希望能多带出一些有才能的孩子。”

陈雪对丈夫充满怜爱，也满是无奈。

“除了当好教练，他不擅长别的事。不抽烟、不喝酒、不去娱乐场所。唉，有时候都有些憨。”

在田野眼里，来找他学游泳的都是学员，没有高低贵贱。他教过的成人里有当领导的，他从不借机会找人办事，有人关心他，问他有无需要帮忙的事，他总说没有。他认为，我教他们是因为他们想学游泳，不是为了让他们帮忙办事。

2016年,有人找到田野,请他带一批聋哑学生,这些孩子要参加全国聋哑人游泳锦标赛,他答应了。

当孩子们安静地站在他面前时,一个如何教的问题也摆在了眼前。这些孩子都不会游泳,得从零教起。他说话,孩子们听不见,孩子们用手语比划,他看不懂。为了跟孩子们很好地交流,在三个月内教会他们游泳,他开始学手语。泳池里,他手把手地一个个教,彼此打着手语,老师跟着帮忙,交流和沟通不再是鸿沟。

三个月后,孩子们去杭州参加全国聋人游泳锦标赛,最好成绩是第六名。获奖对这些孩子来说是特别大的鼓励,田野笑着为他们使劲鼓掌。

这次与聋哑孩子的接触,对田野的触动很大,他深刻感受到聋哑孩子们对游泳的热爱一点儿不比健康孩子少。热心公益事业的种子,在心田落地生根。

2018年承包乌鲁木齐石化游泳馆后,当年6月份,随着暑期培训班的开班,田野的公益事业也迈出步伐。每次办培训班时,他都和街道、社区联系,统计石化片区贫困生,对这些孩子免费培训游泳,保证教会。每年都是一百多个孩子,免费获得泳衣、泳具等体育用品。从那时至今,已有四五百人受惠。

“你不是富人,实际上经费还挺困难,为什么要这样做?”我问。

“主要是我能做我想做的事了,还是想推动新疆游泳事业的发展,让更多人受益。想把更多的爱奉献给孩子们,让更多的人能有游泳技能,了解这项运动。让米东人都学会游泳。”田野平静地说。

泳池里的水是那样清澈,是水濯洗了心灵?还是清澈的心灵自有清澈的爱?

“他对游泳真是特别执着,特别热爱,甚至吸引了一个退休干部来当教练。”

陈雪所说,确有其事。

原来,米东区乌石化厂有一位退休干部,也是位游泳超级爱好者,对田野非常佩服，十分欣赏。这位干部退休后执意要和田野干，想当教练。出于对游泳的热爱，志同道合的他们很快就走到了一起。几年下来合作愉快，如今这位教练已年近七十岁，却依然舍不得离开田野。

我想是田野有人格魅力，才能使一同打拼的伙伴由衷地跟随他。

水能载舟，也能覆舟。游泳是一项健康的有氧运动，也是存在一定危险的运动。

为了管理好游泳馆，田野可谓殚精竭虑，精益求精。他对教练们的要求很高，管理严格，又充满人性化。馆里的教练有些是他教出来的学员，这些孩子外出求学，假期回来兼职教练工作，既发挥了能量，也自食其力挣得学费。田野希望他们，能取得优异的成绩，有一个精彩的人生。

安全是管理的重中之重，为了确保安全，他对馆里的角角落落都进行危害识别，制定防范措施。救生员持证上岗，按照场地标准，合理配备救生员。孩子们基本在潜水池，池最深一米四，一米深处画一道警戒线，小朋友不能越线再往前游，这里救生员配得多一些。深水池除了用围栏保护，下水人员还需考取深水证。通过深水潜水一分钟，来回游泳二百米的考核，才能获得深水证，才有资格去深水池。

开馆至今，没有发生一起事故。许多孩子像蒲公英的种子，举着小伞，带着梦想，从这里飞向远方。

2021年8月，田野又送出两名孩子到广东体校学习，学费全免。为了孩子们，他动用了其他省市同学、队友、教练的资源。

教练这个职业并非易事，如今不同于他小时候训练的环境。来参加培训的孩子基本是独生子女，都是家里的宝贝，骂不得，更打不得，只能更加耐心细致地教学。

曾有个孩子因父母大龄得子，对他过分溺爱，来学习的时候很娇气。训练半年后，他开始有了变化，不那么难教。一年后，有了明显转变，由被动训练变为主动训练，不再怕吃苦。孩子高兴，家长欢喜，田野觉得这就是教练付出的体现。

也有不配合的家长，受不了教练对孩子的严格要求，闹着退学。田野好说歹说，劝不动的，也只好作罢。

“昨天他回来不高兴，一直拉着脸，我反复问他，他才说退了一个学生。他说退学费无所谓，难过的是这孩子成绩还挺好，本想好好训练一下，发掘他更多的潜力。”陈雪也深感惋惜。

蓝幽幽的水，让人欢喜，让人忧。

“现在还是疫情期间，对将来有什么打算？”我向田野问了最后一个问题。

“我的打算就是我的初心，让更多人学会游泳，了解游泳这项体育运动，受益这项运动。成立一个游泳学校，这是我最终的目标。我还是想继续留在新疆，再努力拼一把。”

听着田野的话，我的脑海闪过一句诗词：乘风破浪会有时，直挂云帆济沧海。

物流园里的故事

李吉

从乌鲁木齐市向北沿河滩快速路行驶十七公里，就到了米东区华凌市场物流园，这个昔日寸草不生、人迹罕至的戈壁滩如今变成了车水马龙、喧嚣繁华的物流园，这中间有什么奥秘呢？让我们来探寻一番吧！

物流园的首席安全“裁判”

吕福新是新疆华凌物流配送有限公司乌鲁木齐市米东区分公司党支部书记，负责党建工作和园区管理。吕书记的长相真的是太像著名相声演员冯巩，不知道的人，第一次见他，一定会认为是冯巩来深入生活来了。他笑着说：“物流园之所以发展得这么好，与上级领导的关心支持分不开，也有我们企业自身经营和服务物流企业有关系，更重要的是物流企业的诚信经营，坚持不懈奋斗的成果！”

2017年吕书记来到物流园的，他来的时候，物流园基本形成了比较整齐、规范化的经营管理格局，但是如何让物流园更加安全高效运行是他重点面对的大问题。

当时，吕书记的压力是相当大。军人出身的他从到任的第一天起，就可以说是如履薄冰、坐卧不宁、寝食难安呀！因为，他知道自己的责任重大，自己的工作只能做好，不能出问题，如果园区的安全生产等任何哪一个方面出了问题，那就会影响到很多家庭，还会对社会造成不良的影响，那他是无法交代的，如果出了重大问题，后果不堪设想。责任在肩，不可掉以轻心。

他清醒地知道，虽然现在物流园硬件都已达标，各项物质上的安全防范措施都很到位，但是从一入园区的一个月随机走访调研，他发现大量从业人员的频繁上岗、离职、更换，很多企业的基层管理人员和从业人员安全生产的意识淡薄，安全操作不规范，这都是整个物流园的安全隐患！一定要对各个物流企业的基层管理人员和从业人员的安全生产经营的意识和素质提高入手常抓不懈。

不干则罢，要干就干好。吕书记曾在部队待了好多年，他深知，正确的路线确定之后，人就是最重要因素！所以要保持物流园的安全高效运行，最主要的就是人！而他就是园区的安全生产第一责任人！

他形象地称自己是物流园的首席安全“裁判”。

这么大的园区，三百六十一家物流企业和经营户，必须有一支能招之即来、来之能战、战之能胜的监督安全生产快速反应队伍！

他想到必须要打造一个能够做到随时动态反馈沟通的“安全生产监督网络”。

于是，他博采众长，反复讨论，采取了“四个高招”。

吕书记实施的第一招就是“拉队伍，培养人，建网络”。他把党员组织起来划片成立党支部，总共成立了六个党支部，形成了“党建+物流”的模式，这个模式实际上就是把党员都放在安全生产监督工作的头部。整个园区三百多亩的面积以支部为单位划成六片大网格，支部书记就是大网格长。各个支部在区域的大网格内为党员划责任区的小网格，每位党员都是小网格长。明确了大网格长和小网格长的职责。六大网格之上就是吕书记担任主任、有关人员为成员的园区安全生产监督委员会。

在基层，支部的党员人数有限，每个党员的网格是一片，一个面，不可能天天去检查督促片区内的每一家企业、每一户经营者，怎么办呢？吕书记也有高招。

因为吕书记曾经是在防化部队服役的，所以他对危险、有毒、有害等各种危险品比常人知道得更多。他又用心搜集了一些安全生产的小知识和案例的视频。他就在园区开展了一次安全生产知识和案例展览，这个展览就在园区的一排空房子里举行。展览一直举行了三个月的时间，他通知园区里的老板、经营管理人员和从业人员都必须来观看这个展览。这个展览上展出了在生活、生产、经营中涉及的各种能够引发火灾、爆炸、中毒等各种不安全因素的物品多达三百多件，播放各类相关案例的视频二百多条。

为了使参观能够取得效果，吕书记想了一个别出心裁的办法，就是在参观结束的时候，让参观者看视频回答问题，如果得分在九十分以上的，可以获得奖品，不限次数。有的人直到第五次才获得奖品，有的人看了8次也没有获得奖品。凡是获得奖品的人，吕书记就记录好他的名字和所在企业，知道他已经掌握了绝大部分的安全生产知识，就指定他为所在企业或经营户的安全生产监督员，到所在网格的党支部报到，是党员所在网格的企业连接点，是网格联系企业的信息源头，有问题或情况反馈就可以及时上传下达，这样就真正建立起来了各个企业和经营户都有安全生产监督的上下到底、纵横到边的动态监督网络。各个网格都建立了微信工作群，日常的培训学习内容，在工作群里发布，大家及时知晓。

吕书记实施的第二招就是定期随机抽检。吕书记安排每个季度对一半的网格内的三分之一的物流企业和经营户的安全生产情况进行交叉互检。对有问题的企业和经营户挂黑牌限期整改，并在园区范围内进行公布名单批评，对抽检不认真或包庇的人也点名批评，不留情面。抽检时吕书记和几位支部书记也交叉参与其中，还邀请上级安全生产监督部门和消防局的领导也参加。检查的内容很细致，诸如电线、电灯、开关、水管、仓库、禁烟场所、灭火器材的能否正常使用等等。比如检查中,吕书记曾发现有一个经营户没有做到对灭火器一年检测一次,当场责令停业整顿,一周后经再次检查合格后才让他继续营业。

吕书记采取的第三招就是每年必须进行一次安全生产大演练。一般是安排在秋季入冬前的一天进行。让大家都熟悉安全事故发生时如何有效快速应对和处置。每次吕书记都先与各大企业负责人商量确定演练方案、救护预案与应急预案,落实各个环节的人员责任,确保演练万无一失。每年的10月到11月的安全生产检查和演练季,吕书记忙得连续一个月都回不了家。他说:"虽然暂时顾不上自己的小家,一定要先保护好更多的家!"

吕书记的第四招就是完善和充分利用好技术信息手段强化安全生产监督。由于吕书记的重视,园区根据实际情况投入财力、物力、人力,全面落实"人防""物防""技防"的制度和措施,借助ICT技术,引入云计算、物联网平台等新技术,实现了园区的信息化和平台化,确保物流大动脉的安全畅通高效运行,实现了物流行业的实名收寄、当场收寄验视、粘贴"安检"标识贴的"三个100%"的要求。

为确保落实到位,物流园花费一千一百多万元在全疆首家购买了两台大型安全检查设备安装在园区的两个入口处。有一天晚上,其中一台临时出现了故障,他第一时间赶到了现场,和有关人员紧急研究解决对策,仅用两个小时就解决了问题!

现在,在吕书记的带领下,物流园已经获得国际质量管理认证,园区规划合理、牌匾亮化、路面硬化、隔离设施完整、强化安全管理,提升卫生管理等,整体面貌整齐规范,繁忙而有序,大家都说物流园确实是安全、高效、畅通的。

物流园里的"马拉多纳"

始终满脸笑容的阿不都·买买提,是物流园里的一名普通的装卸工。他来自温宿县,长得简直就太像那个世界著名的阿根廷球星马拉多纳了,也是肉乎乎的圆形笑脸，同事们都亲切地叫他“马拉多纳”，只不过他才三十岁。

2020年，阿不都·买买提来物流园干装卸工。

刚开始的时候，阿不都·买买提不会干活，就虚心跟着带他的师傅学习。装卸工作虽然没有门槛，但也是要多观察、动脑子，不同的货物有不同的装卸和存放的要求。特别是在装车的时候，要根据货物的大小、轻重、材质合理地码放并做好防护措施，尽量避免在运输途中发生磕碰损坏。现在他已经学会了开叉车、使用电动葫芦，能够独立进行装卸的操作了，他可以一口气承包装卸一个整车。每个月少的能收入五六千元，多的时候可以过万元。装卸工作虽然有叉车、电动葫芦做辅助工具，但还是一个体力活，经常是根据来货的情况，有车来了就是随到随卸，经常从下午干到凌晨。有的小伙子干了一段时间，觉得自己吃不了这个苦，就辞职离开了，可是阿不都·买买提却仍然在坚持。他说，只要能挣钱，他能吃苦。父母在家里种地，一个弟弟和一个妹妹都在上学，儿子有三岁多了。家里用钱的地方多，经济压力大，他要多多挣钱给家里寄回去。曾经在饭店里打工，主要是打馕、烤馕、烤羊肉串和烤全羊。可是老板给的工资太低，而且无论生意好坏，一直不涨工资，他只好辞职了。为了节省钱，他把烟酒都戒了。他花四十块钱买了一个理发推子，头发长了，给自己理成头发只有半寸长的“小平头”。他说，这样一年下来也能省好几百块钱呢。

在外打工时间长了，肯定是会想家的。在闲暇时间，阿不都·买买提时常会打开手机，点开他家的全家福照片，向同事们夸赞着自己的家人。他说：“哎呀，我的妻子实在是太漂亮了！我要把我的孩子培养成足球队员，成为‘马拉多纳’一样的球星。”

“马拉多纳”在同事们中间是一个“开心果”——逗乐的活宝。他虽然不擅长踢足球，但是他幽默、风趣、爱说、爱唱、爱讲笑话，经常逗得大家开怀大笑。他唱的新疆民歌让人百听不厌，特别是《青春舞曲》和《达坂城的姑娘》这两首歌，更是唱者深情，听者陶醉，让听的人总是情不自禁要翩翩起舞，忘掉了劳动的疲惫。他的身上总是洋溢着青春的热情和活力！

“有钱挣为啥不挣？现在能挣钱的地方真不太多呢！我说的对不对？”“马拉多纳”认真地说：“我要靠劳动，把日子过得好好的。”

物流园里的“大教练”

1971年出生的金建成是个乐天派，对自己碰到的任何困难和挫折都不回避，能够正面应对。他说，人就是因为不断战胜困难和挫折才不断成长的。

金建成是第一批来到米东区华凌物流园创业的经营者。十多年前金建成带领一百多名员工来到这个戈壁荒滩，与物流园的员工一起铲平大坑和小坑，平整场地，硬化路面，在空旷的大院子里挂出牌匾，敞开门面，迎接新老客人的光临。他在这里一干就干到现在。

十多年来，金建成的物流线路几乎覆盖了全疆各县市。现在物流园里有三百多家物流企业，其中有一半的老总都是从金建成的公司走出去独立门户的。所以他是物流园里当之无愧的“大教练”！

金建成在三十年前就离开东北老家来到乌鲁木齐做生意了。他刚到新疆时，也是在路边街头摆摊设点，完全是白手起家，当时本钱太少，只有不到二百块钱的提货钱，只能卖便宜的袜子、毛巾等小百货。经过几年的风里来雨里去，就在乌鲁木齐市长江路的商贸城做起服装批发生意。这样一做又是四五年，而且还遇见了一个贤淑美貌的女子，后来成了他的妻子。他给妻子承诺要建一个美好的家庭，要给她一个美好的生活，带她周游全国。

现在看来，金建成的这个承诺已经实现了大部分。妻子曾经带着孩子利用假期游遍了大半个中国，现在孩子正在读大学。而在实现这个承诺的过程中，历经了多少崎岖坎坷，只有他和妻子知道。

当年金建成由服装生意转行做物流，也是被当时形势所迫。因为做服装批发生意竞争越来越激烈，利润越来越薄，真的成了一块“鸡肋”，坚持干下去利润很低，放弃不干又有些舍不得，别的行业还不熟悉。面对这种两难的形势，他和妻子反复商量后决定：转行做物流！因为自己好歹已经积累了一定的资金。

万事开头难。要开一家托运部，首先就必须要有一块停车的场地，而为了寻找到这块儿场地，金建成在乌鲁木齐的四周城乡接合部转了个遍，也没有找到合适的。

苍天不负有心人！终于机会来啦！在参加了好多次的土地出售或租赁的拍卖会后，金建成终于拍到了位于乌鲁木齐市南郊的一小块地，它做物流公司的停车场是再好不过了！他信心满满，准备按照自己的计划大干一场！

有了场地，梦想就可以变成现实！金建成迅速找人平整场地，然后打上厚厚的水泥地面，保证载重大货车能压不坏，他天天在现场监工，盼望着早日完工。有一天晚上，他做了个梦，梦见自己开着直升机来到自己这块刚铺好水泥地面的上空，又垂直下降到离地面只有两三米的超低空中，只是轻轻转动大大的螺旋桨，让直升机保持静止不动，只用了几分钟就把湿软的地面吹干，变成了干燥坚硬的停机坪，他把飞机降落到了地面上，打开了机舱门，大家纷纷把包装成长方形、正方形、圆球形、鞍马形、圆柱形、圆锥形等五花八门形状的货物装满了飞机。他高兴地关好机舱门，喜滋滋地驾驶飞机飞离地面，不一会就飞到了另一个城市把货卸完。又装了一飞机的水果和鲜花飞了回来。落地后，他的妻子、孩子和员工兴奋地跑过来欢迎他回来，他就把那些带回来的不知名的五颜六色的鲜花和香味扑鼻的水果分给大家，于是人们拿着鲜花和水果载歌载舞，顿时飞机所在的停机坪成了一片欢乐的海洋！他也激动地跟着狂欢，高兴地眼泪都流出来了！“太好了！”他大喊一声，把自己弄醒了，原来是个梦！是个美梦！

正当场地平好了，准备要开张时，有人来通知他：这个场地不允许用来作为经营场地，因为是乌鲁木齐市水源地的范围！这就意味着他已经投入的六七十万元，将会打水漂。金建成没有忍气吞声，他坚持用法律之剑维护自己的合法权益。他开始四处奔走，据理力争，聘请律师去跟对方交涉。最终通过法院的诉讼调解,他只获得了四十多万元的退赔,损失了十几万元和大半年的时间和精力。

金建成最喜欢唱的两首歌,一首是《敢问路在何方》,另一首是《野百合也有春天》。没有了这个场地,他照样要干物流。打完官司,位于乌鲁木齐西虹路的华凌市场正在招商托运部进驻,他第一时间就签约进场,开始了自己的物流事业。正像那句话说的,当命运给你关上一扇门的时候,它就会给你打开一扇窗,这次他觉得是反的,是关了一扇窗,打开了一扇门,因为完全是"拎包入住":水、电、暖、办公室、停车场等什么都是现成的。

虽然办公条件是现成的,但物流业务却不是现成的。刚起步时候,真的是"三五个人、七八条枪",又刚经历了一场官司,虽然是赢了官司,却是赔了钱。面对未来,就算是乐观派的金建成还真是没有太大的把握,而且跟他一起竞争的同行还不少,门面一家挨着一家。但他在内心里告诉自己:既然选择了做物流,就一定要克服困难坚持做下去!

从表面上看,小小的托运部,很好运行,大家都差不多,都是新鲜事物,但是如何在今后中成长,这是一个很大的难题!金建成心中有梦想:一定要把自己的托运部做大做强,不仅要做成覆盖全疆的物流公司,而且将来要做成全国联网的物流公司!要做让顾客很放心的物流公司!

金建成刚开张时只有两辆二手大货车,每条线路都亲自跟车跑,逐渐积累经营物流的各方面的经验和技能。

创业艰难百战多。在开业之初的岁月里,他因为跟车跑线路,不知经过多少次风餐露宿,为了节省开支,就在车上睡觉,不去住旅店。每次路途中停车休息时,他都要爬上车厢去再仔细检查一下,生怕货物有闪失或有损坏。

在做好业务的同时,金建成也很明白:要想企业办得好,经营稳健,做强做大,自己作为企业的掌舵人、主心骨,必须要有能力,也要有定力,才能不迷惑,更不迷茫。而这些必须要从国内外优秀文化中汲取精神营养。

金建成非常喜欢看书。特别是《史记》《资治通鉴》《菜根谭》等书,他都反复精读。在读书中,他能从古人对待人际交往和时间的态度中获得很大收获。他非常认同《菜根谭》中说的,一个人要真正做到修身,就应该有长远的眼光和博大的胸怀。首先是追求道德,其次才是追求业绩。前者是对外贡献什么?后者是向内获取什么?人不应该图虚名而误入歧途。该做和不该做的,必须清晰,必须经常反省和检讨自己,绝不做目光短浅、唯利是图的庸俗商人!因此,他非常热心支持、参与扶贫帮困、敬老助教等公益事业。他更深信:咬得菜根者则百事能为。

一花独放不是春,百花盛开春满园。仅仅提升自己还不够,让员工们都提升才是企业发展的长久之计。

金建成心里清楚,如果没有对员工的持续不断的"传帮带"培训教育,不打造出严格遵守操作规程的合格员工,必然不能满足顾客千差万别的物流需求,更难在激烈的竞争中胜出。

在文化层面,金建成经常给大家讲故事,谈读书心得,推荐新书,让员工受到潜移默化的引导和教育。

在提升员工业务技能层面,金建成经常到装卸车的干活现场给大家讲怎么干活更安全、更便捷,给员工和各个线路的主管现身说法,交给大家他自己总结出来的"五勤":就是脑勤、嘴勤、眼勤、手勤、腿勤。脑勤:就是要记着客户的特殊的交代和要求,一定不能忽视和忘掉。嘴勤:就要经常打电话跟客户提醒取货或是接货,对自己不能承运的危险化学品、印刷品、音像制品等做好耐心解释,并给客户介绍几个有承运资格的企业,让客户不白打电话。腿勤:是亲自到现场去,到搬运工跟前去,到车跟前去。手勤:是在现场要亲手摸货、亲手搬货、亲手拉绳子、亲手绑绳子。眼勤:就是在现场多看细看反复看,发现细节毛病,及时处理。

金建成自己是带头做到"五勤"的。有时甚至回到了家里,发现突然要变天,又马上开车赶回到公司的货场来,检查篷布是否盖好,捆扎是否牢固、安全防范措施是否做的到位,不给客户造成损失。

在严格管理的同时，金建成对员工也很关心爱护。有一个员工在卸货时不小心从车上摔下来，把胳膊摔得脱臼了，金建成得知情况后，立即从办公室冲出去，来到现场，赶快叫救护车把人送进了医院，并在医院亲自陪护他一天一夜，就像对待自己的亲儿子一样。这件事情让员工感到金建成真的是非常关心员工的。金建成也从来没有拖欠过员工的一分钱，该发多少就发多少，该什么时间发就什么时间发。员工们都说金建成有一颗仁慈的大爱之心！

经营物流公司看似简单容易，就是收货运货，然后是送达，但是这中间确实有很多的环节都是风险重重。很多大大小小的坑在等着，稍不留心就会踩上。所以，这么多年来，金建成最注重的就是安全第一、员工安心、客户至上。

说到安全第一，最重要的是人员、车辆、货物和财务的安全。

金建成建立起完善的制度和措施，对新来的员工一定要进行三天的全日制学习才能上岗，他亲自上课，必须补齐安全生产的第一课。他反复说：只有安全才有一切！

有一年夏天，一个盗贼经过踩点，偷走了公司下属的克拉玛依分公司代收的二十多万元的货款，金建成及时报警，警方在案件发生后的第五天就把窃贼在郑州机场擒获，避免了客户的损失。这个案件也是那年克拉玛依市的一起典型案例。

行车安全也非常重要。有一次，公司承运一批货物运往库尔勒，金建成也跟车去了。在路上，他反复提醒司机，一定要安全行驶，不要赶路。在他的提醒下，司机始终保持道路标识要求的正常速度行驶。司机开玩笑地说：“如果不是金总跟车走，我可能要提前半天到达。”

可是说完话几个小时以后，金建成就看到曾经超过他们的一辆拉油的半挂车翻到了路边的沟里，见到这个现场，真是让人心惊肉跳，后怕不已，这货物的价值、人身安全的价值如果出在自己公司身上，那真是灭顶之灾。

对员工的管理，金建成是赏罚分明，对违反安全制度和措施的处罚都是从严处罚，红线绝对不能触碰。曾经有一个员工因为乱拉电线差点造成火灾，他坚决按照制度开除了这名员工，事后有人问金建成这样做是不是太绝情，金建成却说，必须这样做！已经三番五次地强调安全，却还是当耳旁风，这样的人留在公司，终究是安全隐患，等到造成不良后果，哭天抢地也来不及了。

在多年的服务客户中，金建成感悟到了：物流行业不是一个运输行业，而是一个服务业！真心、真意、真诚地服务好每一个客户，把服务做到了客人的心坎上，才能真正使自己手里的"泥饭碗"变成一个"金饭碗"！既然要靠这个企业来安身立命，做成自己终生的事业，就必须把它当成自己的命，像爱护眼睛和生命一样，爱护自己的客户，把客户当成自己的亲人，换位思考，如果我是客人，我的要求是什么？就做到什么。只要打了一次交道，就能让客人成为自己终身的朋友，这样，回头客就越来越多！不求千人来一次，但愿一人来千次！是金建成终身的追求。现在，他大部分的好朋友，就是从他不认识的第一次找他托运物品的陌生客户中发展来的。因为他坚信：精诚所至，金石为开！野百合也有春天！

有一次，金建成的公司运了一张桌子，这张桌子是个长条方桌，在运输途中造成了一条腿出现了较大裂缝，在交付给客人时，客人不愿意接收，但是这又不是保险公司来赔偿的，因为损失只有一千多块钱，保险公司只负责一万块钱以上损失的赔偿，一万块钱以下的损失免赔。面对这种情况，金建成就抱歉地对客户说："首先是对不起，这样子吧，给我们点时间，我们把这个桌子退回到厂家去，让厂家换个新的，这中间费用全部我们来承担。"顾客一听，认为可以接受，双方就达成了和解协议。

过了一段时间，一张崭新的桌子送到客户家里，客人高兴地说："有你们这样的服务，我很放心，下次还找你们托运。"

另外一位客户从外地买了一块大理石的圆桌桌面，结果在运到目的地时，不慎已经裂成了两块儿，客人不收货，同样也是不到一万块钱的损失。金建成也是自掏腰包，从厂家另外购买一块新的，赔付给了这个客人。客人收到崭新的桌面时说："你们真是诚信为重呀！"过了几天，客人给金建成送来了一面锦旗。这是金建成收到的第一面锦旗！金建成把它珍藏在办公室的柜子里。害怕挂的时间长了就损坏了，它是他这辈子最珍贵的一份礼物，靠诚信打开市场，这是最好的提示，是最重要的激励！后来他收到了数不清的锦旗和感谢信。

桃李不言，下自成蹊。金建成身体力行，带着员工干，员工们也都非常积极向上，充满正能量，珍惜工作和客户。一般的物流公司送货都是只是送到一楼，不会上楼的。但是金建成公司的服务就与一般的物流公司不一样，客人要求送到家里，无论客人的家是在三楼还是在三十楼，都能敲开客户家门满脸笑容地送货到家，让客户惊喜和满意！

周全细致的服务赢得了好口碑！所以，即使在疫情的情况下，也获得了越来越多的客户。

后来，在一次物流企业的交流中，金建成就举了这个例子，他说如果员工都是怨声载道，这个物流企业怎么能够给客户留下好印象呢？怎么会有更多的业务来发展呢？很多物流企业的老总听了都深有同感，也都把这个例子作为教育自己员工的一个实例，常常给员工去讲述，警醒员工，改变工作状态，激发工作热情和积极性。

金建成不是人们普遍认为的那种东北汉子高大壮实的样子，他倒有点像咱们经常见到说相声的常宝华，只是比他又稍微瘦一圈吧。他虽然已经身价千万，但一直很低调，就像开在远山石缝中的野百合，在温暖的阳光下，吸收光亮和营养，静静地无声无息地开花结果，带给世界一片惊喜，也实现自己的梦想！

这就是物流园生意红火的秘密。

一粒米的幸福底色

晓鹤

一

在去羊毛工的出租车上，我给师傅说去新疆泰康水稻合作社，师傅侧脸瞅我一眼说："你去买米吗？"我说："去参观。"坐在车上，和师傅聊着家常，白杨树在窗外或紧或慢地奔流，我不想表露，做出欣赏的样子，正看得眼花，头猝然向前一冲，精米厂到了，我该下车了。

大门口一辆大车正拐弯进厂区，我想这么大的车，得装多少吨大米。宽敞的大门，进去是一个很大的院子，水泥地面干干净净，左手边是一排排厂房，右手边是一栋二层楼。一面墙上红色镶嵌的"用良心、做好粮"大字，下面是大米产品的展示柜，文化宣传栏，大米产品简介，员工安全承诺书等。直对门第一间就是秦瑞东的办公室。

一眼望去，就是一个整天在稻田里的农民形象，憨厚朴实，这是我对秦瑞东的第一印象。

秦瑞东今年四十二岁，出身一个农民家庭，大专毕业后入伍在沈阳空军部队当兵，二十四岁退伍回乡，二十五岁进入父亲创办的泰康精米加工厂。子承父业，从事精米加工已有十七个年头了，创业容易守业难。我说对米的珍惜，源于父亲的言传身教，父亲也是一名退伍军人，经历过食不果腹的日子。他从小教导我们珍惜粮食，一粥一饭都来之不易。

近年来，“节约”一词常常出现在我们的视野之中，有着这么一个瞬间让我印象深刻。当时，一家人如往常一般吃饭，小弟早已经耐不住饥饿先坐在餐桌旁。见状，母亲便盛了一碗米饭放在小弟面前，一家人在餐桌上一边谈笑，一边享受着白米饭所带来的满足感。弟弟吃饱后，若无其事地离开餐桌，父亲抬头一看，见碗中仍留着大半碗米饭，拉下脸来，当即把弟弟拉回餐桌上。父亲用眼色示意弟弟吃完，弟弟乖乖回到饭桌前，端起碗，慢吞吞将剩下的米饭吃完。谁知盘中餐，粒粒皆辛苦。父亲说出这两句诗文时，不知道年幼的小弟是否记住，我却牢牢记在心里。

记忆的风吹过，吹过了阵阵稻花香。

二

杂交水稻之父袁隆平，为中国人的米袋子作出了不可磨灭的贡献，但当有人夸奖他时，他坦然地说：我只是热爱水稻，能为国家和人民做一点事，是我的荣幸。

大米，是家常便饭中最百搭的一种主食。记忆里，外婆端着一个白色陶瓷碗，盛一碗挂满油珠、绵软甜香的白米饭，再配上可口的汤汁饭菜，口感自是不可言传，百姓的幸福感大抵不过如此了。长大后，走过很多城市，亦吃过很多地方的米，只有这种味道是最难忘的。

从记忆中回到眼前这位不断奋进的秦瑞东时，觉得他真不简单，虽然企业具有一定规模，他不是一个安于现状的人，坚持用一颗匠心，去加工好每一粒米。他带我看了精米加工生产线，一粒稻谷蜕变成一颗白净净大米，历经多道工序，然如一场旅行。在轰鸣的机器声中，我遐想每一个细节。稻米加工有几道程序，除杂、砻谷、碾白、抛光、色选、碎米、分离等环节，每一道工序的好坏，都决定了大米的品质。现在百姓生活水平越来越高，对大米的品质要求也越来越高，只有不断提高自己的品质，才能在这个市场立足。他说这话时，声音不大，但却信心满满。

说到大米秦瑞东一开口就停不下来，他说种植水稻是雷家塘村的传统产业，祖祖辈辈开疆拓土，好的大米，要从源头抓起，从培养良种，建设基地开始，实现标准化育种是好米的源头，有好原料才会加工出好产品。

他对水稻有一份执着，有一份爱恋。

秦瑞东告诉我，这几年农民种植有机大米比往年的收益好！制胜法宝就在稻田里养螃蟹。我听了很新鲜，大力推广稻蟹共作生态种养，充分利用"用地不占地，用水不占水，一地两用，一水两养，一季双收"的立体高效生态农业模式，培育绿色无污染的"稻田蟹，蟹田稻"，农民们对稻田照料远胜过自己的孩子。这话我深信不疑。

记得有一年秋天，哥哥开车带我们去三道坝的稻田。走在田埂上，看到田沟里的螃蟹，我惊喜地手舞足蹈。农户告诉我，这就是你们吃的稻田蟹，在插完秧时撒进去蟹苗，等水稻成熟时，蟹子也就长大了。现在稻田蟹也是这里的一大特产啦！说着脸上洋溢着抑制不住的笑容。渐黄的稻穗儿迎风注视调皮的螃蟹，螃蟹忙着"横行霸道"地在田里游走，无暇顾及稻穗深情的目光。

稻田里地不仅有螃蟹，还有鸭子。这些肥硕的鸭子扭动着屁股，在水田路更是如鱼得水，先是嘎嘎大叫，然后扇动翅膀，在稻田的缝隙间游弋乱蹿。村民们光腿赤膊，嘿嘿笑着，人鸭大战，好不热闹。稻田捉鸭，让人至今难以忘怀，体会了田间的乐趣。

水稻为甲鱼遮阴避暑，甲鱼则"躲"在水稻丛中，吃害虫、浮游生物等各种"天然饵料"生长。由于活动、觅食、晒背范围大，且天天在捉虫捕虾，稻田里的甲鱼个个"野性"十足，在稻田里四处"游荡"的甲鱼同时也为稻田疏松土壤，排泄物也是水稻最好的有机肥料。

羊毛工的稻农曹传友把一个个肥美饱满的螃蟹、甲鱼从稻田里打捞上来，打包装盒。陆续被开车来的市民买回家丰富自家的餐桌。有一年,中秋节前夕,我也买了螃蟹、甲鱼送给婆婆和妈妈,让她们也尝尝本土的稻田水产。

工作之余,我会和家人到水稻地附近溜达一圈,这里虽然没有城市的繁华与喧嚣,可这里有的是稻花芬芳,田园静好,这份恬然与和谐是不止我一个人钟爱。

好地好水,勤劳的百姓,能干的秦瑞东,才使得这里的稻米远近闻名,供不应求。

三

秦瑞东是一个有目标有梦想的人,他的梦想是让更多的农户富起来,把泰康精米端上更多百姓的餐桌。

雷家塘的村民都以种地为主,秦瑞东心里一直装着这些村民。他对农业信心满满,他不是一个“小富而安”的人,他爱家乡的一草一木,他心里一直装着雷家塘村的父老乡亲,他要带动更多的农民增收致富。他说:一家富不算富,大家富才算富。

秦瑞东高兴地说:“我们已经和农户签订了稻田种植的订单,保障了今年企业加工需求,水稻补贴好政策,给企业吃了定心丸,种植补贴的农民更有底。”

秦瑞东经营这家涉农企业他深知:企业和农户就是鱼和水的关系,从不欠农户的钱,农户的种子钱企业垫付。作为企业的带头人最开心的事情,就是给农户们发钱的时候,看到农户们的腰包鼓起来,比我自己赚钱还开心。

每一项事业的成功都不是一朝一夕的事,说打造泰康精米,绿色、生态、优质的品牌形象,希望大米业从源头上保障稻谷品质,无愧天地良心,只有脚踏实地,才能加工好每一粒米。

为了更好地销售大米,他会经常到市场、商超去收集客户对泰康大米的反馈,请专业食品检测机构对大米进行检测,公布检测结果,让消费者明明白白消费。

任何事业都不会一帆风顺。疫情发生后，企业遇到销售、人工、贷款等诸多困难，哪一件都让秦瑞东寝食难安。

秦瑞东说这几天让他头疼的事，银行贷款到期了，要还款，银行对接了也可以延缓期限，他不想拖延还是想按期还款。像往年在春天淡季，生产五百吨，也能销售三百吨，库存二百吨。今年就不行了，大米销售行情不好，他在琢磨压低价格先跑量，把钱倒出来，还银行贷款。只要坚持，总会有办法渡过难关的。

勤恳做事，诚信友善。秦瑞东以自律的退伍军人品质，也深深地影响着自己的孩子。他有一儿一女，从小教育孩子要老老实实做人，踏踏实实做事。女儿在98中就读初三，今年参加中考，早出晚归，孩子自学能力强，每天晚上学习到一点多。他给女儿说："爸爸小时候要像你这样学习，肯定考个好大学。"儿子在116校就读二年级，顽皮得很。他常鼓励孩子刻苦读书，通过知识改变命运。说到两个孩子，秦瑞东满脸的家庭幸福感。

一阵微风吹来，我耳边仿佛传来"稻花香里说丰年"的朗朗词声，突然觉得被稻花香包裹和浸润着的泰康精米厂格外美丽。

四

秦瑞东表示，每一颗稻米都是时光的滋味，是辛劳的耕作，是生命与生命的相遇。在加工厂，他号召大家践行"舌尖上的节约"，从珍惜每一粒米开始。

一桌五颜六色的美味佳肴，竟抵不过一盆稻米飘香的白饭惹人喜爱。关于米，做法则是花样百出。若不喜欢素淡的滋味，可在淘洗过的大米外，加上各式的食材，腊肠、香菇、青豆，以水将它们淹没，再静静等待二十分钟，待锅里的水凝结呈黏稠状，香气弥漫于四周时方可享用。那是一种富足。

在聊天中，秦瑞东时不时接电话打处理业务，他让保管员马成龙带我到车间转转，我们边走边聊，他说是精米厂的老员工了，车间因疫情影响，2022年大米销售不好,库房积压大米,车间机器没有运转,在车间看到一个员工在包装碎米。马成龙给我介绍了大米加工环节,五台机器是怎么配合一体运转,对我这个外行人来说,听得新鲜而好奇。

马成龙说秦瑞东对员工就像自己家人一样,记得2007年他从外面打工回到村里成了家,就到了精米厂,那时候家里经济条件不好,没钱,眼看媳妇预产期到了,生孩子住院要用钱,他就和媳妇商量把陪嫁的金镯子当了,没敢给老丈人说,媳妇理解他的难处,虽嘴上答应了,心里却不是个滋味。

秦瑞东也记得他媳妇预产期到了,就问马成龙,你媳妇快生了,有没有钱?

马成龙说:“有,我想到办法了。”他问:“想到啥办法了?”

马成龙低着头小声说:“和媳妇商量好,把陪嫁的金镯子卖了,交住院费。”

秦瑞东一听说:“你咋这么糊涂呀!那个东西能卖吗?我给你准备好了,装完货到我办公室去拿钱。在我最困难的时候伸出援助之手,他给的是救命钱,这个事我一直记在心里。”

媳妇生完孩子在家坐月子,马成龙白天上班,晚上回家照顾孩子、妻子,孩子小有时候生病,晚上睡不好觉,第二天上班,难免精神不好,秦瑞东就对他说:“你到办公室去睡会儿,来客户了我发货看着装车。”他看我太累让休息,每当这时我都很不好意思,只有干好自己的工作来回报他的帮助。现在家里条件好了,在这上班离家近,可以更好地照顾家庭。

员工杨春霞说:“秦总只要知道员工有困难,他都尽力给予帮助,员工生病,他都第一时间送到医院,垫付医药费,送上慰问品。他人挺好的,关心爱护员工,管理挺人性化的,我在这里上班干得舒心。”

在秦瑞东看来,雷家塘村是做农业最理想的地方,可谓黄金宝地,每一块土地不应该被辜负,这里没有工厂,土地、水、空气没有被污染,种出的稻米是纯天然的,口感好,可以卖到好价钱。加入合作社的农民,他们会一心一意工作,不会分心,他们珍惜这份工作。

秦瑞东喜欢看稻海碧波荡漾,抬眼远眺,这绿色大气磅礴,铺天盖地,舒展地伸向遥远的地平线，每年都会迎来远方的朋友来参观。如果有政府牵头支持，在加工厂对面做个玻璃栈道、U型圈式的稻海项目打造网红打卡点，形成种植、加工、旅游稻海参观点，共同打造乡村民宿，鼓励村民开办农家乐，吸引更多的游客来到乡村，在打造旅游品牌的同时，增加村民收入。

秦瑞东对这份土地有份虔诚与深沉的爱，抬头，一轮夕阳悬在天边，喜欢田园的宁静和自在。

我也有一个田园梦，我也想成为稻香之王，只不过眼前这个人实现了，我泛起点点酸醋意。

读“米”，需要站在土地上。读懂“米”，则需要站在雷家塘村的稻田里，与阳光一起，与水一起，与风霜雨雪一起，与季节更迭一起，与农人流出的每一滴汗水一起，与庄稼人的守望一起，阅尽沧桑，意味深长看清每一次辛劳。

我才敢说：我真正见过一粒米。见过一粒米，你才配得上见过春华秋实，日月轮回。她献出的芬芳有时间的味道和泥土的沉重，她散发的光泽有汗珠的质地和凛冽过后的甘甜。

秦瑞东说：“这三年来，村子变化大了，道路、天然气、下水等基础设施跟城里一样，建设美丽乡村让回家的年轻人刮目相看。只有把村子建设好了，才能吸引更多的年轻人回来创业。这样厂里招工就不是难事了。”

如何在当下，把企业发展扩大，秦瑞东有自己的打算，扩大种植规模，选取优质水稻品种，确保大米源头品质。更换部分新设备，提升加工工艺水平，降低损耗，节约成本。还想办法搭建企业电商平台，在网上宣传销售本厂大米。更大的目标是，引领传统农业向现代农业、休闲农业、体验农业、旅游农业转型，为打造米东美丽田园画卷出力。以此带动村民一起发家致富，过上祥和的生活。

秦瑞东说：“稻子是有感情的，每一次亲近它，爱抚它，稻苗们能感觉得到。”他觉得稻子碾出来白花花的米是有温度的。他深深地爱着这片土地，看着农户的小秧苗一天天长大，到秋天沉甸甸的稻穗，内心是满满的幸福！

我在这里看见不仅有阳光,还有温暖和希望。

忙碌了一个下午,夕阳下山时,我坐在车里,心里感到格外惬意,情不自禁地在采访本子上,写下了一首小诗:

一粒米是稻子献给人类的庇荫

一粒米是一种温暖的光泽

一粒米营养着人类的肉身和灵魂

一身的厚重写满了荣耀

并户携手,抱团走在希望的田野上

我们一起跳吧

何姝

第一次看到公园跳广场舞,感觉很另类。

傍晚时分,溜达到小区几个广场舞点上,看跳舞不失为解闷的好方法。

大妈们一个个跳的十分带劲,不亚于干体力活,累并快乐着。

刚退休那阵子,我还没有把广场舞跟自己联系在一起,感觉不够老,别说混在大妈堆里跳,被小朋友叫声“奶奶”都不适应。我住的小区,居民不算太多,跳广场舞的却有三波人,自发组织的。不同人群的喜好不同,选择的舞种不同,舞曲自然不同。

小游园那一队照着糖豆视频跳藏族舞,节奏慢,搭配上服装味道十足。

新疆银行门口那一队跳新疆舞,其中有几个人可能进过培训班,跳得很有范。欢快的麦西热甫舞曲,让人听到就想跳,凡是跳新疆舞的场合人都比较多,不光是大妈,还有大叔大爷。散跳新疆舞的要求不高,学几个基本脚步和手位就尽管放心大胆跳,动作多少无所谓,关键是跳出味道。

小区院子里这一队跳的花样多。有秧歌舞、民间舞、现代舞、形体舞、古典舞、新疆舞……转手绢、抖扇子、舞彩球,名堂不少,还有一个正儿八经的教练,这支队伍显得正规、专业。教练斜挎着小播放机,戴着耳麦,喊着舞码,一小节一小节分解、示范动作，有模有样。

真是，文艺细胞匮乏限制了我的想象。

三支舞蹈队播放的舞曲都相当好听，是一些耳熟能详的经典曲目，每个队都有专人负责，到点就拉着音响设备出现了。

广场舞作为大众健身项目，受到广泛青睐，尤其受到大妈们的喜爱，既能强身健体，又能自娱自乐，也能消磨时间，结交新朋友。

我就是消磨时间、看热闹的人，每天到时间就溜达到三个广场舞点上，跟上班似的。

广场舞曲越听越好听，时时感染着我。看得多了，便看出些门道来，谁跳得好看，谁动作到位，一来二去，架不住大妈们的热情，“大姐，一起跳吧！”我半推半就，然后跟在最后面一起比划，心想，反正闲着也是闲着，锻炼身体呗！哪个队都一样，跳得好的，有自信的人都站在前面，起示范和领舞的作用，生瓜蛋子在最后面。

从那时起，我成为一名广场舞大妈。我和其他新队员一样，刚开始，听不懂什么叫几八拍，什么秧歌舞的十字步，形体舞的兰花指，新疆舞的碾步，三步一抬、交叉步、端盘撩纱，简直云里雾里，光是维吾尔族舞的动脖子，我每天对着镜子练、躺在枕头上练了好一阵子。

本来想是打发时间，跳的好坏无所谓，其实不然，众目睽睽之下，跳不好会很尴尬，自尊心迫使我不能偷懒。

进入舞蹈队学的第一支是健排舞，舞曲节奏特别快，原地旋转动作多，全凭扭脚腕，而且这支舞一周后要拿去参赛，排练强度之大，没等到比赛日期到来，三个人的脚腕都肿了，我来得晚，却是肿的最厉害的那一个，各种喷剂和药膏用上，还是淤青、酸痛难忍，动作也不熟练，干脆退出了排练，每天仍然会按时到场。

舞蹈队从周一跳到周五，周六周日双休。我的退休时间，再也用不着刻意打发，就悄悄溜走了。

不知不觉，我们跳黄了树叶，跳红了小苹果。

秋风萧瑟，户外实在跳不成。思来想去，我们决定依靠社区想办法。我便和领队一起找到社区和“访惠聚”工作队队长，请求设法解决老年活动中心问题。实际上，这个问题一直困扰着社区，只是被我们重新提到了桌面上。社区和工作队领导又积极与物业公司协商，很快谈下物业二楼会议室，免费供我们使用，场地问题就此解决。我们夏天晒不着，冬天冻不着，在音乐和舞动中享受着一份别样的老年生活。

另外两支舞蹈队，天凉后钻进了地下车库。

社区和工作队十分重视群众性文化活动，又筹集资金在小区商业街修建了文化大舞台，新时代文化广场。把我们舞蹈队作为群众团体登记在册，给予高度关注。为我们配置了播放机，并在活动经费上给予支持。平时，下载舞曲、剪辑视频、复印打印之类的事情，社区文化专干就帮忙搞定了。

社区经费不宽裕，拨的每分每厘我们都合理安排使用。现在，我们已经为各种类型的舞蹈配齐了相应的服装和道具，不再为演出行头发愁。每次外出表演，队员们统一着装，配上拉杆箱，整齐划一，成为一道靓丽的风景，有人称我们为“空姐”。

就这样，我和队员们一起送走过五个春夏秋冬，渐渐喜欢上广场舞。我从一位旁观者成为广场舞队伍中的一员，成为对音乐和舞蹈有一定了解的舞者，成为与社区和工作队沟通、联系、配合的领队。

队员们一个个也在变，从梳妆打扮、气质和精神状态都在悄然改变。五年中，有的队员当了奶奶，在家享受天伦之乐；有的搬迁到别处，依依不舍地离开了舞蹈队；队员来的来，走的走，换了一茬又一茬，最多的时候有三十多人。物业会议室施展不开，天气暖和，我们又转移到室外。

在室外跳，问题又来了。晚上跳，影响早睡的老人和孩子；白天跳，影响下夜班补瞌睡的人。为了不扰民，减少不必要的矛盾，我们在跳舞的时段、时长、音量方面进行调节，不打扰他人正常生活。

惠民演出时我们报“米东区古牧地镇佳乐社区舞蹈队”，除此之外，使用“米东区悦之韵舞蹈队”。

我们把这支民间群众性组织正规化管理，建立队员档案，考勤制度，财物管理，派队员参加舞蹈培训班。每年三八妇女节、母亲节我们举办文艺活动庆祝节日，年终有总结会和文艺汇报表演。

社区和工作队为我们舞蹈队提供了成长空间，搭建了施展才艺的平台，我们以行动感谢社区，只要社区有需要，我们随叫随到，成为一支深受社区信赖，居民喜欢的广场舞队伍，也是社区工作的助手。

这几年来，我们先后参加过乌鲁木齐“新可缘杯”健排舞大赛、红山体育馆全民健身展演、“新可缘杯”庆祝改革开放四十周年文艺节目大赛、米东区“庆祝建党百年”广场舞大赛；参加米东区“永远跟党走群众性文化活动”，历时一个多月的巡回演出，并多次参加惠民演出，与“文艺轻骑兵”同台演出。虎年春节，我们受古牧地镇委派，同大草滩村联合新疆城建集团工作队，开展“迎新春过大年”社火表演。

广场舞起源于社区，民间艺术也是社区文化的一个元素，反映着社区文化建设的内容和形式，这项大众娱乐活动，不是大妈们的专利，也适合大叔大爷们，让我们大家一起跳吧！

人物观澜

从左邻右舍到亲朋好友

艾贝保·热合曼

早先，米东这一区域主要分为米泉、卡子湾、矿务局、石化和芦草沟等这样几大块。而乌奇公路(乌鲁木齐至奇台)，则是这一区域唯一的一条主干道。向东，过了九沟十八坡直达阜康，沿途除了石化一个个硕大的银色储油罐、高耸的烟囱和火炬一样熊熊燃烧的一股油气，给人一种大干快上的勃勃生机外，放眼望去是一片荒郊野外的感觉，或许东戈壁的名称由此而来。朝西，经由十三户、皮革厂和卡子湾，去往乌鲁木齐和昌吉。一路工矿企业相对较多，像二钢、五建和第三毛纺厂等就坐落于此。按我们的说法，都是吃皇粮拿工资的人，衣食无忧、生活殷实。其中最显眼的是，在一处生活区密集的砖混结构平房屋顶，一根根电视天线，雨后春笋般，茂密生长，熠熠生辉，成为一道别致的风景。

在矿务局斜对面，则是地磅，也就是运煤车开票和过磅的地方。一个高大的门洞，连接着几间低矮的平房，司机过来时开煤票，回返时汽车过磅。因为当时交通极为不便，我们去乌鲁木齐市或者米泉，大抵搭乘一辆拉煤的大卡车，到地磅下车，去米泉县城，靠自己的“11路”步行前往；到乌鲁木齐市，就要再换乘19路公交车才行。当时从米东区这里去往乌鲁木齐市，有两趟公交车，一趟是19路车，从石化到乌鲁木齐市，另一趟是13路车，由米泉到乌鲁木齐市。要去火车站，坐2路车，要去大十字一带，就上1路车。

地磅对于我们芦草沟的人，有着特殊的意义，那就是从米泉，或者乌鲁木齐市回来，最终都要在地磅停留等待，只要有一辆拉煤车开进门洞，于是一个个伸着脖子，竖着耳朵，听司机师傅是开去往哪里的煤票，只要一听是去公安厅煤矿拉煤，不等驾驶员反应过来，人们呼啦一下子爬上车厢，这就意味着两脚不再因为走很远的路而磨出血泡了。

芦草沟和米泉只隔一条马路，但对我而言，那些年即便是去米泉，也不是一件容易的事情。一方面是因为出行不便，另一个更重要的方面，那就是生活拮据，手头太紧所致。实际上我第一次到米泉，还要追溯到1972年的冬天，我们小学毕业，在老师们的带领下，来到米泉县城照毕业照。当时是在露天合影，前后好几排学生，清一色大冬天的棉衣棉裤，坐着或站着都显得十分臃肿，男生一个个头上戴着皮帽子，女生或包着头巾，或围着围脖，很多人都是第一次照相，眼里闪烁着新奇和羞怯的光芒。

从地磅到米泉县城，还有一段距离，人们一般选择走捷径，一片荒滩和乱石岗，无遮无挡。冬天风吹雪，打到脸上刀子割一样生疼；夏天烈日炎炎，馕坑似的，烤得人口干舌燥。后来有一次妻子带着我的小妹，也是去米泉县城照相，走到半路上遇见一个卖冰棍的，如饥似渴的小妹，就突然改了主意，说不想去照相了，要吃冰棍。实际上当时的冰棍只有五分钱，而一个未谙世事的农村小女孩，在专程前往米泉照相的途中，俄顷间却因一根冰棍而萌生新的想法，从一个侧面印证了在特殊的困难时期，物质需求和精神需求二者之间，物质需求更符合实际，也更让人迫切需要，哪怕是一个单纯的小女孩。

米泉是一个大概念，而我们那些年除了到过米泉县城，对其他一些乡镇只有理性认识，却没有感性认识，即便是我的家乡芦草沟二队和米泉县铁厂沟近在咫尺，在上高中之前却也是一次都没有去过，更不要说诸如三道坝、羊毛工和长山子等其他乡镇了。直到上了高中，学校有了一片菜地，需要上山拉羊粪，这才每天往返于虎狼峡、铁厂沟和芦草沟之间，一个突出感觉，房子破皮烂烂、道路坑坑洼洼，一路都能看见高高耸立的井架子和来来往往的拉煤车，一路颠簸，一路尘土飞扬。

然而，虽没有去过米泉县城之外的其他乡镇，却有着远亲不如近邻般的一些特殊交集，而这都和米泉盛产的稻米不无关系。其中有两个人，让我们到现在都不能忘记，一个是甘肃武威人老吕，一个是老家吐鲁番籍的塔依尔。他俩都是米泉人，一个家在三道坝，一个住在羊毛工，是父亲在煤矿时结下的两个好朋友，后来父亲到了芦草沟，他俩去了米泉县，从此很长时间失去了联系。有一年父亲去米泉县医院看病，与老吕不期而遇，两个人高兴得就像见到了久违的亲人，嘘寒问暖，喜泪涟涟，两双布满老茧的庄稼汉的大手，长时间握在一起，不愿松开。就这样，老吕先是找到了父亲，随后又好不容易联系到了塔依尔，打此三个人又重新开始了彼此亲切的来往。实际上还是老吕和塔依尔来我家的次数多，而且只要一来，两个人都会肩扛一袋子白花花的大米，让我们全家人感动不已。一袋子二十多公斤的大米，那是有些分量的，从三道坝或者羊毛工扛到芦草沟，加之交通又极不方便，不知要费多少周折。所以夏天来的时候，两个人都是汗流浃背、气喘吁吁，而到了冬天，一定是眉毛上结满了一层白霜，脸冻得通红。所以父母一再叮嘱我们，人一定要懂得感恩，人家给你一颗枣，你要还人一树桃，就像老吕和塔依尔，一辈子都不能忘了那种雪中送炭的深情厚谊。

米泉县盛产水稻，稻米金贵，颗粒归仓，事关民以食为天的头等大事。而稻草也有着特殊用途，冬天喂牲畜，夏天搓草绳，或者和泥盖房，都少不了稻草。所以芦草沟就有近水楼台先得月的优势，冰天雪地之时，马厩里的马匹，牛圈里的牛，就急需大量的牧草来解困，于是一车一车的稻草，从米泉县的乡村，拉到芦草沟的各队，用铡刀整整齐齐铡了，堆成一个个山包，或与麸皮掺拌在一起，或同其他杂草混在一块，马呀牛呀这些大牲畜的冬草，就有了充分的保障。

米泉县出稻米，芦草沟种麦子，每每到了6月底7月初，漫山遍野的麦子由绿变黄时，就要为捆绑麦梱子的草绳早做打算了。自然还是离不开稻草，而且需求量不小，除了夏天捆麦子，到了秋天还要捆玉米秆和草呢。于是又要和米泉的乡村产生密切交集，拉草绳的车把式说，从三道坝到羊毛工，到处都是搓草绳的人，捋一把金黄细长的稻草，两脚夹住一头，吐一口唾沫在手上，来回搓一搓手，再把稻草的一头攥在手心，一截一截反向搓，一截一截向上续，最后双脚一松，两手一给力，稻草就像麻花一样拧在一起，成为一根草绳。割麦子的时候，将草绳浸湿，用一根草绳把一捆子草绳串在一起，绑在腰上（所以又称作“草腰子”），割一捆麦子，抽一根草绳，把麦子捆了。前面齐腰高的麦子，在镰刀快速的挥舞下，一片一片倒下去，后面捆好的麦捆子，又间隔着距离，成一条线似的排列得整整齐齐。大多数情况下，割麦子的人和捆麦子的人分工明确、各司其职，一个弓着腰，负责“咔嚓、咔嚓”头也不回向前割麦子，一个低着头，保证“哗啦、哗啦”一鼓作气随后捆麦梱，速度很快、效率很高，多亏一根根金黄色的稻草绳，让一捆又一捆金贵的麦子，从麦田到打麦场，不散落、不丢弃、不糟践，颗粒归仓，功不可没。

到了现在这个时候，整个米东都发生了翻天覆地的变化，从城市建设到道路拓展，从乡村住房到经济收入，都今非昔比，做梦都不敢想。就像我们从前充其量到米泉县城逛一逛，就觉得是见了世面一样，心满意足。而对其他一些乡镇却一直没有机会造访，实际就是条件不容许。而如今不管是到羊毛工、三道坝、长山子，乃至柏杨河、独山子、哈熊沟，都是家常便饭、来去自如。即便是地处北沙窝的尾闾湖东道海子，我们也不止一次专程去造访和游历。湛蓝天空下，一座碧绿的湖，湖里有鱼儿，水上飞鱼鹰，牧归的羊群如一片祥云降临，咩咩的叫声如一曲优美动听的交响乐，在大漠深处回响。而一路绵延起伏的沙丘，就像金黄色的波涛，让人心潮澎湃，一片片迎风生长的梭梭，一丛丛灿然绽放的红柳，无不给人留下许多美好而难忘的记忆。

在以往只知道米泉的大米好吃，却从未见过稻米如何生长，这些年一次次来到稻田，体认稻米从插秧到生长再到收获的全过程。脑洞大开，眼睛发亮，心情为之豁然开朗。尤其是金秋时节，一片片稻田一眼望不到边，黄澄澄、金灿灿、沉甸甸的稻子，秋风一吹，仿佛波浪起伏的海洋，充满了诗情画意，不由想起“喜看稻菽千重浪，遍地英雄下夕烟”的诗句，每每都有一种不虚此行的愉悦感觉。

不仅是稻谷，还有一片一片的红薯地，同样让人心旷神怡。去年秋收时节路过羊毛工，就看到红薯喜获丰收的动人场景。随着几台拖拉机“突突突”依次开动，犁铧下翻涌起黑色的浪花，而浪花下面就像鱼一样网起的一颗颗红薯，红红艳艳一长溜，让收获的庄户人笑逐颜开。人在拖拉机后面拾红薯，尿素袋子装红薯，大卡车拉红薯，一条流水线，忙而不乱，井然有序。看看东南方巍然耸立的浩大天山、顶天立地的皑皑博格达峰，再瞧瞧一路之隔的金灿灿稻田、齐刷刷卫兵一样满目生辉的白杨树，人的心都有点醉了。

说起羊毛工，不能不提到一个朋友，那就是羊毛工“小米三凉”的店主米云。羊毛工的“三凉”早有耳闻，但一直没有机会品尝，那一天从东道海子回来，看到羊毛工镇“小米三凉”的牌匾，就好奇地走了进去。店铺不大，墙上挂满奖状，生意也很红火，我们几个人坐下来先喝茶，再点吃的。出于好奇我就问了店主，才知道他叫米云，他人很热情，善于交流，告诉我他家的三凉是黄面、凉皮子和牛筋面这三样。一般人喜欢对半吃，也有人三合一，三样都点上一些，说这样才吃着过瘾。于是我们分别点了这三样和烤肉，不一会面和烤肉都上来了，浇上汁子，搅拌搅拌，和烤肉一起吃了，味道的确不错。黄面清凉滑爽，味道攒劲，吸溜吸溜吃进肚子，浑身舒服；凉皮绵软弹牙，面筋爽口沁心，吃一口还想再吃一口；牛筋面一根一根白如雪、入口化，有着一种特殊的味道，勾人的馋虫。如果说一碗碗浇汁是三凉的灵魂，筷子一搅拌，香味扑面而至，俄顷让人垂涎欲滴；一串串烤肉则是三凉的绝配，肥瘦搭配、外焦里嫩，滋滋冒着油、香气令人醉，真正的一吃一个不言传。如此一来二去，就成了朋友，米云时不时邀请我们去吃他家的三凉，而我为这个集许多荣誉于一身的小店主所能做的,就是写一篇推介文章。后来就专门去羊毛工镇采访了米云和他爱人,后来文章就发表了,不少读者看了就慕名而至,米云很高兴,我也很满意。再后来米云在米东城区又新开了一家三凉店,一天就对我说,艾老哥新店开是开了,可是墙上好比白纸一张,没有文化氛围啊。我就心领神会,给山东济南的大学同学,书法家春福发了微信,他满口答应,问我写什么?我想了一想后告诉同学,就写"新疆三凉,心清气爽"。很快同学春福就把字快递了过来,打开一看,是一长条幅,字写得很棒,装裱也非常精美,我亲自送上门去,米云和爱人激动不已,感慨万分,连连说:"艾老哥这是真正的送文化上门,情深义重,不可多得啊!"

变化总是在人们的期许中不断如期而至,给我最突出的印象,一个是米东工业园区的建设,无论从规模,还是从项目内涵,都到了前所未有的高度。还有就是道路建设,最具代表性的东绕城高速路,从乌拉泊到芦草沟再到米东,像一条巨人伸开的臂膀,拥抱着这一片火热的土地。尤其芦草沟那座横空出世的高架桥,犹似一条五彩斑斓的彩虹,让我们充满了希望和憧憬。

实际上还有一种不断发生着的变化,那就是区划调整。就说芦草沟,早先是东山公社,隶属于乌鲁木齐县,后来又叫芦草沟乡,是东山区下辖的一个乡。而米泉县之前是乾德县,后来因为盛产稻米,改称米泉县,随后又撤县建市成为米泉市。东山区则是在20世纪80年代末成立的,根据经济和社会发展需要,又将米泉市和东山区合并,成立了新的米东区。再后来,芦草沟乡又发生了变化,即将石人沟村、涝坝沟村、葛家沟村、榆树沟和水磨沟村等划归水磨沟区管辖,而把水磨沟区的卡子湾村隶属于米东区。不管是哪一种调整和变化,都是以人民群众的利益为第一要义,都是出自向上和向好这个根本基础,相信米东区的明天会更美好,米东区的各族群众会更幸福。

刘家君：心有猛虎，细嗅蔷薇

赵航

“人的一生应当这样度过：当回忆往事的时候，他不会因为虚度年华而悔恨，也不会因碌碌无为而羞愧。”这段话出自苏联作家尼古拉·奥斯特洛夫斯基的小说《钢铁是怎样炼成的》。这段话曾滋养激励了无数青年，他们在保尔·柯察金的成长史中得到精神引领，成为愿意为理想而献身，将人民和国家利益看得高于一切的人。有一个60后，一直将这句话作为自己的座右铭，全心全意投入国家的教育事业，以奋斗诠释“信仰、忠诚、责任”的含义，成为践行教育内涵、追求生命价值和意义的人。

他就是全国第五届黄炎培职业教育杰出校长奖的获得者——刘家君。

刘家君，出生于1967年，中共党员，现任乌鲁木齐市米东区职业中等专业学校副书记、校长。自1985年参加工作至今，刘家君已在教育战线上奋斗了三十七年。他的履历表并不复杂，从一所学校再到另一所学校：大学毕业后参加工作历经企业技术员、职业高级中学、聋校、盲校、第三中学、职业中专等多个工作岗位。他热爱教育事业，仿佛为教育而生。不管到哪所学校，他都倾力付出，不辞辛苦，将自己追求完美的个性，发挥到学校建设与发展中。从事职业教育三十四年，他说，特殊教育的经历，使他的灵魂得以升华，改变了他看待世界和人性的眼光；职业中专工作经历，让他所学的教育理论得以实践提升，铸就了自己的教育理念。

十六年特殊教育——灵魂飞跃的努力

1996年7月，原乌鲁木齐市盲聋哑学校分家。组织上找刘家君谈话，问他是否愿意到聋哑学校担任副书记主持工作。“做特殊教育工作，这是一个挑战，也是一个考验。组织希望你认真考虑。”谈话领导说。当时只有七年工作经历的刘家君，已在乌市第一职业高级中学任思政处副主任、党政办公室主任，一切正走得很顺利。去聋哑学校？他略微愣了一下，便重重点了点头。既然组织选中了自己，说明组织信任自己。得到重用和提拔，让他年轻的心有些激动。这一年，他二十九岁，在学校当了四年的班主任，追求进步，心无杂念，见到工作就上。很快，他便走马上任。

这时的乌鲁木齐正值经济大发展时期，为进一步提升乌鲁木齐市特殊教育服务社会能力，市委市政府决定盲聋学校分设，乌鲁木齐市聋人学校便搬到了位于太原路上的乌鲁木齐经济开发区东边，在原市师范学校原址上进行改扩建。这里荒草萋萋，设施简陋，半人高的苇草绵延向北，位置相对偏僻。与同事们顺应变化而求发展，也要打一场硬仗，但刘家君不怕打仗，他只怕打不好仗。用他自己的话说，他热爱劳动，劳动能创造一切，创造能带来快乐。当特殊教育学校管理工作摆在眼前，他立刻定下了学习目标。

我曾在抖音上看到过几个视频：几个孩子装上人工耳蜗，听到声音后一愣，而后激动得张嘴哭泣，每当看到他们喜极而泣的画面，我都忍不住泪湿眼眶。聋人的世界，对健康人而言，是一个神秘而残缺的世界。在乌鲁木齐市聋人学校干了五年，刘家君钻研了五年。他学会了手语，用心靠近这个特殊群体。当他学会用一连串手语与他们做交流后，他了解了这个特殊群体与健康人在心理认知上的差异，理解了他们从无声里求突围的强烈渴望，内心里升起一种强烈的悲悯之情。他探求特殊教育的有效性，探求进行有效的沟通途径和教育的可能性。这些努力,为他日后被调到乌鲁木齐市盲人学校(乌鲁木齐推拿职业学校)担任校长工作做了铺垫,打了基础。

2001年5月,他被调到乌鲁木齐市第三中学担任书记、副校长,为了方便与维吾尔族学生交流,他学会了维吾尔语,能熟练地阅读维吾尔文作品。2003年9月,原乌鲁木齐市盲人学校(乌鲁木齐市推拿职业学校)校长去世,组织一纸调令,刘家君被火速调到了市盲人学校担任副书记、校长。

再一次从事特殊教育学校管理工作,刘家君没有半句怨言。组织上信任自己,他义不容辞,全心投入地必须干出个样子来。这一次,责任更重了,担子更重了,要求更高了。他成了一校之长,校长是一个学校的灵魂,他要做好学校发展的顶层设计,也必须做好彻底改变我市特殊教育滞后的窘境,这是他进取性格的必然选择。

2008年,国家十一五中西部地区特殊教育规划项目,乌鲁木齐市委市政府每年的100件民生工程项目,都为乌鲁木齐市盲人学校(乌鲁木齐推拿职业学校)带来了极好的发展机遇。刘家君紧紧抓住了这个机遇,为乌鲁木齐市盲人学校(乌鲁木齐推拿职业学校)的未来画出了一个绚丽蓝图。这座成立于1959年秋的老学校,前身是乌鲁木齐市盲聋哑学校,是目前全疆唯一从事盲人教育的机构。有了各级党委和政府的关心与大力发展特殊教育的系列高瞻远瞩的举措,加上社会各界无私惠助,一定能形成众志成城的社会力量,获得大发展。到上海考察过后,他心中的乌鲁木齐市盲人学校(乌鲁木齐推拿职业学校)便有了高标准的建设样板,他带领同事们一起创造了卓越。在政府大力推进特殊教育政策支持下,乌鲁木齐市盲人学校(乌鲁木齐推拿职业学校)进行了一系列改扩建工程。盲人基础教育教学楼、职业教育针推专业实训楼、新疆首座盲人图书馆、操场环境设施改造……刘家君亲自参与了一切设计,在校园文化建设、校园美化等方面,把空细节,精益求精,付出了无数心血。他要将乌鲁木齐市盲人学校(乌鲁木齐推拿职业学校)打造成一座有灵魂的学校。

想起装修新疆首座盲人图书馆时的经历,现为乌鲁木齐市盲人学校(乌鲁木齐推拿职业学校)信息中心主任的盛红艳极为感慨。那时她三十多岁,负责照相和摄影,得过且过,缺少干劲。刘家君却是拼命三郎,要求严格,追求完美,不许任何一个人工作偷懒拖沓、低质低效。跟他一起工作,是痛苦的事情,加班加点是常事,返工重做也是常事儿。她还记得,刘校长一边挂着吊瓶输液,一边办公的情景。对她交上来的照片,刘校长一张一张地看,指出取景方面的不足。告诉她,一个人在工作上若没有热情,他将一事无成,而热情的基点正是责任心。校长的严格,让她觉得委屈,她一边哭一边听,回到办公室后,一边哭,一边重新干,恨得牙痒,心中不服气,要干出个样子来,她经常干到晚上两三点钟,越干越顺,所承担的工作开始得到表扬。当一切工作就绪,盲人图书馆文化氛围营造、设备设施布局、资料收集整理等创建工作得到一致好评,被评为乌鲁木齐市示范馆。她发现,自己成长,变优秀了。虽然这成长与优秀是被刘校长逼出来的,但她收获了因努力而成功的喜悦,体验到了奋斗的快乐与满足。感谢奋斗的日子,感谢刘家君的严格。现在,她是乌鲁木齐市盲人学校(乌鲁木齐推拿职业学校)的工作骨干。她说:“不是刘校逼我一把,就没有今天的我。”在教育自己的女儿、带年轻人时,她会用自己的成长故事告诉他们,认真、敬业、奋斗,是一辈子的精神财富。

乌鲁木齐市盲人学校(乌鲁木齐推拿职业学校)的办学条件实现了跨越式的飞越,走过了从无到有,从小到大,从简约到完善,从初等到高等的办学历程。学校原来只有小学和一个推拿针灸专业班,历经了半个多世纪,现已具有学前、小学、初中、职业中专、中医推拿大专班、本科班、短期培训七个办学层次,居全国前列,在全国享有一定声誉。

一个志存高远的优秀校长,不会满足现状,而会抓住机遇,奋力开拓。刘家君敢为人先,创建全疆第一个盲童学前班,首例与哈萨克斯坦国进行盲人培训合作,与南京特殊教育职业技术学院、新疆教育学院联合办学,与山东泰安盲校开创了全国盲校教师互派交流模式。组建文化交流团由八名少数民族盲童学生赴京、津等地参观学习交流,取得圆满成功。他坚持特色办学,扩大社会影响，不懈追求新时期特殊教育改革发展新思维，大力发展职业教育，破解盲人就业难题，实现盲人成为社会人的教育目标，同时形成了全国特有的残健融合教育先例。他秉持医教融合，服务社会的办学理念，在新疆首创盲人推拿实训社区医院，医院被纳入政府医疗保障体系，极大解决了盲人就业问题，学生就业率达到100%。

刘家君在盲校担任副书记、校长的十年，是艰苦创业、励精图治的十年，在他的带领下，乌鲁木齐市盲人学校（乌鲁木齐推拿职业学校）在各方面都有了长足的发展，取得一系列令人瞩目的成绩。完成了国家级、市级课题五项；师生参加全国和自治区、市文体竞赛、职业技能竞赛二百七十三人次，并获得各级荣誉；形成以国家级、市级跨世纪拔尖人才、市级学科带头人为主体的教师队伍；在自治区教育厅、新疆医科大学的大力支持下，在全国首创盲人高等教育历史先河，先后被国家教育部授予全国盲人教育先进单位，被自治区教育厅命名为新疆视障资源中心；先后荣获自治区级文明单位、德育达标校、教工之家、特殊教育先进单位等荣誉称号。刘家君是一个科研型领导。千头万绪的工作之余，他钻研中国当代的特殊教育理论基础，学习所有特殊教育课程，并阅读相关书籍。他个人主编出版了《特殊教育学校核心价值体系的构建》《新疆盲人教育理论与实践》专著及七本专业教材，并荣获新疆基础教育科研一等奖，学术成果卓然。

在特殊教育学校工作的十六年，尤其是盲人特殊教育，对刘家君灵魂触动最大，他对职业内涵、对人性、对人生价值都有了深刻的认识和思考。

2009年夏天，一位老太太带着患有视障的孙子买买提，到盲校求学。因为买买提来自喀什，按照规定，他可以享受教育减免政策，但必须自己负担部分生活费。当时老太太生活拮据拿不出，说等卖了麦子后再来补交，刘家君同意了，收下了买买提。12月份的一个大早，穿着厚皮大衣的老太太突然出现在校长室。一见刘校长，她就递上用纸包着的三百元钱，说："这个东西嘛，我给你们拿来了。"财务人员接过钱时，刘家君就问她从喀什坐车到乌市的路费是多少。老太太说八十多块。刘家君一听，更加觉得不忍。时值严冬，路程遥远，路费来回一百七十元。为了一只鸡还搭上一只羊，不是给老百姓增加负担吗？他被老太太讲诚信的举动深深感动着，暗想着免掉买买提的生活费。只要老太太讲诚信，今后家校合作就容易了。当时因为家校合作开展极为尴尬，不少孩子上着上着，家里一个电话过来就退学走人，要么应对突发状况时找不到家长等等，这样的囧事很多，学校也奈何不得。相比生活费，良好的家校合作更重要。

"老太太，你这么讲诚信。亚克西。"刘家君热情地说。老太太笑了："我嘛，说话算话。""钱嘛，我们不收了，你的诚信不仅值这个钱，而且我也很感动。买买提的生活费，学校给他免掉。你看好不好？"刘家君说完话，财务人员就将钱还给老太太。没想到老太太一下站起来，她没有接钱，扑通一声跪下，激动地喊道："共产党万岁！"

刘家君愣住了，内心深受震撼，在他急忙扶起老太太那一刻，他突然感觉到，那间小小的办公室，有了神圣的光芒。他是一校之长，更代表着共产党和政府的形象。那一跪，重如泰山，代表着百姓对党和国家的感恩；那一跪，彰显了他的政治属性，恰成一种救赎，令他灵魂觉悟，更加清楚了自己的工作价值所在。特殊教育，是为国解忧、为民解忧、为后代造福的崇高的人道主义事业。一个视障孩子，是多么渴望通过学习，来"看到"这个美好的世界，感知这个世界的温情啊。一个普通老百姓，是多么渴望学校老师将生命生活的希望传递给那些不幸的孩子！

刘家君将这件深深触动了自己灵魂的事，告诉了全体教职工：社会上不太了解我们乌鲁木齐市盲人学校（乌鲁木齐推拿职业学校），但我们要担负起职业赋予我们的神圣，我们是在为党和国家、为老百姓、为那些不幸的孩子工作，我们，还为自己的良知而工作……

刘家君最喜欢的一句话，来自《钢铁是怎样炼成的》一书。他认为人庸庸碌碌、浑浑噩噩地活着是可耻的，只有将自己坚定投入到为大多数人的服务中去,才能找到自己的人生价值。但具备这样的认知,需要一个过程,不修炼是达不到的,而盲人教育的职业过程与实践,给了他修炼的机会。他说,他经常想一件事情:校长是一个职业,还是一个职务。他倾向于将校长视为职业,因为只有这样想,才会自觉地追求职业的温度,修炼精神的纯度。

他在乌鲁木齐市盲人学校(乌鲁木齐推拿职业学校)主持工作后,要求学生也适当地参加劳动,动起来。孩子们不理解,在他们的认知里,受到帮助是天经地义之事,他们不愿意参加劳动,还用罢课表示对新校长的抗议。他对孩子们说:“你要自食其力,活着有尊严。”当时也有人说他虐待盲人,不理解政府支持办学的苦心。劳动就是改造人。刘家君信奉毛泽东主席说的话,坚持办学理念,要通过劳动培养学生自食其力的意识,让学生通过自己的劳动赢得尊重,活得有尊严,成为一个有用的社会人。而教育工作者,要倾尽全力,做他们的引路人。他对教职工说,特殊教育中,对视障学生真正的人道主义同情和关怀,是教会他们懂得自食其力的重要性。施舍钱财,只属于初级行善,一顿饭的施舍救不了他们,只用语言为他们打气,解决不了根本问题,必须教会他们自立。我国的特殊教育,不能只停留在人道主义同情上,西方在科学研究方面领先了我们几百年。今天我们搞特殊教育,惠及的人数还是太少。让他们能学得一技之长,帮助他们自食其力,身残而志坚,做经济社会发展的参与者、贡献者和享有者,才是功德无量的教育。受家庭教育影响,刘家君养成了热爱劳动的习惯,他说,如果我的劳动观能够影响到学生身上,我就会觉得价值已经有所超越,因为,受影响的不是一个个体,而是一个群体。后来,他和学生们建立了深厚的感情,在他调到乌市职业中等专业学校工作后,几个学生专门到职专去找刘校长,孩子们想他了。他走进了孩子们的心里。

每天与视障学生在一起的刘家君,干的时间越长,心中的悲悯越深。他说,在接触了这个群体后,我时刻被盲生感动着,我知道我的工作重点,我的价值应该在哪里。能为他们多做些事、做好事是一生中无须选择的选择!

那些孩子生活在黑暗的寂寞世界,幼小的心灵承受着本不该拥有的黑暗,他们多么渴望感触阳光,多么渴望感悟生活多彩的真谛!刘家君在乌鲁木齐市盲人学校(乌鲁木齐推拿职业学校)主持设计了新疆首座黑暗体验馆,每一个正常人在其中体验一回,都会深感盲人的不易,理解了教师的辛苦,内心升起一种能为这些弱势群体做些什么的想法。

六年职专——教育理念的实践大舞台

刘家君常说,先有思路,后有出路;没有思路就没有出路。管理学校,首先应准确定位学校的发展战略,借鉴经验,结合本校的实际,走特色的发展之路的战术。

2013年11月,刘家君带着对乌鲁木齐市盲人学校(乌鲁木齐推拿职业学校)难言的不舍,来到乌鲁木齐市职业中等专业学校,作为新学校的副书记、校长,他要接手的头等大事,便是乌鲁木齐市政府对国家三部委(教育部、财政部、人社部)承诺创建国家中等职业教育改革发展示范校。

回忆起那段上下团结、干劲十足的创建岁月,乌市职专财经商贸系教师刘丽樱说,她印象最深的就是刘家君上任后的第一周就站在黑板前,边讲边板书他的工作思路及学校发展模式创新时的样子。他思维敏捷,说话中气十足,充满激情,语调坚定有力,极富感染力,闻之如沐春风,令人顿感前途光明。他用自己的实干精神、人格力量带动着每一个人为了心中共同的目标大步向前。

刘家君迅速组建起一支能打硬仗的科研团队,创建出职业教育"源于社会、适应社会、服务社会"的办学理念,按照习近平总书记提出的"大胆闯、大胆试、自主改"九字方针,应势而为,并大胆改革,结合"一带一路"区域优势,与韩国又松大学职业教育中高职贯通,开辟了乌市中职教育国际交流先河。他解放思想,在教学管理模式上敢于突破,明确提出职业教育的"专业市场化"的办学思路,倡导"课堂即车间、社会即课堂";在课程设置、教学管理上,加大了学校与企业、行业的融合力度,通过持续推进见习机制、学徒机制、创业机制,大胆推进专业市场化进程,积极探索职业教育股份制,逐步形成了"教育教学、专业研究、市场开发”为一体的职业教育办学模式，打造出适应现代职业教育的专业建设体系，极大丰富了黄炎培先生职教思想。初步构建出乌市职专的现代服务业专业群，使之成为乌鲁木齐地区第三产业重要的人才培养摇篮，将市职专的发展带入了一个新的天地。

经过三年艰苦努力，历时三年的攻坚克难，国家项目“乌鲁木齐市职业中等专业学校创建国家中等职业教育改革发展示范校”，于2018年12月成功通过国家教育部、人力资源和社会保障部、财政部的验收。乌鲁木齐市职业中等专业学校，成功实现了学校新时期现代职业教育的跨越式发展，铸就了新疆职业教育品牌，积极发挥着新疆首府职业教育的示范作用，成为全疆中职学校的“领头羊”，在同行中享有较高声誉。

长年的职业教育管理工作，使刘家君具有了较高的教育理论水平、较强的学术研究能力和课程领导能力，在紧张的创建过程中，他承担了《职业生涯规划》《哲学与人生》课程教学工作，深受学生喜爱。2017年，他荣获全国第五届黄炎培职业教育杰出校长奖。

走进乌鲁木齐市职业中等专业学校校园，能感受到一股浓浓的、别样的职业教育校园文化气息。教学楼顶着“劳动光荣，技能宝贵，创造伟大”十二个大字，显得自信庄严。他以前的同事指着企业文化大道说：“以前刘家君就是天天站在那里，与走过来的学生打招呼、聊天。全校两千名学生没有不认识他的。他亲切，幽默，学生都喜欢围着他，抢着跟他交流。只要与学生照面，总能听到一声‘老师好’，学生懂礼知礼，从那阳光青春的面容上，仿佛能读到希望二字。”

至此，我相信，刘家君“思技并重，人人发展”的育人理念及学校独创并被自治区思政协会一致认可的“1+X”德育教学模式，仍旧以其强大的生命力，在乌鲁木齐市职业中等专业学校被一届一届地传承下去。

而教育管理艺术越来越进入佳境、教育理念实践越来越趋向于成熟的刘家君，在乌市职专完成了自己的使命之后，于2019年，调到乌鲁木齐市米东区职业中等学校任副书记、校长。

来到米东区职业学校后，刘家君首先抓学校的管理制度规范、教学管控、学生的文明礼貌以及教师员工教学思想的提升。他思考的最多的，就是学校中长期的发展目标。他是一个搞学术研究的人，如何发挥米东工业园的优势，提高职业教育和产业结构的匹配度，提高产业结构与课程设置的融合度，在他看来，这是属于学校发展的命脉与内涵，极为重要。他认为职业事业的发展要有活力，要持久，必须把搞好校企合作、产教融合。米东区的工业园区，对职业教育来说，与产业结构、产业升级、产业调整得匹配度非常高。如何将学校专业设置与区域产业升级融进政府产业发展规划，如何让老师有行动力，在内涵建设和师资队伍建设方面有突破，让他思之再三，再三思之。刘家君长年处于一种工作的紧张状态，一紧张就睡不着。在原来的学校睡不着觉，是因为有仗要打，在米东职业学校睡不着觉，是思虑仗到底要怎样打。他说，把学校做强做大，仍是一项重要任务。

这两年经历了疫情防控，对他个人的能力提升而言，他认为是件好事，不光锻炼了他，也使自己成为一个从无序到自觉的教育者。除了思考办学方向，他还经常思考一个问题：抢救式教育，还有多大用？很多家长对孩子要求不高，忽视对孩子行为习惯能力的养成，缺少长远的人生规划。这些孩子在学校缺少明确的学习目标，抽烟打架，让老师头痛不已。如何教化这些孩子，唤醒他们？

采访刘家君那天，晚七点刚过，五名维吾尔族男孩子拿着饭、背着书包推门走了进来。略略一愣后，我马上明白，他们正是刘校长所说的天天来他这里练字收心的学生。他们放下饭盒，便从书包里掏出作业本，用双手递给刘校长，让他检查。他自如地跟学生们用维吾尔语问候，在国家通用语言与维吾尔语间自由切换。我暗暗打量这几个男孩，个个帅气有礼貌。伊木然·拜尔哈提、哈力木拉提、阿拉法特·斯迪克、买热旦·买买提明、热迪力·阿里木江，他们每天都结伴而来。吃过饭后，便开始安静地练字。

两年多来，校长室外间成了一个特殊的自习室。来这里的，不是学习最好的，恰都是调皮捣蛋的，让老师们头痛的学生。他们或因抽烟，或因打架，或因不配合老师，被刘校长请到校长室。一番言语教育之后，他要求学生练字，以约束自己，收心静心，祛除浮躁。练过一段时间后，学生就可以选择来或不来。让刘校长意外的是，凡是在校长室练过字的，似乎都恋上了这个特殊的自习室。刘家君从最简单的笔画开始教起，长方桌上摆着一沓田字格作业本，是免费供他们练字用的。

最令刘家君欣慰的，是到他这里学习过一段时间的孩子，都有变化。最大的变化是自我认知的提升，能够辨别什么是好，什么是坏。十五六岁的孩子，不拉一把，不加以引导，就真的毁了。

也有偷懒不好好写的，一页纸上写得稀稀拉拉凑成一页。交上来，说："校长我一页写完了。"他也不生气，指着本子说："你把这里补完，把这里补完。"学生懒，但又想到校长室来自习。只要学生愿意来就行。他说："每当他想接近我的时候，就是我走上去抱上他的时候。"教育是一种唤醒，而最有用的方法只有一个：爱。

刘家君喜欢和学生们在一起，不管在哪个学校工作，这一点从未变过。他始终认为，一个校长应该和学生在一起。"如果不在一起的话，就好像是指挥官和士兵不在一起，那仗怎么打？我只有和我的士兵在一起，我才知道我在干什么，我知道他们在想什么。我才知道我们能干些什么。"没有哪个学生不认识他，他能叫得出许多学生的名字。他把与孩子在一起视为最大的幸福，他说自己没有什么高大上的追求，就是愿意做一个有觉悟的教育者，走进学生的心里，

教育就是培育人的精神长相。无论在哪个学校当校长，刘家君都将自己对教育感悟的三句话送给学生：学会运动、学会阅读、学会善良。学会了这三点，学生就知道人生该往哪里去。他常给学生说："你看数轴，当圆点确定好之后，你就要选择正确的方向，哪怕往前走一毫米都是正向。如果你往反方向走

十米,你都是离错误更近,离正确越来越远。”

很多孩子都“百炼成钢”,有较强的抗挫能力,其实他们更需要得到关注和爱。他经常到班里给这些孩子做交流,他从不说大的道理,从不说教,总是循循善诱,由身边人身边事引出话题,在一问一答之间,让学生认识到自己像“等待戈多”一样,在座位上发傻,是多么无意义的事情。他引导学生思考如何改变自己,如何成为一个有用的人,如何通过克制吃零食的欲望,来收获全新的自己。与学生的沟通,点点滴滴,日拱一卒,功不唐捐。他看出了娃娃眼睛里的渴望——拥有一个人生的引路人。正因为如此,他才愿意花很多时间去接触学生,了解学生。他希望学生明确人生航向,把握命运之舟,过上幸福生活。

曾有个维吾尔族学生,因躲在卫生间抽烟,被刘家君碰个正着。刘家君看到他能坐得住,便表扬他,看到他练字有了进步,也表扬他。这个学生性格内向,沉默寡言。刘家君就交叉使用维吾尔语、国家通用语言,耐心地跟他聊天。有一次,刘家君常像父亲一样摸了下孩子的头以示鼓励。没想到男孩子竟然感动得抽泣起来。刘校长问:“你们家出事了还是咋了?”他说:“没有。校长,我长这么大,进办公室都是被收拾的那一种,你给我讲道理,还摸我的头……”这个学生从小就学习不上心力,挨过无数批评,没有朋友,内心非常自卑。刘家君让他感觉自己得到了关爱和鼓励。数学老师王娟娟告诉刘校长,以前从他的眼里看到的都是恨和抵触,在校长室自习了一段时间,他像换了个人,变得可爱开朗。刘家君一听,很高兴,给他加了任务,先与其他几个孩子一起背《道德经》,再教他《六十四卦卦辞口诀》,结果,就他背得最溜。一年后,他来学校办手续,刘校长让他把易经六十四卦名再背一下,他丁零咣啷一通,全背了出来。

刘家君说:“这个事情小吗?不小。很可能成为他终生记忆中的一个亮点。这也是教育的一种成功。搞教育的人,要做一个有温度的人,要做有温度的事情。我们要做一盏灯,点亮学生的心灯,让他成为一个被爱过的人。”

我问:“那你的温度,被孩子们感觉到了吗?”

这时，练完字正拿着书看的热迪力·阿里木江微笑着说道："校长的温度，我们知道。"

热迪力是英语科代表，喜欢上历史课，喜欢读书，喜欢看科幻和悬疑刑侦类书籍。他的同学都佩服他，说他脑子聪明、转得快。

"你们很享受在这里写字的过程吗？你为什么喜欢到校长室来呢？"我问。

他大方地看着我说："是的。在这里，慢慢写字，学习，不受干扰，可以静心地想事情，想想自己的未来。"

聊到南疆四地州学生上学都是免住宿、免学费、免书费，我感叹，国家为了培养这些孩子真是下了不少功夫，花了不少钱。热迪力·阿里木江又说："长大后，要好好工作，报答社会，报答党，报答国家，要做一个好人，不要做小偷小摸的事情，光明正大做人，用自己的血汗挣的脸不丢脸。职业没有贵贱，只要不偷不摸，就是堂堂正正的人。有些人觉得在工地搬砖，是丢脸的事情，其实是思想不正。自己挣的钱自己花，钱都是干净的，在意别人眼光干什么。"

热迪力·阿里木江一口气说了很多，看得出他有思想有主见。做一个平凡而伟大的劳动者有什么丢脸的呢？这种清醒的认知，真让人欣慰。职业教育是国家重要人力资源组成的重要部分，帮学生扣好人生的第一粒扣子，是每一个教育者的使命。刘家君认为，从事教育职业，假如良知、悲悯不能成为一种职业自觉性，那就是对教育职业的亵渎。点亮心灯，唤醒灵魂，拯救的不只是一个人，而是一个家庭，以及整个社会。每一个教育者，都要学会拷问职业的内涵，以一颗滚烫的心去温暖、引导、教育学生。他也适时适事，不断激发老师，鼓励他们找到自己职业的自觉，去爱学生。他相信，一句话可点亮了孩子的一生。空洞的东西道理谁都会说，实在的行动才能感化人心。

说到自己获得黄炎培杰出校长奖，他说："政府给了我荣誉，是激励我继续往前走。"他觉得自己适合搞教育。他有一个朴素的想法：一个人只要被认为有用，就说明他是有价值的。而能被这个社会所用的时候，他觉得特别开心。

他以自己的人格魅力，赢得了无数学生和老师的爱戴。跟着他在曾经工作的校园里走一趟，就能现场感受到这一切。他谦逊宽和，好学不倦，有一手漂亮书法，能维吾尔语阅读和口语，会弹吉他，米东区职专的校园里，每晚都会响起萨克斯的悠扬。我感觉，他是一个集美商、情商、智商于一体的校长。

无怨无悔地投入，生命的自觉。刘家君是一个有使命感的人，他不愿意荒废自己的生命，他总是用好每一分每一秒，绝不虚度时光。在几十年职业生涯中，组织让他去哪里，他就去哪里，从不推脱，一点都不愿辜负党组织的信任，不管是干特殊教育管理，还是做职专校长，他都一个想法：要干就干出个样子。他有能力、有智慧做好顶层设计，总以高标准去干事业。这种追求完美的个性，累不累？累，刘家君说：至善至美者累也。但，累并快乐着。

小棋子里的大世界

张永江

巍巍绵延的天山脚下，无垠的大地静谧无声。

2022年初，纷纷扬扬的一场大雪，将乌鲁木齐市米东区装扮成一个晶莹洁白的雪世界。位于米东区贡米巷爆米花剧场里，由米东区总工会、文体广播电视旅游局联合举办的象棋锦标赛正在进行。在一曲荡气回肠的《十面埋伏》乐曲里，少儿精湛的武术表演激烈正酣；一张张排列整齐的棋盘，大屏幕里的两军对垒万箭齐发，楚汉两界、剑拔弩张，啪啪作响的飞子扬棋；观众和裁判随着比赛凝神屏气、棋手险境脱身。在数十名参赛队员和裁判人员的共同参与下，整个赛场气氛紧张、秩序井然地进行着。此刻，全程比赛正在各大棋坛网站现场直播，无数的手机和电脑屏前，一万八千多名全国象棋爱好者，正通过网络现场观看着这场精彩的比赛。

这是由米东区象棋协会组织的第十二届迎新春象棋比赛。

一

米东区象棋协会成立于2008年初，成立之际有二十多名会员，大多数会员都是年过半百的象棋发烧友，有老师、学生、自主创业的个体、法定代表人和政府工作人员，从而形成了协会的初期队伍。

多年以来，象棋活动仅仅是群众的一项普及面很广泛娱乐项目，活动的范围多在路边街摊，没有形成正规的群团组织和比赛，更缺少举办正规项目的棋类活动。从而使米东区的象棋文化日益凋零，象棋爱好者们找不到展示自我棋艺的舞台。为使中国传统文化源远流长，使象棋活动再次兴盛，一帮热心棋友想办法、出点子，共同推动了象棋协会的应运而生。

群团组织的生命力在于开展活动，只有通过群众的广泛参与，逐渐扩大活动的影响力，才能得到社会各阶层的认可，确保协会组织旺盛的活动。米东区象棋协会就是在这样的情况下应运而生，协会负责人崔淞博和协会的骨干成员们，在协会成立初期，着眼于协会的发展，深深地意识到了这个关键。

怎样起好头，开好局，让社会各界都知晓象棋协会的存在，从而带动米东区群众文化体育活动。大家凑在一起商量着协会活动，经过群策群力、献言献策，确定在2009年春节前，举办由个人冠名赞助的米东区“杨氏杯”首届象棋比赛。此次比赛由协会成员杨国飞个人出资八百元，参赛人员二十多人。尽管存在着经费不足、条件简陋和经验不足的困难，可是，经过全体人员的共同努力，首次比赛取得了预期的成果，从而拉开协会社会活动的序幕。

有了初次活动的经验，协会的工作也有了长足的进步，比赛办得也越来越出彩，协会的活动在人们的心目中得到认可，形成了一定的社会影响力。之后，陆续由个人、企业公司和政府资助拨款，协会每年初都定期举办一届迎新春象棋锦标赛，历经今日，已经举办了十二届颇有影响力的象棋锦标赛。从第三届比赛开始，参赛选手规模突破百人，首次尝试网络同步直播；这场比赛的开幕式播放了协会精心制作的视频小电影，播放米东区象棋协会一年来参加和组织的棋类活动和参赛棋手在比赛期间的点点滴滴故事，开幕式首次引进节目，表演的主题始终围绕中华传统文化，开幕式加入播放国歌环节，协会会员大声齐唱国歌，运动员和裁判员宣誓环节，宣誓人全程脱稿即兴发挥，庄重而热火朝天的场面，展现协会成员对祖国大家庭的热爱之心。对协会会员而言,象棋比赛就是一家人吃着年夜饭、欢聚一堂,一个节目、一场小春晚,开幕式通过视频、文字和图片表达的正能量宣传,这些主题新颖、形式活泼、内容健康的文化表达,在社会各界产生极大的影响,并受到前来参加活动的米东区总工会和文体局领导的高度肯定,领导们通过“三个没想到”的惊叹,对活动给予充分的肯定。借助活动平台宣传国家政策,吸引广大群众的参与体验,极大地提升象棋协会的社会知名度,引起了全区、全市和自治区有关部门的关注。

米东区象棋协会开展的群众活动,逐步受到上级文化部门的认同,象棋协会的春天随之到来,工会、文体部门在比赛经费上给予大力支持,连续举办了十二届迎新春象棋锦标赛。截至2022年1月,共组织举办了十二届迎新春象棋锦标赛,培养出一大批优秀会员,仅第十二届锦标赛一场,通过线下、线上关注比赛的人数超过两万人。

在米东区每年举办一场迎新春象棋比赛的同时,协会还结合群众要求组织一些小型活动,先后举办过月赛、团体擂台定台赛、庆祝五一和十一特殊节日的棋类比赛。同时,分别和其他地区组织进行象棋对抗赛、热身赛、少儿培育赛。邀请全国著名的象棋大师参观、授课、进行友谊比赛,活跃米东区象棋文化氛围,培养更多象棋爱好者,展示米东人良好的精神风貌。

二

采访过很多会员后,有一份共同的感受,那就是大家对协会会长的高度评价。会员们深知,米东区象棋界能有今天的发展,崔淞博发挥了积极作用。

崔淞博是一位税务工作者,他是怎样和象棋结缘的呢?1988年,年仅十八岁的崔淞博高中毕业后,被昌吉州税务系统录用,成为米泉县税务局的一名助征员。首次穿上蓝色税务制服,他心潮澎湃、热血沸腾,心里充满着对未来的无限憧憬。然而,一次巧合的机缘让他和象棋结下一生的缘分。那是一个傍晚,新华书店旁的树荫下,人群攒动,戏谑的说书声时时逗得人群哄堂大笑。好奇的崔淞博挤进人群,看到一位手拿折扇的中年男子,坐在棋桌旁高谈阔论、指点江山。一个接一个不服气的当地棋手纷纷上阵，不久就折戟沉沙。那位中年男子却对每一棋局口若悬河现场解说，什么顺炮两头蛇、丝线牵牛、弃马十三招，给你一招太监追皇帝，看你还往哪里跑……一溜串语调俏皮、解说形象的话语，听得他如醉如痴，人群散去，他和这位名为刘长祥的棋手交谈，俩人从忘年之交到他主动拜师学艺，从而喜欢上象棋，成为他人生的传奇之事。

从初期入门的苦学和从师学艺，到参加第一场比赛，再到战胜本地雄冠多年的老将，直到杀出重围和师傅进行师徒对决，让崔淞博的棋艺水平得到不断提升。1991年，他获得昌吉州象棋比赛个人第一名，为自己的人生赢得了首个象棋冠军；从此，年年获得县市级象棋冠军。2008年，北京举办奥运会，新疆象棋协会曹羲弈主席、王群安副主席专程来到米东区，邀请崔淞博代表新疆队参加武汉全国象棋团体锦标赛，正是参加了这场比赛，他不断地向大师们学习棋艺，棋艺风格再上新台阶。2010年，在乌鲁木齐举办的自治区象棋锦标赛中，他一路过关斩将获得全疆第一名，并成为国家一级运动员。

几十年间，崔淞博兢兢业业做好本职工作、多次受到单位和系统表彰，多次获得各类先进工作者、优秀公务员等荣誉。他喜欢文艺和体育，并代表米泉税务系统和米东区，参加各种比赛活动，先后获得过区、县、地州和全疆比赛荣誉。

做好本职工作的同时，崔淞博从第一届开始就担任象棋协会主席，他利用业余时间，策划、组织各种棋类活动，组织协会积极参与各项赛事，先后邀请友邻的昌吉市、阜康市、乌鲁木齐市举办地区间的对抗赛。组织会员参加拓展训练，搞内部训练赛、选拔赛、团体定台赛。为组织好比赛不知付出多少日日夜夜，为办好比赛经常自己贴钱，会员没地方下棋，他就把人请到家里管吃管住，从不计较个人得失。他关心会员的生活，当听到一名会员突发脑梗后，利用短短的两天，组织捐献救助金九千多元，成为受大家心底敬重的那个人。他常说的一句话就是：工作干好了、家庭维护好了，你的棋才能下好！

三

有了健全的机构，有了稳定的队伍，有了优秀的带队人，如何将工作推向长远，成为协会发展重要的工作。

针对培养会员的工作，协会制定相应的制度措施，针对新发展的年轻会员和具有潜力素质的会员，由协会出面组织老师进行有效的帮带、培训和提供观摩的机会，通过比赛和对抗等方式，提高他们对象棋艺术的素养和技艺强迫感，对通过比赛获得全国、省区和地市奖项的会员制订出奖励措施，并组织恳谈会，由获奖者谈感受、说经验，让更多会员共同提升棋术，从而提高了会员主动提升自身棋艺的积极性。

如今，象棋协会队伍不断成长发展，成员有汉、回、维吾尔、蒙古族等多个民族组成，最年长都八十八岁高龄，最年幼的不到八岁。队员有退休的老同志，有单位的工作骨干，有英姿飒爽的女性，有初生牛犊不怕虎的儿童，有一家三口比赛的，有翁婿面向对垒的，拥有广泛的群众性。因为协会比赛别出心裁，活动内容丰富多彩，比赛形式五花八门，因此培养出许多优秀的棋手。

通过长年的培养和大量的竞争比赛，米东区象棋协会拥有自己敢打能打的“五虎上将”，这些从比赛场上一路冲杀出的选手，不仅在本地赫赫有名，就是在全国、全疆和网络平台上，也都是响当当的人物。第一位“鬼手妖刀”是蒋小虎，他的棋路不走寻常路，常常不按常理出牌，不是中规中矩的棋艺套路，让对手无招可寻，招法稀奇古怪、妖气十足，尤其是在逐杀水平比他稍微弱一点的棋手中，用砍瓜切菜般的妖刀，三下五除二就杀得对手落花流水。第二位“闪电侠”是王永亮，因为他的棋路准确到位，急招险步间却走得又快又准，手起棋落，毫不含糊，落子如风，从不拖泥带水。第三位“少年姜太公”是杨利斌，是米东区象棋冠军获得者里年纪最轻的会员，但是，他少年早熟的稳当，静心内敛的心态，对棋路风格的理解，是所有棋友中境界最高的一位。第四位“网漂圣手”是刘占俊，这是一位全国网络象棋冠军，网棋水平极高，棋术凌厉，杀伐果断，一刀见喉。第五位“拈花指”是左新，这位棋手性格外向，他的棋局一旦得势，拈花指（下棋的动作）就不由自主地冒出来，不用看棋，只要见他拈花指一出，这局棋赛就是他必赢；反之，看不到拈花指，这盘棋十有八九是九死一生。米东区五虎上将“鬼手妖刀”蒋小虎和第四位“网漂圣手”刘占俊，都曾代表新疆队参加过全国象棋团体锦标赛，而且成绩不菲。崔淞博曾三次代表新疆队参加全国专业组智运会，五次代表新疆队参加全国象棋团体锦标赛，在全国赛场上战胜过象棋大师，战平过特技大师柳大华、郝继超，为新疆象棋界赢得了荣誉。

2022年，在第十二届迎新春象棋锦标赛中，经过一天九轮的激烈比拼，诞生新科状元杨军胜，这位从小就背着书包看下棋、与老棋手对抗的年轻选手，更是强不让人，力压五虎上将，夺得个人冠军最高荣誉，团体冠军由持重稳定的周军领衔的医生代表队获得。

经过形式不同的培养和传统赛事的连续举办，米东区象棋协会培养和带出一大批年轻的骨干队员，最小的参赛选手朱珈辉年仅8岁，形成了象棋队伍优秀后续队员的阶梯化和骨干人才的有序储备。

四

随着人民生活水平的不断提高，社会广大象棋爱好者数量的增多和会员棋艺水平的持续提升，使米东区象棋协会成为乌鲁木齐市象棋界的一个重要平台；不论是会员队伍的象棋整体水平，还是所具备广泛的群众基础，甚至是在新疆棋坛界的知名度，都让米东区协会诸多选手，凭借实力具备着代表乌鲁木齐市象棋界和新疆象棋队的实力水平，先后参加国家、省区和其他地市的各项赛事活动，从而具备了举办全国、全区和全市重要比赛首选场地的基础。

为让会员体验中国象棋的最高水平，协会特别邀请全国特级大师刘殿忠来到米东区居西苑做客，专门摆下车轮战让象棋爱好者一睹大师风采，并通过大屏幕请刘殿中大师给会员们答疑解惑。还邀请全国特级大师陶汉明与会员下一场1对14的车轮战,精彩的比赛,大师的风范,精湛的棋艺,让各级会员感受和体会到了象棋世界的无穷魅力。

在每一届迎新春象棋锦标赛中,都有一个邀请新疆冠军和米东区冠军进行表演赛的节目,节目由协会会长崔淞博负责现场解说。受邀参加表演赛的冠军有:新疆棋王张欣、西北狼金华、杨浩等,这些全疆冠军来米东区下出的表演赛,过程跌宕起伏,棋路精彩至极,会员们大饱眼福,直呼过瘾。

在开展区域比赛活动的同时,象棋协会主动与兄弟区县棋协联络,经常组队开展棋艺文化的交流,应邀组队参加阿勒泰、塔城、克拉玛依、昌吉、巴州等全疆多个地州象棋比赛,在取得优异成绩、增进与各地棋手友谊的同时,通过交流比赛展示了首府人的良好形象。

与此同时,象棋协会在开展象棋比赛的过程中,时刻不忘自己的社会责任,吸收不同民族选手积极参与,为米东区实验学校来自南疆的贫困学生捐款一万元,实验学校专门为协会的捐款行为,举办了一场见面会表达对捐款的答谢。协会尽自己一份责任,在新的历史时期中,为繁荣民间文化,展示新疆建设的伟大成就、弘扬强烈的爱国主义思想,实现着自己始终不忘社会责任的义务。

五

冰雪再融边塞雪,春风又绿天山情。

乌鲁木齐市米东区象棋协会这个小小的民间组织,通过小小的棋坛,在实现中华民族伟大复兴的历史征程中,通过不懈的自我努力,为全区的精神文明建设和新疆社会稳定、经济发展、文化繁荣等事业,实现着应有的历史使命,表现着强烈的文化自信。

2022年的春天又来了!绿叶红花、百鸟共啼,天山南北的大地再次苏醒,米东区的社会经济文化建设正在党和政府的领导下全速推进。在小小的棋子间,在方正的棋盘中,在负重前行的肩头上,一个充满历史使命、伟大复兴的时代已经到来；冰雪覆盖的天山，在积雪融化间迎来新的纪元。

米东区象棋协会这一支平凡而普通的民间队伍，正以自己微弱的声音，成为这个时代伟大的歌唱者；正以自我不懈的刻苦努力，成为这个春天里不断创造今天、奔向明天的前行者。

小小的棋盘上，摆着一个精彩的大世界。

假如我是一只鸟

李新菊

一直喜欢泰戈尔的一段话："果实的事业是尊贵的，花的事业是甜美的，但是让我们做叶的事业罢，叶是谦逊地专心地垂着绿荫的。"初见刘馨，我不由得想起了谦逊地专心地垂着绿荫的叶。那是一个春光明媚的四月天，高挑修长的身材，白皙的面庞上，一双秀美聪慧又透着坚定的大眼睛，着一身白大褂，温馨平和。她如沐春风般地微笑着，将我迎进了米东区疾控中心二层的慢性病防治科办公室，里面坐着与她共事的四位年轻小伙伴。这是一个我并不熟悉的领域，他们的工作看起来平凡、单纯，又比较专业，让我这个在政府部门工作了几十年的人，没有产生出特别深刻的印象。但是，在不断地走访、交流与回忆中，刘馨在疾病防治一线奋战的十五年来，那些平凡又难忘的事儿，如丝线般串联起来，逐渐在我的脑海中变得清晰。

刘馨和她的爱人邓磊是在新疆医科大学预防医学读大专时相识相恋的，婚后，他们有了一个可爱的女儿。2007年，刘馨通过公考，进入疾控中心工作，与邓磊成了同事。

在刘馨的职业生涯中，对她影响最大的一个人，是她的老科长龚田颖。2011年至2012年，龚田颖科长带领她，迎来了国家慢性病综合防控示范区检查工作，这项工作具有较高行业水准和难度。一直以工作态度严谨著称的龚田颖科长，当时已快到退休年龄。她对工作充满热情，一丝不苟又风风火火。她们每天加班加点，不厌其烦地认真对照每一项标准，仔细做好相应资料的查找、准备和完善，经过两年的努力，通过无数次的修改完善审核，工作任务终于全面完成。在与龚田颖科长的共事中，刘馨看到了、学到了、更诠释了"爱岗敬业"这四个字的意义，也潜移默化地，使刘馨在后来的工作中，始终坚守着认真执着、爱岗敬业的职业操守。

2012年12月，经过国家卫生部组织专家认定，米东区达到了国家慢性病综合防控示范区考核方案的要求，授予"国家慢性病综合防控示范区"称号。

功夫不负有心人，看到自己的辛苦努力得到了国家级的肯定，刘馨和龚田颖科长兴奋地抱在一起，也让她在后来的工作中，更加坚定了持之以恒辛勤努力，终会达到预期目标的信心。

受龚田颖科长的影响，2013年，刘馨光荣地加入了中国共产党。

龚田颖科长光荣退休后，刘馨接任起了慢性病防治科科长的担子。在她和科室工作人员的共同努力下，渐渐地，她融入了角色，慢病科各项工作步入正轨。

2017年，刘馨被米东区委组织部任命为卡子湾片区华盛社区"访惠聚"工作队第一书记，在全新工作环境中，压力和劳累自不必说。当时发生的一件事儿，更是令她终生难忘。她婆婆被诊断出乳腺癌。她的老公邓磊是家里的独子，当时正在米东区疾控中心传染病防治科担任科长。当时正值俩人工作最繁忙、无法抽身的时候。夫妻俩"三观"一致，感情深厚，任何事情都能达成共识。当家庭问题和工作产生冲突时，他们总是优先考虑工作需要。权衡之下，他们没向单位请假照顾老人，而是为老人请了护工。她婆婆虽然文化程度不高，却非常明白事理，支持儿子儿媳的工作。她常说，你们的工作重要，我一个人坚持坚持就挺过去了。刘馨性情温和，与婆婆亲如母女。每每想到婆婆重病手术，自己却无法侍奉在侧，便会难过自责，暗自落泪。

让她放心不下的，还有他们已经六岁的宝贝女儿，刚好到了准备上小学的关键节点，对于女儿的教育，她原本还有很多计划，如今却由于工作纪律无法经常回家，孩子中午和下午都在小饭桌，晚上也只能由老公照顾。

对老人和孩子的牵挂，让这个全身心投入工作的"拼命三娘"深感分身乏术，愧疚遗憾。

2018年至2019年，慢病示范区五年一次的复审工作开始了。单位一半的专业工作人员都已经下派到"访惠聚"工作队了，刘馨和其他留在单位的人员，一个人要承担以前两到三人的工作。刘馨与科室两位干部一起，加班加点整理资料，迎接国家复审。已退休的同科室人员杨丽红回忆说，当时，她正在刘馨的带领下，负责准备复审资料，由于年龄大、视力差，已经很晚了，她只准备出来了所需资料的一小部分，正急得团团转，刘馨开完会回到办公室，她见到杨丽红后说："已经这么晚了，你先回宿舍休息去吧！"杨丽红对工作也非常认真负责，担心耽误工作，第二天一早就赶到了办公室，打算继续准备资料，却发现桌子上已经摆满了打印好的全套资料。刘馨微笑地告诉她，昨晚没休息，已经把所有资料准备好了。杨丽红说："我当时感动的说不出话来，遇上这样干工作的领导，别人还能说什么，只能像她一样地努力工作，继续工作。"通宵达旦加班干工作，对于视工作如生命的刘馨来说，早已是家常便饭。2019年12月，米东区顺利通过了国家慢病示范区的复审验收工作。荣誉保住了！刘馨和科室人员的脸上露出了幸福的笑容，在他们心里，无论付出多少努力，能够达到目标，就是最值得热烈庆祝的事情。

2020年过年前期，刘馨因为查出乳腺问题住院手术，大年三十，她从单位的微信群里知道新冠疫情发生了，要求全体工作人员回单位参与疫情防控工作。刘馨当时刚做完手术，心里着急但身体不允许，经复查，医生告诉她伤口恢复得挺好，但是还需要休养一周时间才能拆线。作为疾控中心工作人员，她深知自己工作这么多年来，遇到了需要专业担当的大事。疫情就是命令，她感觉自己肩负使命，无法继续安心养病。第二天，她在伤口未拆线，还在持续疼痛的情况下，回到单位，与同事一起参与到了疫情防控工作中。回单位的当天，她就被派往好友嘉宾馆隔离点，参与隔离宾馆的消杀工作。那段时间，术后的不适时常发作，稍感劳累，便会有豆大的汗珠一串串流下来，她硬是没有叫苦，咬牙坚持了下来。由于是封闭式管理，她无法再回到做手术的医院拆线。后来，她让同在隔离点的米东区中医院医生帮她拆的线，医生夸她太坚强，称她是真正经得起考验的人！当时，她老公在市级密接隔离点佳信庄园工作，他们俩都回不了家，孩子由婆婆照顾。在隔离宾馆待了五十多天后，3月底，刘馨从隔离宾馆调回单位，在做完核酸检查出来结果后，她着急地拉上同在单位的老公一起赶往婆婆家，去看望他们久未见面的婆婆和女儿，见到老人孩子的那一刻，四个人拥抱在一起，忍不住泪雨滂沱。

2020年7月中旬，第二波疫情来临，刘馨和她的老公又同时投入到疫情防控中，孩子交给了姥姥、姥爷。刘馨在做好本职工作的同时，参与到疫情防控的采样、流调、收样工作中，采样、流调工作对她来说均是新的工作，为了更好、更快投入到这些工作中来，她认真学习、动手实践、向有经验的同事请教。很快，她就掌握了采样的方法，准确、高效地完成采样工作。流调工作也从实践中积累经验，掌握技巧，完成电话流调及现场流调工作。刘馨说："从参加工作以来，一直面临着新的工作挑战，为了更好地完成工作任务，一直在不间断地学习各种新知识，增加自己的知识储备，通过不断的学习，适应了各种新的工作需要，这是感觉非常荣幸和受益的事情。"

在这次工作中，刘馨共向阳性病人采样十人、阳性病人面对面流调三人。她说："在面对阳性病人时，心里也闪过一丝恐惧的情绪，但能够很快克服。既然自己选择了这个专业，承担起了这项工作，疫情期间国家又急需具有专业知识的人，让自己强大起来，无所畏惧。"在面对病人时，她总是面带坦然的微笑，按要求做好每个环节的工作。后来，她被派往疫情指挥部处置组参与密接人员处置工作，面对每天大量的密接人员推送信息，每日工作到半夜，对于每一项工作，她都做到当日推送，当日完成。

随着国内疫情出现多点反复，密接人员的流调工作已经成了刘馨的工作日常，流调工作不分白天黑夜，只要有推送人员，就需要在第一时间迅速了解密接人员的各项核心信息及密接人员情况，在疫情流调工作期间，刘馨总能按时保质保量的完成流调工作任务。

刘馨像一颗默默无闻的小草，执着地坚守在自己的岗位上。疫情发生后，作为专业部门，疾控中心处于防疫工作的前沿阵地，工作量大，回不了家，住在单位已经是家常便饭。据她的同事马芳回忆：我来到慢病科与刘馨共事已经三年，她不但教会了我很多慢性病防治的专业知识，更是在她的影响下，养成了严谨认真的工作作风和积极健康的生活习惯。她爱养生、爱运动，充满正能量。疫情期间，大家都住在单位，每天早上她总是起得比别人早，会为大家精心准备早餐，有时烤红薯增加粗纤维的摄入，有时热牛奶补充蛋白质，她总能把工作和生活安排得井然有序。

上一轮疫情接近尾声时，发生的一件事，更是让我加深了对她的了解。那天清晨，我腰椎骨折的旧伤犯了，疼得起不来床，又着急上厕所，正在不知如何是好的时候，刘馨看到黑暗中我在挥手，以最快的速度来到我的床前，将我缓缓扶起来，架着我去了卫生间，并及时联系了我的家人和医院，看她跑前跑后，我觉得她不像同事，更像我的长辈和家长！

疾控中心副主任段荣说："与刘馨共事多年，她给我留下最深的印象，就是对工作认真负责，任何工作，只要交到她的手里，她都会克服一切困难，按时完成。"

刘馨的老公邓磊也说："我们俩在一个单位工作，对她的辛苦和不容易我最能理解。尤其她作为女同志，感情细腻，身兼母亲、女儿、儿媳等多重身份，她考虑的、付出的、遗憾的，远比我多。我们俩虽然在一个单位上班，却都在各自的岗位上忙碌着自己的工作，一周或十天半个月见不了面，再正常不过了。"

刘馨的故事让我联想到艾青的诗《我爱这土地》：

假如我是一只鸟，

我也应该用嘶哑的喉咙歌唱：

这被暴风雨所打击着的土地，

这永远汹涌着我们的悲愤的河流，

这无止息地吹刮着的激怒的风，

和那来自林间的无比温柔的黎明……

——然后我死了，

连羽毛也腐烂在土地里面。

为什么我的眼里常含泪水？

因为我对这土地爱得深沉……

超越血缘的祖孙情

——记阿西耶·乌拉音和她汉族孙女的故事

舒燕

家住米东区古牧地镇皇渠沿村今年七十一岁的维吾尔族老人阿西耶·乌拉音，一到周末，就满心欢喜地望着村口，期盼她心爱的孙女努尔古丽·热依木回家。春去秋来，阿西耶·乌拉音将无私的母爱倾注到努尔古丽·热依木身上，抚育她成长，供她读大学，曾经那个襁褓中的小婴儿已长大成人，也有了工作，祖孙俩相依相伴了二十七年，总算是苦尽甘来。一幕幕往事，像电影画面清晰地浮现在她的脑海。

身如浮萍偶遇温暖怀抱

那是1995年9月初，天高云淡，阿西耶·乌拉音随大儿子去阿克苏拜访未来亲家，返程路上，她对儿子将要远离家独自生活有些不舍，但一想到儿子就快成家了，又感到很欣慰。

当客车经过库车，阿西耶·乌拉音和其他乘客在路边的简易厕所方便时，发现茅坑里有个蠕动的婴儿。就在别人惊呼着跑开的时候，阿西耶·乌拉音的心紧了一下，她过去用棍子拨了拨，小婴儿发出微弱的喘息声，“还活着！”阿西耶·乌拉音顾不得多想，一把将这个浑身污物、满脸脓包的小家伙抱了起来，孩子的小手里攥着一张纸条，上面写着出生日期，连名字都没有，腋窝下夹了二十元钱。看着这个奄奄一息，几乎快要冻僵的小生命，阿西耶·乌拉音的心被揪得生疼，就算再难，也不能丢孩子啊！她赶紧脱下外衣把孩子包好搂在怀里取暖。此时此刻，阿西耶·乌拉音满心都是可怜这个小弃婴，至于孩子该何去何从她没有考虑。

回到车上，阿西耶·乌拉音和怀里这个脏乎乎、浑身散发着臭味的婴儿受到乘客的排斥，司机无奈，只好将车费退给她。阿西耶·乌拉音抱着孩子在路边苦等了一个小时才乘上下一辆车，她哭着用不太流利的国家通用语言向司机和乘客讲述了捡拾孩子的经过，大家被她的善举打动了，都同意她上车。当客车途经库尔勒时，司机给孩子买了毛毯和奶粉。一向节俭的阿西耶·乌拉音花了五块钱买了一把壶和水，给孩子洗了洗。没有奶瓶，她就用纸卷了一个锥形筒给孩子冲点奶粉，喂点水喝。一路上，阿西耶·乌拉音一刻也没放下过孩子，生怕这个命悬一线的小生命再有什么闪失。到了乌鲁木齐，好心的司机又买了一个奶瓶送给阿西耶·乌拉音，临别还留下五十元钱。多少年过去了，阿西耶·乌拉音始终忘不了这个帮助过她们的好人。

一路颠簸总算回到家中，迎接阿西耶·乌拉音的五个孩子看到妈妈抱回一个婴儿，都用诧异的眼神望着她说："别人的妈妈出门都带好吃的回来，你却捡个病孩子回来。"亲戚和邻居都劝她将这个女婴送人，要么交给民政部门抚养。可阿西耶·乌拉音像是铁了心，谁的劝说也动摇不了她。自从1985年丈夫去世后，阿西耶·乌拉音独自一人扛起生活的重担。大儿子早早外出谋生，家中的五个孩子三个未成家，二个未成年，二儿子还患有残疾。如今再添一个满身是病的弃婴，对这个贫困家庭真是雪上加霜。但阿西耶·乌拉音想的是：这条小生命既然被我抱了回来，就是我的孩子。不管有多困难，也要把她的病治好，把她养大。她给小婴儿取了一个非常好听的名字叫努尔古丽·热依木，意思是光彩照人的花朵。

无私母爱呵护成长

人世间最伟大、最圣洁的爱莫过于母爱。阿西耶·乌拉音拿出家里所有的积蓄,节衣缩食,到处求医买药。那时候,几个孩子正在长身体,都是抢着吃饭。为了给小古丽治病,家里有时都揭不开锅。阿西耶·乌拉音甚至让十五岁的小儿子到外面背砖挣钱,挣上十块、二十块,就抱着孩子步行三四公里去看病,为此小儿子还和她闹起了别扭。

三年多的治疗花去一万多元钱,还欠下一身债务,能借钱的地方阿西耶·乌拉音都借了,值得欣慰的是,努尔古丽·热依木的病情日渐好转。为了还清债务和贴补家用,阿西耶·乌拉音到饭馆打过工,帮别人洗过衣服。常年的劳累让她落下一身病痛,右半身中风,双腿患上关节炎,犯病的时候生活都不能自理。看到妈妈的辛苦,懂事的努尔古丽·热依木从小就学会了做饭、洗衣、收拾屋子等家务。善良乐观的阿西耶·乌拉音竭尽全力地爱着她的小古丽。逢年过节和换季的时候,就算手头再紧,阿西耶·乌拉音也会给努尔古丽·热依木买新衣新鞋,不让她受半点委屈。

转眼,努尔古丽·热依木六岁了,阿西耶·乌拉音便去恳请村里小学校长收下孩子。校长了解情况后,不但免了学杂费,每月还给孩子一百二十元的生活补贴,过年过节再买一身新衣服。看到努尔古丽·热依木像其他小朋友一样,背着书包去上学,阿西耶·乌拉音心里充满了希望,她相信等孩子长大一切都会好起来。

妈妈变奶奶母爱有增无减

走进校园的努尔古丽·热依木却有了烦恼,在阿西耶·乌拉音的追问下,孩子哭着诉说:“妈妈,同学们说我不是维吾尔族,为什么我和他们长得不一样?”阿西耶·乌拉音知道这个秘密终究隐瞒不下去,她决定把真相告诉她。这次事件不但没有让母女俩生分,反而更加亲密了。阿西耶·乌拉音面对的不仅仅是让努尔古丽·热依木吃饱穿暖了,还要顾及她更多的感受。“妈妈,我能叫你奶奶吗?”一天,努尔古丽·热依木突然对阿西耶·乌拉音说道。这令她有些始料未及,她曾设想过孩子可能会向她提出的所有问题,唯独这个是她完全没有想到的。“为什么呢?”阿西耶·乌拉音小心地问道。“你的年龄不是刚好可以当我的奶奶吗?别人的妈妈都很年轻。”天真的小古丽轻声地说道,幼小的她完全没有意识到,这样的回答也许会伤害到妈妈的心。“行啊,你想叫什么就叫什么。”在阿西耶·乌拉音看来,只要努尔古丽·热依木能开心地成长,叫什么并不重要。

这事之后,阿西耶·乌拉音开始担心如果有一天自己年龄太大离开了,努尔古丽·热依木怎么办?为了让孩子永远有一个家,从此,阿西耶·乌拉音当起了奶奶,她让努尔古丽·热依木喊自己的大女儿“妈妈”,喊自己的大儿子“爸爸”,在外人看来,这个家庭关系有点乱,但对于努尔古丽·热依木来说,她有了一个完整的家。阿西耶·乌拉音暗下决心,在她有生之年一定要将小古丽抚养成人,考上大学,将来过上更好的生活。

心怀梦想刻苦学习

2008年秋天,上初二的努尔古丽·热依木住在学校,阿西耶·乌拉音怕她吃不惯学校的饭菜,每天早早做好饭,再步行三公里把饭送到校门口等古丽放学。送了一段时间,努尔古丽·热依木觉得奶奶太辛苦,说什么也不让送了。努尔古丽·热依木每周回家一次,总是抢着帮奶奶做家务。天冷了,她就帮奶奶把窗户钉上塑料布;天热了,她会惦记着从学校赶回来取掉。晚上,努尔古丽·热依木给奶奶捶着背、揉着腿,祖孙俩偎在一起有说不完的话。每当这时,阿西耶·乌拉音就感到非常幸福。

努尔古丽·热依木上学很用功,国家通用语言和维吾尔语交谈和书写都非常流利。从小学到中学,她的成绩一直很好,多次被评为“三好学生”。2010年9月,努尔古丽·热依木考入江苏省内高班就读。2014年,努尔古丽·热依木顺利考取了大连民族学院文法学院。努尔古丽·热依木在外求学期间,阿西耶·乌拉音的小女儿阿丽古丽和丈夫主动承担起努尔古丽·热依木上学的费用。假期回家,努尔古丽·热依木也会主动帮小姑姑接送孩子,给弟弟妹妹辅导功课。在她的影响下,阿丽古丽家的两个孩子也勤奋好学,儿子考取了大学,女儿正在读高中,成绩也不错。努尔古丽·热依木最大的心愿就是毕业后回来工作,陪伴照顾年迈的奶奶,回报亲人,回报家乡和社会。

每次接到在大连上学的孙女打来的问候电话,阿西耶·乌拉音的眼眶里就溢满了幸福的泪水。嘴里高兴地念叨:“我的小古丽长大了!”这一天,她终于盼到了。

你养我小、我养你老

多年的生活重担压在阿西耶·乌拉音一个人肩上,才六十多岁的她看起来要比同龄人显老很多,岁月的风霜在她的脸上刻下深深的烙印。二十年来的艰辛付出,二十年来超越血亲和民族的无私大爱,她将弃婴抚养成人的故事,被广为传颂,深深地感动着人们。阿西耶·乌拉音先后被评为古牧地镇民族团结模范、自治区民族团结进步模范、乌鲁木齐市民族团结进步模范、乌鲁木齐市首届团结友爱道德模范、米东区第二届团结友爱道德模范。阿西耶·乌拉音的孩子们相继成了家,政府给她办理了低保,落实了老模范待遇,盖了新砖房,老人的生活条件得到很大改善。孩子们出钱给她的眼睛做了白内障手术,视力得到恢复,性格开朗的阿西耶·乌拉音说:“我要多看看这个美好的世界。”

2019年,努尔古丽·热依木如愿考上了公务员,在附近一个县法院工作,离家不是很远,只要有空,她每个周末都会买上肉蛋奶菜等食品和营养品回家看奶奶,每月还花一千五百多元钱为奶奶定期购买治疗心脏病的药品,时刻关心着奶奶的健康,让老人安享晚年。她领取的第一个月工资,给家里每人买了一双红蜻蜓牌皮鞋。在奶奶的影响下,努尔古丽·热依木从小就善良懂事,心存感恩,如今,她长大了,经济也独立了,她关心关爱着家里的每一个人,报答着养育之恩。

平日里，阿西耶·乌拉音的生活起居由住在同一个院子的大儿子大儿媳照顾。但只要努尔古丽·热依木回到家，她就会悉心照顾奶奶，给老人做可口的饭菜，打扫房间让老人住得干净舒适。夜里，她还会像小时候那样，偎在奶奶的身边给她捶腿，祖孙俩有说不完的贴心话。努尔古丽·热依木说："世上最美好的事就是我已经长大，也有能力报答奶奶，让奶奶过一个幸福的晚年。"

星光不问赶路人

崔崔

初冬的暖阳洒在米东区古牧地镇西工村，一栋栋错落有致的民房仿佛披上了一层金色。一条条整洁笔直的柏油巷道，随风落下的一层层金黄色叶子，为村里平添了几分色彩。圈舍里牛羊肥壮，农家果园鸡成群觅食，创业街上村民招呼客人、搬运货物，孩子们在雪地里快乐奔跑，一幅美丽乡村的幸福生活画卷映入眼帘。

"从今天起，这就是我的家了！"刘玉芬放下手中的行李，对前来迎接她的村党总支书记马福明说。2017年2月1日是大年初五，空气中还弥漫着烟花鞭炮的味道，刘玉芬背起行囊，走出温暖的家，带着组织的信任和家人的期盼，来到了古牧地镇西工村，开启了她的"访惠聚"驻村工作。

从一名教育工作者转为驻村工作队副队长，她发挥自己的写作特长，指导帮助村干部整理党建、综合治理、"民族团结一家亲"等档案资料；将田间地头、草场渠边变成舞台，把乡村生活、劳动趣事融入作品中，把工作队和村上涌出现的好人好事和文体活动用图文、视频展示出新时代农民别样的风采；跟随村干部到村民家入户走访，用鲜活的事例谈村子的变化，用通俗易懂的语言讲解党的惠民政策，把党的好声音送到村民心坎里。

2017年3月4日,她又被米东区委组织部任命到古牧地镇小破城村任第一书记,她深感使命光荣、责任重大。驻村一年间,她把村民当亲人、把驻村当事业,深深地融入这里,赢得了村民的称赞。

初到小破城村,第一次与村“两委”班子成员见面座谈,她就暗下决心要当好这个“领路人”,帮带建强村党支部和干部队伍,打造一支“永不走的工作队”。

万丈高楼平地起。根据每名村干部的特点,按照“人岗相适”原则,她重新调整村干部工作分工,明确工作职责和任务清单。工作队员、村干部与后备力量结成帮带对子,重点在政策理论、工作思路、措施方法等方面进行“订单式”帮带,采取“日点评、周评估、月考核”的方法,激发村干部干事创业的激情。

卢金刚是一名新上任的村委会主任,缺乏工作经验。有一次,听到他和村民争吵,为了不影响其他人的工作,刘玉芬主动邀请他们到村委会会议室进行调解,起因是村民马文在工作队的引导下,想通过发展庭院经济增加收入。他喂养了三十多只鸡,并养了八只羊和六头奶牛。由于庭院空间狭小,他将鸡圈搭建在邻居苏斌房屋的位置,挡住了邻居窗户。刘玉芬先动之以情、晓之以理,安抚好双方情绪后,为大家普及相关法律知识。对马文搭建的鸡圈遮挡住苏斌家的窗户,造成苏斌家通风、采光不便等因素,有了明确的法律依据作支撑,马文一改之前的强硬态度,向苏斌道歉后,并表示愿意拆除鸡圈,两位村民握手和好。

通过解决邻里纠纷事件,刘玉芬与卢金刚结成帮带对子,工作中帮助他理思路、实践中点对点教方法。通过持续帮带,卢金刚工作思路清晰,工作讲究方法,服务群众的能力水平不断提升。

刘玉芬是一个不满现状的人,她针对小破城村的实际,95%的村民种植常规蔬菜,结构单一,经营收入不理想,想让村民增产增收,腰包鼓起来。通过朋友介绍,和村“两委”班子成员商议后引进蟠桃、油桃等新品种,首批二十亩试种成功,收入要远高于蔬菜。她和队员们依托后盾单位想方设法帮助销售,看到村民们丰收后脸上露出的笑容，她满心欢喜。

一天中午，她看到村民汪新娟顶着烈日在给黄瓜浇水，汪新娟向刘书记打招呼："从早上6点出来给菜地浇水到现在，因为防渗渠年久失修，渗漏非常严重，费时又费力，希望工作队能解决维修渠道之事。"

说干就干。刘玉芬立即与村"两委"商量，通过"四议两公开"流程，想方设法筹集资金，每天和施工队一起查看工程进展，不到1个月，八条主渠和二十二条毛渠维修好后，村民再也不用为浇地发愁了。

2017年驻村工作结束，2018年2月5日，刘玉芬被借到米东区"访惠聚"办公室宣传组工作，从第一书记到宣传组组长，虽然工作岗位发生了变化，但初心不改。

她深知宣传工作的重要性，她心系百姓、关注民生，"访惠聚"把村(居)民的每一件事都挂在心里；她行走在大街小巷、村头巷尾，"访惠聚"深入到村庄、社区；她用敏锐的视角挖掘新闻，"访惠聚"用"接地气"的方式讲述驻村故事。

2019年6月15日，她来到长山子镇新庄子村，看到桃园里桃子长势喜人，"龙河西瓜红"基地里村民们忙着挖红薯，农家小院里上门选购"龙河游鸡"的游客络绎不绝，村民们的喜悦之情溢于言表。

尤其是听说村民闫平云致富后不忘乡亲，逢年过节都把自己喂养的"龙河游鸡"发给生活困难的村民时，她找到闫平云了解情况，他对刘玉芬说："太感谢工作队了！是工作队给了他继续生活下来的勇气，面对病魔缠身，花光了家里所有积蓄，是工作队一次次的鼓励和帮助，工作队给他免费发放三百只鸡苗，养成后已经被合作社全部回收，纯收入两万元，日子过得一天比一天好。"

结合村民闫平云的事迹，她利用业余时间撰写出了米东区科技局(科协)工作队驻村以来，积极发挥科技带动优势，打造多元"龙河"品牌链，推动特色产业发展，撰写出"养"出自主品牌"种"出农家特色作为脱贫攻坚"五个100"被新疆"访惠聚"微信平台采用。

文章推送后引起不少关注，新疆949广播还对第一书记、工作队长朱凌进行了专访。趁热打铁她又找专业人员拍摄了《致富路上的引路人》,2020年12月,又在新疆“访惠聚”微信平台刊登。

当朱凌书记打电话告诉她通过多媒体宣传报道,村民们的“三大产业”销售很好时,她非常激动,她突然明白,宣传不仅在于记录,还在于能帮助工作队在工作中如虎添翼。

2020年8月9日,天山村工作队第一书记、工作队长姚雪原找到刘玉芬,给她详细讲解了天山村的现状,希望能给予宣传报道,于是刘玉芬对天山村旅游多次调研后,撰写了《花漫天山分外香》一文,工作队与村“两委”在加快推进全域旅游发展和统筹城乡进程的基础上精心谋划,建成占地两千多亩的“千亩花海生态农业观光示范园”,涵盖了旅游、餐饮、住宿等服务项目。

“千亩花海”让更多村民吃上了“旅游饭”。在工作队和村“两委”的鼓励支持下,村民马文武投资修建了能接纳上百人旅游团队的民宿。发展民宿、农家乐让村民们尝到了甜头,千亩花海为游客增加了看头,也让村民搞旅游更有了盼头。

2021年4月15日,刘玉芬来到三道坝镇韩家庄村工作队参加升国旗,得知一位二十五岁的村民周运盛毅然放弃上海的高薪工作回乡打造特色民宿创业的事情后,她和工作队一起来到集水产养殖、反季节蔬果生产、农业观光为一体的“浔疆四季”农家乐。实地采访周运盛和工作队、村“两委”后,撰写了《稻香村美幸福景》。

2021年6月的一天,她一大早来到办公室,给同事倒茶水时,不小心把开水瓶打翻。她的脚踝脚面全是水泡,忍着疼痛把市上急需的新闻稿修改上报后,才来到医院。因烫伤面积大,医生建议她住院治疗,被她委婉拒绝,开药包扎后,又去上班了,一边忍着疼痛坚持上班,一边耐心指导工作队从摄像到摄影、从画面到文稿、每个细节都不放过,哪怕晚上不睡觉,也要保质保量完成工作任务,她用相机捕捉着工作队日常工作中的点点滴滴,用笔记录下他们驻村生涯中的珍贵时光。

脚下有泥，心中有光。四年间，她编写了众多反映米东区各工作队的经验和感人故事。

他们中有连续驻村五年，因为还想再为村（居）民干点事儿而继续递交“请愿书”申请留驻的第一书记，有平均年龄二十六岁、将热血青春无私奉献给基层的工作队；有半夜冒着大风赶去为辖区孤寡老人修理电灯，把村（居）民当作亲人的工作队员……

在她坚持不懈的引领下，各工作队的文稿和视频在国家级、自治区级、市属各大媒体上刊登，米东的宣传工作在全市名列前茅。

一份耕耘，一份收获。2019年刘玉芬被中国组织人事报社评为优秀联络员通讯员；连续五年考核被市委组织部确定为优秀等次，公务员记三等功四次。

五年时间，收获满满；五年光阴，此生无悔；五年经历，弥足珍贵。

其实她知道，何止是古牧地镇西工村，在米东大地上无论是山区还是平原，每个村庄农舍都春风荡漾，春色满园。因为这是一个新时代的希望田野，星光下奔走着许多和她一样的赶路人！春色如许，不负春光！

米东走笔

马乾

一

“金戈壁社区要拆迁了……”人们陶醉在喜悦中，也沉浸在追忆里。

这个叫金戈壁的地方是我的家乡，更是二十世纪六七十年代远近闻名的东戈壁——在乌鲁木齐县芦草沟公社繁荣农业村的东边。那时人们住地窝子、吃苞谷面、喝涝坝水，在肆虐的风沙里拓荒种蔬菜。父亲说，那时的他们最怕的就是漫天蔽日的“沙尘暴”。一场沙尘暴过后，他们要用手小心翼翼地刨沙，抢救可怜的菜苗；从涝坝到菜地约两公里的水渠要恢复原貌，一个生产队的十几号人得修整好几天……他们是一群战天斗地的拓荒人。

1979年，改革开放的春风吹进了东戈壁，吹醒了这里沉睡地下千百年的黑金——一座现代化的石油新城在东戈壁的沙滩里开拔兴建。一帮“泥腿子”看到了希望——借着几百号石油工人的生活消费，做起了小生意。

我的记忆中，父亲总是骑个自行车，到米泉县东工村、古牧地公社去收购些葵花籽、鸡鸭鹅蛋……回家后母亲把葵花籽炒熟，再煮熟鸡鸭鹅蛋。每天天不亮，父亲就到石油工人的营地里去叫卖。“丁零零”的铃铛声，就是父亲做完小本生意回家的凯旋曲。我总会跟在车后，扶着自行车的后座架，“爸爸回来了，快给我好吃的……”跟着跑个十几米。有时候，也有三三两两的石油叔叔和阿姨来家里买瓜子。

1982年，我已经五岁了。渐渐有了钱的父亲，带着乡亲们到这座石油新城最近的马路旁盖起了新房。一根根剥得光溜溜的大腿粗的檩子整齐地排列在高高的屋顶上，上边再覆盖一层新崭崭的苇席，整个屋子都亮堂堂的。房里房外的墙都用白石灰刷了，比地窝子敞亮、舒畅多了。院墙是干打垒。妈妈用铁锹往墙上铲土，爸爸在墙头用力地砸着夯锤，我在一旁叽叽喳喳个不停。爸妈额头亮晶晶的汗水滴在泥土里，散发出沁脾的芳香。“拉拉，叫你爸妈吃饭来……”外婆悠长的呼唤声穿透晚霞的余晖，把劳作的父母和放学归来的姐姐哥哥们攒聚到饭桌前，一顿温馨的晚餐洋溢着辛劳后的甘甜。这时候，我们家已开始每顿饭都能吃上白面、大米饭了。

2003年，东戈壁这个四十多年的农业村整体转业——大片闲置土地被征收，各种厂矿企业拔地而起。结构性转业的农民既到工厂里打工，当起了工人，拿起了工资；还家家户户得了征迁款，盖起了小洋楼。由于用工缺口，外来务工人口也急剧增加，小洋楼成了城中村外来人口租住集中地，我们又多了一笔房租的收入。这也成了一部分老年人的“退休金”，他们的晚年生活无忧了。

2005年，东戈壁村也在村改居的历史进程中摇身一变，成了“金戈壁社区”。六十岁以上的父老乡亲们，都开始领取一份名正言顺的财政退休金。我的父母也在其列，他们时常感叹说，我们赶上了最好的时代，是党的政策好呀！我们一定要听党话、感党恩、跟党走。

2019年，乌鲁木齐市米东区棚户区改造，金戈壁社区的大片自建房又要拆迁了。我静静地坐在小院里，望着眼前的房子、那棵比我小几岁的大柳树，还有已经拆卸下来的土锅炉……这些烙印着父母身影和青春的小院，凝结着我们几代人的记忆和光阴。坐在院中，静静地感受那份过往，品咂新时代的暖阳。一阵清风吹来，竟惹得我一串泪珠滑落。陡然，一股巨大的幸福感包裹心头……

二

初冬的米东，天高气爽，万里无云。日头大而轮廓清朗，但阳光褪去了劲道，光芒四射却力道柔弱。

我戴上墨镜，走出家门，终于可以傲娇地望一眼这明媚的光芒所在。欣喜之情油然而生，可以清晰地欣赏这万物之“母”的尊容：这可爱的太阳，俨然一位搭一条金色围巾、展露笑脸的慈祥阿姨，“巧笑倩兮，美目盼兮”的样子多可爱啊。

一出单元门，豁然开朗，好像一下子走进了童话的世界。

一场小雪在晨光里化成了冰水混合物，折射出七彩的晶亮，迷醉了花丛、林木和被季节搞晕而混搭穿衣的人们。覆了一层薄薄积雪和透着亮晶晶冰楂子的草地上，还能清晰地看到绿色没有褪尽、夹杂着枯黄败叶的秋之顽强。昔日居民们乘凉的石桌、木凳上，穿了一层薄薄的冬衣——寒露结成的冰晶。但在晨光里，毕竟有了些微温度，开始消融了。

我缓步在小区，在附近的游园散步。这样明媚的阳光，洒在人身上，像妈妈的手抚摸冰冷的脸，有一种沐浴爱河的温暖，回味无穷。这是深秋的底色，更是初冬的稚气。

我从游园返回小区时，有晨练的大爷、大妈，甩着胳膊、吼着嗓子，穿行在楼宇间、树丛中。那驻足花池边的大爷，正凑前深闻一朵残留香韵的玫瑰。这是雪中一朵妩媚的紫红花，薄如蝉翼，娇羞欲滴。瞧那大爷屏住呼吸，深闻的样子多陶醉。一池的花朵，在昨夜小雪的摧残下，傲立寒雪中的没几朵。这一枝尤其显眼，挺着孤零零的几只叶片，艳丽的深红透着水嫩，像极了傲娇的小姑娘，洗了冷水浴，挺直了脖颈，探出好奇的头，一副“初生牛犊不怕虎”的执拗。

大爷又掏出手机，仔仔细细地调焦，认认真真地拍摄。这一张一定是微焦近照啦，看他对着花朵，左斜斜、右歪歪，一副高大的身躯一会儿弯曲成了问号，一会儿拉直成了感叹号。旁边的大妈，摆了个酷酷的“Pose”，“快点、快点……”地叫嚷着。多情的脸庞、搞怪的动作，一个个老顽童的样子，惹得一池的花朵个个昂起了笑脸；逗得路过的小学生抿嘴憨笑；我这个匆忙的上班族，无不感叹地向他们投去艳羡的目光——真是有钱又有闲啊！

柳树、杨树……这些早春新绿的树们，此时已繁华落尽。即使几片枯黄的残叶孤零零地挂在枝头，随风舞蹈，也改变不了光秃秃枝干的荒芜。几片残叶的挣扎，不过像“三毛”头顶的长发，显得孤独而滑稽。干枯的枝枝杈杈，插在树的主干上，直立挺拔的样子，像一幅三笔五线勾勒的简易画，线条明晰，脉络均匀，透着干练和锐气，诠释着米东人的豪迈和直爽。

而那些榆树、柏树们依旧绿意浓烈，仍顽强地吐露着他们的精气神。即使一场小雪挂落枝头，也表现得坚决与傲娇。直到落雪沉积、冰冻时日，它才气急败坏地草草收场。这时你可以看到，透亮的冰层里，夹着几片翠绿的榆叶，像是初冬特意收藏的秋风秋韵，用以怀念曾经的光辉岁月。

室内养花，热爱生活人的标配。妻子一身单薄的睡衣，摆弄阳台上的花儿，三角梅、绣球、虎刺、君子兰、蟹爪兰、桑叶牡丹等，二三十盆大大小小的花占据阳台，它们竞相开放，花香满屋，望着妻子侍弄花儿的背影，想起母亲来，她也是极爱花的人。在金戈壁的院子里，向阳的墙边全是母亲种的花。邻居们进来都先要看看花，自然少不了夸赞一番。母亲脸上总是露出喜滋滋的神情。

那初冬的暖阳，透过玻璃窗，把窗外裹着的冷气过滤了，像凸透镜聚焦在身上，热乎乎地晒在花儿们身上，也撒在妻子身上。我在沙发上看书，妻子转身由衷地感叹一声，“这比三亚海滩的日光浴还爽啊！”她说完又给花儿转盆，“晒了A面，晒B面。”如此一来，家里的花是月月不断。

其实不止我家阳台上有花，我在小区许多人家的窗台上都看到花，或多或少。漫长的冬季，看似枯燥无趣，一旦有了花的陪伴，一切都美好温馨起来。

又一场雪后，不等路上的积雪清扫干净，我便和妻子出门了。雪的世界是洁净无瑕的,走去广场溜达一圈。妻子默契地走在我身边说:“你瞧,挂在丁香枝头的雪酷似梅花。”看着路旁高过我的丁香,说:“想想看,春季一身紫色云裳,此刻一身加白如玉,真有点魔幻。”这种魔幻不止看花。走在米东区的街巷,这种魔幻感不断刷新人的认识。从府前路至稻香路,再到米古里,路不长,步行不过二十多分钟,可总觉身处另一个闹市。冬日的雪没有阻挡人们的脚步。

走到米古里旅游商业街区,妻子说要进去看看。我想多晒一会初冬的太阳,虽然他们远不及夏日那么热烈,但依然愿意被她拥抱。

在阳光下,一个七八岁的孩童手里攥着一个雪球,惊喜的样子,亦如当年的我。我静静地看着他,他浑然不知。

花儿为什么这样红

王秀芳

一

以前我压根就不喜欢它，流行歌曲才是我喜欢唱的。跟“新疆花儿”的渊源是从1999年七一建党节长山子镇老党员的茶话会说起，刚在镇上的文艺汇演中作为领唱，以一首《我的祖国》获得第二名。

在座的众多党员中就有韩生元。我清脆、响亮的嗓音深深印在了他的脑海里。韩生元是“新疆花儿”第一代代表性传承人，会后他向马场湖村村支书打听我是哪家的媳妇。一问才知道，竟然是一个村的，他一听更高兴了，委托村支书给我带话，希望我抽空能跟他学“花儿”。

此时我忙着种地不说，家里还有一儿一女在上学，里里外外都得忙，哪有空闲去学“花儿”，听罢村支部书记捎来的话，一个劲摇头。

到了秋天，韩生元没得到消息有点急，又托村支书给我带话。我磨不开面子，去了韩生元家。韩生元双目失明，听老伴说，我来了。韩生元开门见山地说了自己的想法。我也直截了当地给了答复：不喜欢，不想学。

时间不觉到了2001年，长山子镇再次举办文艺汇演。马场湖村作为“花儿”特色村,村支书决定选送“花儿”参赛。要求我和搭档需每天按时到韩生元家里学习。这是我第一次演唱“花儿”:《冰冻三尺口子开》。大概是心里没接纳“花儿”这种民间艺术,学了一周后,觉得“花儿”难懂难学,不去学了。

让我没想到的是,下着鹅毛大雪的一天,韩生元老人在孙子的搀扶下,手提录音机来到家中。得知我不想学后,他将《冰冻三尺口子开》演唱录成磁带,希望我边听边学不放弃。拿到磁带后,我一遍遍听着老人演唱的“花儿”。突然脑子一亮,坑坑洼洼、高高低低、原本听到就烦躁的曲调像被烫平的皱布,张嘴就会了。经过半个月的排练,我和搭档在镇文艺汇演中获得第二名的好成绩。此时,才觉得“花儿”蛮好。

所有的艺术都是讲究天赋的。我开窍了,韩生元教一首,就会一首。没几个月时间,我已经会唱二三十首“花儿”了。

有一天,韩生元对我说,“丫头,我八十岁了,一肚子的东西没人学,等我走了只能带到墓坑里,太可惜了。”

为了让韩生元看到自己的诚意,2002年1月3日,我特地买了冰糖、茶叶、蛋糕等礼物到韩生元家去拜师。从此两人成了师徒关系。

我作为韩生元的徒弟和“新疆花儿”的第四代传承人,开始刻苦学习。夏天干农活,晚饭后挤出时间去学。冬天农闲时,我几乎天天都会去学。韩生元教授颇为严厉,一个曲调唱不对,就会让我反复多次唱到满意。

起初,丈夫并不理解我,村里也不乏闲言碎语。“你再学,也唱不出那个味儿。”“还是不唱了,好好种地。”

一个星期天的下午,文化馆的馆长焦江敲开了我家的院门。我心里一惊,我知道在米东区文化圈里,焦馆长是有分量的人,他怎么登门了?焦馆长落座后说,听韩生元老人说,你学习花儿进步很快,我来看看你,顺便跟你聊聊“新疆花儿”。

焦江说到,“花儿”是流传于我国西北地区的汉族、回族、藏族、东乡族等民族中共创共享的民歌。清代“花儿”传入新疆。作为百姓即兴创作和口头传唱的民间歌谣，在本土传播中吸收了秦腔、眉户、新疆曲子的艺术元素，以及借鉴了蒙古族长调、维吾尔族音乐的快节奏，演唱中还吸收了哈萨克族阿肯弹唱的幽默。传唱者们结合新疆人的生产生活，用纯真朴实、情趣盎然的方言土语形成了“新疆花儿”，深受各族群众喜爱。说着，焦馆长唱了几段“花儿”。一晃两个多小时过去了。我一下理解了韩老师的话。作为一门民间艺术，不仅仅是学会唱那么简单，这中间有很深的文化渊源。

事实印证了韩生元老人的话，经济发展了，各级党委、政府对民间文化更重视，“新疆花儿”一步步从农家大院，走进大众的视野。

2007年，“新疆花儿”被列入第一批自治区级非物质文化遗产名录。2008年，“新疆花儿”被列入国务院第一批国家级非物质文化遗产扩展项目名录。2009年，韩生元成为“新疆花儿”首个国家级代表性传承人。从此，“新疆花儿”成了新疆文化品牌项目。

一个接一个的好消息，不仅让韩生元老人欣慰，让我也坚定了为“新疆花儿”献出毕生精力的决心。接下来的日子，我学习“新疆花儿”更勤奋了。每天早晨起床，第一件事就是吊嗓子。接着就是打开电视，放上买来的“花儿”光碟，边看边听边分析。光这么学不行，还得学习相关的乐理知识和声乐知识。我一次次向文化馆的赵松奇、李国亚等专业老师请教。

除此之外，我也琢磨着学习秦腔、豫剧、新疆曲子、眉户等，既然“新疆花儿”吸收了这些艺术营养，那么自己得知道吸收了哪些元素，他们是如何融入“新疆花儿”的。

我更忙了，疆内的呼图壁县、昌吉市、焉耆县、伊犁州、吉木萨尔县、巴里坤县等地。疆外的宁夏、青海、甘肃、陕西等地都留下了我学习的足迹。

日子有喜有悲。2011年1月1日晚上，韩生元老人在家中去世。我跪在师傅床边悲痛欲绝。我才意识到，跟师傅学艺已十个年头了。

师傅走了，我才意识到，独自学习“花儿”的艰辛。疑惑时无师可问的尴尬令我坐卧不宁。当脑际闪现放弃的念头时，我就想起师傅病重期间，去看望师傅，师傅用虚弱的声音曾问过我的话："丫头，中途还会变卦不？"我给师傅的回答："一定会把'花儿'传承下去。"

幸运会垂青每一个有准备的人。2011年7月，我参加了在宁夏永宁举办的第九届中国西部民歌(花儿)歌会，获得了原生态组银奖。此后几年，我多次在全国及疆内"花儿"比赛中获奖。看到自己的努力得到肯定和认可，心里是满满的成就感和幸福感。

2012年9月，米东区首届新疆花儿艺术节举办，吸引了各地的"花儿"爱好者、传承人同台竞技，甚至连宁夏、甘肃等地的"花儿"爱好者也追到了这里。我与各地"花儿"切磋技艺，交流心得，在彼此间架起了友谊之桥。由此我作为一名"新疆花儿"传承人被更多业内的人知悉。

二

2012年马场湖村的三八妇女节活动现场，来了许多村里的妇女，我对参会的妇女说，谁家的娃娃跟我学"花儿"，一分不收，每个娃娃补助五十元。话音刚落，有人就说我傻。别人教东西都是收学费，她这还倒贴。

消息传出去，起初来了六个孩子。每个周末下午，孩子到我家来学习"花儿"，我对每个孩子都耐心认真，还给每个孩子每月五十元钱补助。

2013年3月，我腾出自家的一间屋子，办起了"花儿"少儿培训班。六个月后，学生增加到四十二个。这些学生中汉族、回族、维吾尔族都有。许多家长看到自己的孩子学习"花儿"有了成效，纷纷表示，不要我的补助，也让孩子继续学习。这令我很感动。

在教授孩子学习中，我也积累了教学经验，我根据每个学生嗓音的特质，教授不同的曲令，让孩子在学习中找到自信。

2014年底，在米东区文化艺术人才座谈会上，我说："孩子的可塑性强，如果能在孩子中间形成学习氛围，那么'花儿'的传承就不成问题。"

我的发言引起了相关部门的重视,我被长山子镇的乌鲁木齐市第109小学和乌鲁木齐市第105中学聘为少年宫辅导教师。如此“新疆花儿”走进了学生的兴趣课堂。后来新疆红梅花艺术学校聘请我为艺术老师,在学校开设了“新疆花儿”兴趣班。一开班就招募到三十多名学生。有一个初三学生跟我学习“新疆花儿”一年,后来考上大学,将“新疆花儿”带到了北京,参加比赛取得了金奖。我听到这个消息,很欣慰。

为了让孩子们更好地学习“花儿”,我将童谣《蒙蒙细雨抓蚂蚱》改编成“花儿”。如今《蒙蒙细雨抓蚂蚱》已成为米东区“新疆花儿”的教学曲目。

我被新疆电台邀请做嘉宾,就如何传承非遗项目“新疆花儿”,向全疆听众分享了自己的探索心得。这年的秋天新疆电视台在长山子镇举办“金穗节文艺演出”,我登台演出,引起反响。许多外地州的人打电话来问我要个人作品光碟,也有人打电话表达了个人想学习“新疆花儿”的意愿。这些消息都令我很振奋,真有种时不我待,只争朝夕的感觉。

2014年10月17日,新疆首个“花儿小院”在我家挂牌。我在“花儿小院”里与“花儿”爱好者们一起唱“花儿”、研究“花儿”、创作“花儿”。让“花儿”越来越红。

2015年9月,我被评选为新疆“花儿”自治区级代表性传承人。有了这个身份,我更忙了,参加自治区、乌鲁木齐市、米东区三级“非遗”项目的学习培训,一个接一个。每一次,我都会为大家唱一段“新疆花儿”,抒发自己对美好生活的热爱,对家乡的热爱,对祖国的热爱。

2017年8月中国文联创联部负责人到我的“花儿小院”参观完后,动情说,真没有想到,在新疆有这样一位非遗传承人,为“新疆花儿”这项民间艺术的传承克服种种困难,做了这么多工作,令人敬佩。有了这样的带头人,这门民间艺术在百姓中的生命力会越来越强。我说:“作为一位‘新疆花儿’传承人,发扬民族文化是自己的责任和义务,今后一定不遗余力让更多人听到‘新疆花儿’、了解‘新疆花儿’、喜欢和传唱‘新疆花儿’。”

三

“花儿小院”建立了，也常在开展活动，通过与百姓们拉家常，我得知，大家感到光站着唱，形式单一缺乏吸引力。获得这个信息后，我就开始琢磨，怎么才能增强“新疆花儿”的观赏性呢？

我开始在自己的学生和“新疆花儿”爱好者中挑选舞蹈队成员。2016年7月成立“花儿小院”舞蹈队。刚开始有六个人，后来达到三十五人。文化馆派来专业编导老师为大家编创“花儿”舞蹈。我也根据宣传需要，不断编创“花儿”作品。此时，我原创能力得到了充分展示，先后创作出了《家乡美景惹人醉》《欢歌笑语飞天涯》等五十多件作品。并由“花儿小院”舞蹈队进行演出。身边人，说身边事，广受欢迎。

2016年是纪念红军长征80周年，米东区举办专场文艺汇演。我觉得这是展示自己这几年传承“新疆花儿”的一次好机会。从众多学生中，挑选了本土知名歌手穆言，本土知名青年阿肯别克和六个小学生共同演出“新疆花儿”情景剧，演出非常成功，广受好评。

2017年，我的“花儿小院”歌舞队纳入米东区文化馆免费开放团队，免费进行“惠民”演出。我既是演员，也是队长。既是创作员，也是场务。总是早出晚归，丈夫心疼我说：“你也五十好几的人了，悠着点！”我笑着说：“趁着现在能跑动，多演出几场。老百姓看得多，听得多，才会喜欢。”

为了让“新疆花儿”传播面更广，我带领队员们积极参加各地文化交流活动，天山南北处处都留下了我的歌声。

2018年5月8日，我入选国家文化和旅游部公布的第五批国家级非物质文化遗产项目代表性传承人名单，成为继韩生元后“新疆花儿”的第二位国家级非物质文化遗产项目代表性传承人。

从此，我对创作更精益求精了。2019年4月，米东区文化馆为我设立了工作室。我除了是“新疆花儿”传承人，也是乌鲁木齐市级宣讲员。2018年我参加全疆宣讲培训班，在培训班结束的时候，每个组要出一个节目。我作为第四组的代表，将自编的“花儿”与宣讲内容结合起来，让与会的人耳目一新，受到了赞赏。从此，我利用这种形式，在乌鲁木齐市七区一县宣讲了三百多场。

2018年到米东区卡子湾片区宣讲，有一个60多岁的老汉和两个老太太，通过听宣讲到我们花儿小院要来学习“花儿”。还有一个万家梁村姓范的农民，也是听宣讲后到花儿小院来学习“花儿”。有一个在乌鲁木齐上班的通过949电台，(我在949电台录制过好几次节目)听到我唱的“新疆花儿”后也要来学习花儿。对每一个来学习的人，我都热情接待。

2019年是我最为忙碌的一年，不是惠民演出，就是到基层宣讲，11月初参加完演出回到家里，准备到火炉上提茶壶时，瞬间眼前发黑，不慎摔倒，右胳膊碰到炉子上形成烧伤，丈夫发现后赶紧送往医院治疗。

我还没出院，就接到市委宣传部的电话，说乌鲁木齐市委书记徐海荣点名春节晚会，我得上个节目。

这话还得从一次座谈会上说起，我作为草根宣讲员，参加市委座谈会时，徐海荣书记问我，南湖广场去了吗？我说参加过演出。徐海荣书记又问，广场有你的大照片看到了吗？我说，没注意。徐海荣书记说，你唱得比说得好听。我站起身来大大方方地唱了《中华美德永传颂》。徐海荣书记听了很高兴，问参加过乌鲁木齐市的春节联欢晚会吗？我说没有，徐海荣书记转身对相关部门说，2020年春晚要有王秀芳的节目。当在医院接到要参加春晚排练的通知后，家里人都反对，胳膊伤成这样，大冷天怎么参加排练。我说，我是党员，也是“新疆花儿”国家级传承人，我不仅代表自己，是代表这门民间艺术登台演出。何况这么多年，这是第一次上乌鲁木齐市的春节联欢晚会，哪能错过呢！

2020年1月20日，下午八点乌鲁木齐市春晚正式开演，我和舞蹈队的十九个演员在演播厅登台，我去掉纱布，换上演出服，清亮的歌声回响在演播厅时，引起阵阵掌声，演出非常成功。

很快这个节目就被传到“学习强国”平台，点击率颇高。我这不是第一次上"学习强国"平台，之前因微视频《我和她的花儿小院》和说唱表演《祖国变化喜人心》两次登上了"学习强国"平台。

刚参加完春晚演出就遇到来势汹汹的新冠疫情。我白天在村里当志愿者，为村民服务。晚上创作有关抗疫的"花儿"作品，并自己拍成微视频进行宣传。

我对"花儿"创作总保持浓厚的热情和旺盛的精力。为了促进尽快复工复产，国家税务总局出台了减费降税相关政策。自治区税务局领导找到我，希望创作一首"花儿"。俗话说隔行如隔山，为了写好这首"花儿"，我彻夜学习税法知识及新出台的政策。我眼睛花了，只能戴着老花镜，在灯下学习。当这首《新税风心服务》"花儿"创作录制完成后，反响很好。

接着司法局的领导又找到我说，《新民法典》颁布了，需要宣传，请我写首"花儿"，这次我有点为难地说，如此浩瀚的《新民法典》要浓缩到一首"花儿"歌词里，难度太大了，怕完成不了。司法局的领导说，我们给你提供相关资料，相信你能写好。经过一周的酝酿创作改编，最终这首《忠诚为民重担挑》并录制成音频，在多个媒体播放。

截至2020年，我培养"新疆花儿"学员三百多人，创作"新疆花儿"歌词五百多首，"花儿小院"舞蹈队惠民演出二百多场，异地交流演出近百场。我个人参加各级各类宣讲三百多场次，录制MV"新疆花儿"作品三首，参与"花儿"大型民俗剧和"花儿"电影各一部。

更令人可喜可贺的是2020年9月我被全国妇联授予"三八红旗手"。面对累累硕果我由衷感谢各级党委、政府领导的关心支持，感谢社会各界给予我的鼓励与厚爱，今后我将在这条路上坚定地走下去，让"新疆花儿"发扬光大。

母爱的奇迹

黄冗

他是位重度残疾人，至今五十岁了仍口齿不清，四肢残疾，在母亲教育下不仅能自食其力，还成为一名作家，作品还曾多次获奖。堪称是奇迹，创造这一奇迹的人就是他母亲——王震云。

王震云是乌石化光明社区的一名普通退休职工，退休前曾担任过学校教务主任、副校长等职务。她工作业绩突出，几乎年年都被评为单位先进工作者，就连乌石化唯一举办一届“群英谱”也榜上有名。王震云退休后又曾荣获过乌鲁木齐市第三届“孝老爱亲道德模范”“中国好人”“最美母亲”，还连续荣获第六届、第七届“全国道德模范”提名奖等最高殊荣。在她看来自己只是做了一位母亲该做的事情，社会各界却给予了她诸多崇高的荣誉，有点受之有愧。

已耄耋之年的她经常走进社区，为广大居民讲述如何教育引导子女提高学习成绩，如何培养孩子做个品学兼优的人，将来成为对国家有用的人等方面的主题宣讲，受到一些对孩子学习束手无策的家长欢迎。王震云也是在用一种特殊方式回馈社会，谁又能知道她荣誉背后一个个鲜为人知的故事。

1972年，王震云的第二个儿子一出生就窒息了，经医院近一个小时的抢救,孩子是活了下来了却落下终身残疾。孩子一岁时经专家确诊为脑瘫。俗话说,有病乱投医。王震云夫妇平时省吃俭用,但只有要能医治儿子的病,他们会不惜一切带孩子去医治,这就是做父母的对子女无私的爱!

那是1980年,王震云夫妇俩从报纸上看到一篇青岛崂山医治儿童脑瘫报道,她就立即联系院方,将儿子的病情和现状以写信的方式告诉院方。之后就是漫长而焦急地等待着回音。那段日子她心情是很复杂的,只因自从儿子确诊脑瘫后,夫妇俩就一直不停地在给儿子治疗,全国各大医院都跑过。什么民间偏方,江湖神医的医术都领教过,什么针灸、电疗法、小儿推拿等治疗方法全都尝试过,可是都不见效果,每次都是抱着希望去,带着失落而归。但她不但没有后悔,心里反而踏实了许多,起码不会因错过治疗的机会悔恨不已。经过半个月的焦急等待,院方终于回信,说可以医治,而且保证能治愈。这无疑给她打了一针兴奋剂。她四处借钱,筹集了一万块钱。要知道20世纪80年代初期一万块钱对于一个家庭而言意味着什么,那可是一笔巨款啊!钱是准备好了,学校又不给准假,可儿子的病不能耽搁,无奈之际,王震云只得用只有一次的疗养假,这才坐上了开往青岛的绿皮火车,为了省钱只买了两张硬板票,坐了整整四天三夜的火车才到达青岛。下车伊始,又到了一个陌生的城市,就连在哪里乘坐公交车都不知道。刚开始儿子还能扶着勉强走一段路,没走多久儿子的两腿就互相打绊,无法行走。她背着走一段也气喘吁吁了。眼瞅着天就黑了下来,心里一片迷茫。当时的交通还不像现在这么便利,就连出租车当时也还没有。一手提着行李,一手还得扶着儿子挤公共汽车,几次都被挤了下来。她抱着儿子在举目无亲的车站无声地啜泣着……不知道过了多久,远处走过来三名军人,他们停下脚步询问情况,向他们说完事情原委。三名好心的解放军按信中的地址将他们送到医院,母子俩对三名解放军感激不尽。如若不是好心的解放军帮忙,母子俩真的要露宿街头了。进医院的第二天就开始治疗,治疗需要三个疗程,一个疗程共二十天。为了节省开销,母子俩在医院附近找了一家最便宜的旅店住下,每天饿了啃几口凉馒头,喝点白开水,就这样煎熬了近一个月。治疗却没有一点点的效果,她询问院方,你们信中说能治好,这都一个疗程了一点效果都没有,院方的回答是孩子年纪偏大,过了最佳治疗时间了。眼瞅着假期也快到了,所带的钱也所剩无几了,无奈之下只好带着无奈与疲惫回了新疆。随着儿子年龄的增长,给儿子治病的希望像泡沫一般破灭了。而她又把重点放到了对黄冗的教育培养上,教会他直面人生。

二

知识能改变一个人的命运,当过老师的王震云深知道理,她想让儿子上学又怕学校不收,就找到学校老师,没想到的是学校居然接受了黄冗这个特殊的学生。黄冗在老师的关心、同学们的搀扶下,囫囵吞枣地读完小学。因每天需要同学们的接送,心里过意不去,只好让黄冗辍学。辍学后,她让儿子自学,黄冗在母亲的辅导下自学完了初中和高中的课程。平日里,王震云仔细观察黄冗有什么喜好,发现儿子喜欢画画,她就为儿子买来绘画方面的书籍。后来黄冗又喜欢上了写东西,她鼓励儿子要写好文章必须多读书、读好书。当黄冗的第一篇稿子发表后,她高兴万分,鼓励儿子要坚持下去。1991年,黄冗在福利厂工作后,单位安排黄冗搞宣传工作,宣传报道单位里的好人好事。因那时家里没有电脑,黄冗的稿件完全是用手写。写出的字歪歪扭扭连家人都很难辨认。每写出一篇稿件都得请同事代抄一遍,抄好后再投稿,这样一来为黄冗抄写稿子的工作就由王震云完成。1994年开始,黄冗陆陆续续开始发表诗歌、通讯、文章等十几篇,在石化也有了一点名气。这时却有了各种声音,有人说那些稿件并不是出自黄冗之手,全部是由他父母写的,目的就是想让他出名。甚至有人说是为了让单位给黄冗安排岗位,各种说法像夜晚蚊子的叫声,搅扰的人心烦意乱。面对流言蜚语黄冗有过想放弃写作的念头,一段时间很消极,甚至破罐子破摔,因他的付出得不到大家的认可。王震云了解情况后对儿子说:"世上所有的东西都不可能是你的,唯有所学的知识,东西既然是你自己写的,就别在乎别人怎么说,真金不怕火炼。要用手里的笔去证明自己。"听到母亲的这番话，黄冗才渐渐醒悟，对于那些流言蜚语也任之，随之了。他依然缓慢地朝前行走着……

1998年，黄冗开始写小说，由于是第一次尝试写小说心里真的没底，就凭着回报母亲这一信念，儿子一直咬牙坚持写着。随着字数的增加黄冗又一次困惑了，万一自己费了老大的劲写完小说发表不了怎么办，黄冗又一次想放弃，可是又舍不得放弃，毕竟写了近四年半了。王震云似乎洞穿了儿子的心事，便鼓励儿子说：人总得有所追求，不管成功与否至少为梦想而努力过。起码不会后悔了。也许是母亲给了儿子力量与信心，使黄冗又一次振作精神将二十九万字的手稿重新一笔一画地抄了一遍，最后小说完成了，可是一打听出版一本小说需要几万，而且是自己销售，如果出售不了书就成了一堆废纸。黄冗又一次陷入到了绝望之中，最后又是王震云拿出家里的积蓄为儿子圆了作家梦。

王震云十分注重对子女的教育，从小教育三个孩子要团结互爱，尤其是要对黄冗多关心与照顾。哥哥对黄冗也是呵护有加，小时候不论去哪里玩都要背着残疾的弟弟，可以说黄冗是在父母和哥哥的背上长大的。王震云教育孩子们在生活上要简朴。孩子们也知道父母的艰辛和不容易，生活上都很简朴。转眼间，哥哥弟弟都到了成家立业的年龄了。王震云语重心长地说，你们的婚姻大事我不干涉，前提是对方要心地善良，必须要对黄冗好，等哪天我不在世了，黄冗跟着你们生活，我进土里也能安心了。两个孩子都能理解父母的心情，哥哥弟弟在处女朋友前都会先说黄冗的情况，并且说了今后有照顾黄冗的意愿，如不愿接受这一条件的就免谈。令王震云感到欣慰的是，嫂子和弟媳都很照顾黄冗，彼此相处得很融洽。而王震云对两个儿媳妇也视如亲女儿。随着年纪的增大，记忆也远不如从前了，有些事情老是记不住。比如家人的生日，老是过完才猛地想起来。王震云就将全家人的出生日期记在本子上，每到家人生日时，总是要准备好美味佳肴为其庆生，因此一家人互相关爱着，彼此牵挂着，使得家庭成员之间的关系越处越融洽。俗话说，清官难断家务事。生活中夫妻俩闹别扭是常事，儿子与儿媳妇之间有了矛盾，王震云就从中调解，每次她都从自己孩子身上找原因，向着儿媳妇说话。这样一来矛盾自然而然地被化解了，而她与儿媳妇之间多了一份信任，婆媳关系也更融洽了。2021年，王震云家庭被评为新疆维吾尔自治区第二届文明家庭。

在王震云的眼里，儿子像一个永远也长不大的孩子，让她有着操不完的心。就拿每一天来说：早上起来开始为他做早饭，等他吃完早餐，再把电瓶车从阳台底下推出来，直到他上班走了，她才算松了口气。等儿子上班了她开始忙她的事情。等到中午儿子回来，午饭早已经摆上桌。下午依然是一进门就有热乎乎的饭吃。晚上，她倒好洗脸水等儿子洗完脸，她一天的工作才算完成，而这种看似简单的事情王震云却重复了五十年，她真的不知道还能这样周而复始的重复多少年，还能为永远长不大的儿子坚持多少年，照顾他多少年。

王震云有着高工职称，每月的退休金就五千多块钱，生活依然过着十分简朴，甚至对自己有些苛刻。从来没有穿过一件像样的衣服，就连一件短袖衣服她也得穿上两三年，每天总是要在太阳落山的时候去买菜，因为小贩们快要收摊了，那时候去买的菜比较便宜。有时候看到别人丢弃的矿泉水瓶子她也会拾起来，然后攒到一起去卖。为此，就连她的儿子黄冗也会大惑不解，钱嘛，莎士比亚都说过钱是最肮脏的东西，生不带来，死不带走。干嘛要这样嘛，有了就花，没了就不花嘛。一次，黄冗无意中听到母亲与别人的交谈后，儿子的心碎了，两行滚烫的泪水无知无觉地滑过儿子的脸庞。那天母亲和一位朋友聊天：不管怎样我们半辈子好不好已经熬过来了，也就这样了，可是儿子还年轻呢，只有多攒点钱，哪怕多给他留一点，他就能多活一天，在土里也晚一点听到他喊我妈了……从那以后儿子似乎才读懂“母爱”二字的含义。王震云今年已八十岁了，多年以来饱受着高血压和一些老年慢性病的困扰，体力也渐渐跟不上了，记忆也不行了，对于一些事情已记不清楚了，但她每天坚持锻炼身体，因她心中只有一个想法能多活几年，就能再照顾儿子几年，这就是世上一位母亲最真情的告白。

骑行者说

赵洪恩

我是1942年11月15日出生在三道坝的人,从2005年开始加入自行车骑行队伍,至今已经有十七个年头了。我骑行去过伊犁、克拉玛依,最远到了和田。今天我想说说骑行米东的一点感受。

甘泉堡是我常走的一条骑行路线。它悬挂在戈壁大漠之中,骑友们一路飞驰而下,路过甘泉堡,它日新月异的变化令人难以想象。昔日尘埃飞扬土路被平坦宽阔的高速路代替,东环城公路凌空跨过,一条钢铁巨龙飞驰而过,昔日的小客栈已变成富丽堂皇的酒楼饭庄,现如今,甘泉堡真正成了甘甜如饴,清爽凉风的风水宝地。

过去路两旁的山坡光秃秃,偶尔能见零星野草。经过多年植树造林,荒山绿化,连绵不断的林带让荒山旧貌换新颜。每次骑行在路上,我总有点恍惚,怀疑自己走错了路,可方向是对的,我暗笑自己。

我骑行走进园区,井字形的道路四通八达。树木花草,绿树成荫,它就像一幅画卷舒展在人们面前。几年工夫,一座现代化的厂房,就出现在当年的戈壁沙滩上。机器轰鸣。一片繁忙。宽敞整洁大道两旁,种植了树木花草,郁郁葱葱,空气清爽,沁入心脾。优雅的环境引来乌雀栖蜂飞蝶舞。骑车在厂区行，宛如人在画中游，画伴旅人走。

一条人造天河，引流而下，清澈干甜的清流，滋润着这片大地，这个神奇的地方变得灵动，激越，生气蓬勃。厂区内，人们利用路旁空闲地方，修建了小游园，小广场。里面设置了健身器材，休闲椅桌，供职工休息散心。每当夕阳西下，这里就成了快乐的海洋，唱歌跳舞，欢歌笑语，热闹非凡。

我曾在一处游园小憩，遇到一位老朋友的儿子，在这里上班，我们聊起来，无不感叹，时代发展变化之巨大，昔日戈壁滩，今天公园园区，为许多年轻人提供了就业机会，你一言我一语，不知不觉夕阳染红了晚霞，我们才依依不舍挥手告别这个让人魂牵梦绕的地方。

离开甘泉堡，顺风而下，骑行队伍不知不觉就到了柏杨河和大草滩的地界。

这时，另一种风景映入眼帘。对于骑行者来说，最关心的是路况。当年蜿蜒弯曲的石子路，已经改造成平坦如砥的公路，黝黑的路面，两边还设置了护栏，保护着行人的安全，特别在冬季，这里通往深山公路的积雪也被清雪车扫得干干净净，在路拐弯和危险处还竖立警示碑，提醒过往的行人和车辆，注意安全。那温馨的话语，让你感到特别温暖可亲，骑行的疲劳一扫而光。

看到如此平整宽阔的公路，我不禁回想在当年行走在这条路上的过往旧事。在20世纪60年代。为了冬季取暖，人们只好赶着毛驴车到柏杨河沙沟煤矿拉煤。满天星斗时起床，草草洗漱，怀揣几块杂粮套上驴车就出发了。因为道路难走，绕村过沟，路面是鹅卵石，坑坑洼洼、高低不平，每当回想起这条难行之路的时候，还心有余悸，不堪回首。而今骑行在如此平坦宽敞而又舒适的大道上，眼观满目青翠，耳闻飒飒春风，真是感慨万分。

骑行到达大草滩村，216国道穿村而过，大道上车轮滚滚，川流不息，一片繁忙景象。道路两旁，布满了修理铺、餐馆、商店、彩钢厂、加油站等服务设施，经营者大多数是本村居民，他们享受着政府给予的优厚政策，利用便利优越的自然条件，发挥自身的特长，用勤劳的双手，发家致富，腰包鼓了，走上了小康之路。

村民老马是一位旧相识。他请我到他家里做客。一走进他家的院子里，眼前的一切，让人不敢相信自己的眼睛。一幢二层半的小洋楼，气派非凡。老马说，国家政策好，盖新房有补助。看着眼前，想起自己在城里住的憋屈的楼房，心中五味杂陈，不禁汗颜。院内整洁清爽，栽种的鲜花争奇斗艳，五彩缤纷，清香袭人，显示出主人爱美清洁的性情。走进室内，只见窗明几净，井井有条，宽大的电视，高档的沙发，双开门的大冰箱，墙上挂着字画，处处显示出新时代新农村人民的富裕生活。骑行一路满脸是汗，我打开了院子廊檐下的水龙头，一股清水喷涌而出，喝一口水，甘甜冷冽直通肠胃，顿觉浑身无比清凉爽快。

从米东区城区到柏杨河乡的独山子村是我常骑行的一条线路，这条路车少，就是坡大。向上一直是上坡，考验人的毅力和耐力。路面修好有几年了。林带里增种了苹果树和红叶海棠。树苗还不算大，但春天时已经有不少树枝上开花了。试想，再过三五年，这些树长大后，骑行中闻着花香果香，该是多幸福的事。

我们的目的地是水磨河，在那里休息解决午饭。河谷里的百年榆树比比皆是，一棵树下，拿出自带的茶水饼子填饱肚子。这里有路到阜康，但在进入阜康地界时是土路，骑行不方便，只能就此返回。

顺着柏杨河顺流而下，就是现在的下大草滩。这里的名称曾经几经更迭，新中国成立前叫黑沟；农业合作化期间，曾经是培育良种的基地之一，而命名为良种场。

当年，这里地处偏僻。它处在柏杨河下游，土地贫瘠，曾经极度缺少水源。在20世纪中叶，这里的村民靠天吃饭，村旁一池涝坝，靠春季消融的雪水和雨天集聚的水，供人畜共同饮用，苦涩难以下咽。如今，展现在人们面前的是一片丰饶的农村田野，平整的土地，阡陌相连，田地间电灌井哗哗喷涌而出的自来水浇灌着庄稼，人们喝上了清凉爽甜的自来水，甘甜之水滋润着人们的笑脸,彻底告别了吃涝坝水的历史。这个昔日被人们几乎遗忘的角落,现在以崭新的面貌站在世人面前。

村路宽敞,街巷整齐,房舍错落有致,鸡犬相闻,袅袅炊烟,花团簇绣,村民还办起了养殖业,增加收入。还有人搞了大棚,钢筋骨架,塑料顶棚,宽敞明亮,四时恒温,葱绿蔬菜,瓜果诱人,每逢节假周末,游人如织,亲手采摘,品尝美味,乐而忘返。昔日偏壤之地,成为世人魂牵梦绕的世外桃源。

出了大草滩村上了米三公路,过了黑沟河就进入三道坝镇地界。这条路我再熟悉不过,过去我骑着二八杠自行车从三道坝中学到城区,是一个慢上坡,骑行不多时便满头大汗,等到城区,衬衣都湿透了。2019年路面改扩建后,我骑行回三道坝去看老朋友老街坊轻松方便多了。往返都不觉得吃力,关键是路平了。

三道坝镇的十几个村我全骑行过,村村都通了柏油路。我在三道坝镇中学当过老师,在各个村里骑行时,一不留神就遇到有人喊我,"赵老师好。"有的学生认识,有的学生记不清楚了。看到他们安居乐业,我心里也蛮欣慰。过去我在农村生活时,雨天一脚泥,晴天一身土,鞋子和衣服没有干净过。路好了,人穿得也干净了。

从三道坝镇碱泉子可以抵达一〇二团。这条路我也骑行过。骑行至梧桐窝子村时,我跟骑友会歇息一会。这里有不少牧民养殖骆驼,靠的是离北沙窝近,耐盐碱耐干旱的骆驼刺、沙蒿、白刺、盐生草、甘草、沙棘、沙拐枣、骆驼蓬、驼绒藜等植物是骆驼的最爱。我喜欢喝骆驼奶,路过了,到牧民家买一两公斤带上,自己喝一点,给家人捎回去点。村里八九十岁的老人很多,但看起来都精神矍铄,比同龄人显得精神。我想跟牧民们喜欢喝骆驼奶也有关系。

歇息后,继续前行。

梧桐镇是兵团第六师的一个镇,这里西瓜很有名。以前坐着卡车来这里买西瓜,路很难走。现在路修得好,骑行到瓜地旁,望着一眼看不到边的瓜地,心里就觉得甜。买个大西瓜,几个人都吃不完,扔了觉得可惜。几个人又把剩余的瓜分吃了,各个肚子溜圆。

路边停了不少买西瓜的私家车。一路都是西瓜味。我提醒骑友看着路上的西瓜皮,不小心滑倒可就麻烦了。我记得在当老师那阵子,一次不小心踩到西瓜皮摔倒了,尾骨疼了一个星期。

我惦记着老伴,回去时买了两个西瓜。骑友们说,城里到处都是卖西瓜的人,这么远带两颗大西瓜,太累了。我笑着说,不能只顾着急吃,老伴为我洗衣做饭,没少忙活,再说,这里的西瓜甜,让她也尝尝。

骑行中,我与四五十名爱好骑行的老年人们跑遍了米东区的城乡的每一条道路。一路骑行,一路感慨,一年一个样。去外地骑行,我会热情邀请外地骑友到米东看看。

今年我整整八十岁了,每天坚持骑行,风雨无阻。看到故乡米东日新月异的发展,由衷感到自豪和幸福,希望米东的明天更美好。

花儿与少年

赵亚玲

“迟日江山丽，春风花草香”。又是一个春暖花开的季节，我们姊妹几个相约回父母家过周末，刚进小区，一阵阵香甜之气扑面而来，嗅着花香，抬眼望去，几棵沙枣树上已挂满了一串串沙枣花，推推搡搡竞相争艳，把整棵树都染黄了。深吸一口气，这令人沉醉的花香是我十分熟悉的味道，这沁人心脾的花香是我童年的味道。这花香瞬间打开记忆的阀门，将我拉进回忆的漩涡；依稀中，一个皮肤黝黑，大脑袋瘦长腿的小姑娘和一条乳白色老狗紧紧挨在一起，狗很温顺地趴着，瘦小的女孩将冰冷的双手插进狗毛深处取暖，身体依偎着它，四只湿漉漉的眼睛望着远处的夕阳，那个小女孩叫丫儿。

丫儿是一个没有离开过校园的人。她的父亲是一位中学教师，所以出生后一直住在家属院里。幼年时，丫儿就知道校长是个极大的“官”，父亲单位的刘校长就是那个“大官”。刘校长的模样她已经记不太清楚，可只要一提起刘校长，丫儿就会感到莫名的紧张；那时候，父亲和同事们共同拥有一间很大的办公室，老师们的办公桌围着四周的墙摆放着，中间放着一张乒乓球桌，每当丫儿走进办公室，总先踮起脚尖扒着球桌，从桌面上偷偷地瞅瞅有没有那个威严的人，一旦看到，立马转身离开；在这所学校里所有的师生都害怕刘校长，无一例外。和丫儿待在一起的狗名叫虎子,它不属于任何人,它是这所学校的狗。听大人说,虎子还是个“奶孩儿”的时候就来到这里,幼小的它被放在学校生物实验室的操作台上准备解剖,“奶孩儿”没有叫唤,只是默默地打量着周围陌生的环境,老师们准备动手时,它却直勾勾地望着刘校长,刘校长也看着这个小东西,望着望着,刘校长说:到底是条生命,它还那么小,太残忍了,算了吧!于是小奶狗就留在校园,有人提议说:这个小家伙儿总得有个名字吧。大伙儿你一言我一语地讨论着,刘校长说:它现在虽然还很弱小,希望它将来长得虎头虎脑,就叫它虎子吧。虎子很温顺,是个姑娘,长大的虎子生过许多的小狗仔,它的宝宝只有丫儿和刘校长可以抱着玩,其他人离得近点,虎子便一改往日的温柔,龇牙咧嘴的警告着人们休想触碰它的孩子们。

食堂做饭的大师傅是一位极瘦的奶奶,大人们称她高大娘,孩子们都叫高奶奶,虎子的喂养也由高奶奶完成。有很多次,高奶奶拿来一个烤饼走下食堂高高的台阶,将烤饼一掰两半,一半给丫儿,一半给虎子,他俩从没有为此有过不愉快的争执,总是满足的大快朵颐。而丫儿最喜欢吃的还是高奶奶做的油饼子,油饼子只有每年运动会的时候食堂才会做。

运动会一般都是在5月份左右,那时,沙枣花发出金黄色的光芒,散发出一阵阵扑鼻的清香。沙枣花开,十里飘香,不仅仅是因为它清香美丽,更是因为它生命力顽强。丫儿说:“我见过亭亭玉立的大理花,出淤泥而不染的荷花,国色天香的牡丹,但我最喜欢还是沙枣花,那是儿时带有香气的回忆。”

运动会是以学区的名义召开的,只是占用了父亲学校的场地,那时的操场就是一个土操场。野花呀,野草呀就从土里钻了出来,长得很高,父亲就带领学生们,动手拔草捡石头砖块,为运动会规整跑道。骆驼刺耐旱,在操场上极其多,除草时常被这骆驼刺扎破了手,可学生不觉得疼痛,正值青春的少年们总喜欢忙里偷闲,常常你推我搡的在跑道上挥洒过剩的荷尔蒙,半腿高的黄土被扬起,会迷了路人的眼睛。丫儿和虎子遇到时,常被搞得灰头土脸,回家后引来父母的责骂。

运动会的开幕式中,每所学校都会准备许多特色队参加比赛;丫儿上小学时参加的是鼓号队,整天嘴里念叨着鼓谱:哒哒哒咚哒拉,嗒啦嗒啦咚……为了提升比赛效果,老师还要求学生们穿着整齐划一的服装,白色的衬衣,蓝色的背带裙,穿在身上别提有多美了。丫儿穿着漂亮的裙子,吃着高奶奶做的油饼,可不敢往跑道上凑,领着虎子走进沙枣树林。空气中溢满了浓浓的花香,深深呼吸细细品味,小小的人儿也是心情愉悦,精神爽朗。

长成少年的丫儿更是爱花,初次进入师范的大门,映入丫儿眼帘的是热烈的月季花,月季花每年开春后发芽,四五月间开花。花的颜色和种类很多,花的香气浓烈而又绵长,各个百般红紫斗芳菲。月季花的花期很长,有诗云:“花开花落无间断,春来春去不相关。”在师范学习的那几年里,丫儿近距离地观察着这美丽的花儿;月季花的花瓣微微下卷,重重叠叠。在明媚阳光的照耀下,片片花瓣都宛若涂抹上了一层层唇釉,光彩而油亮,一株株月季花昂首挺胸,个个好似骄傲的公主。它们贪婪地吸吮着春天的雨露,享受着阳光的沐浴,花瓣中间那金黄色花蕊顶端分泌着丰富的花粉,散发出浓郁的芳香,招来一群群蝴蝶在花丛中嬉戏,也招来了一只只蜜蜂在花丛中辛勤地采蜜,“嗡嗡嗡”地唱着欢乐的歌谣。上完一天的课程,丫儿和小伙伴儿时常相约来观赏,一阵微风拂过,月季花在风中摇曳,那婆娑倩影,仿佛邀请年轻美丽的姑娘们一起翩跹起舞。这动人的景色也引得丫儿拍了许多照片做为留念。

校园的花池有三个,实验室前是个圆形花池,面积最大;教师办公室和图书馆门口各有一个长方形的,艳丽动人的花儿乎都长在图书馆那里了。学校里除了食堂,图书馆是人气最旺的地方。

学校的图书馆对学生们是免费开放的,每人每次可以借阅两本图书,一周后归还,如若没有读完,可以续借,但要在时间限制内请图书部的管理老师在借书证上注明,为了这点方便,丫儿还做过借阅室的志愿者。她喜爱去图书馆,其一是父母终于不在身边监视,可以正大光明一本接一本昼耕夜诵琼瑶的小说了;还有一个原因是这里的书籍琳琅满目种类繁多,有许多书她见所未见，闻所未闻；丫儿喜欢拿着书到操场边的小树林里看书，树林里虽然没有沙枣树，也算静怡阴凉，虽然下雨时操场依旧泥泞，平日里却已不再尘土飞扬。在树林里丫儿是童话里的小女孩、小公主，听着伊索讲寓言故事和金庸古龙梁羽生一起仗剑走天涯，曾闭着眼睛想象着简爱的模样，还找来纸箱在上面挖两个洞套在头上，感受眼前世界有什么别样的不同……

学生们有一门《听话说话》课程，是一位吴姓男老师授课。这门学科主要让学生们掌握听话与说话的基本知识，能根据不同的场合准确清晰明了的表达，同时也要提高学生的文学素养。吴老师中年人士，个头不高略微清瘦，最引人注目的是吴老师的发型，吴老师秃顶，他的发型不同于一般中年人的“地方支援中央”，他左侧的头发留的很长，平时那绺长发一直从左到右覆盖整个头顶；有次上课铃声响过很久，吴老师才匆忙地踏进教室，左侧的头发还湿淋淋地搭在耳后，同学们都直愣愣地盯着他，接着又东倒西歪的捧腹大笑起来，他顿了一下，从容地将左侧长发拉向右侧。如同一位脱口秀演员说的那样：我们在这颗脑袋上依次看到了披肩发、光头和短发。吴老师脾气温和有礼，学生们都不怕他。有次丫儿借的书快到还的时间了，可还没有读完，于是在吴老师的课上偷摸地看了起来，读的入了神，直到老师把书从手中抽走时她才如梦初醒，于是手足所措地站了起来，老师翻了翻书，说：“读书是好事，但一定要会读书，读好书，这本书你选得不错，可读书的时机和方式不对，万事万物都有一个过程和基础，泛泛阅读不加思考不如不读，你把这本读完后去看看《红楼梦》吧，读完后咱俩聊聊。”说完把书放在课桌上，丫儿也羞愧地低下了头。

图书馆里的《红楼梦》有四册，是线装版，纸张已经泛黄，借书时老师再三叮嘱一定要仔细，书本已经被修补过很多次，千万不能再有一丁点的损坏，丫儿拿着它更是小心翼翼。这本《红楼梦》是原版，近白话，小时候，父亲总是读《聊斋志异》哄丫儿入睡，所以看着书中的注释也能理解个七七八八。读完一遍后她主动去找吴老师，老师问：“书中讲了什么啊？”“贾宝玉和林黛玉的爱情故事。”丫儿回答道，“回去再读。”老师说完转身就走了。于是丫儿又去借书，读完第二遍,老师还问相同的问题,丫儿说:“贾宝玉的一生。”老师笑了笑说:“再读。”读完第三遍,她见到老师赶紧说:“这本书讲述了四大家族的衰败过程,虽然朝代上是虚构的,但依旧反映出人们在思想上的束缚与无奈。”“你喜欢哪一个人物呢?”“林黛玉啊。”“喜欢她什么?”“林黛玉聪明清秀又饱读诗书,特别喜欢她和史湘云的那阙诗句:‘寒塘惊夜影,冷月葬花魂。’很有意境。”“你觉得林黛玉有缺点吗?”“有啊,‘花谢花飞花满天,红消香断有谁怜?’黛玉葬花时诗句虽然很美但太悲观,我也爱花,想到花时,是花团锦簇的景象,如果花凋谢了,那也是‘化作春泥更护花’。”老师笑了:“你这个小丫头看来是认真读了,读书一定要思考,要质疑,不同阅历的人读书感悟不同,多读书一定能打开你的世界,打开你的格局,孩子,你一定要坚持读下去。”回想起老师的话语,丫儿感到无比羞愧,已过不惑之年的她,读书最多,读书最广,读书最快乐的时期只有上学的那些年了。

学成归来,丫儿做起教书匠,依旧生活在校园。现在的校园很是好看,一年四季真可谓各路花神纷至沓来,“从草色青青柳色黄,桃花历乱梨花香。”到“秋霜造就菊城花,不尽风流写晚霞。”初春一直到落雪,花开不断。

初春冰雪融化,一场春雨后粉红粉红的山桃花像霞光一片片的闪现出来,紧接着乳白色的苹果花争相竞开,一粉一白交错重叠,站在树下宛然进入十里桃花的仙境;不过几日,榆叶梅也加入队伍中热烈的绽放开来;被称为“花贵妃”的海棠花三三两两的展开花苞,露出“小蕾深藏数点红。”就连小而香的紫丁香,也探头探脑的来凑这热闹。这些美丽的花朵,你方唱罢我登场,装点着琅琅书声的校园。

丫儿带着孩子们不光可以在书本知识的海洋畅游,还能走出教室来到操场,来到花间树下,近距离观察诗人笔中描写的花草树木,亲身感受花开花落的不同情景。

尘埃满地的校园已不复存,干干净净的塑胶跑道上奔跑着努力拼搏的少年,足球场那郁郁青青的草坪中,飞舞挥汗如雨的少年,教室里依旧有一群争分夺秒埋头苦读的少年，他们在贪婪地吸吮着知识，锻炼着体魄，为明天的辉煌储备能量。

在政府的支持下，全社会的关注中，丫儿所教书的学校如今已成为花园式学校；绿树成荫，花香鸟语，校舍宽敞明亮，更有现代化的图书馆作为支撑，图书馆藏书过万，分类体系完整，孩子们随时都可以去读书，查阅资料。

丫儿听着孩子们唱起歌谣：

我们是祖国的花朵，阳光下尽情唱着歌，看我们幸福的生活，像花儿五彩的颜色。

我们是祖国的花朵，请你要好好爱护我，像热爱山川的辽阔和美丽的江河。

清晨的阳光照耀我，午后的露珠滋润我，傍晚的微风轻抚我，每一天成长都快乐……

人人都说孩子是祖国的花朵，祖国的未来。丫儿说：不同时期的青少年担负着不同的责任和使命；不管是黄色的沙枣花，还是绚烂的月季花，更甚至，如今这多姿多彩的一树树花，打扮着世界的美好与未来；少年们也定将成为国之栋梁，如这花朵一般，将在各个领域中发挥自己的光和热，推动中华民族走向复兴，走向辉煌！

花儿姹紫嫣红，少年扶摇万里！

蜕变

刘叶

四月，北方的春天姗姗而来。桃花粉红，杏花雪白，丁香浅紫，点缀着天山脚下，准噶尔盆地南缘的一座名叫米东的小城。一条老龙河由南向北，穿城而过，一直流向郊外。俯瞰米东，楼群鳞次栉比，山野辽阔。电力线路纵横交错，可谓密集如网，遍布全境。夜晚霓虹闪烁，灯火璀璨。千百年来，曾谪戍边疆的清朝乾隆大学士纪晓岚，也一定不会想到，曾经的游牧之地早已消失在历史的长河中，取而代之的是一座集现代气息及田园风光于一体的城市。

我常常不自觉的打量这座小城，她介乎于钢筋水泥的丛林，以及广袤的田野之间。朴素而无华，喧嚣却又沉静。在漫长的岁月里，伴随着时代的变迁，电能的发展，作为米东的一员，阿合阿德尔村以她破茧重生的经历，在历史与激情的现实碰撞中，不断体味着久违的幸福和感动。

"阿合阿德尔"意为白色的戈壁。这个字眼也许你根本无法和欣欣向荣的新农村相连。然而在这个春天里，我们以探寻牧家人的方式来揭开她真实的面目。

车一路向东，驶出米东城区，穿过一片田野，沿着一条笔直的柏油马路，进入阿合阿德尔村。村路口立着的铁艺大门头上，挂着写有"阿合阿德尔村牧家乐”字样的牌匾。路的右侧，迎面而来的，是一排排整齐的小巷，巷道边的一座座电力杆塔在阳光的照射下熠熠生辉。每条巷子里都有十几家牧家乐，巷口的招牌上，写着每户牧家乐的名字：叶尔兰、小山羊、哈马尔、安塔苹果……每一栋房舍是清一色的白墙、红瓦。俨然一派新农村的景象。

就在第四巷道路口，一幢白蓝相间的三层楼房格外抢眼。四十岁的哈萨克族牧民孜丽哈·胡沙音和她的丈夫以及两个孩子就住在这里。

孜丽哈·胡沙音操着一口不太流利的国家通用语言。身材微胖、圆脸、颧骨略高。皮肤白里透红，和其他哈萨克族女人不一样的是，她留的是齐耳的短发，头上也没戴加吾丽克（哈萨克语，头巾的意思），显得精干而又麻利。两个孩子中，儿子在外地上大学，女儿正在本地读高中，今年准备高考。

一大早，孜丽哈·胡沙音在打发孩子上学走后，就来到地下室的超市里，来回穿梭，忙活着调整货物。而她的丈夫也没闲着，就在前一天就去了距离她家约二十公里的哈熊沟山里，照看圈养在那里的马、牛、羊。这是丈夫经营牧家乐的重要食材。多年来，夫妻二人的生活紧张有序，日子过得忙碌而舒心。

在孜丽哈·胡沙音的悠长记忆里，她和村里的其他大多数牧民一样，从小就在山里放牧，重复着千百年来祖祖辈辈延续下来的生活习惯。日子就像啃青草的牛羊一样，有条不紊地迎来日出，送走黄昏，简单而纯粹。彼时，村里没有商店、饭店、药店等任何用来消费的店铺，没有可供孩子们获得知识的任何场所，更不知电子是何方神物。除了零星的毡房和低矮的房屋，偶尔看到一两个老人，几只牛或羊，站在门口或山路上遥望，他们跟脚下寂静的大山一样保持着一致的沉默。若不是一个新的时代开始，一场宏大的脱贫攻坚运动铺天盖地的卷来，也许，深山里的阿合阿德尔村仍然咀嚼着与世隔绝的滋味。

若干年前，阿合阿德尔村牧民定居点终于在山下庄严落成。远远望去，在博格达峰的衬托下，这座村落犹如世外桃源一般静卧在荒野之中。为了一个新生活的开始，牧民们陆续下山迁入新居，一个崭新的世界由此打开。从此改变了孜丽哈·胡沙音和牧民们祖祖辈辈逐水草而居的游牧生活。

千百年来,哈萨克族牧民古老生活方式在新的文明时代中悄然发生着沧桑巨变。而文明产物中,电能成了不可替代的现代生产生活的必需品。随着定居点的落成,周围相应的用电设施也一并安家落户。

一向头脑灵光的孜丽哈·胡沙音在说服丈夫后,向信用社贷了一笔款项,借助自家房屋在村口的优势"地理位置",腾出一间房开设了村里的第一家商店。商店的开设既满足了牧民的生活需要,也为孜丽哈·胡沙音家里增加了一笔收入。商店经营没多长时间,就因为货物充足,价格适宜,再加上孜丽哈·胡沙音人勤嘴甜,牧民们都喜欢到她的小商店买东西,生意一天比一天好。而她的丈夫在负责为商店进货任务之外,和村里的许多牧民一样,操持着贩卖牛羊马的生意。就这样,在这个时代不断进步的推动下,夫妻俩的腰包渐渐鼓起来。在阿合阿德尔村的每个夜晚,每个房舍里,我们都能看到灯火通明下,餐桌上升腾的喷香扑鼻的羊肉汤,以及桌边的一张张笑脸。

随着阿合阿德尔村农村经济的发展,牧民生活质量的提高,家家户户电器增加,用电量也不断增长,断电却成了孜丽哈·胡沙音和邻舍们家里时常发生的事。

幸运的是,孜丽哈·胡沙音被断电困扰并没有多长时间。那年春天,一群电力人不声不响的,在村口架起了变压器,一座座电杆有序地排列在巷道边。从那以后,常常有穿着红马甲的人在这里巡视设备,随时解决出现的用电问题。也就在那时起,孜丽哈·胡沙音家的灯泡也不再闪灭,冰箱、电视也可以正常使用了。她听说,村里的这些用电设备材料是当时最先进的,建设质量也是最高标准,可以满足村里未来10年的用电负荷。她记得很清楚,在这些设备合闸送电那天,在家门口,远远看到,一个由电杆、横担、变压器、角铁组装的大件铁物耀武扬威地站在在阳光下,好像在向她昭示着未来的新生活。

布局,是为了解局,贫穷,震荡性解体。搬到定居点后,在政府的引导和鼓励下,借着朴素的民族风情,家庭式餐饮业——"牧家乐"在阿合阿德尔村应势而生。孜丽哈·胡沙音的丈夫也放弃了之前牛羊贩卖生意,兴致勃勃地加入到

“牧家乐”队伍中，在自家二楼开办起牧家乐。原本安静的村落突然间就“火”了起来，远近闻名而来的游客也越来越多，甚至成了网红打卡之地。

作为土生土长的米东人，每到夏季，我也常常成为这里的座上客，悠悠四溢的奶茶，香酥浓郁的手抓肉，淳厚质朴的民风，让你尽享来自山村乡野的美味与自然。

天道酬勤。上苍永远眷顾那些勤劳而善良的人。孜丽哈·胡沙音夫妻俩的生意是越做越红火。为了方便照顾双方老人和家人，在政策允许下，孜丽哈·胡沙音在自家房后，建起了她现在居住的这幢三层楼房。后来，孜丽哈·胡沙音索性就将商店搬到了地下室，一百多平方米，里面货架环绕四周，各式商品琳琅满目，成了村里唯一的一个大超市。

“日子好多了，比以前好。”在计算机上不停地摁来摁去，计算货物台账的孜丽哈·胡沙音有些含蓄，简单的话语却掩饰不住眼角的笑意。

“今年，我还想再开一个牧家乐。”慢慢打开话匣子的孜丽哈·胡沙音，对未来的生活已有了明确的计划。

一个上午，孜丽哈·胡沙音手不停地来回摆放货物，汗水顺着脸颊往下流，但她顾不得擦拭，依旧忙碌着。期间，时不时地有牧民前来购物。时间过得飞快，转眼，午饭时间快到了。这时，孜丽哈·胡沙音的帮手，她的妹妹准时打来电话，让她上楼吃午饭。由于孜丽哈·胡沙音夫妻俩各自忙碌着各自的“事业”，无法兼顾其他的日常生活。孜丽哈·胡沙音就把刚刚大专毕业实习的妹妹叫来帮忙。近期，她一直打听着找一个雇员帮着打理超市。她要和她的丈夫一起，用勤劳的双手共同描绘美好生活的画卷。

充足的电能为牧民们打开了一扇窗户，看到了外面更加精彩的世界。他们不再像以前那样只安于放牧，而是千方百计、想方设法，去寻找美好生活的途径。他们用勤劳的双手共同编织着一个花团锦簇的未来。

作为一名70后电力人，我和所有米东人一样，对于这个时代的发展和进步，以及由此所产生的革命性变化，愈发清晰，愈发深刻。那些人类本该有的生机和灵动,注定要融入时代发展的洪流中。在每一个灯火阑珊处,在阿合阿德尔村,在孜丽哈·胡沙音爽朗的笑声里,我们常常被感动包围着,我们能看见这个词所折射出的激情和魅力。

如今,米东街头,繁华而喧嚣。一个个商铺,紧挨着一个个摊点。每个米东人的表情里都承载了人生起伏,悲喜交集的过往。夜晚,霓虹闪烁,路边各色建筑以及树木装扮各种灯光秀,即便是偏远的山区,牧民们也会自在地走在亮堂的山间小道。这座不夜之城俨然是西部边城一颗璀璨的明珠。

漫步人民庄子村

高军保

谁知,一次与人民庄子村的零距离接触,一次在人民庄子村的漫步,一下子就颠覆了我对农村的习惯认知。

漫步美丽村落

这是个说走就走的出行,约莫半个多小时,出租车就到了村口,我执意提前下车,徒步走进了安静、祥和的村子。

漫步在人民庄子村,恍惚中仿佛走进了一个偏僻点儿的街道,既熟悉又陌生。一开始认知虽然有点错乱,但感觉却很亲切。定了定神,我继续前行,人也神清气爽起来。

这里没有了城市的五光十色,也没有了城市的嘈杂喧嚣。空气,纯净新鲜;鸟鸣,清脆婉转;绿地,绿草茵茵;树木,花枝招展。一些高大的榆树结满了榆钱,几位村民正在采摘。我好奇地走近他们询问。他们中一位稍年长的村民笑着说:“额给你佛给(本地方言:我给你说)……”于是便打开了话匣子。他说,很多年前他们就经常撸榆钱,那是因为贫穷,现在只是偶尔换换口味,尝尝鲜。如今市里的老榆树已经不多见,人民庄子村还保留了不少。

是啊，贫穷的日子一去不复返，不变的是每年四月满树的榆钱，它让多少村民回忆起自己的童年，有辛酸，也有快乐。此时此刻，我也想到了自己，小时候，自己不也时常望着串串榆钱垂涎欲滴呢！

我继续前行，来到村里的核心地段。在主干道两边可以看到，各种店铺鳞次栉比，间隔可见移动式船型垃圾箱；几处小广场人头攒动，大爷大妈三五成群或晨练，或谝闲传（本地方言：聊天），还有村民带着儿孙散步，悠闲自在；马路上车流不断，不时还有公交车、校车、洒水车经过，俨然就是城市街头场景的“标配”。

令人印象深刻的还有村里的公厕。这里的公厕非常醒目，都是单独建设，周围没有其他建筑。俗话说，人有三急，上厕所急首当其冲，对此，我是深有体会的。多年前，城市如厕难一度成为热点，让许多人深受其害。我曾经在大街上找不到公厕，急得大汗淋漓，最后甚至导致肾脏积液，现在想来还心有余悸。而在这里，走不了几步就可以看见又一座公厕。虽然公厕设施比较简陋，但对于内急的人来说，真是太方便啦。有村民说，目前，部分村民家里还没有排水，设置公厕很有必要。是啊，为村民排忧解难，村干部们想到了，更做到了。

来到村民居住区，村民自建房错落有致，三五层不等，楼下停靠着各种品牌的私家车，还有一些货运车辆；而早已建成的“两居”住房工程（一期）惠及很多村民，如今二期项目也已正式开工。据了解，这是一项只有农村户籍的人员才能享受到的福利，将帮助更多村民改善居住条件，实现安居乐业，连城市居民也羡慕不已。

我不敢相信自己的眼睛。这是农村的样子吗？这还是农村吗？

以村民为中心

人民庄子村地处东天山博格达山西北坡，村民口音属于兰银官话，听起来很柔，很好听。但这里自然条件不是很好，人均耕地不足一亩。村子要发展，村民要致富，村“两委”就成了村集体的中坚力量和村民的主心骨。

我在村里转悠，最后的目的地就是村委会，但却不知咋走。于是，拦住一位村民用当地口音问路："村委会咋起呢撒？"对方手一指回答："一头囊哈起就到了。"

我加快了脚步，几分钟后果然就到了村委会。

这是一栋很气派的四层村委会办公楼，也是村民服务中心。在大门口，碰巧的两件事让我突发感慨。这里正在为村民免费发放"哺育工程"牛奶，我似乎看到了农村农民的孩子在党和国家的阳光雨露中茁壮成长；又见几位师傅正在迁建、升级国旗杆设施，我似乎又看到了祖国在村干部、村民心中的位置。

我从村党委副书记纪新那里了解到，人民庄子上万人，其中流动人口就占了一多半，少数民族也有近两千人。一个村万余人，是一个不折不扣的大村，也是一个民族团结的大家庭。我想，外来人口超过本地村民，可见人民庄子村的开放与包容。原有村民没有排外思想，更没有歧视心理。五湖四海的人们在这里落脚，在这里创业，在这里生活，不论你来自哪里，是哪个民族，来到人民庄子村，就成为乡里乡亲，就是一家人。

人民庄子村"两委"一班人，多是以70后、80后居多的中青年干部。他们学历虽然都不是很高，但都以实际行动和满腔热情践行着"以人民为中心"的理念，在"美丽乡村建设"和"乡村振兴战略"中，一心一意为广大村民服务。

为村民服务，牵扯到方方面面，千头万绪。据了解，在基础建设方面，人民庄子村肯花钱，力度大，仅2021年就涉及新修通村道路，新建人行步道，改造给水管网，新修排水管线，美化环境修整和种植树木，常态化开展环境卫生大扫除，"煤改气"项目建设已进入尾声，将惠及全体村民。这个项目的实施，极大地改善了农村人居环境，改变了村民传统生活方式，提高了村民生活质量，让他们的生活得更好。

在巩固脱贫攻坚成果方面，村"两委"在做好集中排查不落一人的同时，认真落实和保障救助体系，做到及时、足额发放低保户低保金、困难家庭在校中小学生膳食营养补贴、残疾人"两项补贴"和重度残疾人居家托养金及临时生活救助金。其中,临时生活救助金还惠及生活出现困难的流动人口,这让一些外来人员感动不已,他们充分感受到了人民庄子村的温度和社会主义大家庭的温暖。

乡村振兴电商兴

乡村振兴,人民庄子村正在发力。除了让传统的种植养殖业、房屋租赁业焕发生机,域内还有向日葵、蔬菜采摘园等旅游资源可进一步开发。特别亮眼的是电子商务在人民庄子村做得风生水起。村党委委员高雪萍告诉我,做得最好的首推知名电商哎呦喂。

说起新疆哎呦喂食品有限公司,很多人都很熟悉,不少人还买过它的产品。但如果要问这家公司在哪,恐怕就没有几个人知道了。其实,这家公司就在人民庄子村,起名“哎呦喂”三字正是来自当地的方言,非常有特色,也很好记。自2011年成立以来,公司发展迅速,目前已经成为一家专业从事生产、加工、研发、封装、全渠道销售、电商运营、电商培训、特色电商品牌打造、仓储物流服务等围绕农副产品上行为主的综合性电子商务公司,曾获得“国家电子商务示范企业”“新疆名牌”“乌鲁木齐市知名商标”等众多荣誉。更为重要的是,“哎呦喂”不仅吸纳了部分村民就业,还带动了人民庄子村电子商务的快速发展。

在“哎呦喂”等多家电商企业的引领下,2020年,人民庄子村入选“淘宝村全国百强榜”。为此,芦草沟乡和人民庄子村大力支持发展电子商务,这里已成为许多年轻人创业的首选地,目前已拥有不少直播团队和个人,其中黄开挺就是他们中的佼佼者。

去年,老家在广西的黄开挺来到人民庄子村创业。“作为电商村的人民庄子村,物流仓储系统完备,同行也多,政策不错。”黄开挺这样对采访他的媒体记者说。

“人民庄子村‘两委’和工作队帮忙,我们找到了仓储厂房,还建起了直播工作室。”黄开挺表示，在大家的帮助下，他们瞅准了“广西特产新疆包邮”这条路，主营螺蛳粉、芒果、猕猴桃等。

“今年二月份，仅螺蛳粉线上线下销量就达到了十万袋，位居新疆螺蛳粉销量第一。”黄开挺信心十足地说，现在有这么好的营商环境，还有相关政策支持，年轻人只要有梦想，肯定能实现。

除了电子商务的发展，更早入驻人民庄子村的还有中泰化工集团。它占地上千亩，不但增加了当地政府的财政收入，改善了芦草沟乡政府、各村委会的办公、交通条件，而且还解决了部分村民的就业问题，特别是近年选派得力人员参加“访惠聚”驻村工作队，狠抓村企共建，为人民庄子村“美丽乡村建设”“乡村振兴战略”作出了积极贡献。

其实，“乡村振兴战略”是多元的，也是连续的。2022年人民庄子村重点工作涉及再就业市场环境改造、亮化升级项目，壮大养殖合作社项目，申请新建农贸市场（夜市）项目等，将使全村更多农业富余劳动力实现再就业……

这几年，人民庄子村有一千二百多名外出务工经商的村民返乡，还有五十多位当地大学生也回来了。正是当地生活环境的提升和营商环境的改善，吸引他们回到家乡就业创业，以实现自己的梦想，也为家乡的发展作贡献。

书香之家诞生记

杨惠

2022年4月21日，是我最激动的一天，我们家被昌吉墨兰书社评为“书香之家”，当陈霞社长把奖牌颁发给我的时候，第一次上台领奖的心情无比的自豪和兴奋。当全家人看到奖牌后，除了激动还是激动，儿子抱着奖牌一会给奶奶看、一会给叔叔，还有给小朋友看，姐姐则把奖牌挂在了家里最显眼的地方。

我叫杨惠，居住在米东区羊毛工镇留子庙村，是一个全职妈妈，有一个幸福的家庭。本来我的生活像农村普通家庭一样平平淡淡，无波无澜，满足于照顾家人、照顾儿子的日常，做一个贤妻良母，认识我的人绝对不会把我和读书、书香联系在一起，一切改变源于读书。

当我读到《瓦尔登湖》时，美国作家梭罗说：“所有的改变都是一种深思熟虑过后的奇迹，每瞬间奇迹都在发生”。我儿子、我家庭的改变就是个奇迹。

我和爱人离开学校二十多年后，再没有接触过书本，也不读书。我觉得读书没有用处，家务事一天忙不过来，哪有闲心去干没用的事情。直到我的儿子马天昊开始读书，影响到我们全家读书，我才真正感到惭愧，感觉到自己的无知，真是无知者无畏，也明白了越无知，越自我感觉良好。

儿子马天昊天生好动，是个风一样的男孩儿，一刻都停不下来，上课坐不住,学习成绩非常差,我和爱人常常发愁,不知道该怎么教育这个孩子。幸运的是2020年2月,儿子开始上一年级下半学期的时候,我们村派来了“访惠聚”工作队第一书记陆晓玉。她来到村里后走家串户了解情况,她来到我家,我把我的苦恼讲给她时,她说,像我们这样为孩子学习而忧虑的父母有很多。为了帮助孩子们,她在我们村组建了“留子庙村小书虫读书群”,她说,我们没有办法去辅导每个孩子功课,唯一的办法就是读书,爱读书的孩子学习不会太差。村民们都非常喜欢这个面带微笑的书记,孩子们也喜欢她,叫她小小老师。小小老师,就像我小时候看过的一部动画片里的花仙子,走到哪儿,就把美丽和爱的种子撒到哪里。

我清楚地记得,陆书记是2020年4月8日建群,从建群的那天起,马天昊开始读书,到现在两年多的时间,没有中断过一天,有时生病了,外出了或其他什么情况,书必须要读,就像吃饭、睡觉一样成为他生活的一部分。刚开始,我督促他读书,读了一段时间后,不用我喊他,作业写完直接开始读书。读书时,有时突然大笑起来,有时读地读地哽咽起来,直抹眼泪。我记得当他读到米东作家黄冗的自传体小说《残爱》的时候,哭着过来抱着我说:“妈妈,王明(小说主人公)太可怜了,他路都走不稳,还被小朋友欺负。”他又问我:“脑瘫是怎么回事,脑子坏了吗? 脑子坏了,还会写字吗?”我把这个情况给陆晓玉书记讲了,她也很受感动,她当即联系黄冗老师,带着孩子们来到老师家里,孩子们亲眼见到了黄冗老师,被妈妈扶着,说话都说不清楚,很难想象只有右手手指和拇指能动的黄老师,是如何完成三十万字作品的。这次见面对孩子的影响很大,从那以后,孩子读书的劲头更大了。

儿子喜欢上了读书,只要捧起书一看就是一个多小时,忘了吃饭,喊他听不到。后来,怕影响儿子视力,我给他规定一天最多读四十分钟。从2020年4月到现在,他读了四百本左右,有些书读了两遍,他最喜欢的书有《毛泽东传》,这本书是小小老师送他的,还有四大名著,沈石溪的动物小说《狼王梦》《悲情雪豹》《导盲犬迪克》等。读书成了他最大的乐趣。他说看书的时候像极了孙悟空的七十二变，一会儿是爱撒谎的匹诺曹，一会儿是童话故事里的小王子，一会儿又变成了坚强勇敢的鲁滨孙，就这样儿子对读书着了迷。

刚开始读带拼音的，后来慢慢因识字量的提高，在二年级下半学期开始基本就不读带拼音的了，老师也反映在课堂上能坐住了，写作水平也有所提高，后来的学校考试基本都是双百。

在读书群里，有位书友每天朗诵古诗词，他每天点开听，并把古诗词抄下来，学着这个老师的语调有模有样地朗诵起来，并把语音发到读书群里，得到老师和书友的表扬肯定。从那时起，他一直跟着这个书友直到现在，这些古诗词都被他背了下来，后来，这位书友得知后说，“我不能偷懒啊，我偷懒了，小天昊得怪我了”。

陆书记在群里让大家读书，并且传播传统文化，让孩子们背诵《弟子规》《三字经》《论语》《大学》《中庸》等，儿子一个一个背诵。2020年因儿子每天坚持大量阅读，被墨兰书社评为年度“阅读之星”。

除了在群里读书外，陆书记和村里举办许多线下的朗诵、演讲、讲故事比赛，每次比赛，儿子督促我，让我帮他，一遍一遍练习，每次表现得非常出色，儿子越来越自信。在学校举办的各类活动中，儿子踊跃参加，并且取得了非常好的成绩。

看着儿子的变化，我们全家都非常开心，没想到读书对孩子的帮助这么大。看着孩子读书后的巨大变化，我欣喜不已，不由自主地也捧起书本，开始阅读。

我与陆书记交流，才知道她是墨兰书社的一名领队，“小书虫”读书群就是她参照墨兰书社组建的，我才知道还有这样一个读书团队，陆书记把我也拉入了这个优秀的读书团队，就这样我与墨兰书社结缘，有幸成为他们中的一员。刚开始我不敢开口朗读，我怕读错字，怕书友们笑话，陆书记一直鼓励我。后来，我发现墨兰书社的领队老师们不仅自己热爱阅读，而且他们还是阅读的引领者、宣讲者，每一个领队都带领自己的读书团队，一本书一本书的读，一个人一个人的影响，在推动全民阅读的过程中不懈地努力，他们每一个人都是富有大爱的公益人，我也就更喜欢上了这个群体，我终于开口读书了，然后把女儿和爱人也都拉了进来。

记得陈霞社长说过，男人一定要读《悲惨世界》，女人一定要读《红楼梦》。《红楼梦》对我来说，是不敢碰及的书籍，我感觉文化程度太低，读不懂。后来，想了想，还是挑战下自己。刚开始，里面不认识的字太多，就想放弃，但想到陈老师的话，看到儿子的坚持，我就一点一点啃。在读之前先浏览，看到不认识的字，从手机里查，注好音。俗话说，不怕慢，就怕站。就这样，我一点一点，用了多半年的时间，终于读完了。那段时间，每天都沉浸在红楼梦的世界里，与人物同悲喜，虽然读得没有那么透彻，但我也明白了好多道理，心胸眼界开阔了很多。从开始读书一年多的时间，我参照墨兰书社推荐的参考书单，大概也读了二十本世界名著。

2021年5月，墨兰书社的陈霞社长和领队老师们来到我们村给孩子们赠送图书。陈霞社长给孩子爸爸一套《悲惨世界》，孩子爸爸也开始读书了，并且读完了《悲剧世界》，他还在村上组建了“农家稻香读书会”，带领村上干部们一起读书。女儿当时是小学语文老师，在陆书记的建议下，也组建了“书香小屋”读书群，女儿带着孩子们，走进阅读的世界。就这样，我们一家开始读书并影响着周围的人开启了阅读之旅。

读书已经融入我们的生活当中，成为是生活中不可或缺的一部分了。现在孩子放学后不是写作业就是看书，爱人回来看孩子在看书学习，他也会不由自主地拿起书来看，工作再忙，每天也要完成读书任务，已经读了二十多本。女儿下班回家后，放下了手机，捧起了书本。电视也不开了，手机也不刷了，家庭氛围越来越好。

饭后茶余，我们全家人相互交流读书心得，谈论读书的心得，感叹每个人物命运，我们的话题从家长里短变成了读后感悟。

通过读书，我也不再焦虑，不再心浮气躁。内心变得平静而有力量，我看着家人沉浸在书香之中,觉得这样的日子平淡而美好。

万物皆有缝隙,是为让光照进来,阅读就是那束光,照亮自己也照亮他人。我希望更多的人捧起书本,充实自己、丰盈自己,让书香充盈我们的家庭,让阅读陪伴我们的家人,让温暖快乐传递给我周围的人,去影响更多的人走进书香的世界。

米东的路

石怀文

我家住在偏远的农村，小时候，跟着妈妈去了一趟乌鲁木齐市，那时候还不到六岁。在乌鲁木齐市看了一场电影，那是我第一次看电影，而且是在乌鲁木齐市看的电影。从那时起我喜欢上了乌鲁木齐，人多，热闹还能看上电影。

后来姐姐嫁到乌鲁木齐县红光公社联丰大队四小队。不过人们还是习惯叫九道湾。如今这里归米东区管辖。姐姐嫁过去的第三年。我十六岁，放暑假，妈妈让我去姐姐家送点东西。走的时候妈妈塞了两大包东西。那时我真是乡里人进城，前头一个包，后头一个包。那时正是有劲的时候，一口气把两个包背到长途汽车站，我排队买了去乌鲁木齐市的车票，又把两大包东西扛上车，绑在班车顶上的行李架，然后兴致勃勃地坐上开往乌鲁木齐市的班车。

按着姐姐说的地点，我在乌奇路石化路段下了车。我两眼一抹黑，不知道九道湾在哪个地方。更不知道走哪条路，只好按信封上的地址边走边问路。不知道是指路的人说错了，还是我走错了。我翻过一个山梁又走过一个山坡，还是没有人家。旷野的山沟走半天都碰不到一个人，问谁去？我只能按姐姐说的大方向走。到了有人的地方我一问，人家说，这是芦草沟。我吓得出了一身冷汗，这咋办？

这次，我找了一位中年汉子。他告诉我，一直朝西走，翻过三道沟上了山坡那就到了九道湾。我心里踏实了许多。我按中年汉子指的方向，过了几个山梁，还是没有走到九道湾。我一下子害怕了，太阳眼看着快落山了，背上的两个包仿佛里是石头。走了三个多小时的山路，我早已经口干舌燥，饥肠咕噜了，浑身没有一点力气了。压在我肩膀上的那根绳子也好像是铅丝一样勒进我肉里，疼得我用一只手指垫在勒在肩膀上的绳子下面。再不快走，天就黑了，这荒郊野外，冻不死也会吓死的。此时，饥饿，肩上的重物，没有哪一样比害怕更重要。我相信那个中年汉子不会骗我。我一直朝西走，又翻过了几道山梁，终于看见远处山沟里有了灯火。

有了姐姐这条亲戚路，我便成了九道湾的常客。1992年，我妈妈到乌鲁木齐第二附属医院做白内障手术，我来陪护，晚上住在姐姐家。那时候东华路还没有修通，33路公交车只通到七道湾。我每天步行从九道湾往七道湾二附院走，偶尔坐拉砖的拖拉机或是坐到城里拉粪的罐车(卡车上放一个粪罐，空闲的地方可以站几个人)，到七道湾二附院。

每天来回两趟，着实把我跑可怜了。七道湾往下全都是沙石路。不巧的是妈妈住院的前一个月，山洪暴发，冲垮了水磨河上的木栏桥。桥断了，车辆和行人只有蹚水过河。我经常挽起裤腿，脱掉鞋袜过河。好在夏天水磨河水浅，刚没过脚踝。

1996年，我从吉木萨尔来米泉县观摩教学。观摩课听结束后，下午自由活动。我想去九道湾看望姐姐。在那个交通不发达的年代，一想起那么远的弯弯路就发愁了。可，那是我几年不见的亲姐姐呀，不管路再难走也要去探望一下。我攀扯了一同来听课的老师，步行来到了九道湾。到姐姐家天已经黑了。姐姐赶紧给我们炒了几个菜，让姐夫陪我们喝酒。我们推说不喝，说还要步行走到米泉去，姐夫不依不饶地说："喝。喝好了，我用毛驴车把你们送到米泉县。"喝完酒，姐夫果真套上毛驴车把我们送到了米泉县。想想现在米泉县通往乌鲁木齐各区的路四通八达，不但路路有公交车，BRT也通到了米东区。东外环高架桥也横穿了米东,到哪里都十分方便。

2004年我退休了,奔着在米东区的儿子来了。我搬来米东区的第二年,米泉和东山区就合并成米东区。华东路也修通了。33路公交车从北门直接通到小地磅。想去九道湾看姐姐姐夫了,公交车一坐,十来分钟就到姐姐家了,再也不用骑自行车跑了。

华东路修通后,我出行方便多了。退休后我整天待在家里没有事干。除了看电视就是逛街,觉得日子过得很空虚。想找个事干。托朋友帮我在乌鲁木齐南山滑雪场找了一份工作。滑雪场每到周六都把家在乌市的员工,用大巴车送回到市里。我到红山下车,步行到西北路。坐上532公交车,也不用倒车直接把我拉到了米东矿务局。走几步路就到家了。要是在前些年,这根本是不可能的事。光七道湾往下走到矿务局步行少说也得走一两个多小时。

去年夏天我随户外群,乘车从米东出发,到了柏杨河乡,有人提议说,去柏杨河村看看火龙果,大家都很赞成。南方热带地区生长的火龙果,能在柏杨河山区种植成功,确实了不起,值得一看。于是我们都下了车。徒步向柏杨河村走去,没想到通往山区柏杨河村的路,也铺上柏油,不过是村路双车道。米东的变化真大呀!柏油路通到了村口。

我又坐上了大巴车,跟着驴友们向深山老林哈熊沟行进。体验一下那里的奇特自然现象和秀丽的风光。一路上我嫌汽车走得太慢,蛇抬头的山路汽车怎么也跑不快。汽车像蜗牛一样慢慢地向大山深处爬行。山路十分险峻,好在是柏油路没有颠簸。路边危险处都有绿色铁栏杆。我耐着性子两眼全神贯注地盯着前方弯曲的山路,我的心随着汽车上山下坡,一点也顾不上看路边的山石美景,只想着早点安全到达哈熊沟。哈熊沟到了,远远就看见前面不远处的山湾里像蘑菇似的几十顶毡房。我们一起来的人多,靠前面的“牧家乐”毡房都挤满了游客。我转了一圈,最后看见,一个拐角转弯处,一家“农家乐”毡房里没有游客。我们一行人走了进去,女主人热情地让我们入座。说话间男主人也笑着从外面进了毡房。我一看,这不是木拉提老弟吗?好多年没见了。他胖了，将军肚也出来了，他小我两岁。小的时候他在我家院子里住过。后来他和我一起上的小学。到了五年级的时候他父亲骑着摩托车和一辆迎面来的一辆农用车相撞，当场就没命。可怜的小木拉提跟着他的母亲不知到去了哪里。今日我俩格外亲热。他趁媳妇给我们倒奶茶的空儿，赶快到后面羊圈抓了一只当年的羊娃子杀了，十来分钟就把羊肉下到锅里了。我说，你这些年去了哪里？他搓了搓油腻的手说，我爸爸走了以后，我上山放了三年羊，就去当兵了。当兵回来我一看政府把柏油路修到了哈熊沟。我动了心思，在哈熊沟开起了第一家“牧家乐”。刚开那几年生意好得很。一天宰三只羊都不够，多的时候宰五六只羊。开了三年“牧家乐”我就娶上了老婆。往后“哈熊沟”有了名声，上来的人多了，我们周围的哈萨克族牧民都开起了“牧家乐”。差不多的人家都有了摩托车，摩托车可好了，行走方便得很。放羊、放牛都行，上不去的地方把摩托车放下，人走上去把牛、羊赶下来，再骑上摩托车跟在后面。说到最后羊肉端上来了。木拉提伸出两个大拇指，说，我们的好日子，是政府把柏油路修到哈熊沟带来的。有了哈熊沟的青山绿水，我们有肉吃，有钱挣。

我不仅进了山，也去了米东区的三道坝去买大米赏荷花。过去去三道坝的路是普通的乡村公路，坑洼不平。我曾骑自行车去三道坝赶过一次集市。路面窄，车多不说，没有非机动车道，骑行在路上心惊肉跳，生怕有点意外。从那次后，但凡有人喊我去三道坝镇赶集，我头摇得跟拨浪鼓似的，一点没有兴趣。2019年11月，邻居叫我去三道坝镇买大米，我说不去，路太烂。邻居睁大双眼说，你没看新闻，三道坝新修的路通车了，双向四车道，攒劲得很！说实话，这几年我一直往山里跑，山里路好我是知道的，三道坝镇的路修好还真没有走过。说走就走。我们从米东区邮局路口坐上去三道坝镇的班车，行驶在米三公路上，心里那个舒坦，怎么也无法跟过去的路相提并论。买回大米，我给姐姐送去一袋。姐姐得知是三道坝的大米说，听说那里社火很有名。姐姐的话我记在心里。

2022年春节前夕，乌鲁木齐市电视台要去三道坝镇录制社火。听说这里的社火队伍一个多月前就开始忙活了。这样的好机会怎么能错过呢。得知录制的准确时间，我早早打车接上姐姐一同去三道坝镇看社火展演。虽说是数九寒天，不管是参加展演的社火队的老百姓，还是围观的群众，个个都精神气十足，似乎寒冷与他们无关。

姐姐看着高兴地说，好多年都没看社火了，热闹不说，也感受到春节的气息。

返回时，我们在路边打车，在干净的柏油路上行驶了十几分钟就到姐姐家了。姐姐说，米东区路越来越好了。我说，你是没到村里去，村里路修得一样好。

一个人的时候，我总会想起路，想起那大大小小与米东有关的路，它们与我一起见证米东区的发展变化与繁荣。

生生不息

谷永海

韩义忠出生在农村,看世界万物生生不息的生命力,再也不觉得日子有多苦,工作有多累。

韩义忠年幼时,父亲意外去世了,兄弟姊妹六个与母亲相依为命。韩义忠清楚地记得父亲去世时的时间是1983年腊月十九。在那个寒风凛冽的冬天,父亲与生产队上的驾车师傅赶着马车去到铁厂沟煤矿拉生活取暖的煤,在返回的途中,马突然受惊,马车一路狂奔,父亲在颠簸中从马车上摔下来不幸罹难,撒手人寰。留下母亲和六个孩子,最小的弟弟才两岁,而他那年也仅十岁。父亲的离世,让那个原本寒冷的冬天更冷了!

韩义忠忘不了每个清晨的六七点钟,甚至五六点钟,打着哈欠,带着睡意,头顶着星星,与母亲和哥哥姐姐们一起下地劳作。

至于母亲就更忙碌。自从失去了父亲,六个孩子抚养的担子,都压在母亲的肩上。虽说大哥二哥十六七岁了,姐姐也十二三岁了,但都是孩子呀!没有父亲的庇护,这个家怎么过?韩义忠明显地觉得,母亲的身体越来越瘦小了,眼泪只能在肚子里打转。

1989年,韩义忠初中毕业了。他放弃了上高中的机会。

农忙时帮助家里劳动，农闲时去工地打工，搬砖头、和砂浆，给瓦工师傅当小工。没活时，赶驴车拉上菜四街八乡的去卖菜，让这个才出校门的初中毕业生内心里不断地呐喊:该不该这样过？出路在哪里？

在外漂泊了一年半，品尝了世间的辛酸，韩义忠与母亲商量想去复读，只有读书才能改变命运，只有读书才能跳出农门。母亲摸着他的头说:小胖(韩义忠的乳名)长大了！

韩义忠夜以继日地抓紧时间学习，功夫不负有心人，1991年韩义忠以499分的成绩，被伊犁畜牧兽医学校录取。同年昌吉州仅录取四人，米泉县只有他一人。1995年8月，韩义忠以优秀毕业生、中共党员发展积极分子的身份回到米泉，被分配到羊毛工镇兽医站参加工作。

这个22岁的年轻人在这里一干就是十年。到羊毛工时，韩义忠还很年轻，虽然理论功底扎实，但实践经验仍旧有很多不足，兽医站的老师傅们带着这个年轻的后生开启了学艺之路。老师傅们细心地告诉他如何望闻问切、如何给马把脉、如何静脉注射、如何放血……

在众多师傅中，尤其马建福师傅教的多。给马听诊、号脉、观察马的症状、分析马的病情、给马开的中药方剂等等很多知识都是在学校的书本里学不到的！通过跟师学习，韩义忠开阔了眼界，增长了知识，实践经验更加丰富了，不久他就能代替师傅们单独出诊了。

和师傅们在一起的日子是快乐而充实的，可是一到下班，师傅们都回家去了，就只剩下韩义忠一个人了。家还在30公里之外，在那个交通欠发达，工资也不高的年代，回家是不大可能的。白天大家工作在一起，有说有笑，下班了，师傅们都回家了，偌大的院子，就孤零零留下韩义忠一个人了。孤单和寂寞的岁月并没有磨灭韩义忠的心志，除了防疫、检疫、品种改良、出诊治病之余，他又捧起了书本，靠着惊人的毅力，硬是把新疆大学英语专业的自学考试啃了下来。2003年，他报考了新疆农业大学主办的畜牧兽医专业本科自学考试。专业对口，边实践边学习，理论指导实践，用更高一层的理论来为农牧民服务。

2006年他通过全部课程考试又拿到了本科毕业证。

随着理论知识和实践经验的丰富,韩义忠在事业上也不断取得更高的成就。2012年6月他取得了高级兽医师技术职务,2013年他考取执业兽医师资格证,2021年11月他又取得了正高级兽医师技术职务。每一次职务的晋升,都是他平日里辛勤工作的结晶。

在羊毛工镇的十年,是韩义忠埋头学习的十年,也是韩义忠兽医技术突飞猛进的十年。在这十年里,除了给动物防疫、检疫、看病治病外,韩义忠对地区土种牛改良作出了重大贡献。

如果说动物疾病治疗只是动物个体问题,当地土种牛改良就是一个普遍性的问题了。为了改良当地土种牛资源,韩义忠在土牛种质改良技术上进行了刻苦攻关,首先是引进人工授精冷配技术。在上级部门的帮助指导下,引进了国际上优质的牛冻精资源,通过人工授精技术改良当地土种牛繁育,通过代系的进化,达到不断提纯、提高良种的目的。牛配牛繁育在普通老百姓看来那就是千百年来动物自然而然发生的事情,可是国际先进技术的应用早已打破了这个传统,农户看不到新技术的优势,甚至排斥新技术。为此,韩义忠选择了几户思想比较开发的养牛户,根据土种牛的体型大小对发情牛进行人工授精改良。当广大养殖户看到本地瘦小的土牛竟然生下了杂交的西门塔尔犊牛、杂交的荷斯坦犊牛的时候,大家都震惊了,纷纷要求进行人工配种。这一切让都让养殖户们看到了希望,惊异于科学技术的神奇力量!

品种改良不局限于本地,还辐射到周边。昌吉的、五家渠的、一〇二团场的、一〇三团场的养殖户们纷纷邀请韩义忠做技术改良。2000年米泉畜牧局又委派韩义忠前往伊犁州察布查尔县学习牛胚胎移植技术,将改良技术——胚胎移植,又提升了一个层级。有了之前的人工授精冷配基础,胚胎移植项目推进更加顺畅。养殖户们十分信任韩义忠,即使一次失败了,也不埋怨他,坚信韩义忠的技术一定能成功。

2005年1月,韩义忠调任三道坝镇兽医站当站长。自担任站长后,就全面负起三道坝镇的动物防疫、检疫和畜禽品种改良、诊疗、无害化处理等工作。他一边致力于工作，一边积极参与农业部、自治区、市、区级科研项目，并将先进的科学技术引入到工作中，用熟练掌握的兽医专业理论和相关政策法规指导实践。利用“科技之冬”“科技之春”“科技下乡”等活动契机多次开展养殖户培训工作，至今累计授课三百多课时，培训农牧民养殖户五万三千多人次，培养出有一定技能的养殖户两万两千多人，如今这些农牧民都成为养殖专业合作社的骨干力量。

随着市场的繁荣发展，动物流通的数量也不断增长，与之相匹配的是养殖户饲养规模的不断扩增，出现了一些集约化的规模养殖户，动物检疫、防疫成了主阵地。2005年11月，羊毛工镇牛庄子村发生了大规模家禽死亡，死亡达到两千多只，经国家禽流感参考实验室确诊为H5N1型高致病性禽流感。与之对应，几乎在同一时期，全国多地散发规模或大或小的高致病性禽流感家禽死亡疫情，这给动物疫病防控敲响了警钟！

这次高致病性禽流感非同小可，数量之大惊动了农业部，说明动物疫病的防控形势到了一个临界状态了！

如何控制动物疫情的蔓延，杜绝动物疫情的发生，成为基层兽医工作人员的重大课题。在很长的一段时间里，他们要面对疫情防控的挑战。

2006年8月，根据三道坝镇生猪养殖大户比较多的情况，韩义忠率先在全镇开展生猪集中免疫，制定地方标准和生猪免疫程序，推广猪口蹄疫、猪瘟、高致病性蓝耳病三针分点注射技术、羊口蹄疫、小反刍、动物布鲁氏菌病免疫技术、牛结核病伽马干扰素诊断治疗等，全面过硬的技术获得了广大农牧民养殖户的交口称赞！

为了应对反复出现的禽流感疫情，2008年到2010年，韩义忠和乌鲁木齐市动物预防与诊断中心共同研究《新疆高致病性禽流感综合防控技术应用推广》，获得农业部全国农牧渔业丰收奖二等奖。随着实践经验的积累和理论认识的不断提高，韩义忠越来越意识到理论工作对实践工作的指导意义。实践经验的归纳、总结和推广对疫情防控,疫病诊断治疗都具有普遍指导意义,能更多地帮助到养殖户和广大农牧民。

2018年辽宁发生非洲猪瘟后,三道坝镇迅速成立了由镇长牵头的非洲猪瘟防控领导小组,韩义忠组织全镇兽医人员、村级防疫员和养猪户们进行非洲猪瘟防控培训,开展非洲猪瘟日排查工作,指导日常消毒,禁喂泔水、餐厨剩饭,阻断传播链,确保生猪健康生长,全市猪肉产品安全供应,开展点对点向外省调用的需求。然而百密一疏,三道坝镇生猪养殖合作社的二百一十三头生猪,因输入性感染非洲猪瘟,被集中捕杀、掩埋、无害化处理,养殖户损失较大!对此,韩义忠痛心地说:我们基层兽医工作人员实在是不够用,在运输链上存在一定的漏洞未能及时阻断,导致了很大损失,专业力量的加强才是治本之策!

走在乡村的路上,看着一家一户的牲畜,房前屋后的果蔬,田埂上高高的白杨树,水塘里畅游的鱼鸭,天空飞翔的鸽子,禾苗上飞舞的蜻蜓和七星瓢虫,韩义忠会觉得格外亲切,不时拍下几张照片,把生机勃勃的瞬间留在收藏夹里,也久久地留住心里。

走过米东

王彦

从米泉走到米东区，从记忆走过，从空间走过，从一个时代走过。

——题记

以前，米泉到乌鲁木齐市区有两条公交线路。一条路是13路车路线，还有一条路是到乌鲁木齐北门的。从花园坐车到东山区的小地磅，那里有33路小巴车到北门，途径汽改厂、天化后门、砖厂、七道湾、八道湾、煤矿、苇湖梁、五星路、北门。另外一条走的是背道，靠山、颠簸，一路弯弯曲曲羊肠小道，只有到了七道湾，马路才宽敞一些。冬天昼短夜长，这一路坐车的主要是工人和学生，起早贪黑的。路上路灯路况不好，在漆黑昏暗的路上行驶，与13路的主路又是天壤之别。后来慢慢改善。沙土路铺了沥青变成柏油路，马路越来越宽。马路两旁的低矮的平房也拆了，被二三层小洋楼取代。以前的土块平房，斑驳褴褛，木头门，刷有蓝色、绿色、黄色油漆，代表着那个时代。路上有着大片的农田，随处可见牲口棚，大多数土地荒芜。

13路车走的路线算是主干道。“二毛二毛，走啦走啦”。随着卖票员这一声声的叫卖声,是一个紧跟一个的排队准备坐车去乌鲁木齐的乘客。一班车后面紧排着下一班车,以此类推排了一大长串,按照时间排表发车的。去首府乌鲁木齐得转两三趟车去到目的地。到乌鲁木齐,先要坐车到二毛,二毛是米泉到乌鲁木齐的中转站。二毛,全称是第二毛纺厂,新疆国营企业。在二毛,有去医学院、西北路、红山、北门、火车站的各路公交车,是个大的中转站,在一个大院子里。

车站坐落在米泉花园的正南方,贸易中心商场前。记忆中最早的车是13路大通道的公交车,属于乌鲁木齐公交车集团公司。公交车由两截车厢组成,中间的折叠物衔接两节车厢,用以拐弯。小时候感觉这种公共汽车很有意思像个手风琴。这里是米泉出发到乌鲁木齐的快乐驿站,是看世界的出发地,也是我家门口。每每经过汽车站,“13路！13路”的售票声都会像交响乐般,震耳欲聋。一年四季从早到晚的充斥在你的耳边,萦绕在我的记忆。

1995年,随着车队单位结构的变化改革。米泉到乌鲁木齐的班车,由私人接手,一批小巴车替代了大通道车。之前的大通道车是国营的,车上配有售票员。那个年代当个售票员都是值得自豪的工作。售票员穿统一的制服,专门的座位,神气极了。票夹里红黄蓝绿色的车票对应着1块5角2角1角钱。那会儿还有逃票、小偷现象。自从换了小巴车后,售票员和司机干得似乎更带劲了。因为跑车的次数和客流量的多少直接和经济效益挂钩。那一声声铿锵有力的“13路、13路”“二毛二毛,走啦走啦,快快快上车”,这两句叠加,此起彼伏的声音,成了这条线路上的特色。售票员一般都是年轻女性,司机是男的。有的是两口子,有的是合伙搭档,多年的跑车已经形成了默契。售票员的嗓子并没有越喊越沙哑,反而越来越洪亮。带有新疆土话口音,让人倍感亲切。无论严寒酷暑,寒来暑往,那“二毛二毛,13路、13路”撞击在我心田。一直回响在耳边。那是我们那个年代的记忆。

新疆冬天时间长，小巴车的车门还有棉的门帘子。上车先把脚上的雪跺跺，掀门帘，躬着头佝偻着背上几层台阶进去。小巴车空间狭小很挤，空气也不好。司机为了多拉人，让两三个人围着车前面的发动机坐，很不规范。眼看发车时间就要到了，售票员一跃抱着车门斜着身子还在敬业的急促地喊着“13路、13路二毛二毛……”后面的小巴车紧跟其后，停在站点，司机说：“行了撒，让我们也拉点人。”紧接着下一班的“二毛二毛”的声音如二重唱般此起彼伏。小巴车就颠颠簸簸地朝着乌鲁木齐方向驶去。从县城到乌鲁木齐一路的地名我倒背如流，汽改厂、天化、交通技校、轻工学校、皮革厂、二钢、卡子湾、钢材市场、红旗大队……一路上还在不断地上人，直到把车塞不下人为止。“到乌鲁木齐浪去”人们脸上洋溢着幸福的笑容。坐车到市区逛商场的、采购的、走亲戚的等等，也有的去求学、求医的，这类人表情会带着一丝严肃惆怅。坐这班车，也经常会遇到亲朋好友，一路上拉拉家常聊聊天，互相客气地给买个票，时间很快过去。我家邻居曾经是跑小巴车的，很辛苦，但是也很赚钱。我从小到大看着他两口子起早贪黑，每天天不亮就出门，回家已是深夜。一天到晚一口热饭都吃不到。我一路看着他家买车买房走上致富之路。

那年月等个公交车得等半天，尤其是冬天，天寒地冻的。人们等的直跺脚，耳朵脸蛋都冻得通红。如遇到大雪天气，碰到交通管制，那可是受罪了。我和爸爸试过有一次从二毛徒步走到了长江路，有十几公里啊。二十年过去了，现在这样的情况已不会再出现。就算遇到了大雪天气，各种扫雪工具，半夜就出动。城市路面不会有积雪残留，也不会影响市民第二天的上班工作。偶尔，碰到公交车路途中突然坏了的情况。车上全部乘客下车，等待下一班车，接着坐，很囧。现在这样的情况不常见了。到了冬天坐车怕耳朵冻掉，人们的穿着打扮是全副武装，帽子、围脖、手套、棉袄、棉裤、棉鞋。哈出的气变成白霜，帽檐是白色的、眉毛也是白的，睫毛也结了晶。脸蛋通红，脑袋冻得失去知觉，手腿冻得麻木。

我每个星期都从米泉到乌鲁木齐爷爷奶奶家，想想过去车马年代，便会觉得我很幸福，坐车一个多小时就到了。

父亲还给我讲过，四十年前他和我妈谈对象时，是骑着自行车多次从乌鲁木齐的艺术学校骑到米泉，有三十多公里。军用黄书包里背着干粮带着水壶，要骑五六个小时。一是因为公共车少，二是穷、钱少。二十世纪七八十年代，公路就一条，没有柏油马路，都是土路，坑坑洼洼，一路颠簸。

车站在花园这里。所以这站也被亲切的叫作“花园”。以前，米泉的花园是真有个“花园”。确切地说，是街心花坛。花坛里常年种有美人蕉、月季花、串串红。一直以来，花园在人们心中有着特殊的位置。坐车到米泉，大家都会说，到了花园就是到了米泉。花园的天桥、花园的车站、花园的水煎包、花园的冷饮让人怀念。“我在花园等你”“我把你送到花园”“我们花园见”……米泉人把花园叫的满是蜜语甜言。

车站跟前有一排冷饮摊位，目测有七八家。每家兜售的无非是为乘客准备的雪糕、饮料、香烟、花生、瓜子、茶叶蛋。冰棍是放在简易的泡沫箱里，外部裹层棉被这样冷藏的。瓜子是小摊小贩放在地上两个盆子，卖葵花瓜子和黑油麻瓜子两种。瓜子是自己在家炒的，一般都是老奶奶在卖。往那一蹲，钢精盆里放了一个玻璃杯，有五毛钱、一块钱两种规格。在盆子边沿立着用报纸叠的大小三角，用以装五毛钱、一块钱的瓜子。后来改革了用了塑料袋装。有的卖瓜子的会在身侧抱着盆子，走到车子跟前叫卖。瓜子摊位附近有四五家卖酸奶子的，酸奶也是自家制作的。卖酸奶的阿姨都是附近的回族家庭主妇，戴个白帽，穿着白衬衣，兜着围裙，脸上的表情很和蔼。阿姨们都是在车站边支张桌子,摆三四条小板凳,一个木质的矮桶外表刷层红油漆,盆子里有大碗、小碗二三十个。当有食客要喝酸奶时,她们会娴熟地先让座,再从盆子里拿出酸奶,娴熟地把一碗酸奶端在你面前。白砂糖罐子在桌子,可根据各人口味添加。大人小孩都爱喝酸奶解暑开胃,和阿姨们拉拉家常。冷饮摊主要卖雪糕、香烟、饮料、汽水等。当时流行一种用果汁机制做的果汁饮料,曾经风靡一时。一个倒三角的有20升的容器,启动电源,哗啦啦的在容器壁像小瀑布般的橘子汁在刷刷刷的流。开关一按,一股股橘子汁味沁人心脾。用玻璃杯盛装的,无论春夏秋冬来一杯冷饮,倍儿爽。茶叶蛋也是老手艺制作的。在家用卤料包卤好,在车站兜售给赶路的乘客以充饥。冰柜旁的桌子上是各式零食,有话梅肉、巧克力、软糖棒棒糖、大米花球、苞米杆……大家在愉悦的心情和聊天中,赶往一班班的班车。还有一些商贩推着自行车,在自行车后架上摆着一盆苞米,卖苞米;有摆地摊卖袜子、手套的;还有卖报纸的、要饭的乞丐、捡破烂的。卖报纸的一般都是弱势群体,老弱病残。他们在汽车总站兜售报纸。买报纸的人分为三类,第一类需要报纸,将近一个小时的车程买来用来打发时间的,第二类是看弱势群体,买一两份报纸帮助他们。第三类是为了换零钱的。有时也会拥挤的一窝而上。难免会发生面红耳赤的事件。车站还有报刊亭、摆桌球的、下象棋的、爆爆米花、卖糖葫芦、卖烤红薯的,成为一道独特的风景,市井味十足。

米泉县和东山区合并为乌鲁木齐米东区。公交车集团改制,告别了小巴车时代,从米东到乌鲁木齐的车又换成了公交车,13路车变成了613车,目的地由二毛变成了家佳乐。通向乌鲁木齐市的道路由双车道变成四车道。沿途的路边种了花草,环境和大城市一样。乌鲁木齐这几十年的变化也太大了。之前的矮平房、小商店、饭馆经过市政府的靓化工程,全部清一色统一风格,米色底子红字的招牌非常醒目。

过去，百姓端着碗在院子门前吃饭、聊天、晒太阳，看车来车往。现如今，米东到乌鲁木齐新建了米东大道，城北主干道一路上河滩路直达乌鲁木齐市中心，只需半个小时。一路畅通，没有红绿灯，一脚油门踩到底。

三十年过去了，33路这条路还是33路车，公共汽车公司的公交巴士取代了20世纪90年代的小巴。七道湾、八道湾在乌鲁木齐东区以崭新面貌登场。一幢幢小区高层、商圈，和西虹东路、水磨沟区温泉路口、七坊交接，五层立交桥纵横交错，连接乌鲁木齐南北、西东。

进入21世纪，各个公交车站经过城市的靓化工程，成为城市的一大风景。统一的规格，每站报站，有汉语和维吾尔语两种语言。车身外表和车内装饰都是统一风格。车身是以黄颜色为主题绿色为辅。车内环境整洁，有统一的投币桶和刷卡机子。可以刷红山一卡通、微信、支付宝、银行卡。统一实行一元一票制，政府补贴，惠民百姓。车上也没有了售票员，售票员这个角色从历史的舞台退出。手机APP可以查到坐车路线及自己需要坐的公交车还有几站到达。米泉到乌鲁木齐已经不用转几次公交了。如今，随着全民素质的普遍提高，少了一窝蜂地拥挤现象，看见的是一个个排队上车井然有序的现象。BRT车站，冬天还有暖房供市民们取暖等车。

城市交通多元化。家家都有了小车。公交车、BRT快速车、地铁等交通工具种类丰富，根据自己的需求选择，各道路纵横交错。城市从南到北，从西到东可一小时到达。

变化日新月异。一座现代化的大都市屹立在西部。

一班班的公交车见证了这座城市沧海桑田的变迁；一代代人们目睹了这座城市的腾飞。

想起这些，年少尘封的往事如一坛老酒涌入心头，怀旧情怀如阀门一下子涌出心间。

如今的我,定居在广东。人到中年的我只是感慨光阴似箭,我所有的记忆都在这片土地上发生。有时候会觉得家乡冬天很寒冷。姐姐说:“无论你走到哪里,不要忘了本!”是啊,我在这里出生长大,这片土地滋养着我。这里,是我梦开始的地方,让我腾飞。